COMO AS OUTRAS GAROTAS

COMO AS OUTRAS GAROTAS

LUCY CLARKE

Tradução: João Rodrigues

Copyright © 2022 Lucy Clarke
Tradução para Língua Portuguesa © 2025 João Rodrigues
Todos os direitos reservados à Astral Cultural e protegidos pela Lei 9.610, de 19.2.1998.
É proibida a reprodução total ou parcial sem a expressa anuência da editora.

Editora
Natália Ortega

Editora de arte
Tâmizi Ribeiro

Coordenação editorial
Brendha Rodrigues

Produção editorial
Manu Lima e Thais Taldivo

Preparação de texto
Mariana C. Dias

Revisão de texto
Alexandre Magalhães e Carlos César da Silva

Design da capa
Kaitlin Kall

Imagens da capa
TRUEWORLD / Gallery Stock; Levente Bodo / Alamy Stock Photo; George Marinescu / EyeEm / Getty Images; Brainmaster / Getty Images

Foto da autora
James Bowden

Dados Internacionais de Catalogação na Publicação (CIP)
Angélica Ilacqua CRB-8/7057

C545c

     Clarke, Lucy
     Como as outras garotas / Lucy Clarke ; tradução de João Rodrigues. --São Paulo, SP : Astral Cultural, 2025.
     368 p.

     ISBN 978-65-5566-612-0
     Título original: One of the girls

     1. Ficção inglesa 2. Suspense I. Título II. Rodrigues, João

25-0163   CDD 823

Índice para catálogo sistemático:
1. Ficção inglesa

BAURU	SÃO PAULO
Rua Joaquim Anacleto	Rua Augusta, 101
Bueno 1-42	Sala 1812, 18º andar
Jardim Contorno	Consolação
CEP: 17047-281	CEP: 01305-000
Telefone: (14) 3879-3877	Telefone: (11) 3048-2900

E-mail: contato@astralcultural.com.br

Para Mimi Hall.

QUARTA-FEIRA

~

Mais tarde, todas nos lembraríamos, pelo mesmo motivo, do fim de semana em que a despedida de solteira aconteceu: por conta do ocorrido na noite da fogueira na praia. Antes disso, houvera momentos bons — até mesmo alguns bonitos — como quando compartilhamos pratos de tzatziki e azeitonas reluzentes sob o sol da Grécia, ou quando rimos até os joelhos bambearem devido a alguma coisa que jamais seria engraçada caso fosse repetida, ou ainda como quando dançamos descalças na beira do mar.

Não devemos nos esquecer desses momentos.

Se tivéssemos sido mais perspicazes, se tivéssemos ouvido com mais atenção, se não tivéssemos dado as costas para ela — para nós mesmas —, poderíamos ter impedido o que aconteceu. É isso o que torna a situação ainda pior. Poderíamos tê-la mudado.

Agora é tarde demais. Acabou. Jamais conseguiremos desver o rastro do xale vermelho flutuando na brisa matutina, enroscado no zíper do saco para cadáveres.

I

LEXI

Lexi rolou o vidro do táxi para baixo. O vento morno estava impregnado com o aroma de pinho e os cheiros áridos da terra castigada pelo sol. Fileiras de casas caiadas se amontavam próximas à cúpula azul e ascendente de uma igreja.

O céu, pensou Lexi. *Meu Deus, como pode um céu ser tão vasto e não ter nuvens?* Parecia um truque de mágica, substituir as calçadas de Londres, sempre molhadas de chuva, pelo calor reluzente da Grécia. Ela mal conseguia acreditar que estava ali.

— Estamos em um fim de semana de despedida de solteira — contava Bella para o motorista, os óculos de sol enormes puxados para baixo, o batom recém-retocado. — Lexi é a noiva — continuou, virando-se no banco do passageiro para apontar.

— Meus parabéns — ofereceu o motorista, caloroso, os olhos escuros se voltando para ela no retrovisor interno.

— Obrigada. — Lexi sorriu. *A noiva.* Ela era a noiva.

Balançou a cabeça de leve, ainda um pouco estonteada.

— Eu sou a dama de honra dela — anunciou Bella, orgulhosa. — Você sabe como as coisas funcionam, sou a melhor amiga. A pessoa importante que organiza a viagem de despedida de solteira.

— Autonomeada — adicionou Lexi. — Eu não planejava ter uma dama de honra.

— E optei por ignorar isso, já que você nem sequer teria uma viagem de despedida de solteira.

— Verdade.

Despedidas de solteiras faziam Lexi pensar em pessoas de vinte e poucos anos dançando com véus chinfrins, *shots* tomados com canudinhos fálicos, calcanhares com bolhas e saias curtas demais. Na verdade, se Lexi tivesse vinte anos, ela teria *amado* uma despedida de solteira. Teria entornado a tequila, dançado no palco em um pedacinho de pano que chamaria de vestido e, quando as bolhas aparecessem nos pés, teria se livrado dos saltos altos e dançado descalça. Mas ela tinha trinta e um anos — e estava cansada de acordar pela manhã com a sensação de arrependimento e vergonha nauseantes que não tinham nada a ver com uma ressaca. — Ela enfim — para a surpresa de todos, incluindo dela mesma — se casaria com um homem que amava.

Eu te amo.

Tinha mesmo dito aquelas palavras, em voz alta. E não mentiu. Aconteceu durante o café da manhã, os dois sentados ao balcão da cozinha dele, cabelos bagunçados após uma noite de sono, ele rindo da própria vã tentativa na noite anterior de preparar uma lasanha. Lexi começara dizendo que a refeição não tinha sido de todo um desastre — o vinho estava bom! — e, então, adicionara o *Eu te amo*. Simples assim. Três palavras novinhas em folha. Acomodando-se entre a jarra de café e a pilha de torradas de fermentação natural.

Ele olhara para Lexi. Ed Tollock. Trinta e cinco anos. Cabelo grosso e escuro com um salpico dos primeiros fios grisalhos. Voz baixa e grave. O que havia de especial nele? A confiança serena? A maneira como a olhara por um momento demorado e intenso e, então, chacoalhado a cabeça e sorrido, como se não pudesse acreditar na própria sorte?

Ed havia deixado as canecas de lado e pegado as mãos dela. Seus dedos bronzeados, com pelinhos dourados e finos na parte de cima. E dissera:

— Eu também te amo. E um dia, muito em breve, vou te pedir em casamento.

Ele sorrira com tanta facilidade, tanta abertura, que Lexi não afastou as mãos, pegou o casaco e fugiu. Em vez disso, encontrou o olhar de Ed e disse:

— Ah, é mesmo?

Três semanas mais tarde, uma caixinha de aliança apareceu. Nada de jantar pomposo à luz de velas nem da cena de ficar de joelhos. Apenas uma caminhada singela às margens do rio Tâmisa, mãos dadas enquanto observavam o rastro branco de uma tadorna alçando voo. A pergunta dele e, então, a resposta dela: *Aceito*.

Agora, ela olhou para a aliança de noivado, o diamante com lapidação esmeralda reluzindo com intensidade. A intenção de Lexi era ter um casamento pequeno: uma reunião de familiares e amigos em um antigo moinho licenciado para cerimônias. Simples, íntimo. Não queria o vestido volumoso, a cabeleireira, o fotógrafo. Só queria ele.

— Entendi: *discreto* — disse Bella quando Lexi explicara os planos para o casamento. — Mas não pense, nem por um mísero segundo, que isso vai te livrar de uma festa de despedida de solteira. Só se casa uma vez, ou seja, vamos embarcar numa viagem para a despedida, e isso, Lexi Jane Lowe, não está aberto à discussão.

Então ali estavam elas, na pequena ilha grega de Aegos. Tinham deixado para trás o amontoado de turistas e uma região de bares ruidosos ao serem levadas rumo ao oeste, saindo do aeroporto. Agora, a estrada estava vazia e se estreitava, conduzindo-as por uma encosta cheia de arbustos, onde a música vinha do tilintar dos sinos das cabras e do zurro de um burro sob a sombra extensa de uma oliveira.

Dissera a Bella que queria passar o fim de semana tomando sol, lendo, nadando e comendo. A amiga fizera que sim com a cabeça, fervorosamente, por uns dois segundos, antes de os cantos dos lábios se curvarem para cima, e ela mexer as sobrancelhas, indicando que tinha planos diferentes.

Naquele momento, Bella dizia algo para o motorista, gesticulando de forma expansiva enquanto ele sacudia de tanto rir. Lexi sorriu. Por Deus, como amava aquela mulher. Bella era a pessoa a quem Lexi recorria sempre que precisava de um *sim*. Aquela para quem poderia ligar, dia ou noite, e compartilhar quaisquer ideias bizarras, e sua voz se iluminaria e ela diria: *Sim!*

Fen — a namorada de Bella — era a calmaria na tempestade energética da dama de honra. Ela observava pela janela do táxi, o vento dedilhando seu cabelo descolorido e praticamente raspado. A pequena tatuagem de andorinha na nuca era tão bem desenhada que a ave também parecia prestes a alçar voo. As sobrancelhas estavam franzidas, e um nó de tensão dominava sua mandíbula. Aquela era uma expressão tão destoante do seu sorriso fácil e relaxado de sempre que Lexi a tocou no braço e perguntou:

— Fen? Você está bem?

A mulher se assustou. Mas a tensão desapareceu quando ela sorriu.

— Estou. Desculpa. Estava com a cabeça em outro lugar.

Lexi sentira algo entre Fen e Bella no aeroporto, algo que pesava nas pausas antes de se responderem. Perguntaria a Bella sobre aquilo quando estivessem a sós.

— Obrigada mais uma vez por nos deixar ficar na villa da sua tia — disse Lexi.

— É um bom motivo para voltar a Aegos.

— Bella disse que foi sua tia que projetou o lugar.

Fen assentiu.

— A princípio, para um cliente. Na metade do projeto, as finanças dele foram por água abaixo, e ele não conseguiu financiar o restante. Ela estava tão apaixonada pelo lugar que acabou comprando dele o terreno.

— Ela já morou aqui?

— Por alguns anos, mas achou os invernos difíceis. A villa é bem isolada. Não há vizinhos nem estradas que passam por lá. Ela prefere vir no verão, traz um monte de gente junto. Acho que o isolamento a desconcertava.

Fen voltou a olhar pela janela conforme a estrada se desdobrava diante delas.

Ao todo, seriam seis se hospedando na casa. O segundo táxi com as demais tinha desviado para dentro da cidade para que pudessem comprar mantimentos. Lexi se oferecera para ir com elas, mas Bella dissera que a amiga não faria nada do tipo.

— É a *sua* despedida de solteira.

Lexi tinha a sensação de que ouviria aquelas palavras mais de uma vez naquele fim de semana.

— Quase lá — informou o taxista, reduzindo a marcha enquanto a estrada pavimentada se transformava em um caminho pedregoso.

Lexi agarrou a porta enquanto quicavam sobre o solo esburacado, os pneus lançando nuvens de poeira no ar. Todos iam de um lado ao outro à medida que o motorista desviava dos buracos cheios d'água, o percurso os levando para mais perto do limite da ilha.

Quando chegaram ao topo de uma colina, por um momento tudo o que Lexi conseguiu ver foi o brilhante beijo azul do mar. Então, de repente, a villa apareceu, uma pedra branca com telhado azul da cor da bandeira da Grécia. Estava ali como uma coroa no rochedo, reinando sobre a pequena enseada que brilhava abaixo.

Lexi não conseguia tirar os olhos dali.

Bella bateu palmas.

— Ah! Nossa!

Poeira subia atrás deles conforme o táxi descia com brusquidão, os freios reclamando. Lexi se inclinou para a frente, espreitando pelo para-brisa ao avistar o emaranhado de buganvílias que emoldurava a lateral da casa em um caos cor-de-rosa.

O carro estacionou, motor zunindo.

Em um sussurro baixo, como se falando consigo mesma, Fen disse:

— Chegamos.

Lexi colocou os óculos de sol no lugar e saiu do táxi. Mesmo no meio da tarde, o calor era algo tangível, carregado, que pressionava a pele. Ela absorveu a vista da casa com paredes caiadas e persianas azuis fechadas. Pôde sentir o cheiro das primeiras notas do mar: salgado e limpo.

Pedras eram trituradas sob as sandálias enquanto as três tiravam as bagagens do porta-malas. Com um aceno, Bella dispensou a tentativa de Lexi de pagar o motorista, mas a noiva faria questão de enfiar um pouco de dinheiro na vaquinha sem chamar atenção.

Enquanto o táxi se afastava, Lexi, a mão na cintura, deu meia-volta no lugar e inspirou os arredores.

Penhascos; oceano; ladeira.

Não havia nenhuma outra construção à vista.

Ouviu o relinchar queixoso de uma cabra-montesa em algum lugar ao longe.

Sentiu uma alfinetada estranha de apreensão no peito. Disse a si mesma que deveria ser a ansiedade pelo fim de semana próximo, uma sensação que a pressionava por saber que as amigas tinham viajado até ali por causa dela. Ainda assim, conforme os batimentos cardíacos ganhavam velocidade, pareceu ser mais do que aquilo, como se desconcertada pela casa, ou pela distância de tudo, ou pela ocasião em si.

Bella apareceu ao seu lado, enganchando o braço no de Lexi. A dama de honra sorriu, um sorriso estranhamente lupino.

— O final de semana vai ser perfeito.

2

ROBYN

Robyn parou o carrinho do mercado na seção de refrigerados. Prendeu um dedo na gola da camiseta e se abanou. Ar fresco tocou sua pele. Que bênção. Ela queria era subir no refrigerador e pressionar o corpo naquelas cubas enormes de iogurte grego.

Seus olhos ardiam. Voos sempre faziam isso com ela. Devia ter sido alguma combinação de ar-condicionado e exaustão. A não ser que estivesse prestes a chorar? Isso acontecia desde que se tornara mãe. Era como se os canais lacrimais tivessem sido adulterados e pudessem vazar sem o menor dos avisos: com um único pensamento, uma propaganda, um olhar caloroso entre mãe e filho. Qualquer coisa.

Aguardou um momento e, quando nenhuma lágrima chegou, decidiu que a ardência era exaustão. Mal tinha dormido na noite anterior, e nem mesmo podia culpar Jack, que acordara apenas uma vez. Logo que passou pela sessão noturna de cantigas de ninar e pelo reajuste do cobertor do filho duas vezes, retornara para a cama, alerta demais para apagar. Ela começou a repassar mentalmente a lista de instruções para os pais. *Certifiquem-se de cortar as uvas de Jack ao meio. Não mais do que vinte minutos de televisão, mesmo se ele gritar. O chapéu não deve sair da cabeça dele se fizer sol.*

Nunca havia deixado o filho. Tentara demonstrar quanto tempo quatro noites eram ao empilhar bloquinhos coloridos em uma torre, mas Jack a colocara abaixo com a palminha rechonchuda, rindo em deleite com a brincadeira.

Ainda assim, ela não deveria se sentir culpada por deixá-lo, afinal, era a festa de despedida de solteira de Lexi. Teria voado ao outro lado do mundo por ela, porque ela era o tipo de amiga que — independentemente de tudo — se fazia presente quando necessário. A vida de Lexi sempre tinha sido espalhafatosa, e colorida, e bagunçada, e linda; e Robyn se sentia privilegiada por acompanhá-la na jornada.

No entanto, não estava se sentindo tão privilegiada fazendo as compras no supermercado. Típico de Bella jogar a tarefa no colo de Robyn.

— Você é sempre tão maravilhosamente prática — dissera Bella. — Eu acabaria saindo de lá com o carrinho cheio de ouzo.

Robyn jogou uma grande fatia de queijo feta e uma embalagem de azeitonas temperadas no carrinho enquanto imaginava as outras já em roupas de banho, refrescando-se em uma piscina cintilante. *A lista das que vinham em segundo lugar*, pensou ela. Não era exatamente nisso que *todas* estavam pensando?

Ela sempre levava as coisas para o lado pessoal. *Esse é o seu problema*, dissera-lhe Bill, o ex-marido.

Engraçado, uma série de traições parecia ser algo pessoal.

Enfim. Estava empolgada para o fim de semana. Estava mesmo. Merecia o descanso. Os últimos dois anos tinham sido difíceis. Não, *difíceis* não era a palavra certa. *Difíceis* era o que diria na frente dos amigos dos pais. Correção: os últimos dois anos tinham sido um verdadeiro show de horrores. Estava grávida de seis meses quando descobriu que Bill andara tendo um caso. Na verdade, não um caso, mas vários. Ah, quantos… E ela, Robyn das Listas, do Bom Planejamento, sequer imaginara. Quando ele por fim admitiu, com o rosto vermelho e indignado, a mulher olhara para baixo, para o inchaço enorme onde costumava ficar a cintura, e pensou: *Como é que vou lidar com isso sozinha?*

Bill ficou até Jack nascer, mas, três meses depois, as noites passadas em claro e os olhares frios foram demais para qualquer um dos dois. Ela e Jack se mudaram para a casa dos pais — e continuavam lá desde então.

Bill visitava o filho toda tarde de sábado, trazendo brinquedos fofinhos de pelúcia, depois voltava para casa, para a nova namorada, que ainda tinha seios empinados e uma barriga que não exibia rios prateados que corriam até a fonte de uma cicatriz de cesariana. Robyn sabia que precisava abraçar aquelas mudanças corporais — *o mapa de sua vida* —, mas, sinceramente, preferia o corpo antigo, que não era flácido e a impulsionava montanhas acima, que não lhe causava dores constantes nas costas e vinha com uma mente afiada sem a confusão da exaustão.

Ela empurrou o carrinho para a frente, alcançando Eleanor no corredor da confeitaria. A testa pálida de Eleanor brilhava com suor, e a mulher parecia desconfortável de tão quente, usando uma blusinha e um short bem passado. Era a irmã de Ed. Ela não comparecera ao coquetel de noivado, e Lexi explicou que a cunhada tinha perdido o noivo havia pouco. Então uma confraternização para celebrar o casamento de outras pessoas talvez fosse a última coisa de que precisasse. Na verdade, com o divórcio de Robyn em iminência, o coquetel também não estivera no topo de sua lista de Maneiras Divertidas de Passar a Noite. Mas era a Lexi. Ela sempre estaria presente por Lexi.

— Mesmo quando diz Cadbury — disse Eleanor, o cenho franzido —, não dá pra confiar, dá? Cadbury no exterior não tem o gosto do Cadbury de casa. Já percebeu? Acho que deve ser o leite.

— Vamos amenizar o risco e comprar de vários tipos.

— Excelente — concordou Eleanor, que então se virou e revelou a cesta pendurada no braço, já cheia de uma variedade de barras de chocolate e castanhas caramelizadas.

Juntas, seguiram pelo supermercado, Eleanor pegando porções generosas de frutas, vegetais, ervas e pão fresco. Assim que terminaram e pagaram, Robyn empurrou o carrinho ao calor escaldante da tarde.

Ana estava parada na sombra da cobertura do supermercado, um lenço laranja-chama atando as tranças, um celular pressionado na orelha. Ali estava uma mulher que não tinha problema algum com canais lacrimais gotejantes, decidiu Robyn. Conheceram-se no voo, no qual Robyn descobrira que Ana era mãe solo de um adolescente de quinze anos e que, para terminar a graduação, precisara estudar durante a noite. Atualmente, era autônoma e trabalhava como intérprete de língua de sinais — inspirada pela surdez da irmã —, fazendo malabarismo com a agenda de trabalho corrida para estar disponível para o filho fora do horário escolar.

Quando Robyn se viu dando desculpas por morar com os pais, Ana a encurralara com um olhar firme, de igual para igual, e dissera:

— Não ouse se desculpar. Fazemos o que precisamos para sobreviver. A coisa mais corajosa que podemos fazer é pedir ajuda.

Ainda não tendo notado a aproximação das duas, Ana falava baixinho ao celular.

— Foi um erro ter vindo — disse, olhos voltados para baixo, sobrancelhas unidas.

Robyn desacelerou os passos e, ao lado, Eleanor a imitou. *Um erro? Por quê?*

Ana ergueu a cabeça. Ao vê-las, os olhos se arregalaram por uma fração de segundos.

— Nos falamos depois — disse, apressada, ao celular.

— Tudo bem? — perguntou Robyn, e então se indagou se não teria sido melhor fingir que não a entreouvira.

— Tudo. — Ana guardou o celular, alisou o vestido e, em seguida, foi para o lado do carrinho. Sua expressão se suavizou quando viu as garrafas de ouzo, gin, Metaxa, Prosecco e cerveja. — A proporção de álcool e de comida está perfeita.

Eleanor sorriu e, depois de um tempo, Robyn também o fez.

Ao carregarem o táxi com os mantimentos, Robyn mal conseguia acreditar que aquele era o início da despedida de solteira de Lexi. A notícia ainda parecia tão recente, tão surpreendente. Lexi sempre alegara que jamais se casaria — e todas acreditavam nela. Passara a maior parte dos vinte anos como dançarina de apoio de uma variedade de estrelas pop. Festejara em ônibus de turnês, em coberturas, e passara por Soho sabendo o nome de todo dono de boate. Então, dois anos mais tarde, fraturara a tíbia e, simples assim, a dança, as festas e seu estilo de vida acabaram. Mas a vida tinha o costume de fechar uma porta e abrir outra. Bem, pelo menos quando se tratava de Lexi. Ela se requalificou como professora de ioga, conheceu Ed, apaixonou-se e aceitou se casar. Agora estavam lá, na Grécia, prontas para comemorar. Que tal uma reviravolta dessas?

Talvez aquele fosse o problema da vida de Robyn. Nunca a vivera com intensidade o bastante. Nunca ficara com o nome sujo. Sempre seguira pelo caminho óbvio: formação em direito, casa comprada, carreira, casamento, bebê. Feito, feito e feito, caramba.

E aonde aquilo a tinha levado? Trinta anos de idade, morando com os pais e um bebê de dezoito meses, uma carreira da qual havia sido afastada e com um ex-marido no currículo.

A lista das que vinham em segundo lugar, pensou.

Sempre a maldita lista das que vinham em segundo lugar.

~

Éramos um grupo — um grupo de mulheres-feitas —, mas nunca tínhamos sido iguais.

Nem de perto.

Não se esqueça disso.

Algumas começavam o dia com uma saudação ao sol, ou uma corrida, ou apertando um travesseiro contra o peito em uma cama vazia. Algumas chegavam ao fim de semana da despedida de solteira querendo se afastar da vida rotineira e mergulhar em suas versões livres e descontroladas, para se lembrarem de que era por ali que perambulavam. Outras só queriam sobreviver àquilo, passar as horas até retornarem para casa.

Todas tínhamos motivos diferentes para estar ali. Mas uma de nós… bem, ela tivera um motivo muito específico para dizer sim *para aquele fim de semana de despedida de solteira.*

O problema foi que ninguém percebeu até que fosse tarde demais.

3

FEN

O corpo de Fen ficou tenso enquanto ela girava a chave na fechadura, parecendo se preparar para um soco.

Ela inspirou fundo sem fazer barulho, depois empurrou a porta para abri-la.

Ao entrar no átrio fresco, a villa a recebeu com o hálito familiar de calcário. Ela tentou se lembrar da sua chegada ali sete anos antes, impressionada com a beleza absoluta da ilha, a efervescência de possibilidades borbulhando no peito como se um novo mundo se desdobrasse diante dela. Na época, tinha acabado de cortar relações com os pais e suas exigências rigorosas incentivadas pela igreja, então Fen havia sido arrebatada pelo estilo de vida boêmio da tia, repleto de amigos que a visitavam com seus pincéis, cadernos de rascunho e ideias extremamente sedutoras de como a vida *podia* ser vivida.

Era daquilo que ela queria se lembrar.

Mas havia outras memórias escondidas ali, também.

Com a boca seca, tirou as sandálias e avançou sem pressa pelo piso de pedra fria, os olhos se ajustando à escuridão. Destravou as persianas e as abriu por completo. A claridade ofuscante inundou a villa, partículas de poeira começaram a dançar. Piscou por causa da luz do sol.

Estava se perguntando se acabaria arrependida por ter dito *sim* quanto a usarem o lugar para a despedida de solteira. A tia anunciara a Fen e a Bella, enquanto comiam sashimi no restaurante japonês favorito dela, que estava vendendo a villa grega.

— Outro projeto surgiu na Croácia, e preciso liberar alguns fundos para garantir a oportunidade — explicara, adicionando que, sem dúvidas, Fen deveria aproveitar enquanto a casa permanecia vazia.

Bella espalmara as mãos na mesa, inclinando-se para a frente.

— A despedida de solteira da Lexi! Vamos para a Grécia comemorar!

A tia de Fen adorou a imagem do lugar repleto de mulheres, música e celebração, e quando a segunda garrafa de saquê chegou à mesa baixa, o plano já estava definido.

— Meu Deus! — gritou Bella, correndo porta adentro, saltos estalando no piso de pedra. — Olhe para este lugar!

A villa tinha sido projetada de acordo com a tradição das ilhas Cíclades, com estética minimalista e parecendo ter sido esculpida a partir da rocha na qual se empoleirava. Paredes grossas de pedra caiada, cantos suavizados. Móveis de madeira, baixos e esparsos, enfatizando a sensação de espaço. Tudo complementado por tetos brancos em forma de cúpula, emoldurados por vigas de madeira branqueadas com sal.

— É tudo tão lindo! — Bella se maravilhou, os dedos traçando as borlas de uma tapeçaria marrom-trigo na parede e, logo, movendo-se até uma mesa de canto feita com a madeira de um único tronco de árvore. — Ah, olhe para isto! — exclamou, pegando uma foto emoldurada. — É você? — Ela batucou a unha pintada de neon contra o vidro. — Garota, você fica linda com essas curvas!

A foto tinha sido tirada no terraço da fachada da villa, Fen semicerrava os olhos contra a luz do entardecer, o rosto ganhando vida com um sorriso natural. Vestia uma minissaia jeans, um lenço enfiado nos passadores e um coletinho vintage com *Let Love Rule* estampado, pelo qual pagara três libras em uma barraca de brechó. Óculos de sol vermelhos apoiados na cabeça. Lembrava-se de ter saído para jantar mais tarde naquela noite em Old Town, local movimentado e cheio de energia. A memória do que acontecera depois daquilo surgiu com tanta força que até pareceu algo físico. O sangue se esvaiu de seu rosto, a pele se transformando em gelo.

Fen desviou com tudo o olhar, passou por Bella e correu ao terraço do lado de fora.

Parou na sombra sob o pergolado e mirou o olho azul e oval da piscina. Concentrou-se na respiração, desacelerando e aprofundando cada inspirar e expirar.

— Querida? — chamou Bella, seguindo-a ao terraço. — Tudo bem?

Fen disse para si mesma que sim.

— Tudo. Um pouco tonta por causa do voo.

Lexi se juntou a elas no terraço, atraída até a beira da casa pelo mar azul cintilante. Apoiou as palmas na mureta de pedra.

— Esta vista — comentou, embriagando-se com a extensão vazia do oceano. Então, se assustou e recuou alguns passos. — Caramba. Que altura!

Bella foi para o lado de Lexi e, mantendo os óculos no lugar com os dedos, olhou pela borda.

— Jesus! Qualquer um morreria.

A queda era abrupta, descendo por mais de trinta metros e caindo nas placas pontiagudas de pedra lá embaixo.

— Por isso tem sido difícil vender a villa. As pessoas se assustam com a borda do penhasco.

Bella apontou para o leste.

— Aquilo é *nosso*? — perguntou, olhando na direção da enseada perfeita, digna de aparecer em um folheto, aninhada no sopé do penhasco.

— Sim. Praia privativa.

Um barco de madeira a remo esperava na margem, a pintura turquesa descascando. Fen se concentrou em recordar o prazer que era mergulhar os remos na água pelo início da manhã, rumando até a enseada escondida na curva da ilha, onde uma pequena baía havia sido esculpida dos penhascos.

Também havia coisas boas naquele lugar.

— O que acham de uma fogueira na praia em uma das noites? Poderíamos fazer isso? — perguntou Lexi, olhando para a enseada vazia.

— É claro — disse Fen. — Vai ter uma penca de madeira trazida pelo mar.

Os olhos de Bella brilharam.

— Uma festa na praia! Isso! Para encerrar a despedida! Amei!

Lexi saiu andando pelo terraço, agachando-se para sentir o aroma das ervas que cresciam em vasos de barro.

Bella se aproximou de Fen, ficando na ponta dos pés para dar um beijo na bochecha dela.

— Estamos bem? — sussurrou, apoiando uma das mãos na cintura da namorada.

Fen se viu refletida nos óculos de sol de Bella, as sobrancelhas franzidas e a mandíbula tensa. Ela queria dizer: *É claro, estamos*. Queria se sentir empolgada por estar viajando com Bella. Mas não. Não conseguia.

Horas antes, parada no terminal de embarque no aeroporto Gatwick, descobrira que Bella mentia para ela desde o dia em que se conheceram. Bella, pálida, a mão agarrando a alça da mala, implorara para que Fen compreendesse... Mas como poderia, quando, para início de conversa, sempre tinha sido a honestidade intrépida de Bella, sua recusa a se desculpar pelas decisões que tomava, o que fizera Fen se atrair por ela?

A conversa tinha sido interrompida quando avistaram as outras chegando. Bella enxugou o rosto, vestiu um sorriso e, em seguida, correu de braços abertos em direção ao grupo, enquanto Fen permaneceu onde estava, pensando: *Como é que ela consegue fazer isso?*

Agora, Fen se soltava do abraço da namorada, dizendo:

— Vou destrancar os quartos.

Foi um alívio voltar para o frescor da casa. Ela pegou a mala e a carregou escada acima até o quarto. Abriu as persianas, uma mosca morta caindo com as patas rígidas no parapeito grosso de pedra. Abaixo, no terraço, dava para ouvir o arranhar das pernas das cadeiras e o murmúrio suave das vozes de Bella e Lexi enquanto se acomodavam sob o pergolado. Bella deve ter falado algo engraçado, pois ouviu a noiva irrompendo em riso.

Quis se juntar a elas, mas os pensamentos pareciam confusos, agitados. Precisando esfriar a cabeça, trocou de roupa e vestiu um short de corrida e um coletinho, então calçou os tênis. Ao se curvar para amarrar os cadarços, vislumbrou a si mesma no espelho do quarto, os ângulos cortantes do corpo refletidos nele. O olhar pairou nas coxas grossas e musculosas, expostas por causa do short, e ela ouviu a voz dele: *Você me enoja*.

Lembrar-se daquelas palavras foi como um tapa, inesperado e veloz.

Fen se levantou com brusquidão. Não, não ouviria aquela voz. Tinha acontecido havia sete anos. Estava no passado. Acabado. Ela pegou a garrafa de água e voltou ao terraço.

Bella ergueu o olhar, surpresa.

— Você vai sair para correr? Acabamos de chegar.

— Uma rapidinha antes de escurecer.

Bella balançou a cabeça.

— Como fui parar com uma corredora?

— Você deu muita sorte — disse Lexi a ela.

— Sim — concordou Bella, o rosto de repente sério, os olhos em Fen. — Dei mesmo.

Fen saiu do terraço, rumando para a trilha do penhasco que a levaria ao sopé da montanha, calcanhares pressionando a terra seca. O cheiro do tomilho selvagem se ergueu no calor poeirento. Ela focou o olhar no caminho em zigue-zague, a villa logo tornando-se nada além de uma sombra em suas costas.

4

BELLA

Bella estivera ansiosa pela festa de despedida de solteira desde que Lexi havia anunciado o noivado. Poxa, se você fosse perder a melhor amiga para um casamento, era melhor aproveitar a oportunidade e dar uma festa e tanto.

Lexi Lowe, casando-se. Isso ainda a deixava confusa. Não era como se não tivessem existido um punhado de ofertas ao longo dos anos. Bastava que os homens respirassem o mesmo ar que Lexi para se apaixonarem. A surpresa era a amiga ter se apaixonado por *Ed*. (Bella precisava parar de falar — ou até mesmo *pensar* — o nome dele daquele jeito, como se fosse algo um tanto desgostoso, ou como uma pergunta: *Ed?)* Ed era charmoso. Generoso. Apaixonado pelo trabalho. (Fosse lá o que de fato fizesse. Algum tipo de advocacia. Robyn saberia com mais detalhes.) Ele era fiel. E, acima de tudo, adorava Lexi.

Mas — e geralmente havia um *mas* quando se tratava de Bella — ele não era de jeito nenhum o que Bella esperava. Ela sabia que Lexi tinha dado um basta nas festas, mas… ainda assim. A melhor amiga não poderia ter se apaixonado por algum guru de ioga francês, sedutor e com piercings nos mamilos? Ou por algum membro de banda transformado que usava óleo de CBD como costumavam usar LSD? Alguém com um pouco mais de texturas, um pouco menos feito sob medida.

— Em qual quarto eu coloco as minhas coisas? — perguntou Lexi.

Mesmo depois de um dia de viagem, ela ainda parecia revigorada como se não tivesse feito esforço algum, o cabelo caramelo solto nos ombros esbeltos.

— Na suíte master — respondeu Bella, o tom típico de um mordomo. — Por favor, madame, acompanhe-me por aqui.

As rodinhas da mala de Lexi faziam um estardalhaço quicando escada de pedra acima. Bella avançou pela entrada do quarto e abriu as persianas de madeira emperradas. Cortinas brancas e translúcidas ondularam com a brisa, permitindo que vislumbrassem uma sacada enorme com vista para o terraço e, além, para o mar.

— Não posso ficar neste quarto. Você e Fen é que deveriam ficar aqui! — disse Lexi.

— É seu. Convidada de honra e tal.

Lexi deu uma olhada na porta, verificando se estavam sozinhas.

— Falando nisso, está tudo bem entre vocês?

— Sim, tudo excelente. Estamos excelentes. Está tudo excelente. — *Quantas vezes vou querer dizer* excelente?

— Senti um clima meio pesado no aeroporto.

— Imagine! Estávamos ocupadas garantindo que todo mundo pegasse o voo certo! — Bella notou o tom estridente na própria voz enquanto mentia.

Os instintos de Lexi estavam certos, no entanto. Não era que Bella não podia falar com ela a respeito de problemas pessoais. Era que ela não podia falar *daquele* problema específico.

Reprisou mentalmente o vinco perplexo e fundo que se formara entre as sobrancelhas de Fen enquanto aguardavam pelas outras no saguão de embarque.

— Sabe o que sempre admirei em você? — perguntara Fen.

Bella havia esperado, lágrimas riscando as bochechas, sem saber o que responder.

— Sua honestidade. Sua franqueza. Você nunca pedir desculpas por ser você mesma. — Fen pausara, a cabeça sacudindo, os olhos enormes. — Mas agora… Agora não tenho sequer certeza de que sei *quem* você é.

Bella engoliu em seco, com força, afastando a lembrança.

— Certo — disse ela, animada, pegando a mala de Lexi e a colocando na cama. — Vista o biquíni. Vamos nadar!

...

Um conjunto de espreguiçadeiras de madeira já desbotadas pelo sol descansava ao redor da piscina. Bella, tomada pela emoção da viagem e pelo ritmo acentuado de adrenalina, queria fazer tudo ao mesmo tempo: tomar sol, nadar, beber, comer, explorar.

Optou pela espreguiçadeira no lugar mais distante que ainda pegava sol, estendeu a toalha no assento e, então, acomodou-se nela. Usava um biquíni novinho com estampa de oncinha, a sustentação era de tamanha qualidade que mantinha os seios empinados e orgulhosos. A calcinha tinha cintura média e esculpia sua parte de trás em curvas semelhantes a pêssegos.

Cadê a Robyn com as compras? Bella estava louca por uma cerveja trincando.

Da bolsa de praia, tirou um espelho compacto e retocou o batom. Aquilo lhe deu algo para fazer enquanto esperava por Lexi. Bella nunca tinha sido boa em ficar parada.

Deu uma olhada sobre o ombro para as montanhas, imaginando se conseguiria ver Fen. A paisagem parecia árida. Era, em grande parte, arbustos baixos e algumas manchas formadas por árvores mais ao interior da ilha. Empurrou os óculos para cima da cabeça, semicerrando os olhos contra a claridade. Nenhum sinal dela. Uma *corridinha rápida* para Fen significava uma hora correndo em um ritmo inimaginável. Provavelmente já tinha chegado ao topo da montanha.

Precisaria arranjar algum tempo sozinha com Fen naquele fim de semana. Para corrigir as coisas.

— Pronta para nadar? — perguntou Lexi, atravessando o terraço em um biquíni preto básico.

Bella pigarreou, baixou os óculos de sol e colou um sorriso enorme no rosto.

— É claro.

— No mar?

Bella se virou, observando a enseada vazia abaixo. Uma praiazinha de seixos se estendia a um mar cristalino, a água turquesa pouco a pouco adotando tons mais escuros de azul-marinho. A silhueta dormente da ilha vizinha descansava no horizonte; amontoados de construções brancas agarravam-se a ela como crustáceos calcificados a uma baleia.

Bella era o tipo de pessoa que preferia piscinas. Não gostava de ondas. Ou daqueles dedos drapeados e compridos das algas marinhas. Nem de peixes. Não, odiava peixes com seus corpos pegajosos, musculosos e suas escamas reluzentes. Seu lugar era na piscina. Dava para ver o fundo. Dava para saber o que havia nela. O cloro era seu amigo.

Mas era a festa de despedida de solteira da Lexi.

— Vamos para o mar, então.

Degraus de pedra serpentavam íngremes pela face do penhasco abaixo, a tinta branca brilhando sob o sol. Foram descalças, a pedra dolorosamente quente. O cheiro do protetor solar se elevando no ar.

— Porra, são quantos degraus? — murmurou Bella, contornando um lagarto que a observava de um deles.

Ela se virou, apertando os olhos para fitar a villa vazia. Ficava tão no alto que parecia ter sido construída daquela forma para servir de vigia.

Quando chegaram à praia, gotas de suor tinham se acumulado no contorno de seu couro cabeludo. As duas avançaram com pressa pelos seixos que pelavam de quente, então mergulharam as solas queimadas dos pés na parte rasa, fresca e misericordiosa. A água era de uma transparência surpreendente, deixando claro os contornos do leito do mar.

Lexi, assim como na vida, entrou direto, mergulhando de frente e desaparecendo abaixo da superfície ondulada e marcada pelo sol. Ressurgiu momentos depois, o rosto limpo e revigorado.

— Não me molhe! — avisou Bella conforme ia mais fundo, a barriga encolhida, checando para ver se encontrava ouriços-do-mar.

Não existem ouriços-do-mar em uma piscina.

Quando olhou para a villa, avistou uma nuvem de poeira subindo no ar enquanto o segundo táxi chegava. Então, observou Robyn, Ana e Eleanor saírem do carro carregando sacolas de compra na direção da casa.

Não se sentia culpada por ter encarregado Robyn de comprar a comida: ela era a segunda madrinha e, até então, tudo o que fizera havia sido suas perguntas tipicamente entediantes sobre disponibilidade de Wi-Fi e seguro de viagem. Pelo amor de Deus.

Se Lexi notasse a chegada das outras, insistiria em voltarem para a villa e ajudarem as outras guardando as compras. Bella estava desesperada por um tempinho a sós com a amiga. Nadando de peito, avançou pelo mar com o queixo firme acima da superfície da água. Quando alcançou Lexi, apontou um afloramento de rochas queimadas pelo sol.

— Vamos nadar até lá.

Enquanto os braços partiam a água límpida, o sol poente contra o rosto delas, Bella sentiu algo se encaixando em seu âmago, como se aquele algo até então desalinhado tivesse voltado para o seu devido lugar. *Só você e eu.*

5

ROBYN

Robyn empurrou os itens de salada para o fundo da geladeira, abrindo espaço para o vinho branco.

Pronto. Aquele era o último item a ser guardado.

Fechou a geladeira, depois flexionou e arqueou as costas, a dor familiar enfiando as garras em sua pélvis.

Verificou o relógio. Em casa, seria a hora do banho. Imaginou o corpinho de Jack, liso e brilhoso nas bolhas perfumadas. Em algumas noites, ela se maravilhava com o filho: a pele macia e perfeita, a expressão encantada no rosto ao bater as mãozinhas na água morna, ou o momento fofo de envolvê-lo em uma toalha macia, limpo, fresquinho e pronto para dormir. Em outras, queria acelerar a rotina da hora de ir para a cama, descer ao andar de baixo e... O quê? Assistir à Netflix com os pais? Ligar o notebook e colocar o trabalho em dia?

Tirou o celular do bolso do short. *Droga, não tem sinal.* Isso não a surpreendeu, com aquelas paredes grossas de pedra. Pela porta entreaberta, olhou para oeste, na direção da encosta do penhasco. Tentaria conseguir sinal ali de cima.

Avisou Ana e Eleanor, que desfaziam as malas no quarto com duas camas, depois saiu para o ar quente do fim de tarde. Seguiu pelo caminho criado pelo desgaste que abraçava a encosta, o chão duro sob os pés. Os joelhos brilharam pálidos enquanto ela marchava trilha acima, a respiração encurtando devido ao esforço.

Era boa a sensação de se movimentar depois de um dia todo de viagem. A distância percorrida era longa demais para apenas quatro noites. E não eram viagens como aquela parte da crise que o meio ambiente andava enfrentando — pessoas como elas, ziguezagueando pelo continente porque uma festa de despedida de solteira parecia ser um direito de nascença? No passado, uma comemoração daquelas girava em torno de compartilhar comida com as amigas na noite que antecedia ao casamento. Como foi que isso se tornou tão mercantilizado, com kits de despedida de solteira, jogos de bebidas e com perguntas patéticas? Será que alguém sequer gostava dessas coisas?

Robyn não aproveitara a dela, disso ela tinha certeza. Ingênua, tinha concordado que a mãe poderia comparecer. Nunca havia sido capaz de dizer não para ela, que era sempre tão gentil, tão apaziguadora, e que amava *muito* Robyn. Mas, na despedida de solteira dela, sentiu o tempo todo que precisava dar uma segurada.

Havia pelo menos três Robyns habitando seu corpo. A Robyn que ela era para os pais: sensível, gentil, controlada e forte. A Robyn para o trabalho: determinada, muitíssimo organizada e com um traço de ferocidade. E a Robyn para as amigas mais antigas, que aparecia depois de ter bebido umas: espontânea, corajosa e um pouco desbocada. Ter todas essas versões de si no mesmo espaço para a despedida de solteira não foi nada fácil, parecia que não conseguia se lembrar de qual Robyn deveria ser. E ficara tão ocupada trocando de papéis que se exauriu, e tudo o que queria era que a festa acabasse.

Meio parecido com seu casamento, na verdade.

O problema era: ela não sabia qual daquelas versões era a verdadeira Robyn. Não mais.

Cigarras cantavam fora de vista no mato baixo enquanto ela avançava, os músculos da panturrilha queimando, uma camada fina de suor se acumulando sob os braços. Em algum lugar atrás de si, ouviu um raspar, como um tênis chutando o chão. Olhou por sobre o ombro, assustada.

Não tinha ninguém, claro. Um animal, talvez, ou uma pedra solta deslizando. Na luz suave, a paisagem que a cercava tinha perdido a definição. A villa parecia solitária, empoleirada na beira do penhasco, e Robyn teve uma sensação desconfortável, perguntando-se se deveria dar meia-volta.

Olhou para o celular. Ainda sem sinal. Se quisesse encontrar Jack acordado, teria que subir ainda mais.

Os braços iam e vinham ao lado do corpo enquanto ascendia o caminho do penhasco, a respiração fraca. Deus, ela costumava estar em forma. Na escola, fizera parte de todas as equipes esportivas. Joelhos ralados, canelas machucadas e dedos enfaixados eram seu visual mais comum na adolescência. Ela e o irmão, Drew, passavam os fins de semana escalando árvores, montando cabanas e brincando de pega-pega no bosque. Tinha saudade daqueles dias.

Tinha saudade dele.

Robyn chegou ao topo da montanha, sem ar, mas com uma barrinha de sinal piscando no canto da tela. Pressionou *Ligar*, imaginando Jack em seu pijaminha de dinossauro, a nuca ainda molhada, o cabelo com cheirinho de xampu de bebê.

— Robyn! — atendeu a mãe dela, calorosa. — Já chegou?

— Sim, acabamos de chegar na villa. Como o Jack está?

— Uma maravilha! Tivemos o dia mais maravilhoso do mundo. Pegamos o trem até Brockenhurst e passamos a tarde lá. Você devia ter visto a cara dele quando avistamos os pôneis de New Forest!

— Posso falar com ele?

— Ah, desculpa, querida. Por pouco você quase consegue falar com ele. Ele já está dormindo.

...

Robyn continuou no topo da montanha por um tempo, tentando digerir a decepção.

Em algum lugar atrás dela, uma cabra baliu. Ela se virou, procurando-a. Ao fazê-lo, viu alguém correndo pela trilha da montanha, ágil, os pés firmes. Observou por alguns instantes os ombros largos, o cabelo loiro curto e descolorido. A namorada de Bella. As duas tinham sido apresentadas brevemente no saguão de embarque, mas não trocaram mais do que algumas palavras. Tentou se lembrar do nome dela... e, enfim, fisgou-o da memória.

Fen.

Ela corria sem esforço, como se planando, as pernas musculosas, mas esguias. O sol poente a pintava de ouro com um feixe de luz. Os ombros eram bronzeados, e ela vestia uma expressão de foco completo, descomplicado. Robyn ouvira um podcast, havia pouco tempo, sobre estar em um estado de *flow*, ou seja, experienciar o presente por completo, forçando-se ao limite e deixando de estar consciente quanto ao ambiente ao redor. Os melhores atletas, artistas e escritores conseguiam alcançá-lo (assim como todo mundo), mas era passageiro. Algo a ser aprendido. *Fen, do estado de* flow.

Observou Fen com uma sensação crescente de nostalgia, lembrando-se da Robyn que um dia havia sido atlética e forte. Quando engravidara, o corpo musculoso e ágil florescera em um formato novo, e ela se sentiu como uma espectadora, observando aquilo acontecer. Quando entrou em trabalho de parto, estava pronta. Confiava de olhos fechados na própria força, na fisicalidade. Tinha lido um livro sobre parto que falava de mulheres selvagens que se permitiam rugir, mover em consonância com a dor, em vez de temê-la. Mas o corpo dela tivera outras ideias. Depois de se esforçar por doze horas, começou a vomitar sangue. A infecção significava que precisaria ser conectada a um monitor na cama do hospital. Não mais podia se retorcer no chão... mas ainda podia gritar.

— Querida, não tão alto — quem dissera aquilo foi Bill.

Não tão alto?

Robyn estava trazendo um novo ser humano ao mundo.

— Eu vou é rugir! — respondera a ele e, sinceramente, foi a coisa mais excepcional que tinha dito na vida.

E, assim, ela rugiu. Rugiu e rugiu — mas, de alguma maneira, seu corpo, ainda que com toda aquela força animalística, não fizera o que deveria ter feito. Trinta e seis horas e uma voz rouca mais tarde, Robyn concordou com uma cesárea de emergência.

Aquilo não deveria ter importado, pois Jack nasceu em segurança e saudável, com o cabelo escuro espetado e um rostinho rosado que ela não conseguia parar de beijar, mas, mais tarde, importou, quando se deu conta de que a cirurgia envolvera cortar cinco camadas de músculos e tecidos. Uma infecção prolongou a estadia dela no hospital, e seu corpo, um dia musculoso, tornou-se flácido, fraco. Não tinha mais força no abdômen, então as costas levaram a pior — e ela não gostou disso.

Onde um dia houvera um tanquinho, agora havia uma falha entre os músculos abdominais, na qual o interior de sua barriga se abaulava quando tentava contraí-los. Ela fazia fisioterapia, exercícios patéticos de inclinação da pélvis.

— Mas eu costumava fazer elevações na barra. De qualquer altura, eu conseguia subir, me agarrar.

A fisioterapeuta assentira, paciente.

— Um passo de cada vez. Você acabou de ter um bebê.

Sim, mas havia outras mulheres que tiveram bebês — que colocaram três ou quatro deles para fora — e continuavam fortes. O corpo de Robyn a decepcionara. Não confiava mais nele.

Ao observar Fen, no entanto, lembrou-se de que gostava daquilo. De ser poderosa, estar em forma, sentir-se capaz. Ficou fascinada pelo corpo de Fen, pelas saliências musculares.

De repente, a outra ergueu o olhar, notando Robyn. E sorriu.

Robyn sentiu o calor subir pelas bochechas. Sempre tinha sido uma pessoa que corava com uma facilidade terrível.

Fen desacelerou o ritmo, marchando sem pressa na direção dela. Pequenas nuvens de poeira se levantavam a cada passo, as panturrilhas musculosas e macias. Ela parou, mãos na cintura. Vestia uma camiseta antiga de banda, as mangas cortadas, e mal parecia ofegante.

— Gostou da trilha? — perguntou Robyn.

Fen fechou os olhos por um breve momento.

— Achei linda. Todo lugar tem cheiro de alecrim selvagem. Não tem ninguém. Nem uma alma à vista. Nossa, magnífica.

Robyn se pegou sorrindo também. No voo, Fen estivera encurralada por Bella e, para dizer a verdade, Robyn pensara: *Se ela é a namorada de Bella, não vamos nos dar bem.* Uma ideia absurda, crítica. Tempo demais morando com os pais, decidiu.

Naquele momento, estudou Fen por inteiro. Tinha um piercing no nariz, uma bolinha simples de prata na narina direita. De um dos lados, o cabelo descolorido era raspado. Robyn nem saberia como pedir por um corte daquele na cabeleireira. Era do estilo que os pais chamariam de "alternativo". Para eles, tudo era alternativo. Tatuagens. Piercings. Cabelo tingido. Relacionamentos homoafetivos.

Ela olhou para aquela mulher, embebedando-se com a vista, tão cheia de vida, e vitalidade, e confiança, e fascinação. Pensou: *É assim que eu quero ser.*

— Aqui tem sinal? — perguntou Fen, olhando para o celular que Robyn segurava.

— Pouco. Eu estava tentando ligar para o meu filho. Mas ele acabou de dormir. — Robyn sentiu a voz ameaçando vacilar. O que raios estava acontecendo com ela naquele dia?

— Sinto muito — disse Fen. — Você deve estar com saudade.

Robyn confirmou com a cabeça.

— É a primeira vez que viajo sem ele. Ele só tem dezoito meses.

— Corajoso da sua parte ter vindo. Diz muito você estar aqui por Lexi.

Robyn sorriu.

— Eu não perderia por nada.

— Vocês se conhecem desde a escola, certo?

— Sim. Nos conhecemos quando tínhamos onze anos.

Lexi era linda, mesmo naquela época, antes de realmente entenderem a beleza e o poder que ela trazia consigo. Ainda assim, Lexi sempre parecera cansada, com olheiras. A mãe de Robyn comentava: *Aquela garota precisa ir dormir mais cedo.*

Em pouco tempo, Robyn entendeu que os pais de Lexi eram a favor de conversar a respeito daquilo com vozes sussurradas. A mãe era uma ex-bailarina profissional que bebia todas as noites, e o pai corria com carros. Aquela realmente era a profissão dele: pilotar carros de corrida. Era como se tivessem perguntado a duas crianças: *O que vocês querem ser quando crescer?*, e elas tivessem desenhado uma bailarina loira e um motorista de carro de corrida com cabelo escuro segurando um troféu... E aquela era a família de Lexi. Robyn era fascinada por eles: os horários de dormir desregrados, a falta de perguntas a respeito de aonde Lexi ia e com quem, as garrafas de champanhe entornadas rotineiramente, sem precisar de motivo.

— Bella entrou na nossa escola alguns anos depois — contou a Fen.

— Quando ela se mudou de Londres?

— Isso mesmo. Ela passou o primeiro trimestre contando para qualquer pessoa que desse ouvido a ela que, assim que conseguisse, voltaria para a cidade.

— Sempre querendo agradar os outros. — Fen sorriu.

Robyn se lembrava de uma Bella adolescente com rímel grudento e rabo de cavalo alto e escuro, duas mechas tingidas de loiro penduradas uma de cada lado do rosto.

— Bella sabia praticamente todos os xingamentos italianos. Na primeira semana, ensinou nosso professor de geografia a dizer "Que pôr do sol lindo!", quando na verdade era: *Vá à merda e morra!*

Fen riu.

Naquele mesmo trimestre, Bella anunciara que era lésbica.

— Prefiro mulheres — dissera, com tanta facilidade e confiança que ninguém sequer pestanejou, ninguém a questionou, ou riu. — Tenho três irmãos mais velhos e só um banheiro em casa. Se vocês tivessem visto as coisas que vi, também ficariam traumatizadas pelo resto da vida. Mulheres... Nós temos um cheiro melhor. Somos mais bonitas. Nossa pele é macia. Temos curvas. Somos simplesmente... melhores. — Então, encolhera os ombros como se tivesse se decidido, ali e naquele instante. *Sim, mulheres. Bem melhor.*

Lexi e Robyn ficaram deslumbradas. Quiseram mantê-la por perto. Quiseram que Bella se apaixonasse por Bournemouth, tanto que nunca mais fosse embora nem levasse seu brilho e ousadia de volta para a cidade grande. Então a dupla se tornou um trio — e deu certo. Cada uma tinha seu papel. Lexi era o rosto do grupo: selvagem, indomável e sem as amarras impostas pelos pais. Bella era a porta-voz: alta e desbocada de um jeito delicioso, muitas vezes grasnando com sua risada contagiosa. Robyn era a consciência coletiva: leal e atenciosa, pronta para guiá-las na direção certa.

— São elas ali? — perguntou Fen, olhando para baixo, na direção do mar.

Robyn viu as duas nadando rumo à costa, de biquínis, e sentiu uma pontada de decepção por não a terem esperado para nadar.

— Sim — confirmou, observando enquanto Bella se dobrava ao meio de tanto rir.

Ela sempre ria com tudo de si, sem nenhuma dificuldade, o corpo todo perdendo força como se não suportasse carregar o peso da hilaridade e simplesmente colapsasse em cima de fosse lá quem estivesse mais próximo.

Amarraram a toalha na cintura e, em seguida, começaram a subir os degraus de pedra até a villa, onde Bella serviria os drinques e a noite começaria.

Ela se voltou outra vez para Fen.

— Você deu uma corrida pelas montanhas?

— Fiquei perto da encosta, mas tem uma trilha que leva até o topo. Amanhã, vou subir por ela.

— É sério?

— Não curto muito ficar de molho na piscina. Vou sair bem cedinho, enquanto ainda estiver fresco.

— Parece incrível.

— Venha comigo.

Duas palavras. Tão simples. Um convite.

— Ah, não estou muito em forma. Eu te atrasaria.

Fen olhou para ela.

— Não estou com pressa, Robyn.

Robyn não soube o que dizer, então optou por:

— Tudo bem, então.

Bem ali, no topo da montanha, Robyn sentiu o calor reluzente de seu antigo eu, ainda pulsando.

~

Chegamos com muitas bagagens para a viagem.

Levamos sandálias gregas e óculos de sol enormes, vestidos de verão esvoaçantes e shorts que comprimiam a cintura. Havia toalhas turcas e macias com listras rosadas e acinzentadas de tons suaves, nécessaires abarrotados com sombras brilhantes, iluminadores e brilhos labiais. Livros de brochura novinhos aguardavam para serem folheados, e embalagens de protetor solar continham o aroma de coco típico do verão.

Por baixo dos itens de viagem havia outras coisas, coisas privadas, apenas para nós: um saquinho de comprimidos sem embalagem em um bolso lateral; uma garrafinha de gin enrolada em uma toalha; uma fotografia desbotada de um homem com olhos calorosos dentro de um envelope.

Ah, e escondida em uma das malas havia uma escultura da noiva. Mais tarde, seus restos despedaçados seriam levados da villa, dentro de um saco de evidência transparente.

6

ANA

Ana verificou o celular. Sem sinal. Foi para mais perto da janela, aberta bem fundo na pedra. Nada ainda. A falta daquelas barrinhas de conectividade a fazia se sentir absurdamente deslocada. Era londrina: a menos que estivesse no metrô, sempre havia sinal.

Devia ser a espessura daquelas paredes, decidiu, pressionando a palma na pedra gelada. Mais cedo, enquanto as outras comentavam sobre a beleza do lugar, Ana ficara quieta, pois havia achado gritante a semelhança arquitetônica entre a villa e uma caverna, e faltava-lhe cor e calor. Em nada se parecia com seu apartamento de dois quartos, repleto de obras de arte, almofadas coloridas e pilhas de livros.

O quarto com duas camas que dividiria com Eleanor ficava na parte de trás da casa. Ela encarou o anoitecer que chegava, acompanhando o contorno escarpado da montanha. Parecia isolada demais. Nenhum vilarejo. Nenhum prédio. Nenhum trânsito.

Apenas uma trilha poeirenta que serpenteava até a villa. Uma série de arrepios correu pela superfície dos seus braços.

—Toc-toc! — chamou Lexi pela porta aberta, assustando-a. — Só para te avisar que vamos beber no terraço.

Ana esfregou os braços, afastando os arrepios.

— Ótimo. Estou quase terminando de desfazer a mala — comentou, voltando para a bagagem e tirando dali um vestido verde-jade.

—Que lindo. É novo? — perguntou Lexi, entrando no quarto e fechando a porta.

De olho na porta fechada, Ana sentiu um pinicar quente de pânico. Era uma sensação familiar, tão veloz quanto um reflexo. Disse para si mesma: *A porta não está trancada. Você pode sair. Você está segura.* Permitiu que o pensamento criasse raízes e, então, com calma, redirecionou a atenção para a pergunta de Lexi.

— Sim, eu me mimei.

O vestido era vintage, escolhido a dedo de um brechó de luxo que ela amava. Era de segunda mão, mas ainda custou mais do que costumava gastar, e comprá-lo pareceu uma extravagância, assim como a viagem da despedida de solteira. Embora não estivessem pagando pela hospedagem na villa, os voos tinham sido caros, e Ana digladiara consigo mesma para decidir se viria ou não. Gastara uma tempo sem fim orçando, verificando e verificando de novo o fluxo de dinheiro, de modo que ela e Luca não fossem surpreendidos. Embora seu trabalho fosse estável, e a renda tivesse entrada garantida, Ana não conseguia exatamente se livrar do hábito da frugalidade.

Faça algo por si mesma para variar, disse a irmã quando Ana contara a respeito da despedida. *Você não viaja desde que o Luca nasceu. Deixe-o comigo no fim de semana. Veremos filmes, pediremos pizza e comeremos biscoitos de gergelim. Um tempinho com a tia Lenora vai fazer bem a ele.*

Ana ponderara a proposta da irmã e, por fim, pontuou duas palavras com uma batida do punho: *Está bem.*

No entanto, à medida que a viagem se aproximava, sua apreensão quanto ao fim de semana crescia. Era mais do que os gastos que a preocupavam.

Muito mais.

Ela pendurou o vestido e voltou à mala. Lexi tinha se empoleirado na cama ao lado da bagagem. Ana pestanejou. O passaporte estava aberto ali em cima. Pânico queimou em seu peito. Ficara atenta quanto a mantê-lo por perto no aeroporto, certificando-se de que ninguém tivesse acesso, exceto ela.

— Não acredito que faltam só quatro semanas até o casamento — comentava Lexi.

Ana alcançou a mala, fingindo tirar de lá uma toalha de praia. Com um movimento rápido, mas sutil, deslizou o passaporte para fora de vista, guardando-o no bolso da calça.

Lexi não pareceu notar, graças a Deus. Ana voltou a focar no que a amiga dizia.

— Quatro semanas. Só isso? Como você está se sentindo?

— Sinceramente? Estou animada para o jantar, mas as formalidades da cerimônia, a parte de dizer *Aceito* na frente de todas aquelas pessoas... Isso me deixa apavorada.

— Mas você já se apresentou para plateias gigantescas. Pensei que você se sentiria confortável diante da multidão.

— Pois é... me *apresentei*. Mas, no dia do meu casamento, bem, vai ser realmente *eu*.

— Entendi — disse Ana.

Ela sempre preferira ficar ao fundo, nunca desejara o holofote. Não que fosse tímida. Com certeza, não era. Tinha crescido acreditando que, para ser levada a sério, teria que trabalhar com mais afinco, ser mais forte, mais inteligente. Ser algo a *mais*.

— Mal posso esperar para você ver o local do evento. Fica bem à beira do rio e tem um deque maravilhoso... O clima vai ter que ajudar.

Ana sabia que seria lindo, e que o clima ajudaria, e que as flores simples e os cordões de luzes descritos por Lexi seriam perfeitos, porque tudo que a noiva tocava dava certo.

O que fazia Ana se questionar: *Será que o problema está em mim?*

Amava casamentos. A felicidade que permeava a ocasião. Todos tão felizes por estarem presentes. Um sentimento de liberdade. A dança. A comida. O glamour delicado e o romance da coisa toda. Ela nunca se casara — nunca planejara fazê-lo. Houve um punhado de homens ao longo dos anos, mas ninguém que ela adorava, que a fazia pensar: *Sim, quero dividir a minha vida com você.*

Ela tinha Luca. Ela tinha a irmã. Ela tinha o trabalho.

Ela era afortunada.

— Estou tão feliz que você vai estar presente — comentou Lexi, sorrindo de orelha a orelha.

— Mal posso esperar.

Ana confirmou presença no dia em que o convite chegara no envelope grosso cor de creme e forrado com papel de seda. Mesmo enquanto riscava a opção *"Seria um prazer comparecer"*, anotava seus requisitos alimentares e escolhia sua música favorita para a *playlist* da noite, já sabia que não iria: haveria uma emergência.

7

ELEANOR

Eleanor despejou as azeitonas lustrosas em uma cumbuquinha de madeira que encontrara ao fundo do armário. Tudo naquela villa era reduzido, de bom gosto. Sentia que a tia de Fen era uma daquelas mulheres que exalavam estilo, e se perguntou se havia alguma foto dela. Eleanor sempre gostou de pessoas em fotografias: elas não podiam encarar de volta, então o observador sempre tinha tempo de sobra para se decidir se gostava delas ou não, se podia confiar nelas ou não.

Abriu a embalagem de tzatziki. Inspirou. Mergulhou uma colher nela e então chupou o iogurte cremoso e infundido com alho. Poderia comer uma tigela inteira daquilo — espalhado em pão fresco, com batatas fritas mergulhadas, despejado na salada. Tzatziki ia bem com centenas de coisas. Enfiou a colher uma segunda vez e, quando ergueu o olhar, Lexi tinha chegado ao balcão da cozinha. Esperou pela reprimenda, mas a noiva apenas sorriu.

Lambeu a colher até ficar limpa, passou uma água e continuou a pegar o restante dos ingredientes. Da geladeira, tirou meia dúzia de tomates carnudos. (Será que Robyn não sabia? Tomates jamais deveriam ser guardados na geladeira. Caramba, seria melhor Eleanor dar uma olhada no que a outra tinha feito com os abacates.) Lavou a pele vermelho-viva dos frutos, depois encontrou uma faca de vegetais afiada e começou a fatiá-los em rodelas grossas.

Nenhuma das mulheres tinha energia para entrar em outro táxi e ir a alguma taverna, portanto, sem chamar atenção, Eleanor havia começado a montar mezes, despejando amêndoas torradas em um recipiente pequeno, posicionando folhas de videira recheadas em um prato e cortando e torrando pães pita, prontos para serem mergulhadas no homus cremoso.

— Posso te dar uma mãozinha? — perguntou Lexi, afável, colocando uma taça de algo espumante no balcão. A futura cunhada de Eleanor.

Olhou para os punhos de Lexi. Eram tão finos. Será que era possível alguém ter punhos elegantes? Seria assim que os descreveria. Nada de joias, exceto pelo diamante enorme no dedo anelar que seu irmão escolhera.

Lembrou-se dele anunciando: *Conheci uma pessoa.* Ele estava sentado no apartamento de Eleanor, pés apoiados na mesa, gravata frouxa ao redor do pescoço. Era uma visita incomum, e ela mantivera os olhos no irmão, perguntando-se por que teria vindo. Havia uma leveza nos olhos dele, uma euforia que o fazia parecer menos sério. Seu irmão, apaixonado.

Eleanor digitara o nome de Lexi no Google. Nem precisou clicar em *Pesquisar* para saber que qualquer pessoa chamada Lexi Lowe estaria fadada ao estrelato. Perguntou-se o que *Lexi Lowe* faria quando chegasse o momento de mudar aquele seu nome rítmico e aliterante para o sobrenome da família deles: *Tollock.*

Toc-toc! A songamonga da Tollock.

Não foi surpresa, portanto, quando centenas de fotos de Lexi Lowe tomaram conta de sua tela. Havia capturas dela performando com bandas, e havia clipes antigos da MTV de Lexi dançando em um collant tigrado. Eleanor clicara em um vídeo que a deixou mesmerizada por como a mulher se movia, o corpo parecendo líquido, como se músculos, tendões e ossos fluíssem. Mesmo entre um grupo com dançarinos incríveis, Lexi se destacava. Havia algo cativante nas proporções de seu corpo, em sua expressão — completamente entregue aos espasmos da música. Eleanor a assistira, pensando: *Não é de estranhar que Ed esteja apaixonado. A droga da plateia inteira está.*

Quando viu Lexi pela primeira vez, em um jantar na casa dos pais — a mãe deles usando a melhor louça, o pai trazendo uma garrafa de Châteauneuf-du-Pape atrás da outra e tentando não encarar demais —, Eleanor ficou surpresa ao descobrir que *gostava* de Lexi.

As namoradas de Ed sempre foram lindas, mas Lexi parecia diferente. Ela conseguia provocar Ed, fazê-lo rir, questionar as opiniões dele… e ele dava ouvidos a ela. *Talvez com ela…* Eleanor se permitiu ter esperança.

Ao olhar para Lexi, no momento presente, decidiu que tinha alguma coisa na simetria de seus traços, na linearidade precisa do nariz, que fazia as pessoas continuarem observando-a, como se beleza fosse algo matemático possível de ser desvendado, resolvido.

— Não precisa — respondeu, recusando a oferta de ajuda de Lexi.

Em vez de se afastar, Lexi continuou ali. Eleanor não gostava de pessoas conversando com ela enquanto cozinhava. Gostava de se concentrar na comida, na textura em suas mãos, e de experimentar até encontrar o equilíbrio perfeito entre temperos e ervas.

Organizou os tomates em um prato com uma cebola-roxa em fatias bem finas. Em seguida, esfarelou um pedaço de queijo feta por cima, finalizando com uma pitada de orégano fresco colhido de um vaso no terraço.

— Estou tão feliz por você ter vindo para a despedida de solteira — disse Lexi. Ela parecia estar experimentando as palavras, vendo se acreditava nelas ou não. — O que te fez mudar de ideia?

Eleanor piscou, incerta.

— Não sei bem.

Uma mentira.

Quando Ed contara a ela sobre a viagem, dizendo: *Você deveria ir. Vai te fazer bem*, ela havia respondido:

— Qualquer pessoa que diz: *Vai te fazer bem…* precisa cuidar da própria vida.

Ed a observara por um momento, e Eleanor sentira os ombros tensionarem, a pele enrijecer, depois a boca dele se abriu em um sorriso enquanto ria.

— Justo.

Mas, mais tarde, ela recebera o e-mail de Bella. Tinha surgido na caixa de entrada em uma noite de quinta-feira, depois de um dia esculpindo na garagem. Os dedos dela estavam dormentes por conta do frio e tinham um cheiro ligeiramente metálico.

No e-mail, encontrara as fotos da villa, que descansava sob um céu sem nuvens, e isso a fez pensar: *Talvez*. Então, leu o assunto do e-mail: A Viagem de Despedida de Solteira. Gostou.

Não era Despedida da Solteirice de Lexi nem Planos para a Despedida de Solteira. Era apenas A Viagem da Despedida de Solteira. Como se não houvesse nenhuma outra.

Ela havia analisado os nomes — seis ao todo, um grupo seleto — e sentiu-se... como? Lisonjeada? Escolhida? Então, notou outra coisa. Inclinou-se para mais perto, o coração açoitando as costelas.

A tela oscilou, as palavras flutuaram. Ela piscou, passando a mão pelos olhos.

Respirou fundo. Leu de novo.

Hm. Recostara-se no assento, braços cruzados.

E, simples assim, ela *aceitou*.

8

ANA

Ana escutava o som tênue de vozes vindo do terraço. Tomou um banho rápido, colocou um vestido liso de um tom amarelo fraquinho que encontrara em seu brechó beneficente favorito na Kings Cross. Reatou o lenço à cabeça, borrifou perfume no pescoço e nos punhos e, em seguida, saiu do frescor do quarto.

Passou pela cozinha, onde Lexi e Eleanor conversavam, e foi na direção das portas abertas que levavam ao terraço. Lá, fez uma pausa, demorando-se um pouco mais afastada das outras.

Douradas pelo sol poente, Bella e Robyn não paravam quietas ao redor de uma longa mesa de madeira posicionada sob o pergolado. Movendo-se com leveza e acompanhando a música, Bella posicionava fotos laminadas, enquanto Robyn acendia velas, vez e outra olhando na direção de Bella para rir ou comentar a respeito de alguma fotografia.

No trabalho como intérprete de língua de sinais, Ana estava acostumada a interpretar pessoas e situações, notando detalhes que outros deixavam passar: o ângulo do ombro; onde o olhar repousava; as partes do corpo tocadas inconscientemente. A dinâmica entre as duas a interessou: Robyn parecia contornar Bella em uma circunferência ampla, o olhar sempre se voltando para ela para confirmar sua reação ou aprovação. Havia certa desconfiança nas trocas entre elas, não a familiaridade tranquila que teria esperado entre amigas de longa data.

Robyn ergueu o olhar e, notando Ana, perguntou:

— Quer Prosecco?

Ana preferia beber gin batizado com cerveja de gengibre. Prosecco sempre era doce a ponto de ser enjoativo, mas que se dane, beberia com elas.

— Claro — disse, as sandálias estalando ao cruzar o terraço.

Bolhas espumavam na altura da borda quando Robyn entregou a ela uma taça recém-servida.

— Você se lembra dessa noite? — perguntou Bella, sorrindo ao virar a foto para Robyn.

Ana olhou para a foto. Lexi parecia ter uns vinte e poucos anos, o cabelo loiro descolorido e curto. A fotografia devia ter sido tirada no banco de trás de um táxi, os olhos de Lexi desfocados, um vestidinho dourado subindo pelas coxas, uma bolsa aberta e esparramada no banco, a cabeça pendendo na direção da janela.

— Não acredito que você revelou *essa*. — Robyn revirou os olhos.

Tinha outras fotos: versões diferentes de Lexi, em lugares diferentes, com roupas diferentes. A Lexi jovem de uniforme escolar, a gravata como uma bandana ao redor da cabeça, os braços jogados ao redor de Robyn e Bella. A Lexi festiva andando de *banana boat* em um biquíni fio dental. A Lexi descontrolada dançando em um palco, o corpo pintado de prata.

Ana observou as imagens, uma depois da outra, sentindo-se estranhamente desconcertada. Não conhecia nenhuma daquelas Lexis. A Lexi que Ana conhecera ao longo do último ano era uma professora de ioga que amava falar do que andava lendo ou assistindo; que ficava feliz em caminhar por Londres à procura do melhor *pad thai*; que fazia perguntas atenciosas e interessadas a respeito do trabalho dela; que confidenciara a ela que a dança nunca tinha sido sua paixão.

Ana estivera com Lexi quando esta havia escolhido o vestido de casamento, dando para a amizade emergente delas uma seriedade que nunca esperara. Tomavam um drinque juntas, na hora do almoço, em uma estufa-café peculiar na cidade, lugar que Ana descobrira e soubera que Lexi amaria. Do outro lado da rua, notou uma porta azul-clara com uma placa que dizia *Vestidos Vintage de Casamento, apenas com hora marcada*. Atravessaram a rua e tocaram a campainha. Um homem vestido com elegância abriu a porta, um lenço de seda dobrado no bolso do peito do terno, e disse:

— Eu simplesmente *insisto* que vocês entrem.

Foi o primeiro vestido que Lexi viu, bem ali, na frente da arara, esperando como se soubesse que ela estava vindo buscá-lo. De uma cor champanhe-claro, feito de renda francesa. Nada espalhafatoso nem pesado, mas discreto, longo, sem cauda, com um v cavado nas costas.

Quando Lexi emergira de trás da cortina pesada, o cabelo solto nos ombros, a renda caindo a partir de todos os lugares certos do corpo, ela se iluminara.

Nada de véu. Nada de tiara. Cabelo longo e solto, entrelaçado com delicados ramos de mosquitinhos, foi o que decidiram. Assim, Ana percebera que Lexi valorizava sua opinião quando o assunto era estilo.

— Você se importa de não contarmos isso para Bella? — perguntara Lexi enquanto saíam da butique direto para o sol de fim de tarde.

Era uma pergunta que dizia muito, e tudo do que Ana suspeitou a respeito de Bella por conta do pedido havia sido confirmado quando se conheceram: o balanço exagerado dos quadris ao desfilar pelo aeroporto; a risada alta e gutural enquanto era revistada pela segurança; o braço territorial ao redor da cintura de Lexi enquanto embarcavam. No avião, bem quando Lexi estivera prestes a pegar o assento ao lado do de Ana, Bella deu um tapinha no espaço vazio ao lado dela. A noiva lançara a Ana um olhar de desculpa, depois foi para onde tinha sido instruída.

Era interessante testemunhar dinâmicas de amizades de infância acontecendo na idade adulta, mas isso não incomodou Ana. Ela era uma mulher crescida. Tinha um filho adolescente. Uma hipoteca. Uma carreira. Não se estressaria com quem se sentaria ao lado da futura noiva. Que Bella marcasse seu território.

Tomando o drinque, Ana se afastou das fotos, cruzando o terraço. Encontrou Fen parada sozinha, o olhar na água.

— Uma vista linda — elogiou Ana, chegando ao lado dela.

Fen sorriu com facilidade.

— É. É, sim.

— É tão silencioso na ilha. Tão isolado. Uma diferença e tanto de Londres — admitiu Ana. — Você mora em Bournemouth, certo?

Estava tentando ligar os pontos de quem era quem no grupo. Sabia que Lexi, Bella e Robyn tinham frequentado a escola juntas, em Bournemouth, e que Fen era namorada de Bella.

— Sou de Gloucester, mas fui estudar em Bournemouth quando tinha dezoito anos… e acabei ficando.

— Deve ter se apaixonado pelo lugar.

— Uma vez que se vive perto do mar, é difícil ir embora.

— Imagino. Seus pais ainda estão em Gloucester? Estão tentados a se mudarem para o sul?

Houve uma pausa.

— Na verdade, a gente não se fala.

— Sinto muito — ofereceu Ana, falando de coração. — Não deve ser fácil.

— O que não deve ser fácil? — perguntou Bella, cambaleando até elas com uma garrafa de Prosecco.

— Eu estava comentando que não falo com os meus pais.

— Evangelistas ferrenhos — informou Bella a Ana. — Mas... — continuou, enganchando o braço na cintura de Fen, protetora. — ... eles que estão perdendo. Eu estou ganhando.

Fen ergueu a cerveja e deu uma golada, o anel no polegar tilintando contra a garrafa.

Ana admirou a larga aliança martelada em prata.

— Anel bonito.

— Obrigada. Bella que mandou fazer na joalheria onde trabalha.

— Ah. Achei que alguém tinha me dito que você era enfermeira — comentou Ana para Bella.

— Isso ficou no passado — respondeu, um sorriso tenso. — Troquei o turno da noite e os penicos pelo horário comercial e diamantes.

Fen endireitou a postura de modo quase imperceptível, voltando o ombro para Bella.

— Sente saudade?

— Dos penicos? — Bella soltou uma gargalhada. — Você só pode estar brincando.

Houve um momento de silêncio. Fen terminou a cerveja. Disse que precisava de outra.

Bella observou a namorada atravessar o terraço, uma breve indicação de vulnerabilidade denunciada pelo pressionar dos dentes contra o lábio inferior.

Quando Bella se virou para Ana de novo, o sorriso estava fixo no lugar.

— Mas, e aí, e você, Ana? A mais nova amiguinha da Lexi. O que você faz da vida? Como você e Lexi se tornaram tão boas amigas?

O tom de Bella era amigável o bastante, mas Ana entendeu aonde ela queria chegar: Ana era a novata, e seria bom que não se esquecesse disso.

9

ELEANOR

Eleanor abriu o saco de papel, rasgando-o, e revelou um pão fresco e assado em forno de pedra. Fatiou-o em pedaços generosos, inalando o aroma quente e fermentado.

— Você já conhecia a Grécia? — perguntou Lexi, empoleirada na banqueta da cozinha.

— Vim uma vez. Com o Sam. — Pronto, ela tinha falado o nome dele. Era como se precisasse dizê-lo em voz alta várias vezes ao dia para que ele fosse real. Para que ele tivesse existido. — Foi a única viagem que fizemos.

Tinha sido linda, mágica e perfeita, e se houvesse uma semana de sua vida… uma semana que pudesse reviver para sempre, seria aquela. Um hotel barato em Corfu. Paredes finíssimas. Um casal de adolescentes na suíte ao lado que bebia até não poder mais toda noite e se revezava vomitando no banheiro sem janelas. Uma série de tavernas que atendiam ao paladar britânico: hambúrgueres, batatas fritas e pizzas, com uma pequena porção de salada grega para acompanhar. Mas nada podia afetá-los, porque estavam juntos.

— Eu queria tê-lo conhecido — disse Lexi. — Sei que Ed o achava incrível.

Mesmo?

Quis dizer a Lexi que ele era mais do que incrível. Uma vez, quando Eleanor mencionara que não tinha lugar para guardar as ferramentas de esculpir, ele construiu um armário que ocupava todo o pé-direito da parede no final de semana seguinte, e o fez todo alegre, o rádio ligado, cantando rock dos anos 90. Ele amava tudo o que Eleanor cozinhava, muitas vezes se sentando e encarando a refeição durante o primeiro minuto, maravilhando-se e fazendo perguntas. Na metade, deixava a faca e o garfo de lado no prato e pausava para absorver tudo. Nunca se apressava. Amava jogos de computador e, quando desaparecia no quarto de visitas com os videogames, dizia, com um sorriso:

— Vou meditar.

Ele se conhecia muito bem, e olhava para Eleanor como se também a conhecesse — e, ainda assim, a amava.

— Nem imagino como deve ter sido difícil — ofereceu Lexi. — Como *ainda* deve ser — acrescentou, corrigindo-se.

— Ele morreu quatro semanas antes do nosso casamento — explicou Eleanor. — Nunca cheguei a ter uma despedida de solteira.

— Ah. Meu Deus. Eu sinto muito — disse Lexi, parecendo envergonhada. — Está sendo horrível, digo, estar aqui?

Eleanor sabia que estava sendo intensa demais, mas, às vezes, seu desejo era que outras pessoas também pudessem sentir aquilo. Não era culpa de Lexi.

— Dá para levar. Enfim, minha festa não chegaria aos pés da sua. Só um almoço com a minha mãe e a Penelope, que mora no apartamento embaixo do meu. Não perdi muita coisa.

De qualquer maneira, teriam tido um ótimo almoço no Pinocchio's, e Eleanor realmente amava o risoto de *haddock* deles.

Reuniu as fatias grossas de pão e as arrumou em uma cesta, pronta para a mesa.

Lexi deu uma olhada pelas portas abertas, onde as outras riam no terraço, contornadas pela luz suave do entardecer.

— Vou levar as azeitonas para fora — informou, deslizando da banqueta.

— Não fique muito tempo na cozinha. Vamos lá para fora.

As mulheres fizeram uma comemoração breve quando Lexi as alcançou, seguida pelo tim-tim das taças. Todas pareciam relaxadas, felizes e perdidas no momento. Todas sabiam como se portar. Era como se tivessem tido uma aula de HUMANIDADE, à qual Eleanor faltara e nunca mais conseguira tirar o atraso.

Na escola, começava toda manhã de segunda-feira com uma cobra na barriga, gelada e imóvel, que ocasionalmente se movia para lembrá-la de que vivia ali — e, caso não a sentisse, era só porque a criatura estava dormindo. Não precisava de muito para acordá-la: uma risada aguda no fundão do ônibus escolar; um garoto a apontando do outro lado do corredor. *Toc-toc! A songamonga da Tollock!* Uma professora pedindo a ela: *Fale mais alto para te ouvirmos!* A cobra estava lá, atenta, rápida e venenosa.

O irmão era como as outras crianças, aquelas que entendiam a vida. Ed sabia quais eram as bandas mais recentes que precisavam ouvir, ou que ioiôs eram legais — e, mais tarde, que não eram mais legais —, ou que era preciso usar o jeans bem baixo no quadril, em vez de com cinto na cintura. Eleanor não tinha nenhuma daquelas nuances. Mas também, ela passava tempo demais observando. Concentrando-se, sempre com um pequeno vinco no semblante. Ninguém gosta de pessoas que se esforçam além da conta, que encaram.

As pessoas a preferiam quando bebia. Eleanor ficava mais maleável. Menos defensiva. Diziam:

— Nossa, Eleanor. Você é divertida!

Como se a diversão dela fosse uma grande surpresa.

Nas festas, sentia-se como uma atriz inexpressiva que lia o tempo todo as direções de palco. *Pare de segurar o copo com força! Coloque as mãos no bolso para parecer mais relaxada. Sorria! Você está mordendo o lábio. Sorria, pelo amor de Deus!*

E, então, ela compareceu àquela festa específica na qual o conheceu.

— Sam Maine — disse em voz alta para a villa.

Estava lavando os copos quando o conheceu. Preferia ter algo com o qual se ocupar nas festas. Seriam apenas vinte minutos até o táxi chegar para levá-la até em casa, para seu pijama e chá de menta. Se tomasse seu tempo lavando a louça, isso a manteria ocupada até então.

— Quer uma mãozinha? — perguntara Sam.

— Não, obrigada — respondera ela, sem tirar os olhos da pia.

— Também não sou fã de festas em casa — comentara ele, recostando-se despreocupado na bancada da cozinha.

Quando ela, por fim, erguera o olhar, ele sussurrou:

— Ninguém lava a louça se está se divertindo. — E sorrira.

Ela também.

E, então, o analisou do jeito certo, o modo como a barba rala afinava no centro do queixo, deixando uma parte macia de pele rosada, e o caimento péssimo do jeans. Sam contou a ela que trabalhava com publicidade digital, mas que ainda estava de luto pelo melhor trabalho da sua vida: caixa na Blockbusters. Muitas vezes, ele dizia a coisa errada, contava uma piada patética ou não entendia o contexto do que a galera dizia. Mas, quando entendia errado alguma coisa,

Sam ria. Era o que acontecia — ele ria de si, como se tivesse achado aquilo genuinamente engraçado. Quando Eleanor entendia alguma coisa errado, sentia vergonha, humilhação. As bochechas queimavam, e ela baixava o olhar.

— Como você faz isso? — perguntara a ele uma noite assim que chegaram em casa, logo depois de jantarem com Ed e alguns dos amigos dele.

— Faço o quê?

— Não dar a mínima para o que as pessoas pensam.

— E por que eu daria? Não dá para agradar todo mundo. Para mim, só deveríamos tentar agradar a uma única pessoa.

Eleanor sentiu que deveria saber a resposta. Na verdade, ela sabia, sim.

— Você mesmo.

A Arma da Sabedoria. Tinha sido isso o que ele disparou. Pequenas balas de verdades que pareceram tão simples quando ele as disse, mas tão difíceis de serem encontradas quando as vozes na cabeça dela ficavam altas demais. Ela descobriu que a maior parte da sabedoria era conquistada a duras penas. Na adolescência, Sam tinha sido o cuidador da mãe, que sofrera de Parkinson. Ele havia comentado como era difícil — mas que também houvera beleza, e escuridão, e humor, e luz, e amor, e medo, e esperança, tudo, porque a vida era assim. Ele aprendera essas coisas com a mãe, observando como ela viveu seus últimos anos. Quanto a Eleanor, bem, ela não teve oportunidade de conhecer a sogra, o que era uma pena, pois queria ter pegado as mãos da mulher e a agradecido por ter criado um homem tão maravilhoso como Sam.

Dez meses, foi isso o que tiveram juntos, quando, em teoria, deveriam ter tido uma vida toda.

Mas que merda, hein, vida? *Fala sério.* Mas. Que. Merda.

Ela tocou as duas alianças que usava em uma corrente ao redor do pescoço. A dele e a dela. Lembrava-se de tê-las buscado na joalheria, com Sam morto havia apenas quinze dias, e ela diante do balcão, os olhos fervendo com emoções enquanto estudava a inscrição que ele mandara fazer em segredo. *Sempre ao seu lado.*

Uma risada ladrada e alta soou no terraço.

Eleanor ergueu a cabeça com tudo. Sabia de qual mulher aquele som havia irrompido. Observou o modo como ela ria com a cabeça inclinada para trás, um drinque na mão, como se o mundo estivesse apenas esperando ser tomado.

Sentiu o desenrolar lento da cobra em seu interior. Venenosa e mortal.

~

Estávamos todas prontas para uma viagem.

Queríamos entregar nossos corpos ao beijo quente do sol. Queríamos desperdiçar as noites em tavernas gregas, encharcando pedaços de pão com azeite de oliva e orégano. Queríamos beber cervejas geladas e bebericar a doçura gelada da Fanta Limão direto das garrafas de vidro. Queríamos o mar, azul e brilhante, com um tapete de cascalhos brancos. Queríamos nos cercar de outras mulheres e falar de comida, viagem e sexo — em vez de trabalho, filhos e o envelhecer dos pais. Queríamos redescobrir aquelas nossas partes que eram mais livres, mais sedutoras e mais divertidas. Queríamos que nossas amigas fossem nosso espelho, que refletissem nossa melhor e mais reluzente versão.

Queríamos tudo.

E merecíamos. Foi o que dissemos a nós mesmas: Nós merecemos.

No entanto, uma de nós pensava em algo diferente. Em algo mais sombrio.

ELA merece.

10

BELLA

Sem derrubar uma gota sequer de Prosecco, Bella conseguiu ajustar o vestido com apenas uma das mãos. Era um vestido amarelo-canário sem alças que comprimia a cintura e realçava o busto. Sentia-se atraente nele — e um pouco suada. Porém, se continuasse bebendo, era provável que acabaria tirando a roupa e pulando na piscina.

Ela deu meia-volta, observando o terraço banhado pelo sol poente com sua luz rosa-dourado. A luz das velas dançava em lamparinas amplas de vidro, e pisca-piscas brilhavam entre as videiras grossas, dependuradas e enroladas ao longo do pergolado. As mulheres conversavam, Lexi parada ao centro, parecendo relaxada e em paz.

Bella levou os ombros na direção das orelhas, sentindo uma onda de prazer e orgulho. Tinha conseguido! Estavam na Grécia para a despedida de solteira de Lexi — e era ela, Bella Rossi, quem fizera aquilo acontecer. Ergueu a taça.

— A você, Lexi — anunciou para o grupo. — Feliz despedida de solteira!

As outras também ergueram as taças.

— Feliz despedida de solteira!

Lexi se iluminou.

— Obrigada!

Bella aumentou o volume da música. Madonna, "Like a Virgin". Tinha feito uma *playlist* chamada "As Eras de Lexi", e aquela faixa não parava de tocar em seu quarto na adolescência, enquanto enrolavam o cabelo com cacheadores fumegantes, os irmãos de Bella tentando espiar Lexi pela porta entreaberta.

Sentiu no peito um anseio para se soltar. Queria que a música tocasse tão alto ao ponto de sentir o sangue ferver em sincronia. Queria uma carreirinha de cocaína, só para sentir que brilhava. Queria fugir para uma balada, sentir o mar de corpos zumbindo, e se contorcendo, e se movendo. Queria reaplicar o batom pegajoso em um banheiro sufocante e abarrotado de mulheres. Queria dançar com Lexi, uma fitando a outra, a pista de dança toda sendo atraída por elas. Sim. Aquela energia. De sair da balada com as pernas cambaleantes às duas, três ou quatro da manhã e ir para qualquer lugar... aonde fosse que houvesse uma festa... corridas de táxi por Londres, quartos de hotel, frigobares. Ela queria isso tudo.

Com seus vinte e poucos anos, aquelas noites eram o que moldavam as suas semanas. Na época, trabalhava de enfermeira, vivendo na miséria para arcar com a farra quando não estivesse de plantão. Depois, voltava para o hospital, cheia de histórias de noites inimagináveis que faziam os pacientes sorrirem.

Deu uma olhada em Lexi, que segurava a taça na mão, conversando com Ana. Ainda que Lexi tenha dito que não queria ir a uma balada na viagem, Bella era a dama de honra. Tinha um trabalho a fazer, e planejava fazê-lo *direito*. Daria aquela primeira noite a elas. Deixaria que aproveitassem os pequenos mezes acolhedores, depois mostraria quem estava no comando.

Tirou outra garrafa de Prosecco do balde de gelo, chacoalhando-a de leve para que a rolha voasse e a bebida borbulhasse borda afora, conquistando gritinhos de alegria e taças estendidas com pressa. Brindaram de novo, vidro tilintando, música tocando, a noite quente contra a pele delas. Sim, aquilo era bom.

Robyn se aproximou em um vestido azul-marinho que mais parecia ter sido feito para uma *entrevista de emprego* do que para uma *festa de despedida de solteira*. Com a voz baixa de alguém que organizava eventos, disse:

— Deveríamos entregar os presentes hoje à noite?

Quinze dias antes, Robyn mandara um e-mail para as outras sugerindo que cada uma fizesse um presente para Lexi que "refletisse a amizade delas".

Bella revirara os olhos para a tela ao ler aquilo.

— É claro. Se você quiser.

— Que tal agora, antes de comermos?

Bella notou como Robyn parecia exausta. Filhos. Era aquilo o que eles faziam com uma pessoa. Ela tinha visto o garotinho de Robyn apenas uma vez. Jack. Era fofinho; tinha os olhos enormes e inocentes da mãe, e um sorriso torto que indicava um traço travesso.

Os três irmãos de Bella eram todos casados e tinham filhos. Ela era, portanto, tia de seis meninos e uma menina — cujo nome era Lolita, pelo amor de Deus! —, que a família mimava até não poder mais, e em quem Bella já notava sinais preocupantes de si mesma, tipo o modo como a menina verificava quem estava de olho antes de dar uma pirueta. Mas Bella não queria ter filhos. Aquele tinha sido um assunto discutido com Fen logo de cara. Doadores de esperma e inseminação artificial não eram o problema, a questão era que não queria ter um bebê em seu corpo. Não, gostava do corpo com apenas as entranhas do lado de dentro, muitíssimo obrigada. Sem falar de que gostava de ser a Tia Bella Divertida. Não queria impor regras nem servir lanchinhos saudáveis. Amava quando os sobrinhos se amontoavam ao redor de seus tornozelos como pequenos abutres, caçando quaisquer doces guardados na bolsa.

— Falando nisso — disse Robyn —, eu queria te agradecer por ter arrumado a villa com Fen. É perfeita. Lexi parece muito feliz.

— Ah, de nada — disse Bella, desarmada pelo elogio. Ela olhou para Lexi. — Você tem razão. Ela parece mesmo feliz.

— É legal estarmos juntas de novo. Todas nós — adicionou Robyn.

Bella sentiu os ombros relaxarem.

— É, sim — concordou, com sinceridade.

Uma longa pausa se seguiu.

— É melhor eu ir organizar os presentes — disse Robyn, e então se afastou.

Aquele vinha sendo o problema entre ela e Robyn nos últimos tempos: ficavam sem ter o que falar. Era como se toda conversa empacasse em uma rua sem saída. Bella levou a taça aos lábios e tomou mais um gole.

...

Os pés das cadeiras rasparam contra a pedra enquanto as mulheres se acomodavam sob o pergolado. Velas tremeluziam nos potes, a luz reluzindo nas hastes longas das taças.

Robyn organizara, de maneira artística, a pilha de presentes diante de Lexi. Então, se posicionou ao lado da noiva, as mãos unidas, e disse:

— Todas quisemos fazer um presente que dissesse algo a respeito da nossa amizade com você. Você precisa adivinhar quem fez qual.

— Mas, antes de começarmos — interrompeu Bella, empurrando a cadeira para trás e também se levantando —, vamos nos certificar de que todas estamos com a taça cheia. — Então, pegou uma garrafa de Prosecco e começou a contornar a mesa, reenchendo cada uma das taças. Parou ao lado de Fen, inclinando-se para perto do ouvido da namorada, e sussurrou: — Seu perfume está divino.

Voltando para a ponta da mesa, falou:

— Agora, sobre a gestão doméstica: temos três regras nesta festa.

— Lá vamos nós — gemeu Lexi.

— Primeiro: todas bebemos quando a noiva beber.

Lexi ergueu a taça no ar e, em seguida, levou-a até a boca, tomando um gole de Prosecco. As outras a imitaram no mesmo instante.

— Segundo: a futura esposa não deve ter qualquer contato com o noivo. — Encarou Lexi. — Entendido?

Com a mão livre, Lexi fez uma saudação.

— E terceiro... — disse, dirigindo-se ao restante do grupo. — O que acontece na despedida de solteira fica na despedida de solteira!

— Um brinde a isso — propôs Ana, erguendo a bebida.

Todas brindaram, e a noite parecia estar cheia de promessas.

— Agora, aos presentes! — anunciou Robyn, sorrindo.

— Certo — disse Lexi, deixando a bebida na mesa. A aliança de noivado reluziu sob a luz das velas quando ela pegou o primeiro presente. Estava embrulhado em papel-alumínio. — Da Bella?

— Culpada. — Ela sorriu. — Tecnicamente, não é algo que eu *fiz*. Está mais para algo que recortei.

— Intrigante. — Lexi abriu o alumínio amassado e tirou de lá um tomara que caia com lantejoulas. — Ibiza, 2010! Peitos espaciais! Nossa viagem depois das provas.

— Sim! — exclamou Bella, erguendo a taça. — A gente devia ouvir "We No Speak Americano". — Tinham dançado ao som daquela faixa durante todo aquele verão, de início achando-a cafona pra caramba e, depois, ficando fissuradas pela batida chiclete. — Foi o verão em que você conseguiu o emprego na Podium. Lembra? — perguntou, estendendo a mão para pegar a de Lexi, apertando-a.

A noiva fez que sim, sorrindo com todo o seu ser, como se desse para sentir o gostinho de uma vida passada.

Bella contou para as outras:

— Era para a viagem ter durado só uma semana. Uma celebração depois de termos arrasado nas provas, como dizíamos. Mas, então, a Lexi foi notada pelo gerente de uma boate, que a convidou para ser uma das dançarinas. Você passou a maior parte daquele verão pintada de prata e vestindo peitos espaciais.

— E você passou a maior parte dele bebendo à custa do meu salário!

— Você foi com elas? — perguntou Ana a Robyn.

— Não. Não deu. Eu tinha um trabalho que dependia de mim em casa. — Robyn sorriu, estoica, antes de seu olhar pousar no colo.

Bella sentiu a recriminação: dificilmente era culpa dela que o apartamento que conseguira por indicação de um amigo tivesse um quarto só. Ou que acabaram ficando em Ibiza pelo verão todo. Se Robyn quisesse mesmo ter ido junto, teria dado um jeito.

— Sentimos sua falta naquela viagem — acrescentou Lexi, leal, estendendo a mão livre na direção da de Robyn.

Quando eram adolescentes, costumavam ficar de mãos dadas o tempo todo. Sempre que caminhavam, faziam isso de braços ou mãos dadas. Bella sentiu uma onda de nostalgia por aqueles dias na escola, quando as três eram inseparáveis e a vida parecia mais simples.

Lexi soltou a mão das duas e pegou o presente seguinte. Aquele era fino, embrulhado com páginas de um quadrinho antigo.

— Não é algo que fiz — admitiu Ana, o queixo descansando no punho com naturalidade. — Mas é algo de que achei que você fosse gostar.

Com cuidado, Lexi tirou o embrulho e revelou um livro usado. Virou-o para ver a capa, e seu tom de voz cresceu ao dizer:

— Jack Kerouac. *Pé na estrada*!

Ana se animou.

— Vi em um sebo na minha rua. Eu tinha que comprar. Amo essa edição... e sei que é um dos seus favoritos.

É? Bella sequer fazia ideia de que Lexi lia livros. Quando estavam juntas, falavam de filmes, e sexo, e músicas, e festas.

Lexi se inclinou por cima da mesa, envolvendo Ana com os braços. Foi um dos abraços de ioga de Lexi: demorado e cheio de significado, provavelmente trocando conectividade ou energia, ou fosse lá o quê.

— Eu amei. Obrigada.

O presente seguinte era de Fen, que fizera para Lexi um vale exclusivo para uma sessão de treinamento individual. Tinham discutido o presente juntas, antes da despedida. Fen ficara preocupada achando que não seria algo tão atencioso, mas Bella sabia que a amiga não pensaria duas vezes antes de usá-lo e fazer perguntas a Fen sobre nutrição e exercícios. Bella amava como as duas tinham se dado bem sem qualquer dificuldade.

O presente de Robyn foi o próximo. O embrulho elegante de cor creme e laço do tom de chocolate, atado com destreza, entregavam a amiga. Suspeitava de que, em casa, Robyn tinha uma gaveta dedicada a presentes, organizada em lembrancinhas preventivas, rolos de papel de embrulho e cartões. Bella tomou uma golada da bebida, secando a taça.

Lexi ofegou ao encontrar um álbum de fotos. Duas décadas de amizade impressas de maneira bonita em papel creme de boa qualidade, completo com legendas sentimentais. Típico de Robyn ser tão cuidadosa e se exibir por isso.

— Olhe só, vocês três! — gritou Fen, apontando enquanto Lexi folheava as páginas.

Bella inclinou a cabeça para ver uma foto dela, Lexi e Robyn de galochas, posando com o sinal de paz nos dedos.

— Glastonbury. — Lexi sorriu. — A gente devia ter... o quê? Uns dezessete?

Robyn assentiu.

Bella se lembrava de ter dirigido até lá e deixado o carro em um terreno qualquer antes de caminharem quilômetros a fio com mochilas emprestadas nos ombros. Quando chegaram na entrada do festival, deram uma nota de cinco para que as deixassem entrar por um buraco na cerca, que um adolescente mantinha aberto com um alicate. Tinha sido um daqueles anos lamacentos, e as três fizeram linhas tribais de lama nas bochechas. Usavam galochas e shorts jeans, coroas de flores entrelaçadas no cabelo e glitter que brilhava sob os traços de lama.

Bella deu uma olhada na foto seguinte, sentindo o batimento acelerar. Tinha sido tirada em uma piscina, Lexi montada nos ombros de um cara do terceiro ano. Fora editada para incluir apenas ele e Lexi no enquadramento, mas, se a foto estivesse completa, Bella teria estado ali na piscina, com Robyn nos ombros.

Até podia ter sido cortada da foto, mas Bella jamais se esqueceria daquela noite. Sequer um momento dela. O baque seco de um crânio contra o concreto. O sangue fresco na lateral da piscina. A espera sem fim no pronto-socorro, seu biquíni molhado encharcando o vestido.

Ouviu um arfar coletivo e olhou para o outro lado da mesa.

Lexi segurava o último presente. Havia um arquear perplexo em sua sobrancelha.

— Nossa… Não acredito… Meu Deus, obrigada, Eleanor.

Duas manchas rosadas surgiram nas bochechas pálidas de Eleanor. Sua voz soou comprimida, defensiva, quando disse:

— O e-mail dizia para fazermos alguma coisa… Eu não sabia o quê… Essas são as únicas coisas que sei fazer.

Lexi precisou de ambas as mãos para segurar a escultura pesada de bronze. Era uma dançarina, a cabeça inclinada para trás, a garganta exposta, o cabelo caindo pelas costas musculosas e esbeltas. A expressão era de êxtase, os olhos fechados.

Não era uma dançarina qualquer. O detalhamento estava claro, a expressão tinha sido esculpida com habilidade e precisão.

Era Lexi.

— Garotas — anunciou Bella, sorrindo —, acho que temos uma vencedora!

11

ELEANOR

Eleanor tinha entendido errado. Percebeu imediatamente. Soube assim que Lexi abriu o primeiro presente, um punhado idiota de lantejoulas remetendo a alguma noitada em alguma boate.

Enquanto todas se amontoavam ao redor da escultura, sentiu a pele queimar, corando até as pontas das orelhas.

— Caramba! — exclamou Ana. — Você quem fez?

— Eu sou escultora.

— Ficou incrível demais. Os detalhes. A expressão da Lexi... Você a capturou perfeitamente. Eleanor, você é tão talentosa.

Ela queria que Ana parasse de falar. Queria que alguém dissesse: *Ei, venham aqui ver a lua. O mar. Um lagarto comendo um grilo.* Qualquer coisa!

Aquele era o tipo de coisa que Eleanor sempre entendia errado. Na época, parecera óbvio. *Façam algo para Lexi = escultura.* E, já que não fazia ideia do que a cunhada gostava, além do irmão, pensara: *Dança!*

Havia gostado de fazer o molde de argila, preparando-o para a fundição. A intenção era que fosse algo simples: fazer as linhas do corpo, o tônus muscular... mas então tudo começou a dar certo, e ela teve aquela sensação estarrecedora de se perder no trabalho. Era tão bom não pensar na falta que Sam fazia. Apenas trabalhar, criar. Então, passou a trabalhar a argila para criar os traços, os olhos, os lábios volumosos, as tiras do collant. E, com isso, a escultura se tornou Lexi.

Quando terminou, olhou para a obra sob as luzes do ateliê e soube que tinha ficado boa. Uma de suas melhores. Acabou se perguntando se não seria melhor que fossse o presente de casamento (algo que poderia dar para eles enquanto casal), mas aí não teria nada para dar na despedida de solteira. No final das contas, decidiu levá-la para a villa. Mal conseguira enfiar as outras coisas na mala, porque a escultura pesava muitos dos quilos permitidos na bagagem. Então ali estava ela agora, com apenas duas trocas de roupa e uma escultura de bronze da cunhada.

Caso Sam estivesse ali, ele a teria beijado na cabeça e dito algo reconfortante, como:

— EJ, ficou lindo. Deveria se orgulhar.

Mas o que sentiu foi vergonha. Sua emoção de fábrica. O resultado de quando se está acostumada e ficar na fila da cantina da escola e alguém lhe sussurrar à nuca: *Aberração. Ande logo. Você está me tirando o apetite.* Ou quando se sabe como é sentar sozinha na parte da frente do ônibus escolar, ombros encolhidos, esperando ser atingida por uma apostila, uma bola de tênis, um calçado na nuca. Uma pessoa assim engole tudo pelo que passou e diz a si mesma que, provavelmente, fez por merecer.

Ergueu o olhar, bem a tempo de ver Bella fingir beijar a escultura.

Não. Poderia até se envergonhar, mas não aturava chacotas. Principalmente vindo dela.

— Dá para ver que você achou a escultura um exagero. E talvez tenha sido. Nunca participei de uma despedida de solteira. Não sei quais são as regras implícitas. Nunca nem soube as regras claras. Simplesmente achei que seria bacana. Quis fazer algo *bacana* para a Lexi.

A risada de Bella morreu, e ela, com o rabo entre as pernas, colocou a escultura na mesa.

— Desculpa. Foi grosseiro da minha parte. A escultura ficou maravilhosa, Eleanor. Sério. Só estava zoando, porque… achei meio intensa.

Houve uma longa pausa.

— Então que bom que não dei para a Lexi a versão nua.

Bella a encarou. E, em seguida, caiu no riso. Todas elas.

Eleanor tinha se lembrado de uma das regras, afinal: humor.

12

LEXI

Lexi não conseguia dormir. Em algum lugar próximo ao seu rosto, um mosquito zunia. Estava quente e um completo breu no quarto, tão escuro que não dava para ter certeza se os olhos estavam abertos ou fechados. Ao lado, ouvia o arrastar lento da respiração de Robyn.

Nunca conseguia dormir quando chegava a um lugar novo. Tinha lido uma matéria a respeito daquilo havia um tempo. *O efeito da primeira noite*, era o título. Algum tipo de retrocesso evolucionário que tinha a ver com o hemisfério esquerdo do cérebro continuar ativo para que pudesse se manter alerta a ameaças ou a perigos em potencial.

Lexi colocou as pernas para fora da cama, pressionando a sola dos pés no piso frio. A pele parecia estar grudenta; o peito, apertado. Arrancou do corpo a camiseta de Ed, ansiando sentir uma corrente de ar. Sentiu o cheiro da loção pós-barba do noivo, uma nota cítrica e forte combinada com algo defumado. No fundo da garganta, uma piscina de saliva se formou.

Levantou-se, movendo-se em silêncio em meio à escuridão, os dedos abertos como antenas. Foi até as persianas, abrindo-as. A lua estava encoberta pelas nuvens, e a noite se estendia infinitamente, nada interrompendo a escuridão, exceto o brilho sinistro da piscina.

Lexi girou a aliança de noivado, sentindo falta das luzes de Londres e da orquestra reconfortante do trânsito na cidade. Ali, havia apenas o zumbido dos insetos, o quebrar distante do mar. Nada de postes; nada de casas; nada de sinal de celular.

Apenas elas.

Deu meia-volta. O coração estava disparado. Não havia sossegado o dia todo. Na ponta dos pés, saiu pela porta do quarto e desceu a escada, indo em direção à cozinha.

Ao abrir a geladeira, piscou diante da claridade interior, gostando do sopro de ar gelado. Pegou uma garrafa de água mineral e se serviu em um copo alto. Bebericou devagar, um dos quadris encostado no balcão da cozinha, permitindo que a respiração voltasse ao normal.

Era estranho estar ali. Na Grécia. Celebrando sua despedida de solteira. Era a pressão o que a estava deixando desconfortável, decidiu. Todas terem vindo por causa *dela*.

Ou talvez fosse o casamento. Alguns anos antes, estivera na recepção de casamento de um amigo quando se pegou sentada sob um carvalho enorme, a lua brilhando por entre os galhos, Bella ao seu lado entornando uma garrafa gratuita de vinho que pegara da mesa delas.

— Me prometa que nunca faremos aquilo — dissera Lexi.

Bella deu uma olhada no outro lado da marquise aberta, onde uma mulher de meia-idade dançava irremediavelmente fora do ritmo da música, a saia erguida ao redor das coxas.

— O quê? Dançar mal, em duas peças de roupa da M&S, ao som de Lionel Richie? Não vou fazer uma promessa que não poderei cumprir.

Lexi sorriu.

— Eu quis dizer, me prometa que não vamos nos casar.

— Aí, sim! Essa promessa eu consigo cumprir. Não vamos nos casar. Vamos festejar, nos aventurar e desaparecer para irmos a um festival sem pensar duas vezes. Esses brochas com hipotecas e planos de aposentadoria podem ler na cama ao lado da mesma pessoa pelas próximas quatro décadas. Eu prefiro pagar parcelas na loja de lingeries de que gosto, muito obrigada.

Lexi pousara a cabeça no ombro de Bella.

— Eu te amo.

— É claro que ama.

No entanto, ali estava ela, a quatro semanas de dizer *Aceito* para um homem que mantinha os óculos de leitura na gaveta ao lado da cama e assinava o *Financial Times*. Ainda assim, descobrira que, talvez, realmente quisesse aquilo. Talvez gostasse de dormir sóbria, cedo, ao lado dele e com um livro nas mãos. Talvez gostasse de morar na casa de Ed, onde sempre havia comida boa na geladeira e toalhas limpas no banheiro. Talvez quisesse fazer parte daquele sonho de ter um lar, um marido, uma família.

Mas e se o apelo não fosse nada mais do que um truque da novidade? Como estaria dali a um ano? Três? Cinco? Ainda na mesma cama. Com o mesmo homem.

Lexi pousou o copo, pressionando a ponta gelada dos dedos na testa.

O casamento dos pais não era nenhum exemplo de felicidade. Enquanto a filha crescia, o pai quase sempre estivera pilotando carros de corrida e, naqueles períodos, a mãe entrava em crise: vestia as mesmas roupas por dias e se esquecia de comprar comida ou de preparar o lanche de Lexi para a escola; as lixeiras transbordavam com as embalagens das refeições que pediam e garrafas de vinhos; as janelas ficavam fechadas e louça entulhava na pia. Então, na véspera do retorno do pai, a casa era limpa de maneira frenética, as janelas eram abertas ao máximo para que o ar fresco ventilasse em todos os cômodos. A mãe tingia o cabelo e pintava as unhas. Roupas novas apareciam. A geladeira era reabastecida, e ela preparava uma refeição que fazia a casa voltar a cheirar como um lar. Lexi era forçada a colocar um vestido bonito e a pentear o cabelo, cerdas duras arranhando o couro cabeludo, deixando-o rosado e dolorido.

Lexi aprendera aquela dança ao longo dos anos, compreendendo que as duas precisavam estar reluzindo para o retorno do pai. Queriam que ele ficasse em casa, queriam mostrar a ele como a vida que lhe ofereciam podia ser alegre e acolhedora. Lexi precisava ser a garota linda e indomada que o pai dizia que era. As duas mantinham a performance porque, quando ela ou a mãe estavam tristes, ou quando se estranhavam ou choravam, o pai saía do cômodo, saía da casa, saía do país.

Saía.

Lexi precisava de um pouco de ar. Ela atravessou a cozinha, saindo para o terraço escuro. O restinho de uma vela ainda tremeluzia na mesa principal, lançando luz na escultura de bronze dela. Lexi a pegou, sentindo o peso frio contra a mão.

Uma dançarina. Era o que ela tinha sido, um dia. Eleanor capturara perfeitamente expressão. Quando Lexi estava perdida no momento, na música, dançando e se conectando ao ritmo, esse costumava ser seu momento de êxtase.

O bronze estava gelado sob a ponta de seus dedos enquanto traçava a boca entreaberta. Às vezes, ainda ansiava pelo aplauso de uma plateia, pelo brilho de uma roupa de apresentação, pela festa depois, pela efervescência da adrenalina que cintilava.

Será que ansiaria pelos braços de outro homem, pela novidade de um quarto de hotel, pela sensação adocicada do desejo bem fundo entre as pernas? Talvez, talvez ansiaria.

— Eu amo o Ed — disse, em voz alta, para a noite.

Ele tinha atitudes que demonstravam seu carinho, como quando se certificava de que haveria uma garrafa de champanhe à espera de Lexi e das amigas em uma noite fora, ou quando a surpreendia com uma entrega de croissants fresquinhos em uma manhã de sábado, nos fins de semana em que não estava presente. Ela amava que, a cada quinze dias, Ed levava a mãe para jantar, e que, em segredo, gostava de assistir a programas ruins na TV para espairecer depois do trabalho.

O que era aquilo, então? O medo crescente do qual não conseguia se livrar? Deu uma olhada por cima do ombro, até onde as montanhas se acumulavam, pretas e pesadas. Lexi queria que estivessem mais perto da cidade. Queria poder sentir o pulsar das outras pessoas, ver as luzes tremeluzentes das tavernas ou os barcos no porto, ouvir o motor dos ciclomotores passando.

Na villa, estavam tão isoladas… Não tinham carro. Nenhum jeito de sair. Parada na escuridão vazia, Lexi experienciou uma sensação estranha, rasteira, que a deixou com a nuca arrepiada: ela não estava sozinha.

Alerta, ouviu. O cantar das cigarras. O murmurar baixo do mar.

Ela se virou.

A piscina estava na frente dela, iluminada por um brilho esverdeado subaquático.

Piscou.

A escultura escorregou dos seus dedos, ressonando na mesa.

Boiando de barriga para baixo na piscina, havia um corpo.

13

ELEANOR

Eleanor ficou imóvel, água selando seu nariz, pressionando os olhos abertos, abafando os ouvidos e pesando o algodão da camiseta.

O desejo por ar era natural, urgente, chutava-a no peito e gritava: *Respire!* Ela se manteve firme enquanto os pulmões queimavam.

De repente, houve uma explosão de barulho; água borbulhando, branca; um grito gargarejado. Então, uma dor dilacerante no couro cabeludo.

Estava sendo puxada para cima pelo cabelo. Os braços se agitaram, balançando em todas as direções. Uma colisão de membros, água, palavras. Ouviu o próprio nome antes de voltar a afundar, olhos arregalados com a ardência do cloro.

Eleanor conseguiu estabilizar os pés e se impulsionou para a superfície, arfando.

Lexi estava na piscina, o rosto assolado e a voz estridente quando gritou:

— Eleanor! Eleanor!

Eleanor se afastou com tudo, sugando o ar bem fundo no peito.

— Você está bem? — gritou Lexi, o rosto sem cor.

— Sim... Eu...

— Meu Deus, o que você estava fazendo?

— Eu... Eu estava... boiando.

Puxando as raízes do próprio cabelo, Lexi disse:

— Eu pensei... Parecia que... que você estava *morta*.

Ah. Bem, sim. Eleanor entendeu como aquilo poderia ter acontecido: ela, boiando na piscina no meio da noite, e o rosto voltado para baixo.

— Entendi.

— Você está de roupa!

Eleanor olhou para baixo, de repente ciente de que não usava sutiã e que a camiseta branca grudava de modo nada lisonjeiro nos pneuzinhos da barriga. Ela cruzou os braços na frente do corpo.

— Eu não trouxe maiô.

— Por que não?

— Não achei que fosse precisar. Eu... não sei nadar, na verdade.

Lexi olhava para ela como se Eleanor tivesse enlouquecido.

— Mas você está na piscina.

— Na parte rasa. Só na parte rasa, onde consigo ficar em pé. Olhe — disse, erguendo os braços. — Estou em pé.

Lexi parecia completamente desconcertada.

A água se acalmava ao redor delas, ondas pequenas batendo na cintura das duas.

— Por que você entrou na piscina?

Todas aquelas perguntas eram válidas, mas, enquanto Lexi as fazia, Eleanor descobriu que suas respostas soavam um pouco estranhas.

— Não consegui dormir.

Lexi a encarou, um vinco afundando a testa.

— Estava quente demais. Não quis entrar no chuveiro e acordar a Ana. Eu sobreaqueço.

— Você... o quê?

— Eu sobreaqueço — repetiu Eleanor.

Seus lábios começaram a se curvar para cima com o absurdo que era aquele momento. Ali estavam, as duas encharcadas, em pé na parte rasa da piscina e no meio da noite. O nariz começou a tremelicar, e a boca, a se abrir em um sorriso... Pouco depois, estava rindo, o som borbulhando de seu peito em uma cachoeira de alívio. Os ombros sacudiam.

Não demorou para Lexi começar a rir também, tapando a boca com as mãos, os joelhos se dobrando sem controle.

Eleanor se abraçou, curvando-se para a frente, as pálpebras enrugadas. Seu corpo inteiro tremia. Cambaleou até a beira da piscina, apoiando-se. Fazia muito tempo que não ria.

— Ah, caramba! — Lexi arfava em meio a outra gargalhada. — Juro que pensei que você estava morta.

— Eu sei! — ela conseguiu dizer. — Você arrancou metade do meu cabelo!

— Eu entrei em pânico! — explicou Lexi, engasgada. — Parecia que você tinha superado o... — A risada morreu ali.

Eleanor empalideceu.

Fez-se um silêncio horrível e carregado.

Lexi parecia querer morrer.

— Eu... eu...

— Então Ed te contou — disse Eleanor por fim, a voz baixa.

Lexi hesitou, mas disse:

— Sim, ele me contou.

Uma queimação furiosa de vergonha chamuscou as bochechas de Eleanor. Imaginou o irmão descrevendo a manhã em que aparecera no apartamento dela. Quando Eleanor não abriu a porta, Ed buscou a chave reserva com Penelope, no andar de baixo, depois entrou e a encontrou caída no chão do banheiro. Ainda semiconsciente, desperta a ponto de se lembrar da expressão no rosto dele: primeiro, choque; depois, o quê? Alguma outra coisa, algo mais desagradável.

Será que ele tinha contado aquilo para Lexi durante um jantar, luzes de vela tremulando, expressões preocupadas logo dissipadas por mais uma taça de vinho tinto? Como alguém como Lexi, cuja vida brilhava e reluzia, poderia entender a sensação de estar no chão daquele banheiro, vômito ainda *úmid*o escorrendo pela bochecha?

— Um momento de loucura. Só isso. Não vou repetir a performance — garantiu Eleanor, endireitando a coluna e alisando a camiseta molhada, tentando recobrar algum rastro de compostura.

Lexi assentiu.

— Você teve uma vida tão difícil, Eleanor. Sinto muito. Eu realmente sinto muito por tudo.

Eleanor ouviu sinceridade naquelas palavras.

— Olha — disse Lexi, aproximando-se. Chegou tão perto que Eleanor ficou preocupada que a cunhada estendesse o braço para envolvê-la. — Podemos até não nos conhecer há tanto tempo, mas, se algum dia precisar conversar, estou aqui. Combinado? Talvez eu não tenha as respostas... mas posso te ouvir. E quero ouvir.

Eleanor sentiu uma pressão nos seios paranasais, um aperto nas têmporas.

— Sim. Bem, obrigada. — A voz saiu estrangulada.

Houve um longo silêncio. O filtro da piscina zumbiu.

Eleanor pigarreou.

— Desculpa por ter te assustado.

— Está tudo bem — disse Lexi, que parecia prestes a falar mais alguma coisa, mas Eleanor a interrompeu, falando:

— Vou me secar. Ir para a cama.

— Boa ideia. Eu também.

Água escorreu pelo corpo de Eleanor enquanto ela subia pelos degraus da piscina. Pôde sentir Lexi a observando ao cruzar o terraço, e tentou andar cheia de confiança e dignidade, apesar da camiseta encharcada e grudada na bunda com covinhas.

Lexi a chamou:

— É o efeito da primeira noite, aliás. É quando não conseguimos dormir porque chegamos a um lugar diferente.

— Entendi — disse Eleanor, com um breve assentir, o que torceu para parecer que estava concordando.

De pés molhados, desapareceu no interior da villa coberta por sombras, onde as outras mulheres dormiam. Sabia que sua falta de sono não tinha nada a ver com ter chegado a um lugar diferente.

QUINTA-FEIRA

14

ANA

Ana rotacionou a alavanca do moedor, inspirando o aroma doce e torrado de grãos de café recém-moídos. Atrás dela, a chaleira fervia, mas o resto da villa estava agradavelmente em silêncio. Sempre amara ser a primeira a acordar. Era como se tivesse uma vantagem, um momento roubado apenas para si. E Deus sabia como ela não tinha muitos desses.

Adicionou uma colher de café na prensa francesa, depois despejou a água fervente. Um aroma rico, defumado e pesado se levantou junto do vapor. Seus olhos se fecharam por um breve momento. Colocou a prensa na bandeja posta, ao lado de uma jarra pequena de leite integral, uma caneca de barro e, o mais importante, seu livro.

Do lado de fora, o terraço ainda estava sombreado, o sol prestes a surgir por detrás da montanha. *Caramba, que vista linda!*, pensou, a mão na cintura, absorvendo a imensidão do horizonte, pitadas do rosa matutino suavizando o céu. Na noite anterior, achara o silêncio da villa ensurdecedor, e chegou a sentir falta do barulho do tráfego, das vozes cadenciadas dos passantes, do ruído dos varredores de rua... mas, na claridade fresca da manhã, deu boas-vindas àquilo.

Avançou pelas pedras geladas, o ar perfumado com a fragrância das flores que se abriam. Posicionou a bandeja em cima da mureta, olhando pela borda a queda abrupta que terminava em um punhado de rochas. Qualquer uma ficaria tonta em uma altura daquelas.

Ela serviu o café, arrastou uma cadeira até a mureta e, então, sentou-se e abriu o livro. O coração acelerou em antecipação ao momento. Aquilo

— café e um livro — era seu ritual matinal, e que Deus acudisse quem a interrompesse.

Começara a fazer aquilo havia anos. Luca tinha seis meses e Ana sentia que a vida estava fugindo totalmente de seu controle. Estava exausta de sono, grogue e acabada, as necessidades de Luca estridentes e urgentes: *Quero comida! Troque a minha fralda! Quero colo!* Ela cambaleava pelo apartamento, os olhos mal abertos, e, quando o filho estava alimentado e com a fralda trocada, Ana já estava esgotada. Quando se era mãe solo, e esgotada às sete da manhã, bem, ainda havia um longo dia pela frente. Sendo assim, passou a acordar *antes* do bebê. A mãe dizia que Ana estava louca.

— Aproveite cada segundo de sono que puder!

Ainda assim, aquele breve intervalo só para si era ainda mais valioso do que o sono, porque, quando Luca de fato acordava, ela estava alerta e preparada, ansiando sentir o corpinho caloroso do filho contra a pele.

Mantivera a rotina, muito embora Luca agora fosse um adolescente e não acordasse antes do meio da manhã (a menos que ela, fisicamente, arrancasse as cobertas dele, abrisse as cortinas e escancarasse a janela).

Verificou o relógio. Ele ainda estaria apagado no sofá-cama da irmã dela, enquanto Leonora preparava uma receita de panqueca para quando o garoto acordasse, com bananas caramelizadas para servir por cima, além do xarope de bordo adocicado e aquecido. O prato favorito de Luca desde bem pequeno.

Como era que aquele garotinho de rosto rechonchudo, que costumava sorrir e gritar "A mamãe chegou!", agarrando-se às pernas dela assim que Ana entrava em casa, havia se tornado um adolescente que fracassava em desgrudar os olhos da tela do celular quando ela chegava?

No dia anterior, a escola tinha ligado para informar que Luca e três amigos tinham sido pegos fumando maconha no terreno da escola e, portanto, recebido uma suspensão de dez dias. O sangue desaparecera da cabeça de Ana ao ouvir aquilo, parada do lado de fora de um supermercado grego, o sinal fazendo com que a ligação crepitasse e se distorcesse.

— Deve ter acontecido algum engano — dissera, mas as palavras não soaram verdadeiras nem para si mesma.

Conhecia os garotos com quem o filho começara a andar no último ano. Havia tentado, com delicadeza, levar Luca por outro caminho, mas que valor tinha o que ela dizia? Se o empurrava em uma direção, ele faria questão de ir para outra.

Ligara para Luca logo em seguida. A voz dele soou grosseira, sem sinal de remorso. Havia raiva. Era o que ela temia: a raiva do filho. Ele sempre havia sido um garoto carinhoso, sensível e atencioso. Amava livros, amava pintar, amava passar os fins de semana no Museu de História Natural... Mas então, em algum momento, ele crescera, afastara-se, e Ana o perdera. Ela se perguntou se tinha andado trabalhando demais, depositando o foco no lugar errado, se os sinais tinham passado despercebidos.

Pediu a Leonora que não contasse aos pais das duas que Luca tinha sido suspenso, pois tudo o que fariam seria culpar Ana. *Aquele menino precisa de um pai*, a mãe adorava resmungar, olhos baixos, a cabeça balançando.

Os pais eram imigrantes da Uganda. Quando chegaram a Brixton nos anos 80, fizeram tudo o que podiam para se *encaixar*. Compraram roupas britânicas, cozinharam pratos britânicos, adotaram sotaques britânicos. Ana e a irmã foram ensinadas a não reclamarem, a não titubearem, a não serem diferentes.

Então foi o que fizeram. Nunca reclamaram, nunca relaxaram. Quando derrubadas, simplesmente se levantavam. Mas Ana queria algo diferente para Luca. Queria que o filho fizesse sua presença ser notada. Que nunca se desculpasse por quem era ou pelo espaço que ocupava. Queria que ele tivesse as mesmas oportunidades que todo mundo. Que lutasse por elas.

No entanto, ali estava ele, aos quinze anos, com raiva, suspenso da escola, algo fervendo em seu interior. Ana sentiu uma pontada de saudade de casa... de Luca, da irmã, do apartamento com a janelinha na cozinha que dava para a lavanderia do outro lado, o cheiro de espuma de sabão flutuando para dentro em uma noite de verão.

Eu não devia estar aqui, pensou, a vista para o mar debochando dela com sua beleza pura e límpida. Estava em uma viagem de despedida de solteira com um grupo de mulheres que mal conhecia, gastando dinheiro que seria melhor ter poupado. Tudo enquanto havia deixado Luca sair da linha. Ela era egoísta, queria coisas demais.

Notou o que fazia. *Não*, aquela voz não era *dela*: era da mãe. A reprovação. O julgamento disfarçado de autossacrifício. Ana trabalhava demais. Era rigorosa quando poupava. Era uma boa mãe. Merecia uma folga, uma viagem, algo para si.

Olhou, por sobre o ombro, para a villa intocada.

Mas, pensou, hesitante, *não esta viagem.*

Não estas mulheres.

O olhar viajou até as persianas que vedavam cada um dos quartos escuros, mapeando onde Lexi estaria dormindo.

Em algum lugar, bem fundo dentro de si, uma voz dizia a ela: *Vá para casa.* Deveria pegar um táxi para o aeroporto. Voltar para Londres. Nunca mais veria nenhuma daquelas mulheres. Deixaria Lexi em paz. A despedida de solteira poderia se tornar uma memória, um episódio estranho no qual perdera o rumo, mesmo que só por um momento.

Quando as persianas do quarto de Lexi foram abertas, a claridade atingindo os antebraços delgados da mulher enquanto dava as boas-vindas à manhã, Ana soube que não poderia partir.

15

FEN

— Vou fazer uma trilha — Fen sussurrou para Bella, que dormia com os braços jogados para trás, a cavidade macia das axilas exposta.

Havia algo mais suave, vulnerável, na namorada quando dormia, como uma criança que, independentemente do quanto se comportara mal ao longo do dia, tinha voltado para a inocência através do sono.

A discussão do dia anterior ainda latejava, ardente, mas Fen sabia que o fim de semana da despedida não seria o melhor momento para analisar aquilo. Teria que esperar até estarem em casa.

— Você pode vir comigo — adicionou.

Bella se encolheu, agora deitada de lado.

— Nada de sol até as dez da manhã.

Fen pegou a mochila e saiu do quarto, discretamente aliviada. Bella acabaria reclamando do calor, do peso da mochila, da distância da caminhada, e teriam que voltar mais cedo.

No saguão, as persianas tinham sido abertas por completo, o cheiro do jasmim em floração sendo soprado para dentro da villa com a luz da manhã. Além da piscina, pôde ver Lexi no tapete de ioga, afastando os calcanhares na posição do cachorro olhando para baixo. Ana estava com a cabeça enfiada em um livro, a prensa francesa ao seu lado na mureta baixa de pedra.

Ao se virar para atravessar o cômodo, o olhar se demorou na foto emoldurada dela que Bella tinha pegado no dia anterior. O estômago se revirou.

De jeito nenhum aceitaria aquilo. Fen se obrigou a pegar a fotografia e estudar a própria imagem. Tinha só dezenove anos na época em que havia sido tirada, ainda nova e inexperiente demais. Quis avisar aquela garota de sorriso arreganhado e ensolarado, dizer a ela: *Cuidado. Você não sabe o que está por vir.*

Sentiu um aperto se espalhar pelas costelas, um tremor na ponta dos dedos. Fen cerrou os dentes, lutando contra aquilo. Não precisava sentir medo. Tinha acabado. Estava no passado. Ponto-final. Lidara com aquilo. Era mais forte agora.

No entanto, quando olhava para si mesma, tudo o que conseguia ouvir eram as palavras dele: *Você me enoja.*

Sem parar para pensar, estava se curvando na direção do armário, empurrando a foto emoldurada para o fundo. Então, fechou-o com força, depois secou as mãos nas laterais do short.

Dane-se ele.

Fen inspirou fundo.

— Tem certeza de que não vou atrapalhar se eu for junto?

Fen deu meia-volta. Robyn estava agachada perto da porta, amarrando os cadarços das botas de caminhada. Tinha se esquecido de que mencionara a trilha para Robyn. Na verdade, teria preferido ir sozinha, desaparecer nas montanhas sem ninguém junto, mas Robyn parecia tão ansiosa sorrindo, a mochila ao seu lado, que tudo o que Fen conseguiu dizer foi:

— Tenho.

...

A luz da manhã era pura, perfumada com pinho. O sol ainda estava escondido pela montanha enquanto seguiam pela trilha sinuosa de terra, dando a elas, no mínimo, mais uma hora de sombra antes de nascer.

O caminho ascendia através de arbustos e ciprestes, nuvens de poeira que subiam com o mover dos passos. Robyn acompanhou o ritmo de Fen, o rabo de cavalo saltitando, os joelhos pálidos subindo.

Ao longe, o eco fraco de um sino soou pela montanha.

— Tem uma igreja aqui perto? — indagou Robyn, um pouco sem ar.

— Tem um monastério na face norte da montanha. Só vi o lugar de longe… Mulheres são proibidas.

— O quê? Por quê?

— Tentação, imagino. Para manter os pensamentos dos monges puros — disse, uma sobrancelha arqueada.

Fen não tolerava muito as regras da igreja. Sua criação profundamente religiosa a deixara com um legado de culpa e vergonha a respeito da própria sexualidade, e levou anos para se livrar daquilo.

À medida que a trilha se estreitava, Fen assumiu a liderança. Tomilho em floração crescia da terra rachada pelo sol. Um lagarto saiu correndo de sob uma pedra, cruzou o caminho delas e desapareceu em meio a um arbusto espinhoso.

— Obrigada por ter me deixado vir junto — falou Robyn. — É tão bom caminhar sem precisar parar a cada dez passos para recolher um brinquedo caído, ou estudar uma formiga, ou persuadir Jack com uma trilha de bolinhos de arroz.

Fen riu.

— Você sequer tem alguma oportunidade de caminhar?

Robyn suspirou.

— Não. E sinto falta. Eu era do clube de montanhismo na faculdade. Era tão nerd quanto parece ser... e eu amava. Levei isso comigo ao longo dos meus vinte e poucos anos, desaparecendo nos fins de semana em Brecon Beacons. É incrível lá em cima, e as cores na primavera são de tirar o fôlego. Mas, aí, conheci o meu marido... ex-marido... e meio que perdi o hábito.

— Talvez esteja na hora de alguns hábitos novos.

— Está — confirmou Robyn atrás dela, e Fen pôde ouvir o sorriso na voz dela. — Lexi contou que você é personal trainer. Acho que já passei pela frente do seu estúdio, de carro. Fica em Westbourne?

— Isso, logo depois daquela via de mão única.

— Você tem um vaso de bambu enorme na janela, não tem?

— Na verdade, tenho dois.

— Então eu passo por lá a caminho do trabalho. Moro em Branksome.

— Ah, é? Então você mora descendo a rua da Bella?

Houve uma pausa.

— Sim.

Bella raramente mencionava Robyn e, quando o fazia, passava a impressão de que era uma companhia entediante, uma daquelas amigas de quem teria se afastado há tempos se não fosse por Lexi.

— Você dá aula para a Bella? Foi assim que se conheceram?

— A gente se conheceu fazendo compras no mercado. Puro glamour, não acha?

— Eu conheci meu ex-marido na sala de espera de um podólogo. Não posso te julgar.

Fen sorriu.

— Você fez o corredor de enlatados parecer luxuoso. Na verdade, sendo sincera, a situação foi triste, porque cruzamos caminho com uma senhorinha muito querida, chamada Penny, que estava sofrendo um derrame. Bella foi a primeira a chegar. Ela agiu de maneira tão calma, tão tranquilizadora... A voz dela não vacilou em momento algum. Ficou falando toda animada, mas com calma. Eu deveria ter imaginado que ela era enfermeira.

— Sim, ela era ótima no trabalho — comentou Robyn.

Fen olhou para ela. A expressão em seu rosto era de tranquilidade. *Ela realmente não sabe.*

— Quando a ambulância chegou — continuou Fen —, Bella prometeu a Penny que entraria em contato com a filha dela. Eu sabia em que rua ela morava. Era na esquina da minha, então levei Bella até lá e esperei no carro enquanto ela dava a notícia para a mulher. Depois, nós duas, bem... nós ficamos sentadas no carro, recuperando o fôlego, acho. Pensei que ela fosse dizer algo sobre o que tinha acontecido, mas aí uma música dos anos noventa começou a tocar na rádio. Acho que era das TLC. Eu estava quase mudando de estação quando ela disse: "Eu *amo* essa música". Então começou a cantar bem ali, no meu carro, toda desafinada, mas cheia de convicção.

Robyn abriu um sorriso.

— Era "Waterfalls"?

— Essa mesma! — Fen inclinou a cabeça para trás e riu.

— Obrigada, Deus, pelo limite de dez quilos por bagagem — disse Robyn. — Caso contrário, ela teria trazido a máquina de karaokê.

— Na verdade, esse foi um dos três vetos da Lexi: *Nada de véus, pirocas ou karaokê.*

Robyn riu, e o som foi alto e profundo, uma gargalhada. Fen gostou.

— Como você entrou no mercado de personal trainer? — perguntou Robyn, continuando a caminhada, a trilha subindo de maneira abrupta.

Fen poderia ter dado a Robyn a resposta ensaiada sobre como amava ajudar as pessoas a alcançarem suas metas físicas, mas, em vez disso, talvez porque estavam em um lugar aberto, o ritmo da caminhada quase como se libertando algo, ela se pegou confessando:

— Passei por um período bem complicado alguns anos atrás. — Ela deu uma olhada breve por entre os penhascos, o olhar repousando rapidamente na villa, uma lembrança sombria subindo à superfície. — Eu perdi a confiança. A motivação. Estava fora de forma, não estava comendo direito. Eu ainda não conhecia muita gente em Bournemouth, então costumava fazer longas caminhadas pela praia... só porque era mais fácil do que ficar sentada sem fazer nada.

Fen manteve o ritmo ao dizer:

— Aos poucos, entrei em forma e, quando vi, estava calçando tênis esportivos, decidindo correr um pouco sempre que dava. Não sei se foi tão simples quanto liberar endorfina ou o exercício me levando a passear na natureza, mas comecei a voltar a me sentir mais como eu mesma. Perdi peso, me senti mais forte. Mais feliz.

A trilha ficou mais ampla, e Robyn se juntou a Fen, as duas lado a lado.

— E isso me deixou interessada na conexão corpo-mente, então comecei a ler a respeito disso e a aprender sobre nutrição e sobre a psicologia por trás da criação e preservação de hábitos positivos. Guardei dinheiro para fazer o treinamento de personal trainer e, depois de alguns anos trabalhando para outra pessoa, decidi arriscar e alugar um estúdio meu. Você o viu, é bem pequeno, mas eu o amo. Posso caminhar até a praia nas pausas do almoço, e meus clientes são maravilhosos.

— Que tipo de pessoas você treina? — perguntou Robyn, um pouco sem ar.

Fen ajustou o ritmo da caminhada.

— Nem todos são ratos de academia querendo uma barriga trincada para postar no Instagram. Eu treino mães, avôs, adolescentes... Pessoas que querem o melhor para os seus corpos.

Robyn sorria.

— Amei.

— Às vezes, parece que a vida moderna nos condena ao fracasso. A maior parte dos nossos movimentos foi terceirizada: carros, metrôs, escadas rolantes, elevadores. Também é difícil ter uma refeição saudável quando toda rua em que você passa tem cafeterias ou algum *fast food*. Muita gente vive em apartamentos, sem um quintal onde dar uma voltinha, e aí as pessoas começam a também terceirizar os exercícios, tornando-se algo que acontece uma ou duas vezes por semana em uma academia ou aula de ginástica. Acho que tenho interesse em ajudar as pessoas a prestarem atenção nos hábitos, no estilo de vida delas, e a explorarem como podem inserir mais movimento na rotina. — De repente, Fen se deu conta do quanto tinha falado. — Desculpa. Um sermão na montanha.

— Achei fascinante. Acho que é exatamente o tipo de coisa de que preciso. Fen olhou para Robyn.

— Qualquer hora, passe no estúdio.

Robyn sorriu, o sol por fim aparecendo de trás da montanha e iluminando o rosto dela.

— Eu adoraria.

~

Nossos amigos são as pessoas que nos entendem. Eles sabem que pasta Marmite na torrada é a comida que nos conforta, eles compartilham da nossa obsessão por papelaria e sabem onde guardamos o estoque emergencial de chocolate. Nossos amigos sabem a história do nosso primeiro beijo, ou a música que vai nos arrastar para a pista de dança ou, ainda, o porquê de não conseguirmos ouvir David Bowie sem cair no choro.

A bioquímica do nosso corpo muda quando passamos um tempo com bons amigos. Um belo coquetel de hormônios da felicidade (oxitocina, dopamina e serotonina) eleva nosso humor. Estudos mostram que amizades podem fortalecer as vias neurais positivas e melhorar nossa inteligência emocional.

Daria até para dizer que amigos são medicinais.

Mas então qualquer bioquímico diria que o remédio de uma pessoa pode ser o veneno de outra.

16

BELLA

Bella boiava em um colchão inflável sob o céu azul sem nuvens. Amava o sol. Poderia namorá-lo. Nada parecia ser tão urgente ou tão dramático enquanto o sol brilhava.

Ela nunca entendera as pessoas que não gostavam do calor. Robyn sempre afirmava preferir o inverno. Mas o que tinha de bom em céus acinzentados, frio de trincar os ossos ou chuva de granizo?

Bella admirava muito o estilo de vida mediterrâneo: cochilos pela tarde, vinho no almoço e festas até o amanhecer.

— Você herdou todo o lado italiano — gostava de dizer o pai dela, dando-lhe uma apertadinha brincalhona no queixo.

Ele tinha vindo de um vilarejo perto dos lagos em Verona, mas conhecera a mãe de Bella em Londres, trabalhando como porteiro de um hotel. Os dois se apaixonaram, casaram-se e começaram uma família, mas a mãe jamais foi convencida a deixar a Inglaterra. Mudar-se de Londres para Bournemouth tinha sido o meio-termo: uma praia ao lado da cidade.

Um turbilhão de passos ao longo da beira da piscina, próximos e irregulares, acompanhados de uma gargalhada. Bella ergueu o olhar bem a tempo de ver Lexi se arremessando no ar, os joelhos bronzeados presos ao peito. Caiu feito uma bomba na piscina, uma explosão de água.

Encharcada, Bella deu um gritinho quando o colchão inflável sacudiu pela piscina ondulante. Tentou manter o equilíbrio, mas sentiu imediatamente a guinada inesperada e irrefreável. Caiu — de óculos, batom, cabelo escovado e tudo.

Debaixo da água, os óculos de sol se soltaram do rosto, e suas pernas se remexeram sem parar. Emergiu, tossindo e rindo.

— Sua babaca!

Lexi ria tanto que mal conseguia se equilibrar em pé dentro da água.

— Meus óculos!

— Eu pego!

Lexi mergulhou, um vislumbre de braços e pernas desaparecendo no azul clorado. Ressurgiu momentos depois com um par ensopado de óculos escuros. Nadou até entregá-los para Bella, colocando-os na cabeça molhada da amiga, as lentes cravejadas de gotas d'água.

Bella aproveitou o momento para empurrar com força os ombros de Lexi para baixo, afundando-a, e rindo. Bolhas prateadas subiram até a superfície, o cabelo de Lexi se espalhando ao redor do rosto. Quando reapareceu para respirar, cuspiu um arco de água da piscina.

Bella não conseguia controlar o riso. Crianças. Duas crianças fazendo bagunça em uma piscina. Nada mais que isso. Tudo o que ela sempre quis ser.

Nadaram até a lateral da piscina, sem fôlego, tontas. Apoiaram os antebraços no concreto quente. Bella passou o nó de um dos dedos sob os olhos, removendo os restos do rímel.

— Acho que você deveria cancelar o casamento, e deveríamos morar aqui.

— Vamos sobreviver apenas com ouzo e azeitonas — concordou Lexi.

— Tirar longos cochilos.

— Trabalhar pesado, bem pesado mesmo, no nosso bronze — adicionou Lexi. — Mas o que faríamos para ganhar dinheiro?

Bella pensou por um momento.

— Você daria uma excelente pastora de cabras.

Lexi riu, os dentes brancos em contraste com a pele beijada pelo sol. Bella esticou a mão e tocou a ponte do nariz dela.

— Suas sardas estão dando as caras.

— Já?

As sardas de Lexi a faziam parecer mais nova, jovial — a Lexi da adolescência. Bella se lembrava de ter mudado para uma nova escola em Bournemouth quando tinha treze anos, e fingira ser uma garota londrina durona.

Tinha visto Lexi e Robyn sentadas juntas na beira do campo esportivo da escola, rindo, ombros tremendo, mãos dadas. Não pareciam apenas felizes, mas como se fosse fácil estar juntas, como se o lugar de uma fosse ao lado da outra. *Aquelas duas*, decidira naquele momento. Aquelas eram as duas garotas com quem queria fazer amizade.

Lexi saiu da piscina, deixando um rastro de pegadas molhadas ao voltar para as espreguiçadeiras. Bella a seguiu, espremendo a água da ponta do cabelo.

— Cadê a Robyn? Não vi ela a manhã toda.

Lexi estendeu a toalha na espreguiçadeira e se acomodou.

— Foi caminhar com a Fen.

— Foi, é? — Bella ainda devia estar meio dormindo quando Fen mencionou aquilo.

Havia se esquecido de como Robyn gostava de caminhar. Era sempre ela quem sugeria uma caminhada noturna pela praia, em vez de uma noitada na boate, estocando então uma garrafa de vinho ou algumas cervejas na mochila.

Lexi vestiu os óculos de sol, depois pegou seu livro.

— *Autobiografia de um iogue* — leu Bella, de olho na capa. — Por favor, me fale que você não vai trocar Londres por um ashram.

— Não imagino o Ed se enfiando em um lugar desses.

O som de sandálias contra a pedra fez as duas erguerem a cabeça. Eleanor atravessava o terraço vestindo um short ajustado que ia até os joelhos, uma camiseta *tie-dye* esquisita e um chapeuzinho desengonçado que poderia muito bem ter sido de uma tia-avó. A pele parecia pálida demais para aguentar o calor ardente do Mediterrâneo.

— O que você acha, Eleanor? — perguntou Bella. — O Ed toparia morar em um ashram?

— Não. Os pés dele ficariam medonhos naquelas sandálias.

Lexi riu.

— Ana e eu reservamos um táxi para visitarmos Old Town — comentou Eleanor. — Daqui a uma hora. Querem ir?

— Eu adoraria! — disse Lexi.

Bella havia planejado ficar na piscina e beber coquetéis o dia todo, mas se Lexi iria, então ela também iria. Talvez encontrassem uma mesinha bacana na rua, à sombra, e pedissem algumas bebidas.

Se bem que, talvez, devesse ficar. Bella queria acertar as coisas com Fen depois da discussão terrível no aeroporto. Um tempinho juntas, sem o burburinho das outras, era exatamente do que precisavam.

— Acho que vou ficar por aqui. Esperar a Fen.

Ela se virou, semicerrando os olhos para o sol, o olhar se movendo enquanto observava os flancos musculosos da montanha à procura de Fen. Mas o ambiente castigado pelo sol parecia deserto, emoldurado apenas pelo céu azul sem fim.

17

ROBYN

O sol do meio-dia estava cruel enquanto Robyn e Fen se empenhavam em descer pela lateral da montanha, enfrentando dificuldade para posicionar os pés nos cascalhos soltos.

Uma nuvem de poeira se ergueu ao redor das pernas de Robyn quando alcançou a base.

Ela então parou para recuperar o fôlego e desgrudou a camiseta da pele coberta de suor.

— O que acha de um mergulho? — sugeriu Fen, olhando para o leste ao longo da costa.

O mar, ondulante e iluminado pelo sol, estava tentadoramente próximo, mas não havia nenhum acesso óbvio a ele a partir de onde estavam.

— Como a gente chegaria lá para fazer isso?

— Tem uma enseada bem perto da trilha. Eu costumava remar até lá quando passava o verão aqui. De cabeça, eu diria que fica a mais alguns degraus de distância. Pode ser um pouco difícil. Quer tentar?

A ideia de entrar na água fresca era inebriante.

— Com certeza.

Robyn seguiu Fen com uma energia renovada, caminhando pelo penhasco árido e se desviando dos arbustos cheios de insetos. Sair do planejado deixou Robyn feliz, já que, apesar de exausta, não estava pronta para voltar.

— É logo ali embaixo — informou Fen, apontando.

Uma pequena enseada de areia branca esperava tentadora ao sopé dos penhascos, água translúcida atingindo a costa.

— Parece que os degraus foram levados pelo mar — falou Fen. Agora, apenas um beiral estreito cortava vertiginosamente caminho abaixo. — Acha que consegue descer?

Robyn observou o trajeto. Não parecia ser mais do que um caminho gasto e precário que gradualmente guinava em direção à praia. Caso alguma das duas escorregasse, a queda seria de, no mínimo, trinta metros. O medo fez sua pele formigar.

Fen a observava, esperando uma resposta.

O sol pulsou contra o topo de sua cabeça, suor se acumulando entre os seios. O mar brilhava, tão perto que a provocava. Ela respirou fundo.

— Sim.

— Vamos devagar — sugeriu Fen. — Siga os meus passos.

Desceram em silêncio, Robyn ciente do tremor nas panturrilhas enquanto posicionava um pé na frente do outro, o coração martelando nos ouvidos. Uma trilha de formigas vermelhas marchava a partir de uma fissura lateral no penhasco. Robyn conseguiu sentir o aroma leve da brisa do mar subindo. A sede rugiu em sua garganta.

Recusou-se a olhar para a queda, concentrando-se apenas no movimento de cada pé. A respiração na parte superior do peito. Um halo de mosquitinhos zunia bem perto do rosto, e Robyn cortou o ar com a mão, afastando-os.

De repente, o chão começou a se mover, a mudar. Um pedaço de terra seca se desfez em poeira sob suas botas de caminhada. Desequilibrada, Robyn gritou, esforçando-se para se manter de pé.

Fen agarrou a mão dela, puxando-a para a parte mais resistente da borda.

— Pronto! Te peguei.

Robyn pressionou o corpo contra o penhasco, as palmas abertas na pedra dura.

— Tudo bem? Podemos voltar.

Robyn fez que não.

— Eu consigo.

— Não duvido. — Fen manteve o aperto na mão de Robyn ao avançarem, um passo de cada vez, mantendo os ombros colados no penhasco, olhos adiante.

Logo depois, a trilha começou a se alargar, a parte mais perigosa ficando para trás. Quando por fim chegaram à praia, Fen apertou os dedos de Robyn.

— Você conseguiu.

Estavam paradas na pequena enseada, sombreadas pelos penhascos imponentes. Robyn se virou para observar o caminho pelo qual tinham decido. Era alto. Absurdamente alto.

— Puta merda.

— Foi mal — disse Fen —, a trilha estava um pouco mais deteriorada do que eu me lembrava. Vai ser mais fácil subir.

— Agora eu com certeza preciso de um mergulho.

Ao dizer aquilo, deu-se conta de que não trouxera nenhuma roupa de banho, e, quando estava prestes a comentar, Fen começou a tirar as botas, a puxar o coletinho pela cabeça e a se livrar das roupas íntimas.

Fen caminhou direto para a borda da água, o corpo bronzeado, musculoso e forte entrando sem nem ao menos hesitar.

Robyn olhou para baixo, perguntando-se se teria coragem de tirar a roupa. Não ficava pelada na frente de outra pessoa desde que tivera Jack, e sentia vergonha da pele flácida na barriga e da encosta que eram os seios caídos. Agonizara quanto a qual roupa de banho comprar para a viagem, tendo plena consciência de que Lexi e Bella ficariam de bobeira ao lado da piscina, lindíssimas e revigoradas independentemente do que vestissem. Ainda assim, não poderia ficar ali, toda vestida, cozinhando no calor.

Fen tinha se afastado um pouco da costa... e não havia mais ninguém olhando. *Vamos, Robyn.*

Ela se agachou, desfazendo os nós nas botas de caminhada. Tirou as meias e moveu os dedos rosados. A ânsia de mergulhar os pés quentes e inchados no mar era mais forte do que ela. Em uma explosão de coragem, arrancou as roupas de caminhada, o sutiã e a calcinha, tudo encharcado de suor, e então saltitou pela praia que queimava a sola dos pés.

Água gelada espirrou nas panturrilhas, subindo até as coxas, refrescante e discreta. Então, mergulhou, a água salgada sensual e incrível, resfriando cada centímetro de sua pele corada. Quando emergiu, o cabelo escorrido, gotas d'água nos cílios, soltou um grito de felicidade. Deitou-se de costas, boiando com os braços abertos, mamilos expostos ao calor do sol, e se pegou sorrindo.

De soslaio, notou Fen dando braçadas fluidas e suaves. Admirava o atletismo e a força dela, e como parecia conhecer a si mesma de um jeito que, para Robyn, parecia inebriante. Boiando na superfície ofuscada pelo sol, o cabelo se espalhando ao redor do rosto, Robyn fechou os olhos. A esfera quente do sol brilhava alaranjada contra as pálpebras e, quando deixou uma fração de luz entrar, um arco-íris se formou na ponta dos cílios. Lá estava ela, nadando pelada no mar Egeu! Permitiu-se flutuar naquele momento extasiante, as montanhas crescendo diante dela, e algo profundo se abrindo no peito.

...

Robyn torceu a água do cabelo, gotículas escurecendo a areia. Não tinha nada com que se secar, então ficou parada lá, nua, deixando o sol cozinhá-la.

Quando Fen chegou à costa, Robyn já tinha vestido as roupas e estava parada sob a sombra do penhasco, bebendo água da garrafa.

— Gostou do mergulho? — perguntou quando Fen se aproximou, a pele úmida e brilhando.

— Foi perfeito. — Ela vestiu o top, sem se importar em colocar o sutiã. — A descida valeu a pena, né?

Havia gotas d'água presas na ponta dos cílios de Fen, a luz do sol reluzindo nas esferas perfeitas e translúcidas, fazendo com que os olhos verdes dela parecessem brilhar. Robyn sentiu uma descarga de energia nada familiar no peito.

— Muito.

A subida foi mais tranquila, a ponta das botas esmagando a terra, os dedos indo em direção aos cantinhos do penhasco em busca de apoio. Fácil demais, na verdade, porque, antes de Robyn se dar conta, a villa estava à vista, e a aventura delas havia terminado.

— Acha que vão brigar por termos desaparecido por tanto tempo?

Fen deu de ombros.

— Provavelmente.

— Obrigada por hoje — disse Robyn. — Eu amei.

Fen sorriu.

— Eu também.

Robyn sentiu um calor florescer nas bochechas, um ardor que subia de seu âmago. O olhar de Fen dançou pelo rosto dela, como se lendo algo em sua expressão. Robyn podia sentir o sol queimando o couro cabeludo, ouvir o suave quebrar do mar no sopé dos penhascos.

Então, ecoando de dentro das paredes da casa, a calmaria do momento foi dissecada por um grito.

18

BELLA

Uma pontada de dor atingiu Bella entre os dedos do pé quando o tirou do calçado.

— O que foi? — gritou Lexi, correndo para o lado de Bella.

A dama de honra, saltitando, segurou o ombro da noiva e apontou para uma criatura preta e lustrosa, que emergia pela abertura do calçado.

— Um escorpião!

— Merda! Está doendo muito? Devo chamar uma ambulância?

Uma sensação de ardência se espalhava pelo pé. Bella inspirou fundo. Poderia lidar com aquilo. Era apenas dor. Os batimentos do coração tinham acelerado, mas não de maneira perigosa. Pessoas saudáveis não morriam de picadas de escorpião preto. Não significava que teria que ir para o hospital. Ficaria tudo bem. Não havia nada que indicasse a dor lancinante, exceto uma marca ofensivamente pequena e rosada entre os dedos do pé.

Eleanor e Ana irromperam do quarto delas, vestidas para o passeio na cidade.

— Caramba, você está bem? — perguntou Ana, notando o escorpião. — Podemos ajudar de alguma maneira?

— Preciso lavar a picada — disse Bella.

Lexi ajudou a amiga a mancar até o sofá, enquanto Ana enchia uma vasilha com água e Eleanor buscava uma toalha.

— Como está a dor? — perguntou Lexi, o rosto vincado de preocupação.

Bella levou o pé ao colo para examinar a picada. Naquela altura, a vermelhidão começava a desabrochar para as laterais. Na infância, pisara em um peixe-aranha, e a dor não tinha sido muito diferente da de agora. Não estava à beira da morte, mas, porra, como doía.

— Vou sobreviver — disse para Lexi, dentes cerrados.

Afinal, era a garota que, quando voou por cima do guidão da bicicleta BMX vermelho-cereja e precisou levar quatro pontos no queixo, nem sequer chorou. Era a garota que caiu de um trampolim, quebrou o punho em dois lugares e, ainda assim, não chorara. Bella Rossi era a irmã caçula de três irmãos. Ela não chorava, caralho.

Ana trouxe consigo a vasilha com água e sabão, e, sempre no papel de enfermeira, Bella lavou o próprio pé. Ah, Deus, os dedos estavam começando a ficar inchados e vermelhos, e as alpargatas eram novas, mas não conseguiria mais espremer a porra do pé rechonchudo para que coubesse nelas.

Viu? Não estava prestes a morrer. Estava preocupada com sapatos.

— O que acha de colocar um pouco de gelo nisso aí? — sugeriu Ana.

— Embrulhe um punhado em um pano de prato. Compressa gelada.

Eleanor prendera o escorpião em um copo. Ela o encarava, a cabeça inclinada, o vidro distorcendo seu rosto de modo que os olhos pareciam maiores, estranhos.

— Afogue essa merda! — disse Bella. — Mas, antes, tire uma foto.

— Não acho que este seja um momento digno de Instagram — comentou Lexi.

— É para identificação. Caso eu entre em choque e o hospital precise ver o que me picou.

— O que te picou? — perguntou Fen, ofegante, assim que passou correndo pela porta da villa, Robyn logo atrás. Tirou a mochila do ombro e se agachou ao lado de Bella. — Você está bem? O que aconteceu?

— Encontrei um escorpião. Estou bem.

Fen a abraçou. A pele cheirava a protetor solar e sal, e, de repente, Bella não quis soltá-la e imaginou se, ah, caramba, talvez, no final das contas, fosse mesmo chorar.

— Prontinho — disse Ana, entregando o gelo embrulhado no pano de prato.

Fen se afastou enquanto a compressa de gelo era aplicada por Ana, comedida e com as mãos firmes. Bella pensou: *Sim, ela daria uma boa enfermeira.* Com frequência, imaginava pessoas em um ambiente hospitalar, tentando adivinhar em qual papel se encaixariam melhor. Lexi, por exemplo, trabalharia na recepção. De cara com os clientes, pois era boa de conversa e não se irritava fácil. Ana iria para a triagem. Serena e difícil de ser intimidada, além de que se sentiria tão confortável ajudando um bêbado a se levantar quanto lidando com um ferimento na cabeça. Robyn, pensou Bella, olhando na direção dela, bem, ela seria a porra de uma cirurgiã, não seria? Segura, entediante e inteligentíssima, a pessoa que, com certeza, iriam querer que cortasse sua caixa torácica caso fosse preciso. Então, observou Eleanor tirar uma foto do escorpião. Necrotério. Definitivamente, necrotério. E Fen? Bem, era óbvio. Ginecologista — e não apenas pelos exames médicos maravilhosos, mas porque ela era uma pessoa com quem qualquer um conseguia conversar. Com ela, era possível falar com franqueza, dizer que estava com medo, e Fen seguraria sua mão e você acreditaria que tudo ficaria bem.

Quase tudo.

— Precisa de alguma coisa, querida? — perguntou Lexi.

— Analgésicos.

— Remédios ou bebida alcoólica?

— Um mistura dos dois — respondeu Bella, sentindo que talvez fosse ficar tudo bem.

Lexi preparou um drinque forte de rum e Coca-Cola para a amiga, e uma porção de dois paracetamóis para acompanhar.

De fora, chegou o barulho de pneus sobre o cascalho. Eleanor foi até a porta.

— O táxi para Old Town chegou.

— Não podemos mais ir — disse Lexi.

— É claro que podem — insistiu Bella.

— Vou ficar aqui com você — falou Lexi. — Mas, Eleanor e Ana... vocês deveriam ir.

Bella se inclinou para a frente e tirou a compressa de gelo da mão de Ana.

— É sério. Vão. Vou ficar bem por aqui.

— Se você tem certeza... — disse Ana. Para as outras, perguntou: — Ainda tem espaço, mais alguém quer ir?

Robyn descalçava as botas perto da porta. Parecia corada, o rosto revigorado por conta da caminhada. Falando nisso, por quanto tempo ficaram fora? Passava da hora do almoço. Horas, decidiu. Ficaram fora por horas.

— Levem Robyn junto.

Robyn ergueu a cabeça.

— Eu não quero ir.

— Você vai poder ver as atrações turísticas. Visitar um museu.

— Quero tomar um banho e uma bebida.

Bella suspirou.

— Vou ter que me deitar. Fen, você vem junto?

A namorada passou o braço ao redor da cintura de Bella e a ajudou enquanto Bella mancava até o quarto delas.

. . .

Acomodada na cama de casal, Bella observou a concentração de Fen enquanto a namorada reposicionava a compressa de gelo.

Acima delas, o ventilador de teto zumbia, soprando ar quente pelo quarto. Bella tomou um gole do rum.

— Como está?

Curvada, Fen respondeu:

— A panturrilha e o tornozelo viraram uma coisa só.

— Qual é a probabilidade de eu usar minhas alpargatas novas de novo nesta viagem?

Por um momento, ela avaliou a situação.

— Daria para usar uma delas.

— Aff.

— Tem certeza de que você está bem? Poderíamos chamar um táxi e ir ao hospital... dar uma olhada nisso.

Bella fez um aceno com a mão.

— Eles vão checar minha pressão, medir a temperatura, me dar um paracetamol... e cobrar cem euros, só porque podem. Então estou de boa por aqui, com meu rum e vista para o mar, obrigada.

Fen soltou o cadarço das botas de caminhada, depois arrancou as meias. Apoiou os pés no piso frio e suspirou.

— Caminhada boa?

— Foi bom demais estar nas montanhas mais uma vez — respondeu com tranquilidade. — Tinha me esquecido de como é lindo.

— Eu não sabia que a Robyn ia junto. — Bella fez aquilo soar o mais casual que pôde.

— Qualquer uma seria bem-vinda.

Bella bebericou o drinque, cubos de gelo colidindo contra o copo quase vazio.

— Você ficou fora quase a manhã toda.

— Achei que não houvesse nada planejado para hoje — explicou Fen, que então recolheu as botas, cruzou o cômodo e as deixou ao lado da porta do quarto.

— E não tinha. Fiquei com saudade, só isso. — Bella não tinha o direito de reclamar, mas ainda assim sentia-se magoada.

Estudou Fen: o piercing no nariz, a tatuagem, aqueles ombros largos. Ela vestia um coletinho com *Energias positivas* estampado no peito, nas as cores do arco-íris. Ela sempre parecia incrível, sem nunca precisar se esforçar. Bella acompanhou a curva dos seios da namorada.

— Sem sutiã — comentou, pensando em como era sensual ver os mamilos dela através do top. — Espere. Você foi caminhar sem sutiã?

— Está na mochila. Eu dei um mergulho.

— Quando?

— Na volta. Tem uma enseada…

— Com Robyn? — Bella enrijeceu.

— É claro que com Robyn.

— Eu não sabia que você estava planejando parar em uma praia. Você levou roupas para nadar?

— Como assim? — indagou Fen, o cenho franzido. — A gente nadou pelada.

— Você e Robyn nadaram *peladas*? — questionou Bella, meio gritando, meio sussurrando.

— Sim. Nadamos.

— Porra.

Fen abriu as mãos.

— Nunca tivemos problema com isso. Você dorme na cama da Lexi, frequenta saunas em spas com uma porrada de mulheres peladas. Eu fui nadar sem roupa. Não posso fazer isso?

Bella sabia que a raiva escaldante e efervescente no peito era grande demais para a situação.

— Eu só não quero que minha namorada desapareça por metade de um dia todo.

— Com a Robyn.

— É, com a Robyn. E eu não sei nem o porquê de você querer passar um tempo com ela. Ela é... chata pra caralho! — Pronto. Tinha dito em voz alta.

Fen a encarou. Não contradisse Bella, não falou que ela estava errada, que não deveria falar das pessoas daquele jeito. Foi pior: ela pareceu decepcionada.

Bella quis dizer: *Por favor, pare de me olhar assim. Eu não aguento. Você é tudo que existe de bom, Fen. Não posso te perder. Preciso de você. Sei que, às vezes, fico assim... mas é porque tenho medo de que você esteja se afastando. E, quando estou com medo, eu brigo.* Mas, ao tentar abrir a boca para comunicar parte daquilo, tudo o que saiu foi uma bufada indignada.

Fen se virou, cruzando o quarto em direção ao banheiro da suíte. O barulho suave da porta sendo fechada soou.

— Porra, pelo menos bata a porta! — gritou Bella.

De todas as palavras, aquelas foram as que ela escolheu.

~

Estávamos dividindo uma villa, dividindo quartos, dividindo camas — conversa era nossa moeda de troca. Mas foi quando os sussurros começaram que o jogo mudou.

Ouvíamos os tons abafados de discussões que deveriam acontecer em ambientes privados. Ouvíamos vozes alteradas atrás de portas fechadas e fingíamos que nada tinha acontecido. Mais tarde, ouviríamos outras coisas: um choro baixo saindo de uma janela aberta, uma explosão de culpa iluminando o terraço, um segredo escavado do topo de uma montanha à meia-noite.

Os sussurros eram como se a quarta parede da viagem estivesse sendo removida. Não dava mais para suspendermos nossa descrença e achar que tudo era abençoado por Deus e bonito por natureza.

Não acreditávamos mais que éramos todas amigas.

19

LEXI

Lexi atravessou o quarto e fechou as portas da sacada. Bella e aquela língua dela que não cabia dentro da boca!

Robyn andava de um lado para o outro no cômodo, bochechas coradas, a boca em uma linha fina.

— *Ela é chata pra caralho!* — repetiu.

— Bella falou da boca para fora — disse Lexi, gentil.

Robyn arqueou a sobrancelha.

Lexi, então, foi até ela, pegando a mão da amiga enquanto ainda andava. Encarou-a de frente, esperando que os olhos se encontrassem.

— Nós duas sabemos que, quando a Bella se sente ameaçada, ela surta.

— Ameaçada? Porque fui caminhar com Fen?

— Você a conhece. Ela precisa ser o centro das atenções. — Aquela era uma das coisas que, com o passar dos anos, aprendera a aceitar a respeito de Bella.

— Mas ela tem razão. Eu sou chata.

— É claro que não!

— É verdade. — Robyn soltou a mão de Lexi e se afundou na cama, ombros encolhidos. — O ponto alto da minha vida social na semana é levar Jack para a hora da leitura e brincadeira na biblioteca.

Lexi riu.

— Queria que fosse uma piada. Mas já nem tenho mais senso de humor, então não tem como ser. Eu o perdi junto com minha vida social. Agora, tudo o que faço é trabalhar. Cuidar do Jack. Jantar com os meus pais. Ver Netflix. E, depois, ir para a cama. Só isso. Essa é a minha vida. *Eu* a acho chata.

Lexi se sentou ao lado de Robyn, o colchão afundando.

— Há quanto tempo você se sente assim?

— Meses. Ai, Deus — disse ela, cobrindo o rosto com as mãos. — Talvez anos. Desde que Jack nasceu, às vezes, eu me sinto assim, como se tivesse perdido uma parte de mim. Sei que parece egoísta, porque eu amo demais o meu filho e quero que ele seja o centro do meu universo... mas... e se eu estiver me entregando tanto a ele que não sobra mais nada para mim? — Robyn ergueu os olhos, a expressão em seu rosto pesarosa, vulnerável. — Voltar a morar com os meus pais... tem ajudado muito depois do Bill, mas não acho que seja algo bom pra mim. Eu ainda durmo na minha cama de infância, pelo amor de Deus!

Lexi sempre gostou dos pais de Robyn. Eram gentis, e atenciosos e de confiança — um contraste bem-vindo quando comparado à família dela —, mas havia uma tristeza (e Lexi se sentia uma traidora só de pensar naquilo) que os acompanhava. O filho deles, Drew, morrera em um acidente enquanto dirigia embriagado havia mais de uma década, e, por Deus, Lexi sabia que o luto não tinha prazo de validade, mas, com o passar dos anos, começara a se perguntar se a tristeza do casal havia sido aceita como o padrão, como se nem mesmo aspirassem a outra coisa. Robyn era a luz no fim do túnel deles. As decisões dela de se formar em uma faculdade local e de aceitar um emprego em um escritório da cidade foram tomadas porque ela também sabia daquilo.

— Preciso me mudar — comentou Robyn, massageando a nuca, como se aquela mera ideia fizesse todos os seus músculos se emaranharem. — Mas Jack ficaria tão triste de sair da casa dos avós... Meu pai ficaria tão sentido... Ele e Jack tomam café da manhã juntos, e identificam os passarinhos no comedouro do jardim enquanto dividem torradas. Minha mãe sempre comenta como é bom ter barulho e alvoroço na casa, e eu me sentiria péssima se...

— Robyn — interrompeu-a Lexi. — Talvez esteja na hora de pensar em você... no que *você* quer... em vez de no que seria melhor para Jack ou seus pais. — Lexi não desviou o olhar, fazendo-se estar cem por cento presente.

Robyn a encarou bem fundo nos olhos.

— Mas... e se eu não conseguir me virar sozinha?

— Você é a pessoa mais capaz que eu conheço. Você está sempre colocando as necessidades de todos antes das suas. Acho que deve estar tão acostumada a fazer isso que nem sequer sabe do que *você* precisa.

Robyn pestanejou, como se pensando no que acabara de ouvir. Havia uma espiral de sal nos ombros queimados pelo sol, e o cabelo, geralmente liso, estava retorcido por causa do mar.

— Disso — disse ela, depois de um bom tempo. — É disso que preciso. Das minhas amigas. Da luz do sol. Conhecer gente nova. Fazer coisas pela primeira vez. Preciso tirar férias da rotina. — Então, apoiou a cabeça no ombro de Lexi. — Obrigada.

A amiga estava com um cheiro agradável de suor e sal, o que fez Lexi pensar em partidas de netball, quando Robyn usava seu colete de atacante lateral, as pernas pequenas, ágeis e mordazes pela quadra. Bella sempre jogava no centro, e as duas tinham uma dinâmica irrefreável na quadra, arremessando a bola para longe da defesa com rapidez, além da comunicação silenciosa.

— Você deveria contar para Bella que a ouviu. Que ela te magoou — aconselhou Lexi.

Robyn deu de ombros.

— Não tem motivo para fazer isso. Ela não vai mudar o que pensa de mim.

— Éramos tão boas amigas, não éramos? Nós três. Às vezes, acho que imaginei tudo. — Lexi balançou a cabeça.

Era fácil se esquecer do quanto as três tinham sido próximas na escola. A amizade fora algo tranquilo e natural, sem aquele ciúme mesquinho com que outras amizades sofriam. Sentiam que estavam acima daquilo tudo: como se o trio fosse tão rico e verdadeiro que nada poderia tocá-las.

— Lembra que a gente costumava ligar uma para a outra toda noite depois da aula? Eu me sentava ao pé da escada de casa, que era até onde o fio do telefone chegava, e conversávamos por uma hora inteira, enquanto nossos pais berravam que nos veríamos de novo na manhã seguinte.

Robyn riu.

— Meu pai começou a estudar as contas de telefone. Lia tudo com um marca-texto na mão, destacando o seu número e o da Bella.

Lexi abriu um sorriso.

— Graças a Deus, você entregava jornais para pagar por tudo.

— A gente dormia na Bella toda sexta-feira, naquele sofá-cama que ela tinha com a manta de estrelas e luas. E todos aqueles pôsteres na parede: Lenny Kravitz, Tupac, Bob Marley. Pegávamos emprestados os CDs do irmão mais velho dela, e ele mantinha um inventário de quais faixas não tocavam mais direito. A gente sempre obrigava você a fazer a devolução, pois sabíamos que teria mais chances de se safar.

Lexi riu. Lembrava-se do cheiro de batom do quarto de Bella, da bagunça que eram os esmaltes, os *body sprays* e os brilhos labiais na penteadeira. Testavam maquiagens, faziam a sobrancelha e experimentavam bronzeadores artificiais.

— Éramos próximas. Tenho certeza disso — falou, quase melancólica.

— O que rolou?

Robyn olhou para baixo.

— Acho que seguimos por caminhos diferentes. Bella passou alguns anos em Londres. Eu fiquei em casa.

— Eu sei, mas faz muito tempo que ela voltou a Bournemouth. Vocês moram a poucos quilômetros uma da outra.

Robyn deu de ombros.

— Nós duas andamos ocupadas.

— Vocês se encontram de vez em quando? Ligam uma para a outra?

— Sinceramente, não. Deveríamos. Sei que deveríamos.

Lexi sabia que as coisas tinham esfriado depois que ela e Bella passaram o verão em Ibiza, sem Robyn. Teria sido esperado que Bella tentasse persuadir — ou intimidar — Robyn a ir junto. Mas não foi o que ela fez. Simplesmente a deixara de lado.

— Esta viagem de despedida de solteira... é o tempo mais longo que passamos juntas em anos. Tenho saudade da gente. De nós *três*.

Com um ar de tristeza, Robyn sorriu.

— Eu também tenho.

20

ANA

Ana acompanhava Eleanor pela viela sombreada, música grega vindo das fachadas abertas das lojas. Rastros errantes de buganvílias se agarravam aos muros de pedra caindo aos pedaços, e o ar tinha um cheiro leve de incenso.

Estava grata por terem pegado um táxi até a cidade. Um banho de sol ao lado da piscina da villa não tinha apelo algum para Ana, nem, suspeitava ela, para Eleanor. Parou em uma barraquinha de rua para admirar as esponjas locais. O material era surpreendentemente abrasivo sob a ponta dos dedos. Seria uma lembrancinha bacana para agradecer à irmã por ter ficado com Luca. Deu uma olhada no preço, então pegou a bolsa e pagou.

Eleanor parara em uma barraca do outro lado e estava de olho nas bolsas de couro.

— São lindas — comentou Ana, aproximando-se, o aroma quente da resina contida no couro se soltando com o calor da tarde.

— Eu sempre uso uma mochila. Mais prático.

Ana olhou para a mochila cinza e acolchoada pendurada nos ombros pálidos de Eleanor.

— Pelo jeito não serve para uma noite fora. — Ela fez uma pausa. — Não que eu saia muito.

— Compre um mimo para você — sugeriu Ana, com gentileza, imaginando que, provavelmente, Eleanor, assim como ela, mal gastasse dinheiro consigo mesma. Desenganchou uma bolsa cor de mogno escuro. O couro era macio e estava bem lustrado, fivelas grossas pendiam do bolso da frente. — Essa ficaria linda em você.

Eleanor estudou a bolsa com atenção antes de posicioná-la, toda reverente, no ombro. Os cantos da boca se curvaram para cima.

A dona da loja surgiu por entre duas araras de lenços, segurando um espelho.

— Aqui. Viu?

Ana notou o florescer de contentamento no rosto de Eleanor enquanto admirava a bolsa.

— Sim. Gostei mesmo dela.

— Compre! — encorajou Ana. — Vamos! Estamos de férias!

Eleanor analisou a bolsa mais uma vez.

— Ela não me faz parecer... exibida?

Ana riu.

— Não! É simples, discreta e estilosa. É perfeita!

Eleanor assentiu.

— Concordo. Bem, acho que vou levar.

Tirou a bolsa do ombro e a entregou à lojista, que a embalou com cuidado em papel pardo, amarrando tudo com barbante e um raminho de alecrim fresco.

Com as compras guardadas, continuaram a vagar pelas vielas sombreadas, clarões azuis piscando no porto ao longe. Pararam para comprar sorvetes, serviram-se de cascões e adicionaram uma dose generosa de chocolate meio amargo derretido. Então, foram até a beira do porto para comê-los. Lá, barcos turísticos retornavam depois de um dia de passeio pelas ilhas ou de mergulho. As duas observaram as multidões de veranistas com rostos rosados pelo sol e bolsas de praia nos braços lotarem as tavernas.

O celular de Ana apitou, a atmosfera de viagem se dissolvendo quando viu que era uma mensagem a respeito de Luca. A irmã disse que ele parecia quieto demais e mal-humorado, o que não era normal para o filho, e se recusava a falar da suspensão da escola.

Luca tinha quinze anos — ainda não era um homem, mas não era mais um menino, estava perdido em algum lugar entre aqueles dois mundos, onde Ana não conseguia alcançá-lo. Sentiu a necessidade urgente de voltar para casa, para o frescor do apartamento, com Luca sentado de frente para ela à mesinha de fórmica.

Queria poder encarar o filho nos olhos. Conversar. Descobrir o que o estava magoando.

— Está tudo bem? — perguntou Eleanor. Ela havia parado a alguns passos de Ana, esfarelando o finzinho do cascão na parte do porto em que um cardume de peixes zanzava pela superfície transparente, bocas abertas.

— Meu filho se meteu em problema na escola. — Ela fez uma pausa. — Está suspenso. Ele não é o tipo de garoto que é suspenso. Talvez todos os pais falem isso. Mas estou falando a verdade. Minha irmã acha que ele saiu dos trilhos.

O sorvete de Ana derretia, pingando em uma poça de chocolate líquido no concreto. Ela jogou o restante no lixo, depois chupou os dedos até limpá-los.

— O que você acha? — perguntou Eleanor.

— Luca tem andado com um grupo de amigos. E parece que os admira… mas eles não são como o meu filho. Um pouco mais velhos, um pouco mais durões, sabe? Luca não age como ele mesmo quando está com eles.

Eleanor assentiu.

— Do que Luca gosta?

— Ele diria que futebol, jogos de computador, carros… igualzinho aos outros garotos. Mas essas não são as paixões dele.

— E o que seria?

— Não sei se ele sabe. Luca costumava amar arte… Passava horas esboçando uns desenhos loucos e lindos de dragões e criaturas marinhas, mas ele não rela em um bloco de desenhos há muito tempo.

— Talvez, em algum momento, ele volte a desenhar. Ele é muito novo.

— Você sempre foi apaixonada por esculpir?

— Não. Comecei só com vinte e poucos anos. Queria ter descoberto antes, porque esculpir me dá um lugar aonde ir, alguma coisa em que me concentrar quando tudo parece estar barulhento demais.

Ana se deu conta do quanto gostava daquela mulher. Era inteligente. Perceptiva. Direta ao ponto.

— Me conte do seu trabalho. Você tem um ateliê?

— Mais ou menos. Eu alugo uma garagem. Mas eu amo. No verão, subo a porta e deixo a claridade entrar. No inverno, só preciso de um aquecedor a gás.

— E roupas térmicas por baixo do macacão.

Eleanor inclinou a cabeça para o lado.

— Sim. Como você sabia?

Ana hesitou. Havia alguns anos, lera em uma revista a entrevista com Eleanor a respeito do seu processo de esculpir. Ela rasgara as páginas e as guardava em uma pasta privada que continha uma pequena coleção de outros documentos. Eleanor estivera de macacão azul na foto, e explicara que vestia uma camada de roupas térmicas por baixo para poder continuar trabalhando em qualquer que fosse o clima.

Ana fez o rosto parecer tranquilo, tomando cuidado para não se entregar.

— Chutei, e tive sorte — disse.

21

BELLA

Naquela noite, as mulheres jantaram no terraço, a mesa cheia de potes com cuscuz salpicado de ervas e pimentas recheadas e gratinadas. O pé de Bella ainda latejava por conta da picada de escorpião e, decidindo que precisava de mais álcool por motivos médicos, ela alcançou a garrafa de retsina.

Olhou ao redor, procurando outras taças que precisavam ser reabastecidas, mas estavam todas cheias. Ela revirou os olhos. Houvera um tempo em que ela e Lexi teriam pulado todo o jantar, optando por cachaça e dança, comida e conversa.

Se não puder derrotá-las, junte-se a elas, decidiu Bella, atacando uma fatia de berinjela torrada com o garfo e enfiando-a na boca. Esbanjava um sabor adocicado e meloso.

— Eleanor, que magia você lançou nisso para deixar a comida com gosto de prado? Um prado cheiroso, defumado.

Da outra ponta da mesa, Eleanor ergueu o olhar, como se surpresa por alguém ter falado com ela.

— Temperos e ervas secas que achei no armário. — Ela deu de ombros, como se não fosse nada, como se transformar uma mera berinjela em uma refeição maravilhosa e cheia de sabor fosse uma habilidade que todos os seres humanos tivessem.

— Bem, você está oficialmente convidada para todas as festas de despedida de solteira às quais eu também for — disse Bella, levando mais uma fatia com o garfo até a boca, e engolindo-a.

— Sua chef particular. Mal posso esperar.

Bella pestanejou. Falara aquilo como um elogio. Por que aquela mulher era tão irritadiça? Era como se estivesse de férias com um cacto!

Pegou a taça e deu uma golada. Era importante para Bella que as pessoas gostassem dela. Esse era um de seus pontos fortes: conseguir ser querida por mulheres — e homens. Tratava-se de saber como abordar as pessoas, do que era preciso para criar uma conexão. Era instintivo. Intuitivo. Algumas pessoas nasciam com o dom para os esportes, ou para música ou arte. Bella Rossi nascera com o dom de fazer as pessoas gostarem dela. (E, para ser sincera, com o dom de fazer com que não gostassem dela. Não era que se importasse com ser desgostada. A questão era que queria que fosse *ela* a pessoa a decidir isso.)

Mas Eleanor? Ela era complexa. Não era nem como se de fato quisesse a amizade de Eleanor, afinal de contas a única coisa em comum na vida delas era Lexi, então não *precisavam* ser amigas. Sabia que Eleanor perdera o parceiro havia pouquíssimo tempo, mas então não devia ter vindo se não estava em seus planos *tentar* se divertir.

Seu olhar, então, foi até Fen. Parecia limpa e revigorada pelo banho. Quis escorregar os dedos pela parte raspada do cabelo da namorada, sentir as palmas beijarem o pescoço dela. Fen vestia uma camisa de manga curta com botões até o colarinho e um pedaço de tecido costurado no peito que dizia: *Apesar disso, ela persistiu.*

Que mulher.

Bella persistiria. Não perderia Fen.

Não poderia.

Na outra ponta da mesa, Lexi escutava Ana, os olhos brilhando, interessados. Bella observou por um instante, tentando entender a paixonite de Lexi por aquela mulher. Óbvio, podiam conversar sobre lugares hipsters onde passear em Londres, ou sobre livros, ioga, lojas vintage, ou ainda sobre qualquer porcaria que escrevessem em caderninhos da gratidão — mas Ana e Lexi não tinham uma história. Ana não fizera os próprios cigarros usando folha de seda e um pacote de tabaco velho. Não surrupiara o estoque de vodca da mãe de Lexi nem ficara bêbada pra caramba em uma quinta-feira de manhã antes da reunião da escola só porque podia. Não havia sido carregada por cima da plateia durante um show da Jamiroquai sob uma explosão de luzes estroboscópicas, nem dormira na praia, tremendo sob um mísero cobertor e uma lua cheia.

Bella se levantou, ajeitando o vestido justo ao corpo. Aquela peça ficava tão melhor quando a usava com saltos... De todo modo, logo estaria bêbada demais para prestar atenção naquilo. Descalça, mancou ao redor da mesa até o lado de Lexi. Então, apoiou o braço ao redor dos ombros da amiga.

— O que você está achando da sua despedida de solteira, querida?

Lexi ergueu o olhar para ela, sorrindo.

— O máximo.

Bella também sorriu.

— Espero que tenha notado a ausência de véus, pirocas e karaokê. — Então, com uma piscadela, adicionou: — Por enquanto.

— Eu vetei essas coisas.

— É mesmo? Não ouvi. Fui em baladas demais e fiquei com um zumbido no ouvido. Ainda tenho mais uma surpresinha para você.

Lexi arqueou a sobrancelha.

— Só vou dizer que espero que já tenha comido o bastante, porque vai querer essa sua barriga chapada de ioga toda forrada.

— Nada de jogos com bebidas, foi o que combinamos.

— Combinamos? — perguntou Bella, mexendo as sobrancelhas. — Fico tão esquecida depois que passo o dia todo debaixo do sol. Já volto.

Ela deu meia-volta e atravessou o terraço mancando, em vez do caminhar sem pressa.

Por dentro, a villa era arejada e pacata. Bella empurrou os óculos de sol para cima da cabeça. Sozinha, sentiu o sorriso vacilar. Uma onda de exaustão a atingiu em cheio, e ela apoiou os antebraços no balcão da cozinha, a cabeça pendendo para baixo. Suspirou. Qual era a daquele seu humor introspectivo? Estava de *férias*!

Do lado de fora, um irromper de risos ecoou pelo terraço. Bella deu uma olhada de soslaio e viu Ana caindo contra Lexi, os ombros das duas tremendo. Do outro lado da mesa, Fen também sorria, a pele bronzeada, a expressão tranquila. Bella sentiu o golpe vazio da insegurança: deveria ser ela fazendo Lexi rir, ou animando o semblante de Fen.

Mordeu o lábio inferior. Não choraria! Aquela era a festa de Lexi! O sol estava se pondo! As bebidas estavam circulando. Ela deveria estar se divertindo.

Pressionando as palmas com firmeza contra a superfície do balcão, endireitou a postura. Esticando a coluna, respirou fundo. Sacudiu o cabelo.

Certo. Hora de colocar aquela noite de volta nos trilhos. Pegou o batom e o reaplicou usando as lentes dos óculos de sol como espelho. Pressionou um lábio contra o outro. Fez um biquinho.

Se Lexi achava que passaria toda a despedida de solteira sóbria, estava enganada. Ela enfileirou seis copinhos de doses na bandeja, depois foi até a geladeira e pegou a garrafa gelada de ouzo. De jeito nenhum aquela viagem passaria sem nenhum drama.

Ana poderia até achar que conhecia Lexi, mas tudo o que via era apenas uma parte dela. Bella desrosqueou a tampa de metal e começou a servir o ouzo. Hora de sacudir as coisas.

De deixar Ana ter um vislumbre da antiga Lexi. Da verdadeira Lexi.

Da Lexi de Bella.

22

LEXI

Pelas portas abertas da villa, Bella chegou, o pôr do sol refletido nos óculos de sol de armação branca firmes na cabeça. O rebolar habitual do quadril era pontuado por um leve mancar, mas o queixo se mantinha erguido, batom vermelho recém-aplicado. Lexi notou a bandeja com uma fileira de doses e uma garrafa de ouzo.

Ah, merda.

Bella encontrou os olhos de Lexi e deu uma piscadela exagerada. Em seguida, a amiga colocou a bandeja na mesa, mergulhou os dedos na boca e assobiou.

Robyn tapou os ouvidos com as mãos.

— Não somos uma matilha de cães!

— Tire essa bunda da cadeira e venha para cá, futura esposa — chamou Bella, parada à ponta da mesa. — Está na hora de um joguinho de perguntas sobre os noivos!

Lexi sentiu uma pontada de irritação: Bella prometera. Sabia que Ed teria odiado esse tipo de coisa. Era um homem mais na dele, e ela respeitava aquilo.

— Você está falando sério?

— Pode apostar que sim.

Lexi olhou para Robyn, em busca de apoio, mas a amiga ergueu as palmas como se dissesse: *Eu não tenho nada a ver com isso!*

Relutante, Lexi foi para o lado de Bella. A luz das velas tremeluzia pelo terraço. Eleanor borrifou uma nuvem de repelente de mosquitos no pescoço e nos ombros, e o cheiro de citronela tomou conta da noite.

Lexi olhou para as doses, desconfortável.

— Eu quero me lembrar da noite de hoje... e não passá-la vomitando ouzo pelo terraço.

— Querida — disse Bella, colocando uma das mãos na cintura. — Já te vi virar uma garrafa de uísque direto da boca. Sei que você anda querendo se alimentar bem e beber só água filtrada, mas o seu fígado... ele tem histórias para contar. — Do sutiã, ela tirou um pedaço de papel dobrado. Bella vivia guardando coisas ali: dinheiro, um lencinho extra, uma ficha de guarda-volumes. Ela desdobrou o papel, unhas esmaltadas brilhando, em seguida dirigiu-se a todas:

— Dez perguntas, dez doses. Se a Lexi acertar, pode nomear uma pessoa para tomar a dose no lugar dela. Mas, se errar, ela mesma toma a dose. Entenderam?

— Eu até posso responder as perguntas — alertou Lexi —, mas meu estômago não vai aguentar o ouzo.

— Quem é você e o que fez com a Lexi de verdade?

— Eu só quero aproveitar a noite de hoje. No meu ritmo.

Bella uniu as mãos em uma posição de oração, depois falou, excessivamente devagar:

— Estamos. Em. Uma. Despedida. De. Solteira.

Lexi esperou a amiga falar mais alguma coisa, mas aquilo foi tudo: *Estamos em uma despedida de solteira.*

— Estamos todas prontas? — perguntou Bella, a voz tão aveludada quanto a de uma apresentadora de game show.

Não houve nenhuma vaia ou reclamação em resposta, apenas um murmúrio vago de concordância.

— Primeira pergunta — começou, irredutível. — Qual hábito seu Ed diria que é o pior?

— Você conversou com o Ed?

— Você nunca ouviu falar do jogo de perguntas sobre os noivos? Será que preciso te dar uma explicação de como funciona uma despedida de solteira? Eu liguei para o seu futuro marido e fiz uma série de perguntas sobre você, sobre o relacionamento e sobre o passado conturbado dele. No começo, ele ficou constrangido, depois, na defensiva, sugerindo que isso não era a praia dele... mas acabou respondendo a tudo, porque até *ele* entende como uma despedida de solteira funciona. — Ela tomou fôlego. — Então, permita-me repetir: Qual hábito seu Ed diria que é o pior?

Lexi escorregou a palma das mãos nas laterais do vestido. Precisava acertar. Precisava acertar todas as dez perguntas.

Qual hábito dela Ed diria que é o pior? Só moravam juntos havia cinco meses, então ainda estavam se comportando bem. Tinha visto Ed irritado em um restaurante, quando o atendimento foi horrível, e o ouvira descontar as frustrações no aparelho de remo depois de uma ligação exasperante... mas nunca parecera incomodado com os hábitos dela.

Bella bateu a unha contra o mostrador do relógio.

— Ah, tem um — disse Lexi. — Meu pior hábito, provavelmente, é sair de casa e deixar todas as janelas abertas.

— Alerta de resposta entediante — anunciou Bella. — Que tal todas as outras opções? A baba no travesseiro. Usar a escova de dentes de outra pessoa quando não encontra a sua. Comer torrada, mas não as cascas.

— Ou devolver chocolates comidos pela metade para a caixa — continuou Robyn. — Dar uma olhada no celular no meio da conversa. Mexer nas pontas duplas.

— Ótimos exemplos, Robyn — disse Bella. — Mais alguém tem algum hábito péssimo da Lexi que gostaria de compartilhar?

— Acho que já deu — falou Lexi. — Qual foi a resposta do Ed?

Bella levou o olhar para a folha e revirou os olhos.

— O Ed falou: *A Lexi sempre deixa as janelas abertas quando sai. É um problema de segurança.*

— Viu só? — Lexi riu. — Agora, quanto a indicar alguém... — Ela pegou a primeira dose e a entregou para Bella. — Toda sua.

— Achei que nunca fosse fazer isso. — Bella virou tudo em um único movimento.

Lambeu os lábios com prazer, depois arrotou. Bella amava arrotar. Apesar das roupas imaculadas, da maquiagem completa, da pele com perfume adocicado, ela arrotava como um bárbaro.

— Segunda pergunta — começou Bella. Inclinou-se para a frente, dando a todas uma visão clara do decote do vestido, e sussurrou, com ar de teatralidade: — Fiquem tranquilas, as respostas vão ficar *muito* mais interessantes.

Lexi teve que continuar lembrando a si mesma de sorrir.

— Perguntamos ao Ed quantos parceiros sexuais você já teve.

A noiva cerrou a mandíbula.

— Vocês perguntaram isso para ele?

— Não tem essa de "vocês", não — acusou Robyn, palmas erguidas.

Bella sorriu.

— É claro que perguntei.

— Não acredito.

Ela sabia que Ed odiaria que perguntassem aquilo a ele. *Ousada* e *sem rodeios*, eram as palavras que ele usara para descrever Bella havia algumas semanas, o que provocara a primeira DR deles.

— Querida — disse Bella, apoiando a mão na cintura —, ainda nem chegamos na parte pesada. Quer dizer, eu poderia ter perguntado para ele com quantas pessoas você dormiu em *uma* noite.

Lexi encarou Bella, que sorria. A amiga achava mesmo que aquele era um bom jeito de se divertir. A cunhada estava sentada à mesa, pelo amor de Deus. Ed não era nenhum santo, mas Lexi tinha economizado nos detalhes do seu passado. Ela costumava andar com dançarinos, ou seja, corpos flexíveis em roupas minúsculas, e festas de arromba, e bebidas, e drogas, e sexo. Lexi não se arrependia de nada daquilo. Amava transar. Amava homens. Mas estava tudo no passado.

— Não vou responder essa. E espero que Ed também não tenha respondido.

— Ele respondeu — informou Bella, erguendo as sobrancelhas ao ler fosse lá o que estivesse escrito no papel. — Ou você nos responde ou toma a dose.

Um silêncio incerto crepitou pela mesa. Lexi não faria nenhuma daquelas coisas. Queria sair do terraço, descer os degraus de pedra até a praia e afundar os pés no mar. Mas, se saísse, isso pioraria a situação, pois mostraria a Bella que ela a tinha afetado.

— Tudo bem. Uma dúzia.

— Foi isso o que você falou para ele? Ah, querida, que hilário! — Bella riu. — Mas não, acho que sua resposta está errada. Seu futuro marido disse, abre aspas: "*Lexi, como era de esperar, era virgem quando nos conhecemos*". Fecha aspas.

Todo mundo riu, inclusive Lexi, a tensão diminuindo um pouco.

— Aqui está — disse Bella, entregando-lhe a dose.

A antiga Lexi nem teria pestanejado. Teria virado o copo sem hesitar.

— Beba tudo — provocou Bella, desafiando-a.

Lexi olhou para o líquido transparente. Devagar, levou o copo aos lábios, lançou o ouzo na garganta, sentiu a queimação. Prendeu a bebida ali enquanto repousava o copo vazio na mesa. Então, quando o olhar de Bella se voltou para as perguntas, Lexi se abaixou e cuspiu o líquido no cacto atrás dela.

Bella ergueu a cabeça com tudo.

— Hm... O que foi isso?

Lexi endireitou as costas, passando a parte de trás da mão na boca.

— Você pode até ser uma mulher que cospe, em vez de engolir... mas *nunca* quando se trata de álcool.

— Não quero que isso seja uma brincadeira de bebida.

— É uma dose.

— Não estou no clima para beber — rebateu.

— Não estou entendendo o que você diz. Tem alguma tradutora aqui? Esta mulher está mesmo dizendo: *"Não estou no clima para beber"*?

Ao redor da mesa, as outras sorriram, desconfortáveis.

— Como castigo, você pode beber duas — decidiu Bella, que, então, pegou mais dois copos e os ofereceu a ela.

As mãos de Lexi se mantiveram ao lado do corpo.

Bella ergueu o queixo um tantinho. A atmosfera ficou tensa.

— Deixe comigo, eu bebo o castigo — ofereceu-se Robyn, levantando-se com pressa.

— Nada disso! — negou Bella.

Incerta, Robyn hesitou. Olhou de Lexi para Bella, e voltou a sentar.

Bella enfiou as duas doses na frente de Lexi.

— São suas.

Lexi encarou a amiga no fundo dos olhos. Balançou a cabeça.

— Eu falei que não.

— O que está rolando? — questionou Bella, genuinamente confusa. — Você não está grávida, né, caralho?

Lexi manteve-se completamente imóvel.

Do outro lado do terraço escuro, uma mariposa voou em direção à luz da vela. Estava ciente do silêncio que se formava ao redor, exceto pelo bater das asas.

Os olhos de Bella se arregalaram.

— Ai, meu Deus! Você está! Você está grávida!

23

BELLA

Lexi está grávida. Isso era tudo em que Bella conseguia pensar, de novo e de novo, como um ritmo marcado na cabeça. *Lexi está grávida.*

Houve silêncio ao redor da mesa. Velas tremularam nos potes de vidro, iluminando as expressões surpresas.

Quando Lexi falou, a voz soou baixa e controlada:

— Onze semanas.

Bella pestanejou. *Onze semanas? Já?*

— Por que você não me contou?

— Eu acabei de descobrir. Nem Ed sabe ainda.

— Ah — exclamou Eleanor, na outra extremidade da mesa.

Lexi baixou os olhos por um breve instante.

— Ele estava trabalhando na Irlanda quando fiz o teste. Quero contar pessoalmente.

Bella apoiou a ponta dos dedos na beira da mesa para se impedir de cambalear. Olhou para Lexi, tentando digerir a notícia.

A amiga dissera que nunca queria ter filhos. Já tinham cruzado caminho com outras mães parecendo maltratadas e exaustas, e pensado: *Não vamos ser assim.* Chiqueirinhos eram para otárias, era o que sempre defenderam. Brincadeiras na casa dos amiguinhos ranhentos, sábados de manhã no parque, e fins de semana com menos horas de sono? Não, muitíssimo obrigada. As duas amavam crianças — não eram *monstras* —, mas queriam um tipo diferente de vida. Além disso, Lexi sabia que não dava para ser dançarina profissional *e* gestante.

Mas também, Lexi não era mais dançarina. Era instrutora de ioga (o cérebro de Bella tinha digerido aquela informação havia pouquíssimo tempo). Estava prestes a se casar. E... teria um bebê?

Porra.

Fen quebrou o silêncio, dando um sorriso carinhoso ao dizer:

— Meus parabéns. Que notícia maravilhosa.

Lexi olhou para ela com gratidão.

— Obrigada.

Por toda a mesa, as mulheres começaram a se manifestar.

Bella sabia que deveria dizer algo. Que deveria abraçar a amiga. Usar a palavra *parabéns*. Mas a boca parecia não querer se mover. O papel com as perguntas pendia de sua mão. Precisava falar. A atenção de todas estava se voltando para ela.

O silêncio se prolongou.

Lexi a encarou. Esperou.

Bella sustentou o olhar da amiga. Não disse nada.

— Querem saber de uma coisa? — disse Lexi. — Estou cansada.

Ela saiu da mesa, os passos mal fazendo barulho ao cruzar o terraço e desaparecer dentro da villa.

...

Bella levou a garrafa de ouzo até um canto do terraço e desabou na beira da mureta. O vestido subira até o topo das coxas, e ela não se importou em arrumá-lo. Bebeu direto da garrafa, o batom marcando o gargalo.

Estava ciente da queda mortal atrás de si. Não dava a mínima.

Mexeu os dedos do pé direito e sentiu o latejar da picada do escorpião. Sabia que deveria aplicar a compressa gelada de novo, mas não suportaria ir até a cozinha, onde as outras lavavam as louças — e, provavelmente, reclamavam dela.

A caixa de som ainda tocava baixinho um pulsar de reggae. Tomou outro gole de ouzo, então levantou-se, balançando o corpo no ritmo da batida. Não pararia de festejar. As outras e os julgamentos apáticos delas que se danassem. Bella moveu os quadris, o cabelo oscilando.

Robyn saiu da villa com uma bandeja vazia, recusando-se a olhar na direção dela. Bella dançou. Robyn começou a empilhar copos e garrafas vazias na bandeja, seus movimentos impecáveis, precisos.

Viu só? Cirurgiã.

Quando a mesa estava vazia, afastou-se. Ao passar por Bella, esta se pegou gritando:

— A gente nem terminou a brincadeira.

Robyn parou.

— Foi uma brincadeira péssima. Você humilhou a Lexi.

Tinha se esquecido de como Robyn ficava incisiva depois de alguns drinques. Das duas, uma: ou aquilo, ou começava a se apoiar no ombro de alguém, dizendo que amava o mundo todo.

— Era para ter sido divertido.

— Acho que sou *chata* demais para saber o significado de "divertido".

Ah. Então Robyn tinha escutado.

— Foi mal — disse Bella, envergonhada. — Eu estava desabafando. Não foi de coração.

— Bom, mas machucou — confessou ela.

Bella se aproximou de Robyn.

— É sério, foi mal — disse, sentindo-se péssima. — Você me perdoa por ser uma babaca?

Robyn a encarou, então revirou os olhos.

— Tudo bem. Eu te perdoo.

— Que Deus te abençoe por isso. Não aguento *todo mundo* puto comigo. Você sabe que eu jamais teria feito a brincadeira com as bebidas se Lexi tivesse me contado que estava grávida, né?

— Eu sei. — Ela apoiou a bandeja na mureta de pedra, depois pressionou uma das mãos na parte inferior das costas, como se estivesse sentindo dor.

— Por que Lexi não contou pra gente?

— Foi como ela falou... Ela queria contar para o Ed primeiro. Lexi provavelmente precisa de um tempinho para assimilar as coisas.

— Acho que ela não quer esse bebê.

— Quer, sim. Ela disse... — Robyn se impediu de falar.

Bella piscou.

— Espera. Você sabia, não sabia? Lexi te contou que estava grávida.

— Ela me ligou porque estava chateada...

— Quando?

— Domingo retrasado.

— Domingo retrasado? Isso foi há mais de uma semana! Ela sabia desde então e não me contou? Eu sou a dama de honra!

— Talvez ela não estivesse certa de que receberia a reação que queria de você.

— O que isso quer dizer?

— Você nem sequer deu parabéns para ela.

— Eu fiquei em choque.

— Ficou mesmo? Lexi está se casando. Tudo é diferente agora. Ela não é a mesma Lexi que dava a louca com você quando tinham vinte e poucos anos. Ela ama o Ed...

Bella revirou os olhos.

— O que isso... — Robyn imitou o revirar de olhos, fazendo Bella parecer desequilibrada. — ... significa?

— Significa *Ed*. Ela ama o Ed? — falou o nome dele daquele jeito de novo, como se fosse uma pergunta.

Robyn cruzou os braços.

— Deixe-me adivinhar: você não gosta dele?

Bella deu de ombros.

— Cite *um* namorado da Lexi de quem você realmente gostou.

Bella foi até a bandeja e serviu duas doses em copos usados.

— O cara da tatuagem de águia — respondeu, entregando uma dose para Robyn.

— *Ele*? De todas as pessoas?

Ela brindou o copo no de Robyn e então entornou a bebida em um gole só.

— Eu gostava que ele era da Austrália e que o visto estava vencendo.

— Viu? Você não tem jeito! — Robyn engoliu a bebida, depois fez uma careta.

— Eu só quero que a Lexi fique com alguém tão incrível quanto ela.

— Não, o que você quer é que a Lexi fique solteira. Você tem medo de que ela ame outra pessoa mais do que te ama.

— Ei — repreendeu Bella. — Pegue leve com os tapas na cara.

Robyn espremeu um lábio no outro.

— Olhe, só estou falando que talvez isso não tenha a ver com o Ed...

— É claro que tem! Eu não confio nele! — disparou Bella.

— Por que não? — perguntou Robyn, a voz atiçada, curiosa.

Bella ergueu os olhos na direção do quarto de Lexi. As persianas estavam fechadas, um brilho fraco de luz vazava pelas ripas. Ela deu um passo para mais perto de Robyn. Talvez não devesse dizer o que estava prestes a dizer. Na verdade, era com Lexi que deveria estar falando.

— Lembra o coquetel de noivado?

Robyn assentiu.

— Eu estava no bar com o Ed, e trombamos com uma amiga minha, Cynthia. Ela trabalhava como dançarina erótica para pagar pelo curso de enfermagem. Quando notou o Ed, a cara dela mudou. — Bella tentou imitar a mulher, mas Robyn apenas a encarou, sem entender. — Ela faz essa cara sempre que sai e dá de cara com algum cliente. Sabe, como a cara que uma professora faz quando encontra algum aluno nas férias, bem quando está fazendo valer cada centavo gasto em um bar com tudo a que tem direito. Tipo: *Rápido! Me esconda!* Bem, Cynthia fez *essa* cara. No final das contas, ele era cliente dela. Havia um tempo, cliente fiel. Por, tipo, uns dois anos.

A expressão de Robyn não mudou.

— Lexi provavelmente sabe. Não é como se o passado dela fosse um mar de rosas.

— Eu sei disso.

— Então qual é o problema?

Ela hesitou. Foi a reação de Cynthia ao vê-lo: curvara o lábio com uma pitada de desgosto. Tentar explicar aquilo para Robyn pareceu vago demais, infundado. Em vez disso, falou:

— Não vou com a cara dele.

— Deixe Lexi ser feliz. Não estrague tudo para ela.

— É claro que eu quero que ela seja feliz! Ela é minha melhor amiga!

— Bom, sua melhor amiga acabou de te falar que está grávida. Você deveria estar falando para ela como está feliz ou, caso não consiga fazer isso, perguntando a si mesma por que não.

Robyn pegou a bandeja de bebidas, os copos escorregando e tilintando, então voltou para a villa.

Mais uma vez, Bella estava sozinha no terraço. Um coral de cigarras cantando na escuridão, tão alto e agitado quanto os pensamentos dela. Dentro da casa, as luzes estavam acesas, mas não parecia haver convite algum no brilho caloroso.

Voltou para a lembrança do coquetel de noivado. Quando Cynthia tinha ido embora do bar, Ed aparecera ao lado de Bella.

— Papo bom com a sua amiga?

Ela o fulminara com os olhos.

— Parece que vocês dois se conhecem.

— Eu conheço muitas pessoas. Assim como sei de muitas coisas. — Ele baixara o tom de voz. — E algumas coisas são melhores quando não ditas, não acha, enfermeira Rossi?

Um arrepio gelado percorrera o corpo dela, como se alguém tivesse aberto uma porta no bar, e uma rajada de vento frio entrado e atravessado o lugar.

Então, logo depois, Ed batera o ombro no dela, brincalhão.

— Vamos, vou comprar outro drinque para você — dissera ele.

O sorriso de Ed estava de volta ao rosto, e foi como se nada tivesse acontecido. No entanto, Bella tinha certeza do que testemunhara: algo desconcertante logo abaixo da superfície. Se tivesse piscado, teria perdido.

24

LEXI

Lexi se acomodou na ponta da cama, os pés pressionados no chão gelado de pedra. Manteve as portas da sacada fechadas; não queria ouvir os sussurros que vinham do terraço.

Bella e aquela sua brincadeira idiota! Não era daquele jeito que queria que a notícia da gravidez fosse dada. Do andar de baixo, ouviu o barulho de pratos na cozinha, o girar de torneiras. As vozes eram abafadas pelas paredes grossas de pedra, mas sabia que todo mundo estava falando da mesma coisa.

Descobrira a gravidez havia pouco tempo. Ed tinha acabado de partir para Dublin, onde trabalhava em um caso. Poderia ter ligado para ele, claro que podia — e ele pegaria um voo de volta no mesmo instante —, mas Lexi precisava de um tempo para colocar os pensamentos no lugar, decidir o que realmente queria.

Nunca gostou de verbalizar as coisas sem antes saber como *ela* se sentia. As opiniões das pessoas chegavam com tamanha rapidez e estrondo que afogavam a dela.

Pensara em cancelar a viagem, com medo de que Bella jamais a deixasse passar aqueles dias sóbria, mas todas já tinham pagado pelos voos e marcado as férias no trabalho, então não poderia desistir de última hora. Devia ter contado a Bella sobre a gravidez para livrar o fim de semana daquela tensão. Mas sabia o motivo pelo qual não tinha dito nada: Lexi temia enxergar seus medos refletidos no rosto da amiga. Em vez disso, contara para Robyn.

Não era isso o que as mulheres faziam o tempo todo: escolhiam uma amiga para quem contar, com base na reação que desejavam? Havia ligado para Robyn na mesma noite em que fizera o teste, quando não conseguia controlar a respiração, e o coração parecia querer sair pela boca.

Robyn ouvira enquanto Lexi falava e entrava em pânico, sem interrompê-la para opinar. Assim que Lexi, por fim, ficou sem fôlego e se lembrou de ancorar o foco na respiração, a amiga fez uma pergunta: *O que você quer?*

Não houve pausa. Não houve hesitação. Ela sentira a resposta no corpo. *O bebê. Eu quero o bebê.*

O estranho, no entanto, foi que, mesmo sabendo daquilo, ainda assim sentia-se apavorada. Os batimentos permaneceram acelerados, o peito, apertado. Era como se quisesse correr... mas não soubesse do quê.

Uma batida soou da porta.

— Oi — disse Robyn, enfiando a cabeça para dentro do quarto. — Você está bem aí?

Lexi balançou a cabeça.

Robyn entrou no quarto, fechando a porta ao passar. Sentou-se ao lado de Lexi.

— Bella é praticamente um cão farejador quando se trata de segredos. Estou surpresa por você ter conseguido esconder a verdade até a segunda noite.

— Eu também.

O abajur lançava uma sombra comprida parede acima, onde havia uma lagartixa, seu corpo pálido e macio. Por um tempo, as duas a encararam em silêncio, então Robyn perguntou:

— Como você está se sentindo?

— Apavorada.

— Com o quê? A gravidez?

— Esse é o problema... Eu não faço ideia. Eu não entendo. Mal tenho conseguido dormir. Minha cabeça não para, eu ando distraída...

— Talvez porque você ainda não contou para o Ed. Está preocupada com a possibilidade de ele não querer um filho?

— Nós dois falamos que não queríamos filhos... mas o Ed, ele ainda não tinha batido o martelo quanto a isso. Eu acho... na verdade, eu *espero* que ele fique feliz. Surpreso, sem dúvida. Mas feliz. Então não, não estou preocupada com a possibilidade de ele não querer o bebê. — Confusa, ela balançou a cabeça.

Robyn pensou por um tempo.

— Você acha que... — começou ela, a voz cautelosa. — ... isso poderia ter a ver com os seus pais? Com, você sabe, aquilo que a sua mãe falou daquela vez?

Lexi sabia exatamente a que Robyn estava se referindo. Quando tinha catorze anos, entreouvira a mãe conversando com uma das ex-bailarinas profissionais com quem performava e que, agora, geria uma prestigiosa escola de balé.

— Você foi tão perspicaz — dissera a mãe ao telefone, sem perceber que a filha estava em casa. — Eu fiz tudo errado. Sinceramente, engravidar foi o maior erro da minha vida.

Destruída, Lexi saíra de casa e caminhara por quase cinco quilômetros até a casa de Robyn, aonde chegou calada e devastada. Sabia que a carreira da mãe no balé tinha acabado quando engravidou... mas, à medida que crescia, também percebeu que, sem o balé, o senso de identidade da mãe evaporara. Era como se, na vida toda dela, o balé tivesse sido a viga que sustentava a sua identidade.

O medo era de que, um dia, mudasse de ideia, igual à mãe, e pensasse: *Será que essa criança foi um erro?*

Não. Lexi sabia, sem qualquer dúvida, que queria o bebê — e foi o que falou a Robyn.

A amiga pegou a mão de Lexi, apertou-a.

— Que bom.

Mas, se não era aquilo, então o que era? Como poderia explicar o palpitar estranho e irrequieto alojado no peito?

...

Houve uma batida na porta. Abriu-se uma fresta, e a cabeça de Bella apareceu.

— Permissão para entrar?

— Concedida — falou Lexi, por fim.

Robyn se levantou, passando por Bella, e disse:

— Vou buscar algo para beber.

Bella assumiu o lugar de Robyn na cama. Deitou-se de costas, os seios saltando no vestido.

— Desculpa por ter sido tão babaca.

Lexi encolheu os ombros. Também deitou-se de costas.

As duas encararam o teto, observando o ventilador rodar em círculos lentos.

— Estou feliz por você... pelo bebê... É sério — disse Bella. — É que foi um pouco chocante.

— Para mim também.

— Você contou para a Robyn.

Lexi assentiu.

— Por quê?

— Porque eu estava ansiosa quanto a viajar, a vir para a despedida de solteira, sem ninguém saber. Tive que conversar com alguém.

— Poderia ter conversado comigo. Sou sua melhor amiga.

Bella sempre fazia aquilo: rotulava a si mesma como melhor amiga de Lexi. Para ela, tanto Robyn quanto Bella eram suas amigas mais próximas. Não queria ter que escolher.

— Não contei para você primeiro porque não tinha certeza de que ficaria feliz por mim.

— Meu Deus, sou mesmo uma mala.

Pouco tempo depois, Bella rolou de lado, apoiando-se no cotovelo de modo a ficar cara a cara com Lexi. Trazia consigo um leve cheiro de ouzo, a doçura revirando o estômago de Lexi.

— Eu estou feliz por você, Lexi. Ou, melhor, quero dizer que desejo tudo de bom para você. Quero que você seja feliz. E, se for isso o que você escolher, um bebê e um marido, então também vou ficar feliz. Você sabe como eu sou... como eu levo um tempo pra me *adaptar*. Era isso o que estava acontecendo no terraço. Eu estava me adaptando.

Lexi entendia. Claro que entendia.

— Eu sinto muito mesmo — disse Bella, olhos brilhando com lágrimas.

— Está tudo bem.

— Não está tudo bem. Sou uma amiga de merda. — Bella se sentou por completo, secando os olhos.

Lexi sentou-se também.

— Não é, não.

Bella até podia ser estridente e, sim, às vezes um pouco egoísta, mas ela daria a vida pelas amigas.

— Posso...? — perguntou Bella, as mãos pairando sobre a barriga da noiva.

Ela fez que sim.

Hesitante, Bella tocou a palma ali. Pelo vestido de algodão, Lexi sentiu o calor da mão da amiga.

— Está um pouquinho inchada...

— É prisão de ventre.

— Sempre tão sensual. — Bella não afastou a mão. Em vez disso, mante-ve-a ali ao falar: — Sempre dissemos que não seríamos como as outras. Não teríamos crianças. Carros sedan. Uma vida sem graça.

— Sei disso. Mas essas pessoas... talvez elas saibam de algo que a gente não sabe.

— Talvez — disse, e, sob a luz baixa, Lexi se perguntou se os olhos de Bella tinham sido cobertos por lágrimas.

25

ELEANOR

Sozinha no terraço, Eleanor esvaziou a garrafa de vinho na taça.

Bocejou. Deu uma olhada no relógio. Não havia sentido tentar dormir antes da uma da madruga. Ficaria deitada, mas acordada, inquieta.

Aquele era um dos problemas de ter perdido Sam: não conseguia dormir. Tinha saudade do calor do corpo dele na cama. De como ele gostava de esticar um dos braços e apoiá-lo no quadril, no peito ou na cintura dela. Sam simplesmente gostava de senti-la perto de si. Sempre dormia de camiseta e cueca; às vezes, usava a mesma camiseta ao longo do dia, e ela não se importava. Gostava. Tinha saudade até das ondas que eram os roncos dele. Apaixonar-se... isso a destruíra. O melhor seria nunca ter descoberto que era possível o coração bater em um ritmo diferente.

Eleanor engoliu outra golada de vinho. Algumas doses antes de dormir eram como um amortecedor, um óleo que lubrificava e aliviava a tristeza, facilitando o sono. Mas isso a ajudava apenas por metade da noite. Depois, acordava por volta das três da manhã, completamente sozinha com o silêncio.

Silêncio.

Silêncio.

Silêncio.

Às vezes, imaginava se seria possível afogar-se no silêncio. Porque era assim que se sentia, como se o silêncio a sufocasse. Então, bebia um pouco mais. Não era nem como se quisesse. Tudo o que queria era dormir, caramba.

Não era preciso ser um gênio para saber que haveria um preço a ser pago pela manhã. Uma taxa sobre o sono perdido, pois a cabeça estava aos frangalhos e a mente, enevoada. E toda a ansiedade, e a solidão, e a tristeza, e a vergonha se faziam presentes, como se amplificadas. Então... o que foi que ela fez?

Bingo! Entornou outra dose. Parabéns, Eleanor! Você está enfrentando o luto como uma campeã!

Ela sabia o que Sam diria se ainda estivesse ali.

— Ei, EJ! — Ele amava um acrônimo. Dizia que o fazia se sentir como um garoto estadunidense no ensino médio, andando por um corredor com a camisa para fora da calça e trombando com ela nos armários. — Você sabe que precisa dar um jeito nisso, certo? Eu posso te ajudar.

E teria ajudado mesmo. Teriam se livrado de todo o álcool da casa. Era provável que, em vez disso, ele fizesse sucos deliciosos para ela, talvez tivesse comprado alguns remédios naturais para dormirem — ele tinha um fraco pela Holland & Barrett, uma loja de produtos naturais. O que era estranho, já que Sam amava uma pizza com borda recheada e uma tigela de nachos.

Deus, ela amava tudo a respeito dele.

Terminou de beber o vinho. Imaginou se conseguiria escapar impune caso abrisse outra garrafa. Não queria acabar com o estoque da villa na segunda noite. Tinha guardado uma garrafa de gin na mala para emergências, mas Ana já havia ido para o quarto que dividiam. Eleanor flertou brevemente com a ideia de engatinhar até a mala debaixo da cama, mas então pensou na possibilidade de ficar cara a cara com uma barata ou um escorpião.

Pelo jeito seria apenas ela, uma taça vazia e a escuridão sem fim da noite. A piscina emanava um brilho sombrio no terraço. Não, não boiaria nela de novo tão cedo. Ainda não superara a vergonha de Lexi a pegando no flagra nem a conversa constrangedora que aconteceu em seguida. Pelo restante da viagem, planejava se esforçar o bastante para não ser esquisita.

Ouviu passos atrás de si e se virou, a cadeira rangendo, e encontrou Ana cruzando o terraço com uma garrafa de ouzo e dois copos.

— Quer uma saideira?

Eleanor sorriu.

— Achei que você tivesse ido para a cama.

— Estamos em uma despedida de solteira, não estamos?

— Sim, realmente.

Eleanor empurrou a cadeira ao lado da sua, e Ana se sentou.

A mulher então serviu duas doses generosas, oferecendo uma para Eleanor. As duas brindaram.

— *Ya mas!*

Ana era uma boa colega de quarto. Não falava muito. Não tomou conta das estantes do banheiro nem da cômoda. Gostava do jeito como ela andava: firme, confiante, ombros para trás. Não tinha nada de arrogante naquilo: simplesmente andava como se não tivesse pressa. Eleanor decidiu que praticaria aquele andar quando voltasse para casa. (Só tinha concordado em ser menos esquisita *durante* a viagem.)

Ana soltou o lenço da cabeça, depois pressionou os dedos contra as raízes das tranças.

Acima delas, um cordão de pisca-piscas brilhava no pergolado, escalando-o junto das jasmins e das videiras.

— Então… você vai ser titia — comentou Ana, sorrindo.

— Parece que sim.

— Como você se sente?

— Não sei. — Não confiava nas próprias emoções ultimamente. Era como se estivessem desreguladas e, quando a maioria das pessoas sentia uma coisa, ela se descobria sentindo algo totalmente diferente. — Feliz?

— *Feliz* com um ponto de interrogação?

— Eu não esperava por isso. — Ela deu de ombros.

Nunca ouvira o irmão falar sobre querer uma família, não conseguia imaginá-lo ninando uma criança. Um fragmento de lembrança chegou pelas sombras: a boneca que Eleanor amara na infância, uma das orelhas cortadas para expor o horror do enchimento. Ed no quarto dele, rosto impassivo.

— Que horrível — dissera ele quando confrontado pela mãe, que segurava Eleanor pela mão. — Por que Eleanor fez isso?

A irmã o encarara, confusa. Em meio às lágrimas, viu a mãe olhar com incerteza para ela e, depois, sentiu o aperto em sua mão afrouxar, soltar-se.

Ela reprimiu a lembrança e, em vez disso, pensou em como Ed se iluminava quando estava com Lexi. Imaginou-se visitando a casa dos dois quando o bebê chegasse. Levaria alguma coisa feita na panela elétrica e um bolo com chantili fresco. Era uma boa imagem. Fantasiosa, talvez, porque… desde quando Eleanor era bem-vinda na casa de Ed?

— Acha que Ed vai ser um bom pai? — perguntou Ana.

Eleanor sentiu um pequeno pingente de gelo rachando entre as omoplatas. Ana a observava com atenção, como se lendo algo escrito em sua expressão.

— Ele vai querer ser o melhor pai de todos — respondeu Eleanor, por fim.

— Vocês são próximos?

Eleanor ficou em silêncio por um momento.

— Ed me liga toda semana. Dá as caras quando consegue.

— Deve ser bom.

Eleanor se perguntou se era mesmo. O rosto deve ter transparecido a dúvida — ele tinha o costume de deixá-la na mão —, porque Ana acrescentou:

— Espera, *não* é bom?

— São ligações por obrigação — admitiu Eleanor, dando de ombros. Ed foi bom com a irmã quando ela perdera Sam, mal saindo de seu lado nos dias depois da morte, mas, com o tempo, a preocupação dele mudou, assumiu outra forma. — Na maioria das vezes, ele tem pressa para ir embora. Acho que não gosta de ficar perto de mim quando estou triste.

Ana franziu a testa.

— Por que não?

— Já faz quase um ano. Ed considera indulgente.

Ana ficou completamente imóvel.

— Indulgente?

— Sim.

Ela piscou.

— Ele te disse isso?

Eleanor experienciou uma sensação excitante ao dedurar o irmão:

— Sim.

As costas de Ana pareceram se endireitar, vértebra por vértebra.

— Um banho longo de espuma é indulgente. Comer uma segunda fatia de bolo é indulgente. Estar de luto pela pessoa com que você planejou passar a vida toda *não* é indulgente. Como ele pôde falar algo assim?

Eleanor se pegou sentando mais ereta enquanto se imaginava usando as palavras de Ana, repetindo-as para Ed. Sentiu uma faísca de animação na barriga, um calor do qual gostou.

O que fazia uma faísca ser interessante, pensou Eleanor, olhando para Ana, era: ou ela se extinguia, ou começava a arder bem lentamente... até que se tornava uma chama.

SEXTA-FEIRA

SEXTA-FEIRA

26

BELLA

Bella estava na proa do iate, cabelo ao vento. Borrifos da água do mar embaçavam seus óculos de sol, e o ar espumava com sal e ozônio. Queria imitar a cena dos braços abertos em *Titanic* para fazer Lexi e as outras rirem, mas Bella não confiava em barcos. As duas mãos ficariam o tempo todo no guarda-corpo, muitíssimo obrigada.

Anunciara o passeio de iate no café da manhã, dizendo para as outras:

— Peguem as roupas de banho e o protetor solar. Vamos fazer uma excursão!

Adorava surpresas. Nunca entenderia as pessoas que reviravam os olhos só de pensar nelas. Como assim, não gostavam daquela fisgadinha de ansiedade? Da sensação de não estar no controle? Animem-se!

Quando o iate atracara na baía, pareceu-lhe ainda mais encantador do que imaginara, com seu casco de madeira envernizado cortando a água azul-turquesa. As seis esperavam na enseada, as bolsas de praia nos ombros, o cheiro de protetor solar perfumando o ar. Lexi ficara atônita.

— É para nós?

— Pode apostar. Vamos navegar na imensidão azul para um mergulho e um banho de sol.

Lexi jogara os braços ao redor de Bella, abraçando-a com tamanha força que deixara uma marca de protetor solar no vestido dela.

Aquele seria um dia maravilhoso, decidiu Bella, voltando o rosto para o sol. Depois da brincadeira desastrosa na noite anterior, precisava colocar a festa de volta nos trilhos — e era assim que faria isso.

Yannis, o capitão idoso, vestia uma camisa amassada e desabotoada até o umbigo, o rosto bronzeado salpicado por uma barba grisalha por fazer. Ele apontou para uma ilhota ao leste.

— É lindo mergulhar ali.

Colocou o iate na direção do vento, e borrifos de água do mar ultrapassaram a proa, encharcando as pernas expostas de Bella.

Acovardada pelas ondas que quebravam, Bella seguiu com cuidado pela lateral do iate. Fen estava sentada à popa, o corpo voltado totalmente para a água, o queixo apoiado nas mãos. Vestia um shortinho jeans rasgado e um colete solto, o tecido debatendo-se na brisa. Bella não enxergava os olhos da namorada por trás dos óculos de sol, mas sentiu que estava perdida na amplidão do momento. Impediu-se de subir no colo de Fen.

Bella sempre amava companhia, barulho, uma boa dose de caos. Sempre que voltava para o apartamento vazio, ligava o rádio ou a televisão, então abria uma das janelas para que pudesse ouvir o mundo em polvorosa. Uma conversinha com a Alexa também era uma opção. Talvez isso fosse resultado de ter crescido com uma família grande. A mãe dizia que o único jeito de colocar Bella para dormir quando pequena era posicionando o moisés na mesa, em meio ao falatório e ao caos estrondoso da televisão.

— Você sempre precisava ser o centro das atenções.

Mas Fen era diferente. A bebê Fen provavelmente caía no sono em um quarto silencioso, com cortinas blecaute e paredes com isolamento acústico. A Fen adulta nem sequer tinha uma televisão (como exatamente ela funcionava no mundo moderno ainda era um mistério para Bella).

— Você está bem? — perguntou, empoleirando-se ao lado dela, as coxas roçando.

O que realmente quis dizer foi: *Nós estamos bem?*

Na noite anterior, tinha acordado e encontrado o lado de Fen da cama vazio. Bella, então, havia ido até a janela e avistara a namorada sozinha no terraço escuro, parada, observando por cima da mureta o cemitério de pedras abaixo. Havia algo de perturbador na imobilidade dela, no meio da noite. Vestindo uma camiseta, Bella descera para ver como Fen estava, mas acabou encontrando-a na escada, e ela insistiu que estava bem. *Só tomando um pouco de ar fresco.*

Agora, Fen ecoou aquela resposta:

— Estou bem. — E abriu um sorriso ligeiro.

O vento tinha dedilhado seu cabelo curto, que então estava com as raízes em pé.

— No que você está pensando?

Ah, Deus. Tinha mesmo perguntado aquilo? Que pergunta mais carente e piegas.

— Só em como é bom estar na água, acho.

Obviamente, Fen não estava pensando naquilo — mas o que Bella poderia dizer? *Não acredito! Me diga no que está pensando de verdade!* Não, ela ainda tinha certo orgulho.

— Talvez, no próximo verão, a gente possa voltar. Ficar por mais tempo. Mesmo se a villa já tiver sido vendida, podemos encontrar outro lugar. Eu amo essa ilha.

Fen sorriu, mas não disse nada.

Bella sentiu as garras do horror: não haveria um próximo verão. Era *naquilo* que Fen estava pensando. Não era? Durante todo o final de semana, andaram se policiando para evitar o assunto do que acontecera no aeroporto, como se algum acordo tácito tivesse sido fechado para que discutissem aquilo apenas quando estivessem em casa de novo.

Era culpa de Sue. Sue e sua língua comprida. Será que era impossível ir a um aeroporto sem trombar com alguém do passado? Bella conhecia Sue desde que trabalharam juntas nos turnos noturnos do Hospital Royal em Bournemouth. Aquela mulher sabia ser calorosa e engraçada, mas também era uma fofoqueira de primeira.

— Acene e continue andando — sussurrou Bella para Fen assim que Sue começara a mover o carrinho de bagagem na direção delas.

Mas Sue era rápida. Atacara Bella, segurando-a pelo braço.

— Bella! Quanto tempo!

— Ah. Sue. Oi. Que bom te ver. Mas, escute… estamos atrasadas para o voo, então…

— Não vou te segurar. É tão bom te ver de novo! Sentimos muito a sua falta! E, quero que você saiba, Bella — continuara ela, baixando o tom de voz —, que todos sentimos muito pelo acontecido.

Ao que Fen, do seu jeito direto, reto e sem rodeios, perguntara:

— E o que foi que aconteceu?

Pronto. A pergunta feita de modo tão direto que Bella não teve outra opção senão respondê-la.

Tinha observado a expressão de Fen se enevoar em confusão, a cor se esvaindo do rosto.

Não era que Bella tivesse a intenção de esconder segredos de Fen. Era que ficara tão acostumada a mentir que aquilo passou a parecer verdade.

27

FEN

Fen sentiu o subir e o quebrar das ondas. Ela queria fechar os olhos, embebedar-se com as sensações, mas Bella falava com ela, a voz rápida e animada, dedos apertando seu braço. Costumava achar encantador o hábito da namorada de tocar fosse lá com quem estivesse conversando, como se empolgação e carinho borbulhassem de seu corpo, impossível de serem impedidos. Naquela manhã, no entanto, precisava de espaço.

A cabeça parecia agitada demais, barulhenta demais. Estar de volta a Aegos estava sendo muito mais complicado do que esperara. Racionalmente, sabia que houvera um punhado de momentos felizes naquele extenso verão sete anos antes, mas tudo de que seu corpo se lembrava era uma noite em específico. Parecia o derrubar de vinho tinto em um lindo sofá novo: não importava que o restante do sofá permanecesse em excelente estado... a única coisa em que as pessoas repararam era a mancha.

Yannis desligou o motor. Por um momento tranquilo, tudo o que Fen pôde ouvir foram os sons das ondas se acalmando e uma ligeira brisa marítima fazendo um cabo bater contra o mastro. Sem fazer barulho, Yannis atravessou o deque e, da proa, arremessou uma âncora com uma crosta de sal. Ao fazê-lo, a bainha da camisa se ergueu. Houve uma pancada sonora na água e, logo, o som da corda pesada se desenrolando a toda velocidade.

Ao lado dela, Bella bateu palmas.

Ela sempre fazia aquilo: batia palmas quando qualquer coisa a empolgava. Antigamente, Fen achava fofo, mas agora o gesto também passara a irritá-la. Tentou voltar a atenção no mar reluzente, porque não queria ser a pessoa que enxergava defeitos onde outras viam dádivas, mas não conseguiu entrar realmente em sintonia com a beleza do dia.

A sensação de insatisfação no relacionamento das duas surgira tão lentamente que Fen mal teve chance de dar um nome a ela. Então, depois daquele encontro péssimo com Sue no aeroporto, a vontade foi de dar meia--volta naquele mesmo instante, de ir embora. Bella implorara para que não o fizesse, prometendo que resolveriam as coisas — as outras logo chegaram, e Fen sentiu que sua única opção seria enfrentar aquela viagem.

Bella não era em nada parecida com as namoradas anteriores de Fen, e isso tinha sido parte do apelo. Amava a sagacidade dela, o jeito como irrompia em um cômodo envolta em uma nuvem de perfume e energia contagiante. Amava o talento de Bella em deixar qualquer situação divertida: uma viagem entediante a uma loja de artigos para casa podia, de repente, transformar-se em uma aventura com a namorada, que bateria os pés para fazerem uma parada em que ela pudesse dançar ao som do músico de rua tocando violino, ou assistir a um filme apesar de serem dez da manhã de um sábado lindo e ensolarado.

Tinha uma risada magnificamente sacana. Dava para ouvi-la rindo a três cômodos de distância. E Bella era sedutora pra caramba, não havia dúvidas quanto a isso. Fen nem mesmo queria saber onde ou com quem a namorada aprendera algumas das coisas que sabia fazer.

Mas sexo e risada, por mais deliciosos e viciantes que fossem, não bastavam.

A única coisa que bastava era amor.

E Fen percebeu que não amava Bella.

28

ELEANOR

Eleanor deixou os ombros se moverem com o balanço do iate enquanto a âncora era lançada. Por um breve momento, fechou os olhos atrás dos óculos de sol e respirou. O ar tinha sabor de algo limpo temperado com sal, brilhante, e o aroma leve de ervas era trazido da terra firme.

Sentada na popa, sentiu-se grata pela sombra da cobertura. A pele clara e marcada por pintas não tinha sido feita para o calor do Mediterrâneo.

Ao abrir os olhos, viu a bandeira grega dançando na balaustrada do iate com a brisa suave. Yannis gesticulava para além, em direção a um pináculo rochoso.

— Só para quem sabe nadar muito bem, combinado? É longe. Mas — disse ele, um dedo erguido no ar —, se chegarem à ilha, e se forem boas em escalar rochas, terão uma baita surpresa. — Ele sorriu de orelha a orelha, o rosto tornando-se jovial.

— Uma surpresa? — perguntou Robyn, que prendia o cabelo em um rabo de cavalo.

Os olhos de Yannis brilharam.

— Temos muitas cavernas marinhas escondidas por aqui… O mar entra nelas e cria buracos. Piscinas naturais, sabem? Muito bonitas.

— Podemos nadar nelas? — questionou Fen, tirando o short jeans.

Não havia como negar a atleta que era naquele *tankini* simples, o corpo musculoso e cheio de vida. Eleanor imaginou qual seria a sensação de pular da lateral do barco, sabendo que poderia simplesmente nadar e nadar, e que o corpo tinha a força necessária para levá-la a qualquer direção que quisesse.

— Dá para mergulhar das rochas... bem fundo. Vinte ou trinta metros, ouviram? Muito bom para nadar. — Ele angulou um dos punhos grossos e bronzeados sobre o rosto, a luz do sol reluzindo no relógio. — Vocês têm uma ou duas horas para nadar, combinado? Depois, voltem para o barco para almoçar, entendido? Sem pressa, sem pressa.

— Parece ótimo — emocionou-se Bella, as mãos entrelaçadas.

— Pode passar nos meus ombros? — pediu Robyn a Lexi, estendendo a embalagem de protetor solar.

Lexi espremeu o creme na palma das mãos enquanto Robyn tirava a camiseta, de costas para as outras. Dobrou os braços na frente da barriga.

Conheço esse sentimento, pensou Eleanor.

Do guarda-volumes sob o assento, Yannis tirou um balde de plástico, dentro do qual havia pés de pato de cores vivas e máscaras de mergulho. Ele os banhou com água mineral e começou a distribuí-los, gotas d'água escurecendo o convés aquecido pelo sol.

— Não, obrigada — recusou Eleanor, assim que o senhor ofereceu uma máscara para ela. — Vou ficar no barco.

— Você tem que entrar na água! É transparente, muito linda! Muitos peixes... É diferente das outras ilhas onde a dinamite acaba com os corais. Aqui temos muitos peixes... e grandes — argumentou ele, criando um espaço entre as mãos bronzeadas para demonstrar o tamanho. — Vamos, você vai amar!

Gostava da entonação musical e cadenciada da voz de Yannis, mas apenas entusiasmo não a convenceria.

— Não sou muito de mergulhar.

— Por favor, venha com a gente! — pediu Ana, posicionando a máscara ao redor do pescoço. — Não precisamos ir muito longe do barco. Eu fico perto de você.

— Eu não sei nadar — disse Eleanor. Ela entregou o fato abertamente, sem qualquer constrangimento.

Ao ouvirem aquilo, as outras olharam para ela como se tivesse acabado de anunciar que fizera xixi no short. Na verdade, pensando nisso... Se precisasse fazer o número um, bem, como o faria? Olhou para o balde de plástico que guardava os pés de pato. Teria que servir.

— Trouxe o meu livro para me fazer companhia. Meu plano é me divertir ficando seca no convés. — Sorriu para tranquilizá-las.

— Ler em um barco sob o sol da manhã? Parece horrível. Não estou com nem um pouco de inveja. — Ana deu uma piscadela.

— Tem certeza de que vai ficar bem? — questionou Lexi, limpando as mãos do que sobrara do protetor solar de Robyn.

— É claro! Agora, entrem na água e me deixem em paz. — A intenção era ter soado como uma brincadeira, mas Eleanor notou, pela expressão de Lexi, que havia sido brusca.

Atrás delas, Bella xingou ao tentar espremer o pé inchado, picado pelo escorpião, em um dos pés de pato.

— Querida, acho que você vai ter que ir descalça — comentou Fen.

— Maldito escorpião! — praguejou ela, jogando os pés de pato de volta no balde.

— Certo, senhoras. Descemos pela escadinha, aqui — explicou Yannis, guiando Lexi pela mão (o que, na opinião de Eleanor, foi um tanto desnecessário). — É melhor se eu entregar os pés de pato quando vocês estiverem na água, né? — Os olhos dele percorreram o corpo macio e envolto pelo biquíni.

Eleanor não o culpou. Havia algo na beleza, tanto masculina quanto feminina, que sempre atraía o olhar.

Então, pegou os próprios olhos indo parar na barriga da cunhada, em busca do primeiro sinal de alguma protuberância. Era difícil acreditar que o futuro sobrinho ou sobrinha de Eleanor estava abrigado dentro de um espaço tão perfeito. Emocionou-se um pouquinho quando se deu conta de que sabia da gravidez antes de Ed.

— Esperem! — chamou Bella. — Primeiro, fotos!

Ela vasculhou a bolsa de praia, procurando o celular, então apontou-o para Lexi, que sorriu, empolgada, atrás da máscara de mergulho.

— Agora, todas juntas! — disse Bella, voltando a câmera do celular para elas.

Ana se esquivou rapidamente da foto. Eleanor também teria feito aquilo, caso tivesse sido rápida o bastante. Quem é que gostaria de uma foto com roupa de banho que ficaria para sempre na galeria da câmera de outra pessoa?

A água espumava e borbulhava enquanto as outras desciam pela escadinha, gritando e espirrando água uma nas outras ao se sacudirem com os pés de pato e as máscaras.

As vozes silenciaram quando elas começaram a colocar a cabeça debaixo d'água e se afastaram do iate. Um rimbombar de riso borbulhou do tubo da máscara de Lexi. A água era tão transparente que dava para Eleanor enxergar Fen mergulhando sob a superfície em busca de um cardume de peixinhos.

Yannis guardou os pés de pato e as máscaras que sobraram, cantarolando baixinho consigo mesmo, antes de desaparecer na cozinha para preparar a comida. Sozinha no convés, Eleanor sentiu uma pequena nuvem de tristeza cair sobre si.

De qualquer maneira, ainda tinha o livro como companhia. Além disso, já havia espiado a caixa térmica, na qual tinha a esperança de encontrar uma ou duas bebidas alcoólicas à sua espera.

Tirando os óculos de sol, observou o próprio reflexo e alisou o cabelo com os dedos. A viagem de barco criara um volume frisado em todos os lugares errados, deixando-a com a aparência de um cogumelo. Um secador serviria como uma luva.

Idas ao cabeleireiro eram sua única indulgência semanal. Eleanor reservava o último horário de todas as quintas-feiras à tarde para que pudessem lavar e escovar seus fios. Não que fosse particularmente vaidosa quando se tratava do cabelo, embora fosse seu melhor trunfo: o cabelo castanho-escuro e cheio, liso em um corte curto na altura do queixo. Era tudo por causa de Reece. Ele tinha os braços tatuados com padrões intrigantes e complexos, e, quando pressionava os dedões com gentileza nas têmporas dela, Eleanor sentia o corpo relaxar, se soltando. Ela se derretia na cadeira de couro, fechava os olhos e se esbaldava no calor das mãos do homem contra seu couro cabeludo.

Uma vez, ela chorou. Lá mesmo, no salão, a cabeça recostada no lavatório com água quente. Depois, decidira que teria que parar de visitar o salão, mas Reece havia reagido de maneira muito fofa ao ocorrido, e Eleanor acabou forçando a si mesma a voltar na semana seguinte, apesar de ter dado meia-volta duas vezes na caminhada até lá.

Toda quinta-feira, Reece fazia a mesma pergunta:

— Vai dar uma passada em algum lugar bacana hoje à noite?

E ela escolhia uma dentre suas respostas favoritas: *Sim, vou me encontrar com algumas amigas para o jantar;* ou *Vou ao cinema com meu irmão;* ou ainda *Tenho um encontro hoje à noite.* Na verdade, o que Eleanor fazia toda quinta-feira era voltar para o apartamento vazio com o cabelo arrumado, sozinha.

Entrava pela sala, parando na frente das cinzas de Sam, armazenadas em uma urna preta com um adesivo de *Dungeons & Dragons* bem no meio.

— Vi o Reece no salão hoje — dizia, apalpando o cabelo recém-cuidado. Então, dava uma piscadela sensual e acrescentava: — Ele fez uma hidratação completa, está vendo?

Sempre conseguia sentir a risada de Sam no próprio peito, calorosa e despreocupada. No início, chegou a se sentir um pouco constrangida por falar com as cinzas dele, mas então passou a fazer parte da rotina — contar a Sam o que estava fazendo ou pedir-lhe uma opinião. Ele era como um guia invisível, dizendo a ela: *EJ! É claro que você deveria sair hoje à noite! Saia! Vista aquela calça jeans bonita que eu amo!*

Quando recebera o e-mail de Bella sobre a viagem de despedida de solteira, Eleanor tirara os olhos do notebook, o olhar pousando brevemente na urna de Sam. Então, com a mesma rapidez, desviara o olhar.

Não tinha perguntado a ele se achava que deveria ir, porque sabia exatamente o que Sam teria dito.

Não. Não ouse ir.

29

ANA

Ana boiava na superfície cintilante, observando um peixe de barriga pálida disparar em direção ao fundo do mar. Depois de alguns segundos, ela tirou a cabeça da água para respirar. Não entendia como respirar pelo tubo da máscara. Nunca mergulhara. Nunca estivera em um iate. Nunca estivera na Grécia. Havia, percebeu ela, muitas coisas que nunca tinha feito.

Vestiu a máscara pelo topo da cabeça, avançando pela água, tentando não pensar no quão longe o fundo do mar estava abaixo dos pés. Sua experiência com nado estava limitada à piscina pública local, onde sempre podia estar a alguns passos de distância das laterais de concreto.

Queria estar se divertindo — saboreando a experiência de mergulhar no mar Egeu, inebriada com os prazeres banhados pelo sol —, no entanto, em vez disso, uma voz na cabeça de Ana sussurrava, gélida: *Você não deveria estar aqui.*

A viagem parecia estar causando algo incomum a como ela percebia o tempo, esticando-o de modo que alguns momentos pareciam mais lentos e prolongados, os sentidos ganhando vida sob uma nova lucidez... Isso antes de, rapidamente, voltar ao normal, deixando-a chocada por estar tão longe de casa, de Luca.

Desistindo do mergulho, deu meia-volta e nadou até o iate.

Quando chegou à popa, subiu pela escadinha, água escorrendo pela pele.

No convés, Eleanor tirou com tudo os olhos do livro.

— Eu venho em paz — disse Ana, uma das mãos erguidas. — Jamais ficaria entre uma mulher e seu livro. Volte para sua leitura.

Eleanor sorriu.

— Para falar a verdade, achei o livro péssimo. É um alívio poder parar de ler. O que achou do mundo submerso?

— A tentação de uma cervejinha gelada é incomparável — respondeu Ana, pegando a toalha.

— Por acaso, sei onde Yannis guarda o cooler. — Eleanor ergueu os pés e revelou a caixa térmica. Abriu a tampa e tirou de lá duas latas de cerveja trincando.

— Você é perfeita — disse Ana, sendo sincera.

As duas puxaram o lacre e brindaram com as latas.

Eleanor cruzou uma perna sobre a outra, escondendo uma cicatriz grossa que atravessava o joelho esquerdo. Dividindo o quarto com ela, Ana notara ainda outras cicatrizes antigas: uma sob o queixo, outra que ziguezagueava o ombro. E, embora curiosa, sabia que o melhor era não perguntar a respeito delas.

Longe, na água, Ana teve um vislumbre de uma estampa de oncinha.

— Pelo visto, Bella está voltando para o barco.

— Aproveite a paz enquanto pode.

Ana sorriu, sentando-se ao lado de Eleanor.

— Acha que Lexi vai querer nadar na piscina natural? — A noiva estava na metade do caminho entre o iate e a ilha rochosa.

Eleanor a observou.

— Capacidade, ela tem. Muita ioga.

— Talvez eu não devesse ter parado com a ioga. Eu poderia estar mergulhando como um cisne na piscina natural, em vez de estar aqui, bebendo cerveja no barco.

— E por que você iria querer isso? — perguntou Eleanor com um sorriso debochado. — Foi assim que você conheceu a Lexi? Na ioga?

Ana assentiu.

— Dei as caras na primeira aula que Lexi deu na vida. Era a minha primeira vez também, e meu plano era ficar escondida no fundão. No final das contas, fui a única aluna. Não sei quem de nós ficou mais envergonhada.

Eleanor estremeceu.

— Mas sobrevivemos. Lexi, como você deve imaginar, é uma professora excelente. Calma. Encorajadora.

Ana ficara surpresa ao descobrir um alívio que ia muito mais fundo do que os músculos tensos e os quadris inflexíveis. Ao final da aula, deitada no tapete de ioga novinho em folha, na posição de savasana e com a iluminação mais fraca, houve certa intimidade ao compartilhar o silêncio de um cômodo junto de outra mulher, e se pegara chorando. Quis morrer por dentro, e não demorou para secar as lágrimas com a manga da blusa e, em seguida, enrolar o tapete.

Pulando aquela parte da história, contou a Eleanor:

— Depois da aula, dei uma passada em uma pizzaria que era uma graça, quase em frente ao estúdio. — O cheiro das pizzas assadas no fogão a lenha e do queijo derretido foram o antídoto perfeito para preencher fosse lá qual buraco a aula de ioga havia aberto. — Adivinha quem entrou na fila, atrás de mim?

— Lexi?

Ana confirmou com a cabeça.

— Nossas pizzas ficaram prontas ao mesmo tempo, e o lugar estava tão cheio que dividimos uma mesa. Batemos um papo, nos conhecemos melhor. Foi bacana. Na verdade, foi tão bacana que comer pizza na segunda-feira se tornou nosso ritual… mesmo depois de eu ter largado a ioga!

Eleanor sorriu.

— Adorei.

Aquilo, tão bem embrulhado, era quase a verdade. Não mentira para Eleanor, afinal o estúdio de ioga foi mesmo o primeiro lugar em que ela e Lexi se *conheceram*. Só não foi a primeira vez que Ana a tinha *visto*.

Aquilo acontecera do lado de fora de um edifício alto de pedra, Ana sentada em um banco ali perto, palmas suando enquanto remexia nas franjas do lenço, preocupada. O coração martelava forte no peito, mas ela não se movera. Observara e observara enquanto a porta giratória entregava as pessoas para a luz da tarde. Ficou lá, observando, até avistar Lexi com uma bolsa de ioga subindo e descendo contra o quadril, estampada com o nome de um estúdio.

30

ROBYN

A respiração de Robyn estava controlada mesmo usando o tubo de mergulho, misturando-se com a efervescência e os estalidos do mar. Feixes do sol atravessavam a superfície, listrando a água com seu tom dourado. Ao remexer os pés de pato e mover de leve as mãos ao lado do corpo, ela deslizava com fluidez.

Mais cedo, quando Bella anunciara que tinha uma surpresa, Robyn se encolhera. Odiava surpresas. Eram como uma carta na manga: *Sei de algo que você não sabe!* Mas, agora que cortava a água reluzente, sentia-se grata.

Um roçar gélido de dedos tocou o ombro dela.

A cabeça de Robyn se virou. Era apenas Lexi, cabelo flutuando ao redor da máscara. Ela apontou para cima.

As duas emergiram na superfície, movendo a água. Lexi desenganchou o tubo de mergulho da boca e disse:

— Vou nadar de volta para o iate.

— Está tudo bem?

— Tudo ótimo, mas estou começando a ficar com um pouco de frio. Depois, me conte o que achou da piscina natural.

Robyn deu uma olhada para a ilhota rochosa, que ainda estava a uma boa distância. Um palpitar de adrenalina tomou conta do seu peito: queria chegar até lá, e Lexi ter presumido que ela era capaz de tal feito a encorajou.

— Pode deixar. Consegue voltar nadando sozinha?

— Bella e Fen estão bem ali — disse, apontando para dois tubos de mergulho que ressurgiam na superfície. — Posso voltar com elas.

— Certo — disse Robyn, tranquilizada.

Então, reinseriu o tubo na boca, mergulhou o rosto no mar e começou a bater os pés.

...

Quando Robyn chegou à ilhota, verificou se havia ouriços-do-mar antes de impulsionar o corpo para cima das rochas. A pele, pálida por baixo da camada espessa de protetor solar, foi cravejada por arrepios.

O elástico da máscara de mergulho a beliscou ao ser removido. Ela arrancou os pés de pato, depois levantou-se, mãos nos quadris, vendo quão longe tinha chegado.

O iate flutuava ancorado à distância. Tão longe que não conseguia enxergar com clareza as outras a bordo. Água escorreu, gelada, do rabo de cavalo por toda as costas. Ela estremeceu. *E se eu não conseguir voltar?*

Tirando os olhos do barco, apertou-os na direção da coroa escarpada de rochas bem em frente. Uma seta azul tinha sido pintada na superfície de um pedregulho, sinalizando por onde subir. Robyn começou a se mover, agarrando-se às bordas angulosas e aos recantos, puxando-se para cima.

A pele secou no calor, apenas espirais de sal ficaram para trás nos antebraços e canelas. A sola dos pés absorvia o calor calcário das rochas enquanto ela se forçava caminho acima, o coração martelando.

Depois de mais alguns minutos, Robyn chegou, ofegante, ao topo. Piscou, um breve arquejar de surpresa escapando da garganta. Estava de pé em uma extensão plana de rocha que se protuberava como uma plataforma de mergulho acima de uma piscina lisa de água azul-escura. A piscina de mergulho mais perfeita da natureza. A água era tão absurdamente transparente que dava para ver as estrias na pedra logo abaixo da superfície. Ela riu, tomada pela beleza secreta do lugar.

Chegou mais perto da borda, atraída pelo azul sedutor.

Pule, sussurrou uma voz em seu âmago.

Robyn sentiu a pontada de adrenalina no peito. Conseguia fazer aquilo, conseguia saltar direto na vastidão fria de água.

Se Jack estivesse com ela, estaria dizendo ao filho que se afastasse, que mantivesse distância, alertando-o a respeito dos perigos das pedras, da água, do sol. Quando se tem filhos, a pessoa se torna alerta aos perigos.

Passa a notar o carro em alta velocidade, as frutinhas venenosas, a abelha sobrevoando a grama alta. A pessoa escaneia. A pessoa foca. E então fica impossível se desligar.

Talvez aquela atenção extra chegasse no momento em que se está se acostumando a um novo corpo. Os músculos enfraqueceram; a pele esticou. E, de repente, a pessoa corajosa, magra e durona que um dia existiu desaparece — e, mesmo que tentasse, ela não conseguia lembrar de como poderia voltar a ser como era.

Robyn nunca foi capaz de articular com clareza o que sentia em relação à maternidade. Era ao mesmo tempo um luto e uma transformação na mesma respiração, de novo e de novo. Inspirar, expirar.

A perda era enorme: o luto pelo corpo antigo, pelo sono, pela liberdade que uma vez dera como certa. Antes de Jack, quando decidia sair para caminhar, ela simplesmente pegava as chaves e saía de casa. Agora, era uma coreografia complicada que envolvia colocar lanchinhos em uma bolsa, separar trocas de roupa, encher o carrinho de coisas, negociar o calçar de sapatos, negociar deixar em casa uma espada enorme de plástico pega no último segundo para enfrentar dragões e, por fim, finalmente sair de casa.

Ela caminharia, mãos fixas no carrinho de bebê ou segurando os dedinhos roliços de Jack quando o filho se negava a ficar sentado. E, mesmo quando ela tentava conscientemente desacelerar e prestar atenção nos arredores, ainda respondia a demandas, tentava decifrar as palavrinhas que a cada dia brotavam frescas da boca do filho.

Havia mil compromissos.

Mil presentes:

— Mamãe, abeia!

Sim, meu amor! Sim!

Parada acima da queda da piscina natural, Robyn compreendeu que perdera parte de seu antigo eu quando se tornara mãe. Havia se esquecido de quem realmente era, do que queria. Era como aqueles dias estranhos quando adolescente, nos quais andava pela casa declarando estar entediada, só para a mãe perguntar: *Bem, então o que você quer fazer?* E Robyn não sabia. Simplesmente, não sabia.

Por tempo demais, não soubera o que *queria* fazer, então, em vez disso, optava pelo que *deveria* fazer.

Parada na aspereza da pedra, olhou para baixo. A água era de um azul muito, muito intenso. Um lugar perfeito, sem fundo, onde mergulhar. Falando nisso, a que altura estava? Dez metros? Talvez quinze?

É só água.

Deu mais um passinho na direção da borda, os dedos dos pés se curvando. Sentiu a pedra acidentada, quente e dura, sob a sola descalça. O sol queimava seu couro cabeludo. Ela olhou para a água, sedutoramente gelada, e sentiu algo se mexer. Um anseio, o descascar de algo. Tão assustador e aparente quanto empolgante.

Robyn respirou fundo.

Saltou.

. . .

Os pés de Robyn se soltaram das rochas, o corpo se elevando, os braços indo parar no alto.

Sentiu um momento de suspensão quando não estava nem subindo nem descendo. Vislumbrou o mastro do iate à distância; o brilho do mar; uma gaivota branca, manobrando.

Tudo e nada por perto. Apenas ela. O céu. O mar.

Seu corpo, forte e capaz.

Um rugir voraz escapou da sua garganta — um som puro de entrega e alegria que reverberou nas pedras, envolvendo-a em um eco de êxtase. Então, veio a queda rápida e emocionante. O cabelo subindo no ar, o corpo despencando. Depois, o gosto de líquido carregado de sal a engolindo.

Um som efervescente floresceu debaixo d'água, olhos abertos para o mergulho reluzente.

Uma queda gloriosa pelas camadas de azul.

O desacelerar.

O momento em que apenas flutuou. Entregando-se. Deixando o momento se prolongar.

Depois... o bater de pernas.

A euforia de estar subindo, olhos focados na superfície ondulante, bolhas prateadas escapando da boca aberta.

De repente, adentrava o mundo, arfando, sorrindo.

Inclinou a cabeça para trás, e riu.

Logo, boiou de costas, pernas e braços estendidos feito uma estrela do mar enquanto era levada pela água, pelo que tinha feito.

Aquela era a sensação de ser livre.

Permaneceu imóvel, entregando-se ao mar, ao sol.

Por fim, virou-se, começou a nadar até as pedras. Uma figura estava parada lá, iluminada pelo sol alto e forte.

Fen.

Piscou para tirar a água dos olhos. Os olhares se encontraram. Robyn sentiu uma descarga de energia subir pelo peito, quente e agitada.

Fen foi até a beira das rochas, a postura reta. Ergueu os braços, e Robyn a viu saltar, o corpo uma flecha fluida cortando o céu, as mãos apontadas para a água, os músculos tensionados quando perfurou a superfície com o que mal podia ser chamado de um respingar.

Sentiu a água ondular ao seu redor enquanto Fen mergulhava abaixo dela, uma sombra em movimento que, por fim, subiu e emergiu na superfície, sorrindo.

— Você veio — disse Robyn.

...

Estavam sentadas nas rochas, a pele das duas secando no arder do calor. Não havia sombra, e Robyn sabia que já tinha pegado sol demais, mas não queria colocar um fim àquele momento.

— Achei que voltaria ao iate — comentou Robyn, enquanto Fen sacudia a água do cabelo encharcado para longe, a luz do sol reluzindo no anel de prata no polegar.

— Bella e Lexi voltaram juntas, então continuei nadando.

Robyn ficou contente. Olhou para o buraco d'água que reluzia.

— É tão gostoso estar aqui... Fugir da vida real por alguns dias...

Fen semicerrou os olhos diante do sol quando se virou para observar Robyn.

— E como é a vida real?

Robyn deu de ombros.

— É boa, acho. Tenho Jack. Meus pais. É só que... bem, você sabe, às vezes parece um pouco... — Robyn buscou uma palavra, incerta quanto ao que queria dizer. — ... sem graça.

COMO AS OUTRAS GAROTAS • 151

— Sem graça. Entendi. E o seu trabalho? Você é advogada, não é?

— Sim. A definição de sem graça, não acha?

— Você gosta?

Robyn estava prestes a dizer algo sobre ser uma carreira flexível e estável, mas não tinha sido isso o que Fen perguntara. O questionamento havia sido: *Você gosta?*

— Não — disse, por fim. — Não gosto.

Quando saía para trabalhar toda manhã, sentia o coração trovejar. O dia se tornara algo a que tinha de sobreviver, fingindo não estar dividida entre ter que deixar Jack em casa e passar horas no trabalho lidando com buscas de registros de terras.

— O que você queria ser quando era criança? — perguntou Fen.

— Eu queria ser fotógrafa — respondeu, sem precisar pensar. — Eu tinha um diário fotográfico, capturava tudo o que me parecia bonito.

— Então por que Direito?

Havia tomado a decisão aos dezoito anos, estudando para os vestibulares. Foram os pais que sugeriram, e uma professora. O irmão, Drew, tinha morrido havia poucas semanas, e tudo parecia incerto, insubstancial, como se um buraco pudesse se abrir a qualquer momento sob os pés dela. A morte do irmão a atingira com o choque brusco do que a vida de fato era capaz. De duas, uma: ou a vida endurecia a pessoa (queixo levantado, pés colados no chão), para que não fosse derrubada quando algo parecido voltasse a acontecer; ou a deixava atenta, alerta para quando o soco gélido fosse dado de novo.

— Na época, me pareceu ser a escolha lógica. Meu irmão tinha acabado de morrer. A vida estava… uma bagunça, despedaçada. Direito me pareceu estável. Tangível. Era o que os meus pais queriam, então concordei.

Fen assentiu, devagar.

— Sei uma coisa ou outra sobre essas escolhas. As escolhas que fazemos para outras pessoas. — Fen olhou para Robyn por um momento, e ela sentiu as bochechas esquentarem, como se a outra na verdade observasse seu interior, como se a visse de verdade.

— Você já esteve aqui, nessa piscina natural? — perguntou Robyn.

— Nunca. Nem sabia que existia.

Robyn ficou satisfeita com aquilo, como se então o lugar fosse mais especial porque o tinham descoberto juntas. Desejou ter uma câmera consigo.

Queria registrar algo a respeito daquele momento, mas ainda assim sabia que uma foto jamais faria jus a ele: o cheiro de calcário das rochas aquecidas pelo sol, a brisa fresca vinda do mar, o pássaro de asas brancas que as circulava, e Fen, sentada ao lado de Robyn, braços envolvendo os joelhos, relaxada e com a coluna curvada, o piercing prateado no nariz refletindo o sol quando ela se virou.

— Por que você ficou sete anos sem visitar a ilha?

Houve uma pausa antes de Fen responder:

— Nem todas as lembranças são boas.

No dia anterior, antes da caminhada, Robyn pegara Fen tirando do saguão uma foto antiga, escondendo a moldura dourada no fundo do armário. Quis perguntar a ela a respeito daquilo: *Por que aquela foto? O que ela significa para você? Por que não quer olhar para ela?* No entanto, sentia que o ato havia sido privado, que não deveria ter sido visto.

— Sinto muito — falou Robyn, sem saber pelo que sentia muito, apenas sabendo que sentia.

As duas ficaram em silêncio por um tempo.

Então, Robyn perguntou:

— Está feliz por ter voltado?

Fen se virou e olhou direto para Robyn.

— Sim, acho que estou.

31

LEXI

O iate flutuava preguiçosamente ancorado. Uma brisa agitou o mar, criando pequenas ondas que colidiram com o casco.

Lexi estava deitada na toalha, os braços fazendo papel de travesseiro para a cabeça. Ao lado, Bella desamarrava a parte de cima do biquíni.

— Você não pode fazer *topless*! — repreendeu-a Lexi.

— Tenho certeza de que Yannis já viu peitos. É óbvio que nenhum deles devia ser tão sensacional quanto os meus. — Ela pendurou a peça no guarda-corpo.

— Você vai deixar as outras desconfortáveis — disse Lexi, esticando-se por cima de Bella, pegando o biquíni e o jogando na amiga. — Vista! Estou falando sério!

— São *elas* que estão me deixando desconfortável — sussurrou Bella, teatral, de olho na popa, onde Ana e Eleanor liam na sombra. Prendeu o biquíni outra vez no devido lugar, mas deixou as alças fora dos ombros. — Em Ibiza, a gente tomava banho de sol o verão todo só de calcinha.

— Em Ibiza.

— Deus, como eu queria que a gente ainda tivesse dezoito anos e pudesse desaparecer pelo verão todo. Sinto falta da liberdade. Da vida que levávamos. E você? Não sente falta de festejar? De dançar a noite toda? Da música batendo com tanta força no peito que parece até o nosso coração batendo… Do barulho da multidão diante de uma luz estroboscópica… Era assim que a gente vivia, né? Com intensidade, velocidade, e juntas.

— Eu sei. — Lexi sorriu, tomada pela nostalgia.

— E agora você está aqui: noiva, grávida e professora de ioga, caralho! — Bella riu.

— Será que, algum dia, você vai superar a parte da ioga?

— *Om*-provável — respondeu Bella.

Lexi riu pelo nariz.

— Enfim, de enfermeira a joalheira. Você também mudou de área.

— Estamos apenas antecipando nossa crise de meia-idade. — E, olhando para a barriga de Lexi, perguntou: — Você ainda vai conseguir dar aulas com um passageiro a reboque?

— Por um tempo, pelo menos. Acho que é meu corpo que vai me dizer.

— Já teve algum enjoo matinal?

— Na verdade, não. Um pouco de náusea, mas só isso. — Ela pressionou a ponta dos dedos no convés. — Vou bater três vezes na madeira para não dar azar.

— Ainda está planejando chegar em casa para contar ao Ed?

Um cheiro de alho quente subiu da cozinha do iate, onde Yannis preparava o almoço. Ela assentiu.

— Temos só mais duas noites aqui. Aí, poderei contar pessoalmente para ele.

Lexi olhou para as mãos, o diamante na aliança de noivado lançando um cardume de pontinhos de luz em suas pernas. Sentiu o mesmo desconforto esquisito deixando o peito apertado.

Os pensamentos voltaram a focar na brincadeira de perguntas de Bella, algo ainda a incomodando.

— Ontem à noite, quando você fez aquelas perguntas...

— Eu continuo arrependida!

— Sabe a pergunta sobre os meus piores hábitos? Ela me fez pensar no Ed e... bem, se ele sabe ou não de todas aquelas coisas esquisitas a meu respeito, como você e Robyn sabem.

— Você *quer* que ele saiba que você baba no travesseiro?

— É só que... — Ela hesitou, incerta quanto a como explicar. — Às vezes penso que o Ed tem uma imagem minha que é... mais do que eu realmente sou.

— Todo mundo mostra apenas as melhores partes quando entra em um relacionamento novo.

Será que é mesmo isso? Lexi não conseguia deixar de se perguntar se tinha partes de si que mantinha escondidas porque sentia que Ed não gostaria delas. Que essas partes não combinariam com a imagem da Lexi que ele descrevia como graciosa, estilosa e cheia de classe. Aos poucos, quase sem notar, ela estava se transformando na versão que sabia que o noivo desejava.

Será que todo mundo fazia aquilo?

Uma imagem surgiu em seus pensamentos: a mãe agitada pela casa, unhas feitas, usando uma máscara de maquiagem recém-aplicada, colocando para fora o lixo que transbordava, removendo todos os traços de si antes do pai de Lexi chegar em casa.

Olhou de soslaio para Bella.

— O que você acha dele?

— De quem?

— Do Ed.

Houve uma pausa.

— Ele é bacana.

— Malditos sejam esses elogios vagos.

— Lembre-se de que sou o tipo de pessoa horrível, de alma amargurada, que nunca acha que os namorados das amigas são bons o bastante, como Robyn deixou bem claro.

— Você e Robyn andaram conversando sobre o Ed?

— Só por cima — explicou ela, com pressa. — O Ed é advogado, então é óbvio que foi aprovado pela Robyn.

— E o que ele teria que fazer para ser aprovado pela Bella? — perguntou Lexi, tentando manter o tom casual.

— Não faço ideia. Nunca aprovei homem algum.

Lexi se deu conta do quanto precisava que Bella tivesse dito: *Quer saber, eu adoro o Ed. Ele é engraçado pra caramba! É o melhor de todos! Mal posso esperar para todos passarmos mais tempo juntos. Você fez uma ótima escolha. Você vai ser muito feliz!*

— Eu quero que vocês dois se deem bem. É importante para mim.

Bella a encarou. Assentiu.

— Certo, vou me esforçar mais.

Lexi sentiu que a amiga estava se impedindo de dizer algo.

— O que foi? Me conte o que você não quer dizer.

— Não é nada.

Foi a rapidez da resposta que fez a fagulha de desconfiança arder em chamas. Lexi se aproximou, empurrando os óculos de sol de Bella para cima da cabeça da amiga.

— Bella — disse, encarando-a bem nos olhos. — O que foi?

Enquanto esperava, sentiu o coração acelerar, como se — aquele tempo todo — estivesse esperando, aguardando, descobrir um problema.

— Não é nada. Esqueça.

— O que não é nada?

Bella suspirou.

— É só que a Cynthia... sabe, aquela minha amiga que trabalha como dançarina erótica? Bem, ela mencionou que o Ed costumava ir sempre na boate. Era freguês. Só isso.

Bella quebrou o contato visual, o olhar voltando para o próprio colo.

— Ah. Isso — disse Lexi, aliviada. — Ed trabalha na cidade. Todos eles têm tanto dinheiro que não sabem com o que gastar. Ele me contou... mas não frequenta mais esses lugares. — Ficou surpresa pela história do noivo visitar boates ter deixado Bella incomodada. — Era isso? Era por isso que estava com o pé atrás com o Ed?

Bella reposicionou os óculos de sol.

— Agora tudo foi esclarecido.

Nenhuma delas disse mais nada.

Lexi se deitou na toalha de novo, o convés duro contra a coluna enquanto observava o céu sem nuvens.

32

FEN

Fen nadava em direção ao iate, coração leve. Apoiou-se na escadinha enquanto descalçava os pés de pato.

— Conseguimos! — Robyn se animou, chegando ao lado dela.

Movia os pés na água enquanto tirava a máscara de mergulho, amassados vermelhos marcando as têmporas.

— As exploradoras voltaram! — Bella surgiu da popa, as alças do biquíni para baixo, óculos escuros no rosto. A bandeira da Grécia tremulava acima dela quando se inclinou para a frente, dizendo: — Passem os pés de pato para cá.

Fen os entregou e, em seguida, escalou a escadinha até onde as outras aguardavam com roupas de banho e drinques.

— O que acharam da piscina natural? — perguntou Lexi.

— Absolutamente maravilhosa — disse Fen, tirando a água salgada do cabelo raspado.

— Sim — concordou Robyn, ofegante ao subir no convés, pingando. — É uma piscina azul e perfeita no meio das rochas. Meu Deus, incrível! Só que mais gelada… sem dúvida mais gelada que o mar. — Robyn fisgou uma toalha da bolsa de praia e a enrolou no cabelo molhado.

— Vocês desapareceram por um tempão — disse Bella, que ficou na ponta dos pés, beijando a boca de Fen, o corpo bronzeado ligeiramente pressionado contra a pele úmida da namorada. Fen sentiu-se se afastando.

— Tinha algum lugar do qual pular? — questionou Eleanor, um livro sombreando os olhos.

— Uma das rochas se projetava para a frente, como uma plataforma natural — respondeu Robyn. — Parecia tão alta. Não acredito que pulei. Foi adrenalina pura!

— Você gosta mesmo de uma emoção, hein! — comentou Bella.

Fen sabia que, se a namorada tivesse estado presente, todas teriam tido permissão para encher a boca e falar da aventura... mas, já que não fizera parte, Bella não queria mais ouvir a respeito do acontecido.

Yannis avisou de baixo:

— O almoço sai daqui a cinco minutos, tudo bem?

Todas murmuraram alguma concordância.

— Seja lá o que está preparando, o cheiro está delicioso — disse Lexi.

Sentada na sombra da cobertura, um livro aberto ao lado, Ana disse:

— Temos algum plano para a noite?

— Estava pensando em sairmos para jantar — respondeu Bella. — O que acha, Lex?

— Parece ótimo.

— Poderíamos ir a alguma taverna em Old Town — sugeriu Ana.

— Você conhece alguma boa, querida? — indagou Bella, entrelaçando a mão na de Fen.

Fen imaginou Old Town e sua praça de paralelepípedos, os edifícios recobertos de buganvílias com os tijolos caindo aos pedaços, as vielas estreitas cheias de barraquinhas. Então, concentrou-se naquela taverna sob a figueira envolta em pisca-piscas. *Lavaros*. Propriedade da família *dele*. Uma moto estacionada ao lado, o número da placa personalizado. Lembrava-se de ter sido apresentada a ele, de ter visto a munhequeira de couro no punho, de como ele movia os quadris no ritmo da música da taverna, e de ter pensado: *Ele deve saber dos melhores lugares nos quais se divertir.*

Só que o entendera errado.

Muito, muito errado.

Sentiu os batimentos acelerarem. Aquilo acontecera havia sete anos. Não era mais a garota ingênua que chegou na ilha com um corpo macio e massudo, cheia de ideias fantasiosas a respeito do mundo.

Agora, estava em forma, era esguia e forte. Geria o próprio negócio. Conhecia a si mesma. Não deixaria com que a fizessem se sentir frágil de novo.

Então por que raios estava parada em um iate, banhada pelo sol brilhante, a garganta apertada, o coração acelerado, com a mera ideia de voltar a Old Town?

— E aí, o que você recomenda? — encorajou Bella, apertando os dedos da namorada.

Quis dizer a Ana: *Sim, Old Town é uma ótima ideia.* Quis apoiar a sugestão de Ana. Quis que o que acontecera anos antes não importasse. Quis ser mais forte do que de fato era.

Estava começando a suar. Refletida nos óculos de sol de Bella, viu que a mandíbula havia tensionado, a expressão vazia.

— Querida?

Ela engoliu em seco.

— Acho que Old Town vai estar cheia de turistas. A região do porto é melhor para tavernas.

Ana assentiu, convencida.

Fen se odiou pela mentira. A felicidade de antes escapou para fora de vista como o sol quando desaparece por trás de uma nuvem. Ela soltou a mão de Bella, pegando uma toalha, querendo o corpo coberto.

Quando se virou, Robyn a observava, uma expressão perplexa franzindo sua testa.

~

Viajamos de diferentes cantos do país para estarmos lá. Nós nos reunimos por ela. Porque a amávamos. De centenas de maneiras diferentes, nós a adorávamos. Queríamos que a sua luz nos iluminasse. Queríamos que a despedida fosse especial para ela, que ela visse o quanto a amávamos. Em uma festa dessas, a futura noiva passa a ser vista com um prestígio quase celestial, dourado.

Naquele fim de semana, ela era a celebridade, e nós, as fãs e paparazzi.

Fomos as arquitetas da ascensão dela.

Assim como de sua queda.

33

ANA

Naquela noite, Lexi saiu primeiro do táxi, um vestido de tom oliva, casual, roçando os tornozelos nus, o cabelo solto nos ombros bronzeados. As outras a seguiram, conversando e rindo à medida que se agrupavam perto do porto. Um aroma salino se erguia da água coberta de óleo. Barcos de pesca e catamarãs turísticos estavam amarrados a estacas do cais, os conveses limpos e vazios, ripas de madeira posicionadas para divulgar as excursões de mergulho do dia seguinte.

— Vamos achar uma taverna — disse Robyn.

Bella, apertada em um vestido azul-pavão, enganchou o braço no de Lexi e saiu andando em frente. Disse algo, apertando o braço da noiva com ainda mais força, os ombros tremendo enquanto ria.

Ana acompanhou Eleanor, sentindo uma explosão de otimismo com a noite: cervejas ao pôr do sol e comida deliciosa as esperavam. A conversa foi sobre o passeio de iate, a comida que pediriam na taverna, a queimadura de sol nos ombros de Robyn, a promessa de encontrarem algum outro lugar para irem dançar mais tarde.

Um sino de igreja badalou de algum lugar mais ao centro de Old Town. Ana olhou para as paredes altas e brancas, com buganvílias penduradas. Dois cachorros sem dono atravessaram a rua no meio de uma perseguição, o rabo entre as pernas.

— Ah! — Bella e Lexi pararam.

— Que pena! — acrescentou Lexi.

As outras também pararam, acompanhando o olhar delas. O pequeno amontoado de tavernas à beira d'água estava tomado por uma nuvem escura de fumaça produzida pelo caminhão de um trabalhador rodoviário. Um buraco enorme tinha sido aberto no concreto, e canos enormes estavam sendo instalados na terra.

Ana sentiu o cheiro sulfúrico da fumaça vinda do esgoto.

— Que fedor — disse Bella, cobrindo o nariz.

— Tem várias outras tavernas em Old Town — comentou Eleanor.

A amiga estava usando seu uniforme: short e camiseta, mas Ana ficou feliz ao ver a nova bolsa de couro enganchada no ombro.

— Ficam bem ali, logo depois do arco de pedra — disse Ana, apontando.

Por impulso, prendeu o braço no de Eleanor, e as duas seguiram naquela direção.

Acompanhada pelo grupo de mulheres, e animada por fazer parte de algo, de repente sentiu-se boba com a revolução que era ter novas amizades, liberdade nas férias, luz do sol. Ana nunca tivera um grupo de amigas nem se deixava aproveitar a frivolidade despreocupada de noites fora de casa. Perguntou-se como os passantes a viam — movendo-se como parte de uma matilha, o estalido dos saltos nas ruas de paralelepípedos, o ressoar de risadas, o aroma da loção pós-sol e do perfume exalando da pele delas.

Talvez um desconhecido pudesse se enganar achando que o lugar de Ana era ali. Que ela simplesmente era como as outras garotas.

E qual seria o mal nisso?

A parte perigosa, percebeu Ana, era que ela mesma estava começando a acreditar naquilo.

34

FEN

O coração de Fen rugia no peito. Ela sabia que, quando atravessassem o arco de pedra e vissem a praça grega pitoresca com seus paralelepípedos, todas seriam atraídas para a taverna aninhada sob os galhos da figueira.

A taverna em que *ele* trabalhava.

Bella cambaleava na frente do grupo, desviando-se de um cachorro magricela, o pelo na parte de cima do rabo desaparecido por completo.

— Você vem? — perguntou Robyn, voltando-se para Fen, que ainda não obtivera sucesso em se mover.

Ela assegurou a si mesma, pensando que sete anos tinham se passado desde que estivera em Lavaros — ele talvez nem trabalhasse mais lá. Conseguiu assentir para Robyn.

Seguindo as outras, tentou focar nas conversas ao redor, mas estava ciente dos batimentos cardíacos acelerados, fortes e insistentes. Um aviso vindo das profundezas de seu corpo.

Um aglomerado de motocicletas passou acelerado, o cheiro de gasolina subindo no ar. Fen se assustou, sentiu um aperto no peito. As outras seguiram em frente, e ela não teve escolha senão segui-las, atravessando a rua que dava na praça da cidade.

O clima estava mais fresco, sombreado e sem vento, o cheiro de incenso escapava de uma igreja, misturando-se a notas de alho e orégano.

— Aquela taverna parece boa — disse Lexi, apontando para a Lavaros.

— Tem uma mesa vazia bem no canto — adicionou Bella. — Fen, você já comeu ali? Será que é boa?

Todas se viraram para ela. Sentiu cada músculo no rosto se retesar, se mover, quando tentou abrir a boca. Pelo visto, deve ter assentido, feito alguma coisa, pois todas voltaram a andar, cruzando a praça até a taverna.

Fen deu uma olhada na viela lateral e notou uma moto branca e chamativa estacionada no suporte, e o número de placa personalizado anunciava seu dono.

Era dele.

O coração dela pareceu estar prestes a sair do peito, a perfurar seus tímpanos.

Odiava andar na garupa daquela coisa, sem escolha a não ser pressionar o corpo contra o dele enquanto aceleravam pelas estradas da montanha, fumaça se soltando atrás dos dois quando ele se empolgava em cada curva, inclinando a moto tão baixo para o lado que os joelhos desnudos de Fen quase roçavam o chão.

Uma jovem garçonete apareceu, conduzindo-as até a mesa vazia, puxando cadeiras, entregando cardápios, apontando para a placa com os pratos do dia, sorrindo e conversando. Música grega tocava nos alto-falantes, e a taverna estava tomada pelo som do falatório e das risadas.

Fen se acomodou na cadeira, mãos pressionadas sob as coxas em uma tentativa de impedi-las de tremer.

35

LEXI

Lexi estava com um humor estranho. Um sentimento ruim, o vazio da incerteza, a perseguia. Era meio que igual a como se sentia depois de algumas horas de ressaca, quando os sintomas físicos tinham cessado, mas todas aquelas toxinas ainda deixavam uma marca ou uma leve depressão no humor dela.

Hormônios da gravidez, decidiu, tomando um golinho de água com gás.

Houve uma onda de alegria vinda das outras conforme a garçonete voltava com a comida: pratinhos brancos cheios de tzatziki, pimentões recheados, salada grega com um bloco de queijo feta por cima, peixe grelhado e banhado em azeite de limão com ervas, dolmades lustrosos e uma tigela de tarama polvilhado com coentro.

Para sua decepção, tudo pelo que Lexi ansiava naquele momento eram comidas beges, sem graça. Arrancou um naco de pão e mordiscou a casca.

Ao seu lado, Ana espetou um anel de lula, contando para Robyn:

— Quando Luca era bebê, eu me lembro de cantar para ele, de niná-lo, de implorar para ele e de barganhar com o universo: *Por favor! Eu faço qualquer coisa! Só faça este bebê dormir!* E, ai, meu Deus, quando ele dormia... as palpebrazinhas começando a se fechar, os dedinhos ficando molengas nos meus... era então que eu fazia a manobra de reversão, levando o coração para a garganta, me afastando do berço com todo o cuidado do mundo, evitando as partes do assoalho que rangiam...

— Tudo sem respirar — disse Robyn, o rosto corado pelo sol do dia.

— Sim! O risco que eu corria de *soltar o ar*! Então, uma hora depois, onde eu estava?

— Parada ao lado do berço — respondeu Robyn. — Vendo ele dormir, torcendo para que acordasse de novo e você pudesse abraçá-lo.

Ana riu.

— Exatamente!

O Clube das Mães. Somente para membros, pensou Lexi. A mão foi parar na barriga: *Acesso liberado em breve.*

Imaginou que tipo de mãe seria. Quando imaginava aquela criança, ela se via ao ar livre, caminhando, o bebê preso ao peito em um canguru. Fariam longos passeios em todos os climas, apontando as coisas mais singelas pelas quais passassem: patos deslizando pelo rio, um esquilo em um galho alto. Lexi percebeu o quanto gostaria da companhia, de ter alguém com quem dividir o dia.

Tentou imaginar o lar deles em Londres, com as janelas-guilhotina enormes e as superfícies de granito brilhantes, cheias de cacarecos de bebê. Adicionou Ed ao cenário, colocando-o ajoelhado em um tapete e sorrindo para a criança, que estaria arrulhando em um tapetezinho infantil. A imagem pareceu desfocada, distante demais para ser vista. Lexi tentou se aproximar, ver o semblante de Ed. Mas não conseguiu. Ele estava feliz? Entediado? Impaciente?

Sentiu a primeira sensação de formigamento causada pelo pânico se espalhar pela pele. Conhecia o sentimento. Ela o conhecera durante toda a vida adulta: uma sensação de paredes se fechando, roubando a claridade, o ar, o fôlego dela. Prendendo-a.

Nenhum dos relacionamentos anteriores de Lexi durara mais do que poucos meses, porque, assim que a outra pessoa se investia emocionalmente, querendo que ela se comprometesse, a sensação de sufocamento chegava. Ela começava a pensar em tudo o que a irritava, montando um dossiê contra o coitado do homem desavisado. Ficava tudo lá, esperando. A energia negativa se acumulando mais e mais, até Lexi precisar liberá-la ao terminar o relacionamento com eles. Não importava o que diziam, o quanto choravam; ela precisava mudá-los. Depois, sentiria o alívio emocional enorme por aquilo não mais ocupar seu espaço mental. Então, vinham as festas, as explosões pela gandaia. De novo e de novo, um pequeno ciclo de casos amorosos dando errado.

Havia esperado que com Ed fosse diferente. E tinha sido. Era. Até ter feito aquele teste de gravidez. Parada em pé no tapete felpudo do quarto, sentira o medo a golpear quando a cruz azul apareceu. Um relacionamento poderia acabar. Um casamento poderia ser desfeito legalmente. Mas ter um filho com alguém era um laço para a vida toda.

Pronto. Aquela devia ser a origem exata de sua ansiedade, pensou. Tinha sido isso o que não conseguira colocar em palavras para Robyn e Bella. A gravidez alçava tudo a um novo nível, selava as decisões dela. Saber que poderia ir embora era seu botão de emergência: não planejava apertá-lo, mas a tranquilizava saber que existia.

Tinha, de prontidão, um dossiê mental das coisas em Ed que a irritavam. Não gostava de como ele tomava dois banhos por dia — era peculiar. Não conseguia rir de si mesmo com facilidade. Às vezes, era grosseiro com os funcionários de um restaurante. O problema era: Lexi não sabia dizer se aquelas dúvidas eram reais e dignas de serem levadas em consideração... ou se eram apenas padrões antigos trabalhando para sabotar a felicidade dela.

Não precisava passar com um psicólogo para saber de onde vinha seu medo de comprometimento. Quando Lexi tinha treze anos, uma mulher aparecera na porta de casa em uma noite de primavera, quando as glicínias estavam em plena floração. Era um daqueles dias em que a mãe usava moletom e Lexi desejava que não fosse. Do alto da escada, observou a mãe conversar com aquela mulher ruiva e pequena, os lábios volumosos e arqueados como um coração. A voz da mãe soava fina e tensa, e ela tocava o couro cabeludo, que pendia sem vida e sujo.

A mulher alegou que o pai de Lexi não tinha pagado a pensão no ano anterior.

— Sadie tem onze anos agora. Vai entrar no Fundamental II. Precisa de certas coisas.

Esperara que a mãe dissesse que houve algum engano, mas em vez disso ela falou, com frieza:

— Você vai ter que falar com o Eric. Ele está correndo na Argentina.

E fechou a porta

— Quem era? — perguntou Lexi, do topo da escada.

A mãe se virou, assustada, o rosto sem cor.

— Ninguém.

— Papai tem... outra filha?

A mãe permaneceu colada ao chão, o queixo erguido, a boca selada. Lexi estudou a expressão dela, em busca de alguma emoção que poderia identificar. Depois de um longo momento de silêncio, a mãe simplesmente dissera:

— Sim, ele tem.

Lexi sentira a cabeça explodindo. *Outra filha! Minha meia-irmã! Sadie... Sadie...*

— O papai a visita?

— Não.

— Então o quê? Ele pulou... a cerca? — A pergunta soara estranha, dramática. Algo que escutava nos programas de TV, não na vida real.

— Ele não pulou a cerca, Lexi. Pulou várias. — A mãe sorrira, um sorriso frio e horrível que gelara a alma de Lexi.

Depois disso, a mãe voltou para o andar de cima, e Lexi não a viu até o dia seguinte.

Quando o pai voltou da Argentina, Lexi não olhou para ele, não falou com ele, não ficou no mesmo cômodo que ele. Deixou o presente que ele comprara para ela intocado na sala. Ficou no quarto, recusando-se a descer para as refeições. Em determinado momento, ele batera na porta dela, insistindo que o deixasse entrar. Foi então que ela, por fim, falara. *Sadie, Sadie, Sadie. Você tem uma filha!*

— Ela não é minha filha do jeito que você é — argumentara ele. — Eu não a conheço. Não me importo com ela.

Ele realmente achara que aquela era a coisa certa a dizer. Achara que Lexi estava preocupada em não ser a predileta, em não ser amada o bastante, quando na verdade as perguntas que ela tinha eram todas a respeito dele, do tipo de homem que ele era. E, com aquela resposta, ele as respondera.

Os pais finalmente se divorciaram quando ela tinha dezoito anos, mas, naquela altura, Lexi já tinha passado toda uma vida assistindo à mãe desmoronar dentro do que havia sido o casamento deles, tentando ser a imagem do que o marido queria que ela fosse.

Lexi não queria essa vida para si.

Abruptamente, levantou-se, o joelho acertando a mesa.

Robyn ergueu os olhos.

— Você está bem?

— Estou ótima. Já volto — disse, tateando em busca do celular.

Precisava conversar com Ed.

36

FEN

— Quer que encha até a boca? — ofereceu Bella, pairando a garrafa de vinho acima da taça da namorada.

Fen assentiu. Já estava na terceira taça.

Bella escorregou a mão para baixo da mesa, descansando-a na coxa nua de Fen. Sentiu a palma subindo e descendo, devagar, acalorada e suave, a ponta dos dedos acompanhando a parte interna da coxa.

Fen não pediu que ela parasse. Sentiu-se grata pela distração, e o toque a ancorava no momento. Continuou olhando ao redor, esperando vê-lo, preparando-se.

— Você ama isto, não é? — perguntou Bella, entregando a ela as folhas de videira, recheadas com ervas e um arroz refogado perfumado.

— Sim — disse ela, apesar de o apetite ter desaparecido.

Sabia que deveria comer mais. Naquela tarde, enquanto as outras tiravam uma soneca, Fen saíra para dar uma corrida nas montanhas. Estivera inquieta demais para relaxar na piscina, ciente da onda de ansiedade que batia baixo no peito, a qual tinha de acompanhar. Então foi correr. Os pés batendo com força na terra dura e poeirenta, os joelhos reclamando do impacto, a pele ensopada de suor. Mas Fen tinha recebido de braços abertos o desconforto. Precisava dele. O movimento a distanciava dos pensamentos, a mente ficava agradavelmente vazia, as sensações do corpo tomavam conta.

Mas, naquele instante, *não* havia para onde ir. Para onde correr.

— Querida — chamou Bella, a voz baixa para que as outras não pudessem ouvir. — Eu realmente quero que a gente fique bem. Vou melhorar, combinado?

Vou consertar as coisas. — Os olhos dela estavam enormes, os cílios longos pintados.

Enquanto Bella falava, um segundo garçom apareceu ao seu lado, uma bandeja de bebidas em mãos. O olhar de Fen percorreu os antebraços grossos dele, passando pelo relógio de ouro perdido no embaraço de pelos escuros, subindo até o rosto. A mandíbula estava mais ampla se comparada às maçãs do rosto altas e juvenis das quais se lembrava. Agora, havia uma cicatriz bem no centro do queixo dele. O fino fio de bigode havia desaparecido, e a barba tinha sido feita havia pouco. Era ele.

A boca dela secou. Havia apenas alguns centímetros entre eles. Pôde sentir o cheiro enjoativo da loção pós-barba.

— Como está a comida? — perguntou ele ao grupo.

— Deliciosa! — respondeu Bella, com um ronronar.

O olhar dele se moveu pela mesa. Quando os olhos passaram rapidamente por Fen, não houve nada, nenhuma faísca de reconhecimento. Ele nem sequer lembrava.

— Que lindo grupo de mulheres! — disse ele. — Férias?

— Despedida de solteira — explicou Bella.

Ele a bebeu com os olhos, escorregando o olhar pelo corpo de Bella. Então sorriu, dentes brancos.

Fen conhecia aquele sorriso. Conhecia a velocidade estarrecedora com que ia do sorriso para a cara de desprezo. Sentiu o corpo gelar, sentiu como se estivesse indo sete anos para o passado, a pressão gelada da parede do terraço, da noite às costas dela.

Bella apoiou uma das mãos no braço de Fen, prestes a dizer algo. O toque foi como uma ponte. Fen se agarrou aos dedos da namorada, então, inclinou-se e a surpreendeu ao colar a boca na dela, beijando-a profundamente. Seu gosto era adocicado e caloroso, de familiaridade e conforto.

— Por que você fez isso? — perguntou Bella depois, maravilhada e um pouco chocada.

O garçom já tinha ido embora.

Fen sentiu uma descarga quente de culpa.

— Desculpa.

— Não. Quero mais beijos desses. — Com os lábios no ouvido de Fen, sussurrou: — Muitos, muitos mais desses.

37

LEXI

A voz de Ed soou grossa e acolhedora.

— Lexi! Eu estava pensando em você!

Lá estava ele. O noivo, sorrindo para ela pela chamada de vídeo. Estava sentado à escrivaninha de casa. Dava para ver o brilho da tela do computador refletido nos óculos.

— Um segundo — pediu Ed, apoiando o celular contra algo na mesa e, em seguida, mexendo o mouse para apagar a tela.

— Está trabalhando? — perguntou ela.

— Me atualizando de algumas coisinhas — respondeu ele, a atenção voltando a ela. — Olha só você, na Grécia! Já pegou um bronzeado. — Ele sorriu, carinhoso, escorregando a mão pelo cabelo espesso.

A normalidade do gesto pareceu reconfortante. Aquele era o Ed. O Ed dela. Lexi respirou fundo, sentindo um certo alívio. Esconder a gravidez do noivo estava agravando sua ansiedade, tinha certeza disso. Odiava segredos — crescera em uma casa cheia deles. Talvez devesse contar a ele sobre a criança agora. Acabar logo com isso.

— Eu queria te ligar — disse Ed, com tranquilidade —, mas você sabe que tenho medo da Bella.

— Todos temos.

— Onde vocês estão?

— Em Old Town, jantando em uma taverna.

Ela olhou por cima do ombro. Bella estava se inclinando para perto de Fen, então não notara a ausência de Lexi, graças a Deus.

Qualquer comunicação com o noivo tinha sido proibida durante a viagem.

— Como está a minha irmã? Destoando pra caramba das outras, imagino. — Ele riu.

Aquela tinha sido uma frase antiquada e desdenhosa, e Lexi sentiu uma pontada de vontade de proteger a cunhada.

— Eu a admiro por ter vindo. Deve ser difícil estar aqui, comemorando o casamento de outra pessoa tão pouco tempo depois de ter perdido o Sam.

— Tem razão. Vai fazer muito bem para ela. Um pouco de sol. Alguns drinques. Companhia. Você não está perdendo muito por aqui... Faz dois dias que tem chovido sem parar.

— É mesmo?

— Nossa, estou com saudade, Lex. Andei pensando, e acho que eu poderia te buscar no aeroporto domingo à noite. Talvez eu reagende minhas reuniões de segunda-feira de manhã para podermos colocar a conversa em dia.

— Parece ótimo — disse ela, contente.

— Lexi Lowe!

A noiva se assustou. Bella vinha em sua direção, a mão no quadril.

— Falando com o noivo! Você está quebrando a regra número dois da festa de despedida de solteira. — Ela arrancou o celular da mão de Lexi. — Olá, Edward. — Ela acenou para a câmera. — Sabia que você está agindo como cúmplice e incentivador?

— Eu me declaro culpado.

— E sobre o que os dois pombinhos estão conversando? — perguntou Bella, o olhar indo parar em Lexi, a sobrancelha arqueada.

A noiva lançou um olhar apavorado para a dama de honra.

— Eu estava falando para Lexi como estou com saudade — respondeu Ed.

— Já que está se infiltrando na despedida de solteira — falou Bella —, imagino que o senhor possa muito bem fazer o *tour* completo. Venha. — E levou o celular consigo. — Aliás, estou mancando. — Ela apontou a câmera para o pé. — Um escorpião me picou. Ficou com inveja do meu gosto requintado para calçados. — Ela cambaleou pela praça, mexendo a boca para Lexi, mas sem emitir som: *Viu? Eu e o Ed: melhores amigos!* Para Ed, ela falou: — Acabamos de jantar na melhor taverna da Grécia. Nem vou ousar te mostrar minha barriga, senão você pode achar que estou grávida.

Lexi disparou mais um olhar de aviso a ela. *Maldita Bella.*

— Certo, aqui vamos nós — disse, movendo a câmera em uma panorâmica. — Ninguém consegue se levantar. Comemos uma tonelada de tzatziki. Acho que você conhece a maioria de nós, mas ainda não conhece Fen, minha namorada gostosa pra caramba.

— Oi — disse ela, erguendo a mão.

— Olá! — gritou Ed, alegre, da tela.

Bella girou a câmera.

— Ali está Robyn. A Robyn está super queimada de sol, não está, Robyn?

— Beba muito líquido! — aconselhou Ed.

Robyn ergueu a taça de vinho.

— Estou cuidando disso agora mesmo.

Bella foi em frente, mirando o celular em Eleanor, dizendo:

— Você obviamente conhece este rostinho.

— Oi, maninha.

Lexi viu como a cunhada colou um grande sorriso no rosto, erguendo a bebida para brindar a tela.

— Edward.

Bella berrou para Ana, que entrava na taverna. Ela usava o novo vestido de tom jade, combinado com um lenço preto e simples atado em um laço lateral divertido. Lexi a observou virar, acenando vagamente na direção de Bella, e gritar:

— Vou no banheiro!

— Pronto. Agora você sabe que a Ana precisa tirar um pouco de água do joelho! Bem, já te mostrei todo mundo. Infelizmente, você não vai poder voltar a falar com a noiva. Está proibido.

Lexi revirou os olhos.

— Me dê o celular.

— Não vai rolar — disse Bella, levando-o para fora de alcance. — Por ora, isso é tudo, pombinhos. Vocês se verão no domingo. Deem um tchauzinho.

Bella apontou o celular para que Lexi acenasse.

Quando a noiva levantou a mão, viu a imagem de Ed na tela. Ele parecia estranho, olhos semicerrados, sobrancelhas unidas, uma das mãos posicionadas na nuca.

— Ed? — disse Bella. — Não vai dar tchau para a sua querida esposa?

38

ELEANOR

A garçonete serviu a porção extra de saganaki que Eleanor tinha pedido.

Agradecendo-a, Eleanor puxou o pratinho para diante de si. Era seu favorito: queijo graviera frito no azeite de oliva, levado direto para a mesa com apenas algumas gotas de limão. Tinha sido preparado havia tão pouco tempo que a crosta dourada ainda emitia um chiar baixo.

Usando a ponta do garfo, fatiou o saganaki crocante, que transbordava queijo derretido. Levou um pedacinho até a boca, fechou os olhos, mastigou. Salgado, um pouco ácido, uma pitada de crosta. Perfeição pura.

Aquele queijo derretido foi a coisa mais próxima de felicidade que Eleanor experienciou nos últimos dias. Deveria ser saboreado. Levou um segundo pedaço à boca.

O celular vibrou, assustando-a.

Ninguém ligava para Eleanor, exceto a família. E sabiam que ela estava na Grécia. Devia ser alguma ligação absurda do banco interrompendo seu momento com o queijo. Adoraria mandar quem quer que fosse para a puta que pariu, porque: queijo. Aquele era o tipo de pessoa que ela era ultimamente, alguém que, discretamente, gostava de xingar desconhecidos.

O celular estava guardado na bolsa nova, que pendia do encosto da cadeira. Com relutância, largou o garfo, limpou as mãos no guardanapo e então procurou o celular.

Ficou surpresa ao ver o nome de Ed na tela.

— Por que você está me ligando? — indagou, com cautela.

— Onde você está? — sussurrou ele.

— Na Grécia — sussurrou ela, em resposta.

— Quer dizer, onde você está agora? Está com as outras?

— Sim.

As mulheres ainda petiscavam as refeições, conversando enquanto dividiam o último prato de lula.

— Preciso falar com você a sós.

— Você está soando estranho.

— Sim. Estou. Mas, por favor... Preciso falar com você...

Olhou para o saganaki com pesar — só era bom quando comido quente.

— Me dê um minutinho.

Deu uma mordida final e deliciosa, depois saiu do assento. Ninguém perguntou aonde estava indo, então não disse nada.

Cruzou a praça de paralelepípedos, onde turistas se agrupavam nas portas das tavernas, estudando os cardápios expostos. O entardecer tinha dado espaço para a noite, e a praça estava iluminada por lâmpadas e cordões longos de luz, dando ao ambiente uma bela sensação festiva.

Ela foi na direção da igreja, uma baforada de incenso escapando pelas portas abertas. Parou e apoiou as costas contra uma das paredes altas de pedra, ao lado de um limoeiro antiguíssimo com frutas.

— O que foi?

Perguntou-se se aquilo teria algo a ver com a notícia da gravidez de Lexi. Será que ela tinha contado havia pouco para ele, na chamada de vídeo? Será que Bella entregara o jogo? A voz de Ed soou baixa, entrecortada:

— Tem uma mulher na viagem de despedida de solteira.

— Na verdade, tem seis de nós. Esse é meio que, tipo, o ponto da viagem.

— Ana.

— Sim. Estou dividindo um quarto com ela.

— Quem é ela?

— Uma amiga da Lexi. Elas se conheceram em uma aula de ioga...

— Sim, sim. Lexi já falou dela. Mas o que você sabe dela?

— Você está esquisito.

— Eleanor. Me conte o que sabe — exigiu ele, falhando em esconder a impaciência.

— Certo. Bem, ela é de Brixton. Trabalha com língua de sinais. É intérprete, isso. É a profissão dela. É o que ela faz. A irmã é surda, então...

— Ela tem filho?

— Ana? Tem. Um filho. Luca. Ele tem quinze anos. Ela não parece ser velha o bastante para...

— Ai, meu Deus... — disse Ed, a voz estranhamente distante.

— Ed?

Houve um longo momento de silêncio.

— Por que você está me perguntando sobre a Ana? Sobre o Luca? — Ao falar, uma lembrança na qual não pensava havia muito tempo começou a ressurgir.

— *Ana* é apelido de Juli*ana* — falou Ed, a voz baixa.

Eleanor não ouvia aquele nome ser dito havia anos e, mesmo então, quando dito, era de maneira sussurrada entre as quatro paredes do escritório do pai.

— Ah — disse ela, de olho no outro lado da praça, na taverna. Seus olhos focaram Ana, sentada perto de Lexi, a cabeça das duas inclinadas uma na direção da outra. — É ela, não é?

39

FEN

Fen cruzou os braços. Fazia tanto tempo desde que se sentira daquele jeito, como se com vergonha do corpo todo: o cabelo masculino, as tatuagens, os buracos que tinha feito para piercing nas orelhas e no nariz, os ombros largos demais, os seios altos, pequenos e achatados no top esportivo.

A voz dele, sibilando em seu ouvido: *Você me enoja.*

Eram pensamentos tão velhos, tão gastos, que ela ficou surpresa por ainda terem algum poder.

Mas era esta a questão do medo: evitar ou fugir apenas o engrandeciam. Para superar o medo, Fen sabia que seria preciso enfrentá-lo. Era simples — e difícil — assim.

Olhou para Robyn, que estava no outro lado da mesa. Repassou, na mente, o momento em que a encontrara na piscina natural — Robyn parada em cima do rochedo, dedos dos pés curvados bem na beira. Fen viu o tremor das pernas nuas da outra, a respiração enchendo o peito. Robyn encarara a longa queda abaixo, mas não recuou.

Ergueu o queixo, fixando o olhar no horizonte.

E pulou.

Para superar o medo, é preciso enfrentá-lo.

Fen respirou fundo. Levantou-se.

Houve um momento em que o chão pareceu balançar um pouco, mas ela ergueu o olhar, focando adiante.

— Você está bem? — perguntou Bella, as sobrancelhas baixas, a mão se erguendo para tocar a namorada.

— Vou ficar — respondeu, quase para si mesma.

As pernas a levaram para longe da mesa, atravessando a taverna e a entregando para a meia-luz do restaurante. As mesas de dentro estavam vazias. A parte do bar, limpa.

Fen se obrigou a continuar se movendo. Conhecia aquele corredor estreito com tijolos expostos e caixotes de madeira abarrotados, o cheiro de óleo vindo da cozinha tomada pelo vapor. O coração batia tão rápido e com tanta força no peito que Fen se permitiu sentir tudo. O medo. A raiva. A vergonha.

Ouviu passos chegando por trás, solas de couro contra a pedra. Ele. Nico.

As mãos dela tremiam. Talvez não conseguisse fazer aquilo. Encará-lo. Começou a se virar, mas não havia para onde ir. Sentiu o cheiro da loção pós-barba dele no ar, e o estômago embrulhou. Congelou.

Uma bandeja de talheres reluzia no topo de uma pilha de caixotes. No centro, havia uma faca de carne com cabo de metal. Por instinto, Fen a pegou. A lâmina brilhou prateada enquanto ela sentia a pressão emocionante e secreta do metal contra a coxa.

Nico, segurando uma pilha de pratos limpos, surgiu no corredor. Precisava passar direto por ela para entrar na cozinha. Ele mudou o ângulo dos quadris.

— Olá, madame — disse, movendo-se para se desviar.

Um pânico, quente e frio, surgiu no peito. Estavam cara a cara. O corpo de Nico a um centímetro do dela.

Ele quase tinha passado quando ela, por fim, disse:

— Lembra de mim? — A pergunta saiu como um latido.

Ele pestanejou. Inclinou a cabeça. Parecia que daria de ombros e diria *Não*, mas então o olhar se abaixou, olhos indo parar na mão esquerda dela.

A faca.

Nico arregalou os olhos, compreendendo.

Ergueu a cabeça, mirando o rosto dela.

Enxergou a intensidade nos olhos de Fen enquanto fuzilavam os dele.

Então, lembrou-se.

40

ELEANOR

Eleanor levou a ponta dos dedos à têmpora. Sentia-se tonta, quente demais. O decote da camiseta comprimia a garganta.

A mente voltou anos e anos ao passado, a quando Ed estava se formando na faculdade. Lembrava-se de ter entreouvido uma conversa abafada no escritório do pai: Ed engravidara uma aluna do primeiro ano. Quis que a moça interrompesse a gravidez, mas ela se recusou. A mãe pegara Eleanor ouvindo a conversa e a redirecionara até a cozinha, cravando os dedos na parte de cima do braço da filha.

— O que vai acontecer? — perguntara Eleanor. A pergunta era sobre a criança, a moça grávida.

Mas a mãe respondera:

— Não se preocupe. Ed vai ficar bem. Seu pai e ele vão abafar as coisas.

Abafar as coisas era a especialidade da família. Se ainda se lembrava direito, um contrato tinha sido orquestrado por Ed e o pai, concordando em pagarem uma quantia mensal em troca da anonimidade de Ed. Era cômodo ser de uma família toda de advogados quando era preciso acobertar o próprio rabo.

O nome da moça era Juliana. Eleanor nunca a conheceu, mas muitas vezes se pegou pensando nela e no bebê. Tivera um menino ou uma menina? Onde moravam? Juliana voltou para a faculdade? Será que era feliz?

Havia muitos anos, motivada por uma tarde passada com o bebê de um primo, perguntara ao irmão:

— Você pensa de vez em quando no seu bebê?

Ele encarara Eleanor, horrorizado.

— Eu apaguei tudo aquilo da minha cabeça. Sugiro que faça o mesmo.

E tinha ficado por isso mesmo.

Até então.

— Imagino que... — disse Eleanor, ao celular. — ... Lexi não saiba que você tem um filho.

— Não sabe.

— E você não acha que deveria contar para ela?

— Eu tinha medo de que, se contasse, ela fugiria. — Eleanor notou a rara entonação de vulnerabilidade na voz dele. O irmão realmente amava Lexi.

— Um risco e tanto — disse Eleanor. Tinha sido assim que Ed descrevera Lexi. Ela era maravilhosa, divertida, sociável, mas também passava a imagem de alguém que poderia simplesmente desaparecer, como se fosse boa demais para ser verdade. *Puf!* — Você acha que Ana sabe quem você é? Quem Lexi é?

— Não pode ser coincidência. Juliana... *Ana*... Ela sabe meu nome. Lexi deve ter falado de mim, usado meu nome. Ela sabe exatamente quem eu sou.

Hm. Eleanor olhou de novo para a taverna. Ana pegava uma jarra de água. Encheu a taça de Lexi, depois a dela mesma. Uma sensação inquietante percorreu sua pele: Ana vinha mentindo para ela. Para todas elas.

Eleanor odiava mentirosos.

— Ela fez alguma pergunta sobre mim? — questionou Ed.

Ana tinha feito diversas perguntas sobre Ed, como se ele ficaria feliz com a notícia da gravidez de Lexi e que tipo de pai ele seria.

— É, fez. Acho que ela está sondando o terreno.

— *Vaca* — ela ouviu Ed dizer, baixinho.

— O que você quer que eu faça? Veneno, espada, revólver?

— Não brinque com isso.

— Não estou brincando. Por que ela fez amizade com a Lexi? Por que não simplesmente falar com você?

— Dinheiro. Se não houver contato algum entre nós e minha identidade não for relevada até Luca fazer dezoito anos, ela recebe o dobro.

Eleanor conhecia bem a sensação de ficar consternada com o irmão, com a família.

— Luca — disse ela, devagar. — Então você sabia que era menino?

— Sim, eu sabia. Tenho uma cópia da certidão de nascimento.

— E tem o seu nome nela? — perguntou, mas, mesmo enquanto ainda fazia isso, já sabia a resposta.

Sob Pai, constaria: *Desconhecido*. Outra cláusula no contrato de Ed.

— Preciso falar com a Lexi antes que Ana fale. Vou pegar um voo agora mesmo.

— Só existem duas conexões saindo de Atenas, e são só no domingo e na quarta-feira. O mais cedo que você vai conseguiria chegar aqui seria no dia da nossa partida.

— Merda. — Deu para ouvi-lo andando de um lado ao outro, sabia que o irmão estava dando passadas largas, os braços rígidos, tensão cerrando a mandíbula. — Então vou ter que falar com ela quando a buscar no aeroporto. Contar cara a cara. É a coisa certa a se fazer, não é?

— É a melhor opção que você tem.

— Escute, Eleanor, não quero que Ana descubra que sabemos quem ela é. Não quero ela falando nada para a Lexi, não antes de mim. E preciso que você fique de olho nela. Você faria isso por mim, não faria?

Ela concordou.

— Me ligue amanhã. Me avise se estiver tudo bem.

Ela desligou e permaneceu enraizada onde estava, omoplatas pressionando a parede de pedra da igreja. O pescoço fervilhava de tensão, a mente a mil por hora.

Uma mulher grega subia os degraus, um bebê enrolado em um cobertorzinho em seus braços. Notou o tufo de cabelo escuro, a cabeça perfeitamente redonda. Lembrou-se do semblante de Ana quando Lexi anunciara a gravidez. Ficou surpresa, como todas, mas houve algo a mais também. Uma expressão oca, o saltar da garganta, os olhos abaixando por um momento. Pressionara os lábios um contra o outro antes de voltar a erguer a cabeça, sorrindo, dando parabéns. Eleanor nunca tinha sido muito boa em interpretar as pessoas; tinha presumido que Ana simplesmente ficara surpresa, como o restante delas… mas agora ela se questionava o que aquela expressão tinha revelado.

Ana sabia exatamente quem Ed era, então devia ter orquestrado tudo: virado amiga de Lexi de propósito; evitado situações em que veria Ed, como o coquetel de noivado; garantido que fosse convidada para a viagem.

O lábio de Eleanor começou a tremer quando pensou em como Ana também a tinha usado: a viagem adorável para fazerem compras em Old Town; Ana a ajudando a escolher uma bolsa nova; seu interesse nas esculturas de Eleanor; as conversas pela noite enquanto bebiam. Sentiu as bochechas queimarem de humilhação. Tinha se deixado acreditar que Ana gostava dela, que eram amigas.

Idiota.

41

ROBYN

Robyn deu mais uma olhada na entrada da taverna. Ainda nem sinal de Fen. Algo estava estranho a respeito de Fen naquela noite; parecia estar nervosa, preocupada, nada parecida com a companhia relaxada e vibrante que tinha sido na piscina natural mais cedo.

Esperou para ver quem estava saindo da taverna, mas era apenas a garçonete voltando com uma bandeja de drinques para outra mesa.

Robyn pressionou a ponta dos dedos contra as têmporas, movendo-os em círculos lentos. Estava com uma dor de cabeça terrível.

— Você está bem? — perguntou Lexi, do outro lado da mesa.

— Sol demais, acho.

A pele rosada nos ombros e no peito radiava calor sob a blusinha de algodão.

— Tomou bastante água hoje?

— Provavelmente não. Vou buscar mais uma jarra para a mesa.

A garçonete estava ocupada com a mesa ao lado, então Robyn entrou na taverna.

Estava quieto e fresco, longe do murmurinho das conversas. Sim, ficaria parada ali por um momento, aproveitando o silêncio e o ar condicionado. Uma onda leve de náusea começava a revirar seu estômago. Queria voltar para a villa, tomar alguns analgésicos e cair na cama — mas se sentiria culpada por abandonar Lexi na única noitada delas.

Naquele instante, porém, precisava de água. Provavelmente, estava desidratada. Onde estava aquele outro garçom? Seguiu na direção da cozinha, acompanhando a parede revestida com tijolos. Música tocava ao longe, vinda da cozinha. Acima do som, ouviu a voz de uma mulher: baixa, tensa.

Continuou andando pelo corredor, passando por uma saída de incêndio e uma pilha de caixotes vazios.

Parou.

Fen estava parada perto da entrada da cozinha, de frente para o garçom que as estivera servindo. As mangas da camisa branca dele puxadas para cima, e ele tinha uma pilha de pratos equilibrada no antebraço bronzeado.

A expressão no rosto dela era ferrenha, um sulco fixo na testa. Fen estava com os pés colados no chão, longe um do outro, a cabeça inclinada para a frente, os tendões no pescoço exposto.

Na mão dela, algo prateado reluziu.

42

FEN

Fen sentia o aperto da mão ao redor da faca, o metal gelado do cabo, a lâmina ainda próxima da coxa.

— Sete anos atrás, eu vim jantar aqui. — A voz dela estremeceu com a raiva mal contida.

— Isso foi há muito tempo. A taverna é bem popular, tantos turistas... — Ele sorriu, incerto. — Espero que tenha tido uma boa experiência.

— Deixe-me refrescar a sua memória — disse ela, sangue pulsando na ponta dos dedos. — Na época, eu tinha cabelo longo e loiro. Estava de minissaia jeans. Eu tinha vindo aqui com a minha tia. Ela conversou com o seu pai; ele disse que você e sua irmã me levariam a algumas boates, me mostrariam a ilha. Fomos ao Clube Carlos juntos. Dançamos. Bebemos. Sua irmã foi embora cedo, então você se ofereceu para me levar de volta para a villa da minha tia. Fica bem no fim da ilha, no topo do penhasco.

O sorriso dele vacilou.

— Olhe, eu não lembro...

— Não! Você não pode se dar ao luxo de esquecer o que fez. — Os olhos de Fen ardiam quando ela se inclinou para mais perto.

Não havia para onde ele correr. Nico estava com as costas pressionadas contra a parede, olhos indo do rosto de Fen para a mão que segurava a faca. Ela não a tinha levantado. Não o tinha ameaçado. A faca simplesmente esperava ao lado do corpo, um lembrete silencioso de quem tinha o poder. Desta vez.

— Você me deixou em casa, e eu te agradeci. Você falou que uma cerveja cairia bem... uma para a saideira. Você foi ao terraço, eu fui buscar a cerveja para nós dois. Mas não era isso o que você queria de verdade. — A voz de Fen saiu rouca, cheia de emoção, quando ela continuou: — Você bebeu sua cerveja, depois arrancou a minha das minhas mãos e me empurrou contra a mureta. Me beijou à força.

Nico disse:

— Isso foi há muito tempo. Eu não lem...

— Eu te mandei *parar*! Eu te falei que sentia atração por mulheres, não por homens. E, em vez de compreender, de se afastar... você me encurralou contra a mureta. Colocou seu corpo na frente do meu, para que eu não tivesse por onde fugir. Se eu me inclinasse para trás, mesmo que alguns centímetros, cairia pela borda. E você sabia disso.

Fen chegou ainda mais perto, a lâmina da faca roçando a coxa.

— Você ficou parado lá, braços ao lado do meu corpo como uma barreira, seu rosto colado no meu. E falou: *Eu não te quero. Ninguém nunca vai te querer. Homens não querem dormir com você, porque você é gorda. Inútil. Você me enoja.*

Os pratos equilibrados no antebraço de Nico tilintavam enquanto a mão tremia.

— Agora me fala que não lembra, porra!

— Desculpa, tudo bem? — A voz dele soou alta, urgente. — Foi errado, tá? Desculpa. Eu era só um moleque.

Quantas vezes homens tinham se safado de coisas usando a desculpinha de que *eram só moleques*?

Ela ergueu a faca, sentiu os olhos dele a acompanhando. Havia um brilho oleoso de suor na testa dele. Fen podia ouvir a respiração de Nico, fraca e rápida.

— Sim — disse ela, deixando a faca sobre a pilha de pratos, sem pressa. — E eu era só uma garota.

Então, ela se afastou, deixando-o ir embora.

Nico passou por ela, afastando-se correndo, desaparecendo na cozinha.

Assim que ele sumiu de vista, Fen se permitiu desmoronar contra a parede, como se as pernas não tivessem mais energia sobrando para mantê-la em pé. O rosto estava pálido, sem sangue.

— Fen?

Ela se virou.

Robyn estava parada a alguns metros dali. Ficou claro, pela expressão preocupada, que tinha escutado tudo.

— Não consigo voltar para a nossa mesa — disse Fen.

Robyn assentiu uma vez, depois pegou a mão dela, apertando-a com força.

— Vamos — disse, levando-a para longe da cozinha.

Em certa altura do corredor, encontraram uma saída de incêndio que levava para fora do restaurante, para uma rua lateral. Robyn foi em direção a ela, arrastando Fen consigo.

— Vamos pegar um táxi. Vou mandar uma mensagem para Lexi avisando que eu não estava me sentindo bem.

Emergiram em uma rua estreita de paralelepípedos, adornada com luzes, a noite quente e perfumada. Fen hesitou, olhando para a moto branca com pneus grossos, um capacete pendurado no guidão.

Ao seu lado, Robyn perguntou:

— É dele?

Fen fez que sim, os olhos úmidos com as lágrimas.

Robyn foi até a moto, apoiando a mão no assento de couro macio.

Naquela noite, Nico poderia voltar à villa de moto, sabendo o que tinha feito. Fen o imaginou pilotando-a em alta velocidade, acelerando pelas curvas da montanha, sentindo-se... como? Poderoso? Másculo?

Talvez Robyn tivesse imaginado a mesma coisa, porque, em um movimento veloz, chutou o suporte de metal da moto e, então, deu o mais leve dos empurrões nela. As duas observaram enquanto a moto, por um momento, vacilava, antes de cair com tudo de lado com um baque metálico.

Fen olhou para Robyn, olhos enormes, surpresos.

Então, saíram correndo.

43

BELLA

Era para ser uma festa de despedida de solteira! Se as outras quisessem beberiçar uma taça de vinho e dar a noite por encerrada às dez, que se inscrevessem em um clube do livro.

Não foi surpresa alguma Robyn agir de maneira patética. *Insolação?* Tanto faz. Mas Fen? Bella sabia que a namorada era fraca para álcool. O fígado dela era limpo demais, esse era o problema. Mas mandar a desculpinha *por mensagem?*

Acabei de vomitar no banheiro. Estou em um táxi, voltando para a villa. Sinto muito. Bjs, Fen.

Fen deveria ter dito a ela pessoalmente. Bella queria que fosse *ela* a ter colocado a namorada no táxi, a levá-la de volta para casa. Não Robyn.

Mais cedo, quando Fen a beijou na mesa, ficara surpresa com a intensidade, com o quanto havia sido público. Por alguns momentos deliciosos e maravilhosos, tinha se deixado acreditar que tudo ficaria bem entre elas.

Apagou a tela, deslizou o celular de volta para dentro da bolsa, e então entornou a taça de vinho. Arrotou.

Duas já tinham ido, ainda restavam quatro. Teria que bastar. Ela se levantou, cambaleando nos saltos.

— Avante, para os bares! — Bella deu o grito de guerra.

...

Encontraram um bar a uma curta caminhada de distância, onde um DJ, em uma cabine elevada, tocava pop europeu. Jesus, ela sequer conhecia alguma daquelas músicas. Ao olhar para as garotas dançando no ritmo com seus vestidinhos e os rapazes com shorts curtos justos nas coxas, Bella se perguntou por que eles não estavam na cama às dez da noite, já que com certeza não tinham mais do que doze anos.

— Aqui está — anunciou Eleanor, voltando do bar com uma bandeja cheia de doses.

— Muito bem, Eleanor! — disse Bella, impressionada. — O que você trouxe?

— Tequila e Aftershock — berrou Eleanor, mais alto do que a música.

— Uma vibe meio anos noventa. Gostei.

— Peguei duas doses de limonada para você — disse a cunhada para Lexi. — Não queria que você se sentisse excluída.

Lexi riu e lhe deu um aperto no braço.

— Primeiro, tequila — disse Bella, distribuindo-as. — Limonada para Lexi.

As quatro brindaram os copinhos.

— À Lexi — disse Ana, erguendo o dela.

— À Lexi — ecoaram as outras.

Bella se irritou por Ana ter se adiantado e feito o brinde.

Entornaram as doses, que foram seguidas por outra de Aftershock. Bella sugou o ar por entre os dentes cerrados, fazendo careta.

Um grupo de homens com camisa de manga curta olhava para elas do lado oposto do bar. Bella deu uma piscadela, erguendo o copo vazio como sugestão. Um deles, que vestia a camisa rosa e justa, assentiu, então acenou para o barman.

— Se olhou, pagou — disse Bella para as outras. Amava flertar com homens. Eles mordiam a isca com tanta facilidade, eram tão descomplicados…

— Venha aqui, Lex — acrescentou, pegando a mão da amiga. — Vamos mostrar para as crianças como é que se dança!

— Daqui a pouco — disse ela, com calma. — Estou conversando.

Com a Ana.

Bella queria dançar. Precisava de movimento. Queria deixar a noite mais leve. Poderia arrastar Eleanor consigo para a pista, mas seria estranho, como dançar com uma tia.

Balançou o corpo sem sair do lugar, enfiando a mão na raiz do cabelo para ganhar um volume extra. O pé latejava e, se não fizesse algo divertido naquele instante, corria o risco de ela mesma pegar um táxi.

Olhou para o fundo do bar. O grupo de homens estava sendo servido, uma bandeja com mais copos. Aquilo era bom. Eles se aproximariam, trazendo as bebidas e um novo rumo para a conversa. Talvez pudesse tentar uma aproximação entre Eleanor e aquele que estava mais ao fundo, que vestia uma camisa havaiana grande demais. Sim, essa seria sua boa ação da noite.

Ana e Lexi conversavam, uma cabeça perto da outra, mas não dava para Bella ouvir acima da música. Suspirou, olhando ao redor, entediada. Meu Deus, aquela música... Era como se estivesse ouvindo um cachorro latindo em velocidade acelerada.

— Do que vocês tão falando? — perguntou, inclinando-se para a frente e interrompendo a conversa das duas.

— Eu estava falando que tenho medo de não caber no meu vestido. Ainda faltam quatro semanas para o casamento, e minha barriga está começando a aparecer.

— Vai ser fácil ajustar o vestido — opinou Ana. — Se pensar na parte da frente, tudo o que a costureira precisaria fazer seria adicionar duas tiras de pano, uma de cada lado.

— Achei que você fosse manter o vestido uma surpresa — Bella participara da primeira prova e, quando viu Lexi sair por trás da cortina de veludo do provador, seus olhos se encheram de lágrimas. Encarara Lexi, dizendo: *Você vai se casar, Lex! Você está noiva!* E caíra em lágrimas. — A Ana já viu?

Lexi olhou de soslaio para Ana.

— Um dia, saímos para almoçar e... bem, foi meio que no impulso... vimos a loja de vestido de noivas e decidimos dar uma olhadinha.

— Como assim, *depois* de eu ter visto o vestido?

Houve uma pausa.

— Antes.

— Antes? — repetiu Bella, tentando entender. — Foi nesse dia que você *escolheu* o vestido de casamento? Com a Ana?

Lexi fez que sim.

— Você falou que tinha encontrado o vestido por acaso, ao entrar na loja sem nem ter marcado hora.

— E foi isso o que aconteceu — explicou Lexi —, mas a Ana estava junto.

Bella sentiu-se enganada. Achou que tinha sido a primeira pessoa a ver Lexi no vestido de noiva. Tinham bebido a taça gratuita de champanhe, dando gritinhos ao verem o reflexo de Lexi no espelho longo e ornamentado. No entanto, a amiga tinha omitido o único detalhe que importava: levara Ana consigo para escolhê-lo.

— Por que você não me contou?

— Pensei que fosse ficar chateada.

— Eu estou chateada.

— Exatamente.

— Estou chateada porque você mentiu! Você fingiu que eu fui a primeira pessoa a te ver nele.

— Meu Deus, desculpa. Você tem razão — disse Lexi, balançando a cabeça, como se aquilo não passasse de um mal-entendido. Aquele era o lance com Lexi: ela nunca se dava conta do quanto suas atitudes podiam magoar. O quanto ela era importante na vida de Bella. — Eu devia ter contado. Você deveria ter estado comigo na primeira vez.

— Sim. Eu deveria.

Ana revirou os olhos, como se as emoções de Bella a cansassem.

— Lexi, você não precisa se desculpar por como decidiu escolher seu próprio vestido de noiva.

— Eu sou a dama de honra! A dama de honra sempre acompanha a noiva quando ela escolhe o vestido.

Houve silêncio, a reclamação de Bella pairando ali, como o bater de um pé.

— Mal posso esperar para te ver toda arrumada nele no grande dia — adicionou Ana.

— Você vai estar lá, né? — perguntou Eleanor.

Bella se virou. Todas se viraram. A pergunta tinha sido feita de modo tão brusco que era como se tivesse vindo de um rifle. Eleanor encarava Ana, uma das sobrancelhas arqueadas. As bochechas estavam coradas por causa do álcool.

— No casamento da Lexi e do Ed? É claro! — Ana sorriu, nervosa.

— Então você confirmou sua presença? — insistiu Eleanor, os olhos brilhando.

— Sim, há muito tempo.

— Todas nesta viagem vão estar lá — adicionou Lexi, tentando amenizar a tensão.

Eleanor assentiu, mas, ao se virar, Bella a pegou sussurrando:

— Se você está dizendo...

Se você está dizendo? Tragam mais álcool para essa mulher!

Naquele momento, o homem de camisa rosa apareceu, segurando no alto uma bandeja com doses enfileiradas.

— Madames — disse, abaixando-a no meio delas. — Mais bebida?

44

ROBYN

Quando o táxi estacionou na frente da villa, Fen piscou, como se surpresa em ver que já tinham chegado. Saiu do carro, os faróis iluminando os rastros de rímel seco nas bochechas.

— Vamos tomar uma saideira — propôs Robyn. — Vamos beber no terraço.

Dentro de casa, ela tirou as sandálias e vasculhou a bolsa em busca de algum analgésico. Engoliu dois com um copo grande de água. Depois, pegou cervejas geladas e as levou ao terraço.

Fen estava sentada nas almofadas perto da mureta de pedra. Luzes pontilhavam o chão, e Robyn se acomodou ao lado dela, entregando-lhe uma cerveja. Pressionou a parte inferior das costas contra o calor da pedra, suspirando ao sentir a coluna se alongar.

— Quer conversar sobre o que aconteceu?

— Você ouviu tudo — disse Fen, olhos brilhando sob o luar.

— Você tinha comentado que nem todas as suas lembranças daqui eram boas. Ele era uma delas?

Fen assentiu.

— Patético, né?

A garrafa de cerveja de Robyn tilintou contra a mureta quando ela a pousou ali.

— Não. Nem um pouco patético. O que ele fez... o que ele disse... foi horrível.

— Ele não me bateu. Não me estuprou. Só usou palavras. — A cabeça dela balançou um pouco ao dizer aquilo. — Eu não tinha nenhum lugar onde as guardar, então as engoli. Nunca as digeri, apenas permaneceram lá, cada vez mais pesadas.

Robyn sustentou o olhar dela.

— No começo, ele nem se lembrou de mim. Não é de deixar qualquer uma revoltada que, no mundo dele, eu não o tenha deixado marca alguma, mas que, no meu, ele tenha tomado conta de tudo? As coisas que ele disse, por anos deixei que serpenteassem na minha cabeça.

Robyn pegou a mão de Fen.

— O que ele sente ou lembra não importa. Você não pode controlar isso. O que importa é o que *você* sente.

— Odeio que ele ainda consegue me fazer sentir medo até hoje. Achei que eu fosse mais forte do que isso.

— Você é forte, Fen, mas isso não significa que também não possa ser vulnerável. Você não precisa ser uma coisa só o tempo todo.

Cigarras preencheram o silêncio.

— Aquela sua foto, na villa… por que a escondeu?

— Você me viu?

Robyn fez que sim.

— Foi tirada na noite em que conheci Nico. Não consigo olhar para a garota que eu era na época sem ouvir a voz dele. Sem me ver como ele me via. *Nojenta.* Foi como um eco de tudo o que eu tinha escutado dos meus pais…

— Nossa, Fen.

— Então escondi a foto. Escondi a vergonha. — Ela balançou a cabeça. — Mas esconder a foto… Isso deu poder a ele de novo. Apesar de não fazer sentido, porque sei que as coisas que ele me disse não são verdade. Eu tenho me cuidado, sabe? O que aconteceu me forçou a encarar a mim mesma, olho no olho. Tive que superar os traumas relacionados ao meu corpo. Problemas de autoestima. Controlar meus hábitos de treinamento… porque fui de não fazer quase nada a passar dos limites, usando isso como um escape. — Ela abraçou os joelhos com mais força contra o peito. — Então, voltei para a Grécia e, de repente, toda essa merda deu as caras de novo. E estou com raiva… furiosa comigo mesma por não me sentir como quero. — Fen balançou a cabeça com força, nervosa. — Desculpa. Duvido que isso faça sentido.

Robyn sorriu.

— Faz mais sentido do que você imagina.

Fen levantou a cabeça, olhos encontrando os de Robyn.

Houve uma mudança na atmosfera entre as duas.

— Sabe, quando o confrontei... pensei em você de pé naquela rocha da piscina natural. Em como você ficou em dúvida... mas mesmo assim pulou. — Fen fez uma pausa. — Por que você pulou?

Robyn pensou por um momento.

— Porque estou começando a me perguntar se as coisas de que tenho medo não são exatamente as coisas que eu deveria estar fazendo.

Enquanto Fen a observava na escuridão, Robyn sentiu aquela sensação pulsante e tênue em seu âmago, aquecendo-a como uma chama.

45

ELEANOR

Eleanor foi no banco de trás do táxi, esmagada entre Bella e Lexi. O ar cheirava a perfume quente, álcool e o leve toque de azeite de oliva impregnado no tecido das roupas delas. Dava para sentir o calor do braço exposto de Lexi contra o dela. E, quando o táxi fez uma curva, Bella caiu para cima de Eleanor, a cabeça pendendo. No banco do passageiro, Ana conversava em voz baixa com o motorista, o diálogo abafado pelo sussurrar do ar-condicionado.

Eleanor se perguntou se era assim que era ter um grupo de amigas, um bando de mulheres com quem sair para dançar, ou para quem ligar no fim de semana porque estava se sentindo para baixo, ou com quem se encontrar para jantar no meio da semana quando não tinha nada na geladeira.

Sentiu o desnível suave da estrada da montanha, a mudança de terreno quando o asfalto foi substituído por poeira e cascalho, ascendendo em direção à villa. Ficou triste pela viagem ter acabado.

Ana pagou pela corrida com o dinheiro da vaquinha delas.

Com o braço enganchado no de Bella, Lexi atravessou a estrada, dizendo:

— Obrigada por ter organizado tudo hoje. O iate, o jantar na cidade… foi tudo maravilhoso.

Bella cambaleava um tantinho contra a noiva, as alpargatas pendendo da ponta dos dedos.

— Foi mal por ter te feito ir de bar em bar estando grávida. Sou uma péssima dama de honra. Até trouxe um véu comigo — contou, tirando a peça da bolsa de lantejoulas com um pequeno floreio. — Eu ia te fazer usar, mas bebi tequilas demais.

Lexi tirou o véu da mão dela, prendendo o pente no cabelo. Então, girou no lugar, o véu se erguendo ao redor dos ombros como uma mortalha fantasmagórica.

— Se você tiver uma faixa rosa ou mais algum outro clichê de despedidas de solteira na bolsa, agora é a hora.

Eleanor observou tudo, sentindo que Lexi estava tentando compensar pelo deslize com o vestido de casamento.

Bella riu, dizendo:

— Isso foi tudo que consegui enfiar na mala de mão.

Lexi passou os braços ao redor do pescoço da amiga e lhe deu um beijo carinhoso na testa.

— Boa noite — disse ela, e então entrou na villa, subindo a escada em silêncio, ainda de véu.

Eleanor acompanhou Bella e Ana ao terraço, banhado pelo luar. Bella parou diante dos assentos baixos cheios de almofadas, analisando as garrafas vazias de cerveja e a luz fraca.

— Parece que as meninas ainda fizeram mais uma rodada — comentou Eleanor; sem necessidade, tinha que admitir.

Bella comprimiu os lábios.

— Vou para a cama.

Eleanor quase se sentiu culpada ao ver Bella mancar para dentro da casa, os ombros murchando.

— Saideira? — perguntou Ana.

Havia se tornado o ritual noturno delas no fim de semana da despedida, uma última bebida compartilhada no terraço enquanto o ar ainda estava fresco e o volume das outras mulheres havia diminuído. Queria mais uma bebida para ajudá-la a dormir, para garantir que apagaria. No entanto, mal conseguia ficar sentada ali fora com Ana, não depois de descobrir que Ed era o pai do filho dela.

— Não, obrigada — disse ela, com rigidez.

— Achei que você nunca dormisse antes da uma da manhã.

Era verdade. Eleanor estava se condenando a ficar deitada no colchão, presa em um ciclo de pensamentos sombrios. Não, essa parte em específico ela não queria. Talvez bebesse mais um drinque. De qualquer maneira, precisava descobrir o que Ana estava aprontando.

— Pegue lá, então.

Ana sorriu, um sorriso genuíno e amplo, e Eleanor pensou: *É uma pena você estar mentindo pra todas nós, porque eu gostava de você.* Tinha se permitido imaginar uma amizade com Ana que ia além do fim de semana. Pensara nas duas compartilhando o banco no casamento. Ana teria apertado a mão dela em silêncio, reconhecendo que o casamento era difícil pra ela por causa de Sam, e Eleanor teria sorrido, estoica. Tantas fantasias, construídas com tamanha rapidez, e perdidas na mesma velocidade.

Ela se afundou nas almofadas e soltou o botão do short. Ah, melhor! Uma cintura apertada e um saganaki nunca eram uma boa mistura.

Ouviu o abrir e fechar dos armários dentro da villa enquanto Ana preparava as bebidas. *Juli*ana, corrigiu-se.

Voltou a pensar na atmosfera azeda da casa quando Ed tinha vinte e um anos e, em vez de irem ao bar para a refeição costumeira na véspera de Natal, ele e o pai ficaram no escritório, elaborando contratos. Lembrava-se de ter ouvido um comentário arrogante do irmão, e nem precisava ter estudado direito para entender do que se tratava: eles estavam pagando a moça para ficar calada.

— Prontinho — disse Ana, voltando. — Optei por um espresso martini.

Ela até fazia drinques deliciosos.

As duas brindaram os copos, e Eleanor tomou um golinho. Naquela mesma manhã, pensara no quanto Sam teria adorado Ana. Havia uma falta de fingimento — como mais cedo, no bar, quando se negou a pedir desculpas para Bella por ter ajudado a escolher o vestido de casamento de Lexi. Por que aquilo deveria ser segredo?

E, no entanto, aquele tempo todo andara escondendo segredos muito maiores.

Ed tinha sido específico ao instruir Eleanor a não comentar nada, e ele tinha razão: era melhor que Lexi escutasse a verdade dele. Não queria colocar tudo a perder, não ali.

O problema, pensou Eleanor, tomando mais um gole do drinque, era que, de vez em quando, ela não tinha filtro. As pessoas diziam isso a respeito dela como se fosse algo ruim, mas Sam sempre gostara.

— Você diz o que pensa, EJ. Mais pessoas deveriam tentar fazer isso.

Naquele instante, estava tentando com muito empenho se controlar, não dizer tudo que passava em sua cabeça.

Ana, você está mentindo para mim.

Você e Ed têm um filho.

Ele é meu sobrinho.

Eu teria gostado de ter tido a oportunidade de ser tia.

Por que você caçou Lexi?

O que você quer dela?

O que você está, de fato, fazendo aqui, Juliana?

Viu? Estava se saindo bem com o filtro. Tudo o que teria que fazer era manter o controle por mais vinte e quatro horas, então voltariam para casa e Ed resolveria aquela confusão. Enquanto isso, ficaria de olhos abertos com Ana.

A outra deu um golinho no drinque, depois inclinou a cabeça para as estrelas. Parecia em paz, relaxada, como se não tivesse nenhuma preocupação no mundo.

Eleanor não fazia a menor ideia de qual era o joguinho dela, mas planejava descobrir.

Mas também, pensou ela, sombria, *acho que todas nós temos nosso próprio joguinho.*

...

Eleanor terminou o segundo espresso martini. Estava quase bêbada o suficiente para dormir, embora a cafeína provavelmente não tivesse sido a sua ideia mais brilhante de todas. Enquanto se levantava, sentiu o chão balançar junto.

— Acho que também já deu para mim — anunciou Ana, pegando os copos vazios e entrando atrás de Eleanor na cozinha. Colocou os copos na pia, depois abriu a geladeira. — Será que devemos nos desculpar com o nosso fígado tomando uma dessas? — Com as mãos, segurava duas garrafas de água.

— Eu me desculpo comendo carboidrato.

Ana sorriu, calorosa.

— Foi muito bom te conhecer nesta viagem.

Viu? Amigas. Poderíamos ter sido boas amigas. Por que Ana tinha que estragar tudo?

— Também estou ansiosa para conhecer o Ed — acrescentou.

Não. Chega. Eleanor não aceitava mentiras na cara dura.

— Você já conhece o Ed.

Uma linha quase imperceptível de confusão se aninhou na testa de Ana.

— Oi? Não sei do que você está falando.

— Eu não suporto mentiras. Então vou te fazer uma pergunta, e espero que você não acabe com a minha paciência mentindo para mim.

Ana alisou as laterais do vestido, depois uniu as mãos.

— O Ed é pai do Luca?

A outra arregalou os olhos, então piscou. Não disse nada.

— É ou não é?

Ana se virou onde estava, caminhando para a saída da casa.

— Onde foi que você...

— Não podemos ter essa conversa aqui — disse, a voz baixa e calma, chegando na porta da frente.

Manteve-a aberta, indicando que Eleanor deveria segui-la.

— Tenho a sensação — disse Eleanor, cruzando os braços — de que essa conversa não vai dar certo independentemente do lugar.

~

Os problemas de verdade começaram quando descobrimos que estavam mentindo para nós. Ninguém gosta de ser feito de palhaço.

Esse tipo de coisa, bem, não poderia passar impune, poderia?

46

BELLA

Bella não conseguia dormir.

Amava o calor. De verdade, reverenciava o sol em toda sua glória vivificante, mas, pela noite, amaria que o calor lhe desse um tempo. Fen preferia não usar ar-condicionado por motivos ecológicos e, como Bella estava dando *tudo* de si para ser boazinha, não o ligaria. Em vez disso, o ventilador soprava ar quente pelo cômodo, enquanto Bella estava deitada nua sobre as cobertas, suando.

Talvez acabasse suando o álcool e não ficaria de ressaca no dia seguinte. Tinha que ver o lado bom da coisa.

Ultimamente, não vinha dormindo muito bem. Havia quase um ano. Seu problema com a noite era que todas as coisas nas quais evitava pensar ao longo do dia davam uma piscadela sabichona para ela — *Te vejo hoje à noite, então!* —, e lá estavam, assim que Bella fechava os olhos. Só que à noite era ainda pior, porque naquela altura já estava cansada demais para pensar racionalmente e tudo ficava maior, distorcido.

As noites em que dormia sozinha eram ainda mais difíceis. Havia certo conforto quando Fen dormia na casa de Bella, e ela conseguia adormecer com a mão no peito da namorada, sentindo o ritmo firme e forte das batidas do coração dela sob sua palma. Esta noite, Fen rolara para o lado, o lençol se amontoando na cintura.

Bella se sentou. Não, não ficaria deitada ali, suando.

Nua, cruzou o quarto e desceu ao andar debaixo. Serviu-se de um copo de água e o bebeu rápido demais, arrepiando-se de leve quando a água gelou suas entranhas. Vagou até o terraço. As luzinhas ainda brilhando, e o ar cheirando ligeiramente a ervas e cloro.

Foi até a piscina, agachando-se perto da borda e mergulhando os pés na água fria e iluminada.

Restavam um dia e uma noite pela frente. Apenas isso, e então tudo acabaria. A despedida de solteira tinha sido seu raio de luz por semanas, a única coisa boa na agenda dela, sublinhada três vezes e cercada por um amontoado de estrelas feitas com canetas esferográficas. Sempre que tinha um dia de merda, lembrava-se: *Grécia! Sol! A despedida de solteira da Lexi! Não desista!* Mas agora a viagem estava quase acabando, e ela em breve voltaria para casa, um apartamento alugado, e para um emprego em uma joalheria que a deixava insatisfeita.

Tinha saudade de ser enfermeira. Não importava o que dissesse a si mesma — *Eu estava pronta para uma mudança. Os turnos do trabalho acabavam comigo. Eu sempre quis vender joias* —, a verdade era que sentia saudade da enfermagem. Dos colegas. Do prazer de ser boa no que fazia. Quando descobria que um paciente com quadro de febre na verdade tinha meningite e logo conseguia colocá-lo na medicação certa, antes que danos permanentes acontecessem… isso, sim, tinha um significado. Só que, ainda assim, ela tinha trocado aquilo pela venda de pulseiras de prata. *Mais uma excelente escolha de vida, Bella!*

Viu? O meio da noite. Quem queria estar acordar a uma hora dessas?

Bella tirou as pernas da piscina e se levantou. Talvez devesse ler alguma coisa… encontrar um bom livro para lhe fazer companhia no meio da noite. A tia de Fen tinha uma estante bem estocada. Escolheria um e começaria hoje à noite. Talvez isso pudesse se tornar seu lance: seria leitora. Talvez começasse o próprio clube do livro. Isso arrancaria Ana do trono literário dela!

Deixou um rastro sinuoso de pegadas molhadas ao seguir de volta para a casa. Então, parou.

Vozes.

Quem mais estava acordada?

Ouviu, orelhas em alerta.

Sim, um sussurrar vindo da parte de trás da casa. Estranho. Por que haveria alguém ali? Bella sentiu uma pontada esquisita de inquietação. Seguiu as vozes, movendo-se com cuidado pelo terraço, a nudez de repente fazendo-a se sentir exposta enquanto avançava na ponta dos pés pelo caminho iluminado.

Adiante, conseguiu apenas identificar a silhueta larga de Eleanor, os braços cruzados. Estava parada debaixo de um limoeiro; as sombras dos galhos, parecidas com braços, cruzavam o rosto dela. Conversava com Ana, que estava de costas para Bella. As mãos cortavam o ar entre elas com brusquidão. As vozes estavam baixas, abafadas.

Então, ouviu o nome de Lexi ser sussurrado.

Bella pressionou as costas nuas contra a parede, ouvindo tudo.

47

ELEANOR

Eleanor estava debaixo do limoeiro, o cheiro do fruto dando um beijo cítrico no ar noturno. De repente, sentiu-se muitíssimo sóbria.

O refletor lançava sombras estranhas no rosto de Ana. Sua voz soou baixa, tensa, quando por fim respondeu:

— Sim, Ed é o pai do Luca.

Eleanor sentiu algo mudar bem fundo em seu corpo enquanto a confirmação se acomodava. Cruzou os braços com ainda mais força, agarrando o tecido da blusinha com os dedos. Estudou o rosto de Ana, procurando algo que pudesse interpretar no seu semblante.

Ana estava enraizada, firme no lugar.

— Como foi que você descobriu?

— Pela chamada de vídeo do Ed na taverna. Ele te viu.

Ana passou a língua pelos dentes de cima, assentindo apenas uma vez.

— Você estava tomando cuidado, não estava? Não compareceu ao coquetel de noivado. Nem ao aniversário da Lexi. — Então, pensou naquele dia mais cedo, quando Bella havia tirado a foto no iate e Ana logo se desviara. — Você conseguiu fugir de todas as fotos desta viagem, não conseguiu? Não podia arriscar que Ed as visse.

Ana não disse nada.

Deu para sentir a raiva dela crescendo.

— Imagino que vai arranjar uma desculpinha para não comparecer ao casamento também.

Ainda assim, ela permaneceu em silêncio.

— Mas que merda você está fazendo aqui? — explodiu Eleanor. — Você está na despedida de solteira da Lexi! Estamos aqui para celebrar o *casamento* dela com o Ed! Presumo que você saiba que Lexi nem faz ideia que ele tem um filho?

— Eu imaginei, sim.

— E o que você está tentando fazer? Sabotar o casamento deles? É isso?

— Não.

— Então, por quê? Por que você está aqui?

Ana permaneceu completamente imóvel, como se o corpo dela tivesse sido esculpido em pedra.

— Vai contar pra Lexi quem eu sou?

— O Ed vai.

Ana balançou a cabeça.

— Preciso falar com ela. Explicar.

— Explicar o quê, exatamente? — exigiu Eleanor. Sob o brilho dos refletores, deu para ver que a expressão de Ana estava inflexível. — Você está obcecada pelo meu irmão? É disso que tudo se trata?

— Eu não sei o que falar.

— Use as palavras. Forme alguma frase.

Ana respirou fundo, o peito enchendo, o queixo se erguendo.

— Sempre tentei ser honesta com Luca. Ele sabe que não tive relacionamento algum com o pai dele. Sabe que a gravidez foi uma surpresa. Sabe que o pai deixou claro que não queria filhos. Luca sempre aceitou isso. Mas então, no ano passado, ele começou a fazer mais perguntas. Me disse que queria conhecer o pai.

— E você não queria que ele conhecesse o Ed por causa do contrato? Por que o dinheiro te convinha?

Ana se afastou, assustada, como se tivesse sido esbofeteada.

— Nunca se tratou de dinheiro. É isso o que você pensa? Sua família… — Ela balançou a cabeça.

O modo como ela dissera aquelas palavras, *sua família*, fez um arrepio subir pela coluna de Eleanor.

O olhar de Ana dançou pelo rosto dela.

— Eu não sabia se queria que Luca conhecesse o Ed.

— Por quê?

Houve uma longa pausa.

— Luca é *tudo* para mim. Eu jamais faria algo que o colocaria em risco de acabar magoado.

De algum lugar atrás delas, Eleanor escutou um barulho estranho, parecido com algo sendo arrastado. Observou ao redor, semicerrando os olhos para a escuridão. Esperou, escutando.

Não houve mais nenhum barulho, apenas o sussurrar do vento levando consigo o canto das cigarras. Ainda assim, seria melhor verificar. Passou por Ana, seguindo pelo caminho de pedras em direção à extremidade da villa.

— Tem alguém aí? — perguntou Ana, a voz baixa.

Eleanor deu uma olhada no canto.

O caminho iluminado estava vazio.

— Ninguém.

Então, olhou para baixo. Ali, na pedra encoberta pela sombra, havia uma trilha quase desaparecida de pegadas molhadas.

48

BELLA

Bella seguiu na pontinha dos pés pelo caminho de lajotas, um braço sobre os seios para impedi-los de saltitarem. Passou por uma das portas e adentrou a villa escura, então correu escada acima, entrando rapidamente no quarto dela e de Fen.

Fechou a porta com cuidado, depois apoiou as costas nela, a mente acelerada sob o girar lento do ventilador.

Ed é o pai do filho da Ana.

Lexi não faz ideia.

Sabia que tinha alguma coisa errada com Ed! Tinha mesmo notado um senso de superioridade nele. Era impossível não sentir a explosão animadora de prazer por estar coberta de razão, como um disparo no coração causado pelo choque e pelo drama da descoberta.

Então, pensou imediatamente em Lexi. Ai, Deus, coitada da Lexi! Ficaria devastada.

Eleanor dissera que Ed queria contar a verdade para a noiva quando ela estivesse de volta da viagem, mas dane-se! Bella não deixaria que aquela família se unisse, que arrumassem um jeito de tirar a traição da reta deles. Não mesmo. Seria Bella quem contaria a Lexi. Era a melhor amiga dela. A dama de *honra*!

Seus dedos tocaram a maçaneta... então, parou.

Será que seria certo acordar Lexi no meio da noite? Não seria melhor conversar pela manhã, quando a amiga estivesse descansada, completamente desperta? Talvez Bella pudesse sugerir que as duas saíssem para uma caminhada.

Daria a notícia com delicadeza. Mas então Lexi estaria presa na Grécia, na despedida de solteira, sem ter o que fazer com aquela informação. Ficaria desolada. Tudo o que pensaria em fazer seria voltar para casa, conversar com Ed.

Não, talvez devesse esperar. Seria melhor para Lexi ouvir aquilo de Ed. Afinal de contas, a bagunça era dele. Em vez disso, Bella estaria lá, pronta para quando Lexi precisasse dela.

Lexi poderia voltar a morar em Bournemouth e ficar no apartamento de Bella. Seria como nos velhos tempos, as duas juntas. Lexi poderia até ter o bebê lá. Bella cederia o quarto a eles, e dormiria no sofá. Ficaria apertado, mas poderia dar certo.

Uma onda de raiva a atingiu quando pensou em Ana. Aquela vaca. Toda aquela energia controlada; a franqueza; o tom intransigente. Ela não reconheceria uma amizade verdadeira nem se uma batesse na cara dela. Na verdade, naquele instante, Bella teria adorado dar um tabefe na cara dela. Embora suspeitasse que Ana fosse revidar. Sinceramente, parecia haver uma certa força em Ana que era um tanto ameaçadora. Mas Bella não tinha crescido com três irmãos mais velhos sem aprender a dar um belo de um soco.

Enfim. Ninguém se machucaria fisicamente.

Ficou parada no escuro, coçando uma mordida recente de pernilongo. Que Ana e Eleanor guardassem o segredinho delas por mais vinte e quatro horas. Depois, Bella estaria pronta para apoiar Lexi quando a hora chegasse.

Pronto, Ana, pensou. *Quem é a boa amiga agora?*

SÁBADO

~

A coisa mais estranha a respeito da noite da fogueira na praia foi o quão normal o dia começou. O céu azul e radiante, nenhuma nuvem, e as paredes caiadas refletindo o calor do dia, surpreendentemente claro.

A atmosfera parecia a de um feriado, cheia de promessa e brilhante como uma moeda recém-cunhada.

Boa demais para ser verdade.

Talvez isso devesse ter sido nossa pista. Mas a deixamos passar despercebida.

Apesar de todos os erros que cometemos, não tínhamos como saber, naquele momento, no calor escaldante da manhã, que, horas mais tarde, uma de nós mataria.

49

ELEANOR

Eleanor cortou uma fatia da parte de cima e outra da parte de baixo das toranjas, liberando o aroma cítrico, doce e delicioso. As frutas brilhavam como joias enquanto tirava o resto das cascas com uma faca afiada de legumes, cortando os gomos. Posicionou cada pedaço com cuidado em uma travessa.

Um gomo restou na tábua de corte. Poderia pegá-lo, jogá-lo na boca e saborear o gosto doce e semelhante a néctar... mas havia prazer na espera. Era algo tão desvalorizado atualmente. A espera, o desejo crescente. As pessoas queriam gratificação imediata, e isso a entediava, aquele apetite incansável pela próxima coisa, por mais.

Espetou o gomo da toranja e o colocou na travessa com o restante da fruta. Ela, Eleanor Tollock, era uma mulher capaz de esperar.

Da geladeira, tirou um pote de iogurte grego e, com a colher, começou a despejá-lo em uma tigela de cerâmica. Se morasse na Grécia, poderia comer daquele jeito a semana toda: fruta fresca com iogurte cremoso e uma espiral de mel no café da manhã; pela noite, uma salada enorme com tomates tão maduros e doces que balanceavam o gosto forte e salgado do queijo feta. Em casa durante o inverno, quando chovia a tarde toda e já parecia noite às quatro da tarde, quem é que ia querer uma salada, independentemente do quão grandes fossem os tomates? Era preciso uma torta, ou um ensopado com bolinhos, ou uma tigela grande de sopa com pão crocante saído direto do forno.

Eleanor pensava que não se tratava apenas de comer de acordo com as estações, mas de comer de acordo com o clima.

E ela pensava muito em comida. Embora cozinhasse para apenas uma pessoa em casa, Eleanor nunca pegava atalhos. Não comprava pasta de curry, preferindo preparar uma do zero. (Quando se tinha um armário de temperos, tudo de que precisava era medir e usar um pilão. Então, por que não investir cinco minutinhos a mais e ter um curry cujo gosto era fresco e verdadeiro, em vez de salgado demais com um sabor residual de conservantes? De novo, a obsessão com a pressa!) Uma das coisas de que menos gostava no luto era que entorpecia as papilas gustativas. Sinceramente. Nada era tão saboroso quanto havia sido um dia. Era como se Sam tivesse ido para o túmulo — bem, para uma urna, tecnicamente — e levado consigo metade das papilas gustativas dela.

Outro fator era o tamanho das porções das receitas: Eleanor sempre tinha que pegar as quantidades e dividir o "serve quatro pessoas" para que se transformasse em "serve uma pessoa". Ela poderia, obviamente, cozinhar tudo e congelar as porções, mas então o que faria consigo mesma todas as noites? Algumas pessoas gostavam de chegar em casa e ligar a TV para ter companhia; Eleanor gostava do chiar da manteiga na panela, do aroma de alho e chalotas esquentando no azeite, do vapor subindo de um pedaço de carne... Essas eram as companhias dela.

Na semana seguinte, era para ela e Sam celebrarem um ano de casados. Papel, era isso o que representava a boda do primeiro aniversário. Teria feito algo especial, como comprar ingressos para algum show de comédia de que ele gostasse, ou talvez um quadrinho antigo, da infância dele. Mas Eleanor não podia pensar em tudo o que poderia e deveria ter sido. Na verdade, não queria sentir nada, porque todas as emoções eram intensas demais. Felicidade era uma noção que estava absurdamente fora de alcance... mas *distraída, ocupada*? Isso era possível.

Certo. E agora? Fatiaria o pão no último minuto, para que continuasse fresco e molhadinho. A manteiga já estava amolecendo na temperatura ambiente, e a geleia, esquentando. Eleanor disporia tudo na mesa, com alguns raminhos de lavanda em um pote de vidro. A cafeteira estava ligada. Uma jarra de água de pepino com gelo esperava na geladeira.

Tirou uma melancia da fruteira. Firmando-a nas mãos, sentiu a curva perfeita, o peso denso tão maciço quanto o de uma cabeça humana. Ao encontrar uma faca, pressionou a ponta gelada na casca, enfiando-a mais fundo, sentindo a fruta ceder quando a lâmina deslizou com facilidade para dentro, partindo-a como um ferimento vermelho, o suco vazando. Eleanor fez uma segunda incisão, tirando uma fatia que parecia um sorriso largo e sangrento.

— Bom dia — disse Bella, surgindo do quarto dela em um vestidinho de verão.

A pele de Eleanor pareceu ficar justa no corpo. Bella Rossi era a última pessoa com quem ela queria conversar.

Bella olhou para além de Eleanor, espiando o terraço pelas portas abertas.

— Cadê todo mundo?

— Lexi está fazendo ioga. Fen está nadando. Robyn, no quarto dela. E Ana, caminhando.

Bella se afundou em uma das banquetas, claramente decepcionada porque teria que se contentar com a companhia de Eleanor. Bocejou, mostrando a abertura funda da garganta sem se dar o trabalho de tapá-la com a mão.

— Cansada? — comentou Eleanor, seca.

— Fiquei acordada até tarde. — A resposta soou atravessada, o que fez Eleanor hesitar. — Você também — adicionou Bella.

Eleanor sentiu o peso da melancia enquanto a segurava com firmeza, suco escorrendo entre os dedos. Manteve a expressão vazia.

— Você tomou uma saideira com a Ana — comentou Bella.

A coluna de Eleanor enrijeceu enquanto ela se lembrava do rastro de pegadas molhadas.

— Achei que você tivesse ido para a cama.

— Tenho um sono leve — disse Bella, de olho na outra mulher.

Eleanor a encarava de volta.

Houve silêncio.

Uma brisa quente chegou pelo terraço, trazendo um odor salgado do mar, quase sulfúrico. Cheirava mal, como se algo queimasse, fazendo a cozinha parecer mais quente.

Por fim, Eleanor deu de ombros. Não daria a Bella a satisfação de afetá-la. Se tivesse algo a dizer, que dissesse.

Voltou a fatiar. Facas eram engraçadas, porque, em um minuto, poderiam ser um utensílio de cozinha benigno e, no outro, uma arma. A faca em si não mudava, apenas a intenção da pessoa que a segurava.

Eleanor observou Bella de soslaio, que mexia em uma ponta dupla. *Eu poderia me aproximar e enfiar essa faca no seu peito. Em um piscar de olhos. Não precisaria nem mesmo ser você. Poderia ser qualquer pessoa. Seja lá quem for a próxima a entrar na cozinha. É isso o que eu poderia fazer.* Mas não faria, claro. Seria loucura. Sabia que não faria nada disso. Mas a mera ideia bastou para lhe dar um choquezinho de emoção.

Bella pegou um dos gomos de toranja da travessa disposta. Segurou-o entre as unhas brilhantes, como um pássaro com garras carregaria a caça, depois jogou-o para dentro da boca. Eleanor cerrou os dentes. Bella sugou os dedos, limpando-os, sem emitir um único som de apreciação. Quando Eleanor comia, o prazer dos sabores viajava por todo o seu corpo: um arrepio de emoção, um contrair dos ombros, um murmúrio na garganta.

Quando Bella foi pegar mais uma fatia, dedos brilhando de saliva, Eleanor não pôde se controlar. Com um movimento rápido e incisivo, estendeu o braço e deu um tapa nas costas da mão da outra.

— Ai! — Bella acomodou a mão contra o peito.

— Você não tem modos?

— Você me deu um tapa!

— Estou preparando um café da manhã para todas. Você deveria esperar.

Bella a encarou, chocada.

— Só quero que seja bacana para a Lexi — defendeu-se Eleanor. — Para todas.

Bella deslizou para fora da banqueta.

— Você sabe muito bem — disse ela, parando perto da porta antes de sair da cozinha — que a Lexi só te convidou para a despedida de solteira porque o Ed implorou. Imagino que ela tenha sentido pena de você. — Bella entregou o recadinho amargurado com um sorriso, depois, saiu andando.

Eleanor enfiou a faca no que restava da casca da melancia, sentindo a libertação com o rachar da fruta.

50

BELLA

Bella saiu no terraço. O que tinha sido aquele tapa nos dedos? Eleanor era doida de pedra. Será que tinha sido gin o que notara no hálito dela? Será que havia se abastecido antes do café da manhã?

O comentário a respeito do convite de Lexi ter sido feito por pena foi uma retaliação vingativa. Sempre agia como uma babaca quando estava de ressaca. Era provável que Eleanor fosse cuspir em seu café da manhã depois daquilo.

Na extremidade do terraço, Lexi estava deitada no tapete de ioga, braços ao lado do corpo, olhos fechados. *E as pessoas ainda dizem que ioga é exercício físico!* Era bom Lexi absorver toda a energia positiva enquanto ainda pudesse.

O sangue fervilhava de raiva pela melhor amiga. Era melhor Ana manter distância dela naquele dia, ou Bella correria o risco de arder em chamas.

Empoleirou-se na mureta do terraço e, olhando para a queda abrupta que terminava em uma rocha, logo se levantou dali. Jesus, aquela queda vertical bastava para deixar qualquer um enjoado, de ressaca ou não.

Um café lhe cairia bem. Eleanor estava com o bule no fogão, mas ela estava sem ânimo para voltar à cozinha e se humilhar. Não, ficaria por ali, esperando Lexi terminar a ioga e, então, incumbiria a noiva de buscar café.

A pedra já começava a ficar quente sob os pés. Mal havia uma brisa, e o ar zunia com os insetos. Na enseada, uma pilha de troncos trazidos pelo mar estava empilhada para a fogueira daquela noite na praia. Mais além, o mar brilhava, escamas reluzentes oscilando debaixo do céu vasto e limpo. A figura solitária de Fen deslizou, braços cortando a água translúcida. Ela fazia aquilo parecer fácil.

Apesar do céu azul, Bella sentia um humor sombrio se aproximando como uma nuvem carregada de raios. Ainda estava magoada por Fen ter dado o bolo nelas na noite anterior... e ainda avisara Bella por *mensagem*! Poderia ficar batendo naquela tecla, irritando a si mesma até o humor ficar mais sombrio e mais ouriçado, e então confrontar Fen assim que ela saísse da água, ou, pensou, ficar ali mesmo, experimentando um respirar fundo e calmante no diafragma, o que a permitiria deixar aquilo de lado. Poderia ser uma daquelas pessoas boas e generosas que aceitavam que todos eram humanos falhos e cometiam erros. Em vez de confrontar a namorada, Bella desceria para a praia e nadaria com ela. Sim! Faria isso. Precisavam passar um tempo juntas, apenas as duas. Viu? Era assim que se transformava um humor trovejante em um raio de sol!

Trotou de volta para a villa, para trocar de roupa. *Jesus, o aroma daquele café*, pensou, passando pela cozinha. Precisou de todo o seu autocontrole para não acotovelar Eleanor para o lado e entornar o líquido escaldante direto do bule. Mas não, primeiro nadaria. O café poderia ser a recompensa.

No banheiro, tirou o biquíni molhado da maçaneta da porta. Enquanto tirava o vestido e se sacudia para fora da calcinha, notou o reflexo no espelho. No começo, o olhar viajou pela superfície do rosto, verificando o cabelo, o bronzeado, o batom; mas, quando observou mais de perto, viu as sombras escuras debaixo dos olhos. Piscou, tentando arregalá-los. Talvez precisasse de mais rímel. Ou talvez devesse começar a alongar os cílios. Bateu-os novamente, perguntando a si mesma se aquilo ajudaria.

Mas não eram os cílios, ou as olheiras, o problema. Era o que havia mais ao fundo. Os olhos pareciam inexpressivos, sem brilho.

Bella chegou mais perto, encarando a si mesma. Uma voz dentro dela, baixa e firme, perguntou: *Quem é você?*

Ela engoliu em seco, pegando-se desesperada para se virar, para desviar o olhar.

A menstruação começaria no dia seguinte. Era disso que aquilo se tratava. Não era uma nuvem tempestuosa de ressaca, mas um furacão de hormônios pré-menstrual. Tinha que ser. Tentou mudar a direção do olhar; no entanto, mesmo enquanto uma parte do cérebro estava decidida a ignorar a questão, deixando-a de lado, a outra parte, em algum lugar mais profundo (talvez nem mesmo no cérebro, mas em algum outro lugar do corpo), pedia a Bella que se mantivesse imóvel, que se observasse, se enxergasse.

Com os olhos queimando, ela se encarou.

Sentiu o arder das lágrimas enquanto a visão começava a borrar. Vislumbres atravessavam seus pensamentos: o ranger de tênis por um corredor; o toque estridente do alarme de uma ala; olhos enormes e tomados por pânico; lábios manchados; uma das mãos agarrando a garganta.

Piscou. Lágrimas escorreram pelas bochechas, cheias e pesadas.

Parada nua em frente ao espelho, Bella se pegou aos soluços.

51

FEN

Fen cortava a água em um nado *crawl*. Chutava com força, respirando de maneira uniforme e controlada.

Ao se aproximar da costa, desacelerou, erguendo a cabeça. Água pingava do seu queixo enquanto pousava o olhar na villa tão branca quanto sal no alto do penhasco. Ali. Era ali que tinha acontecido. Nico a encurralara contra a mureta do terraço, os insultos dele queimando a orelha dela. Fen manteve o olhar firme. Recusou-se a desviar os olhos.

Na noite anterior, tinha enfrentado o homem. Literalmente, havia parado na frente dele e trazido à tona tudo o que fizera. Na manhã de hoje, acordara se sentindo fisicamente esgotada, como se a pele estivesse machucada, sensível. No entanto, havia ainda outra sensação emergindo de algum lugar mais fundo: a de uma força silenciosa, que não tinha nada a ver com a rapidez com que conseguia abrir caminho pela água.

Alcançando o amontoado de pequenos seixos brancos, baixou os pés e caminhou na direção da costa, sacudindo o cabelo para se livrar da água do mar.

Aos seus pés, pegou um pedaço de madeira retorcida e seca. Revirando-a nos dedos, levou a peça ao rosto e inspirou o aroma. Terroso, salgado e amadeirado. Jogou-a na pilha crescente e pronta para a fogueira daquela noite, depois voltou-se para a villa.

Bella descia os degraus de biquíni e óculos de sol, acenando para ela. Culpa serpenteou no peito de Fen. Não devia ter abandonado Bella e as outras na taverna, mas não tivera a capacidade de voltar para a mesa, de se explicar.

Perguntou-se por que não tinha contado a Bella a respeito de Nico. Talvez porque pensara que a namorada não entenderia: se um homem tivesse dito aquelas coisas cruéis para ela, pressionando-a contra a parede, Bella teria dado uma joelhada no saco dele e seguido com a vida.

Ela era um belo de um redemoinho de energia, vibrante e contagiosa, e, por Deus, Fen amava passar tempo com ela — amava mesmo. Só que, lá no fundo, sabia que o relacionamento não estava dando certo. Fazia um tempo que dúvidas se acumulavam, mas a viagem de despedida as solidificara. Um sentimento pesado se acomodou em seu íntimo: assim que chegassem em casa, teriam que conversar.

— Eu estava vindo nadar com você! Até coloquei o biquíni molhado — disse Bella, puxando a alça úmida. — Quer voltar para a água?

— Ah, desculpa... já nadei o bastante — respondeu Fen, pegando uma toalha e a amarrando ao redor da cintura. Ao notar a decepção de Bella, adicionou: — Mais tarde, talvez.

Ao escalarem os degraus de volta ao terraço, Bella deslizou a pequena mão quente na de Fen, como se pressentisse que precisaria agarrá-la com força.

52

ROBYN

Robyn adicionou colheradas de kiwi verde-escuro, laranjas doces e sementes de romã brilhantes a uma tigela. Meu Deus, a felicidade de poder se sentar e tomar o café da manhã sem pressa, sem ter que negociar com um bebê, pegar uma chupeta arremessada ou limpar banana amassada da bandeja da cadeira de alimentação.

— Obrigada — disse para Eleanor, sentada ao lado dela, cabelo debaixo de um chapéu de sol branco feito de algodão. — Está uma delícia.

Eleanor sorriu, contente.

Fen e Bella emergiram no terraço, e sentaram-se juntas ao outro lado da mesa. Fen parecia mais leve naquela manhã, a tensão não marcava mais a testa. Ela encontrou o olhar de Robyn e sorriu.

Uma explosão de carinho se espalhou pelo peito.

— Alguém viu Ana hoje cedo? — perguntou Lexi.

— Acho que foi caminhar na trilha do penhasco. Deve ter ido ligar para o Luca — comentou Robyn.

Servindo-se de uma xícara de café, Bella perguntou:

— Quem está cuidando dele durante a viagem? O pai?

Eleanor ergueu os olhos com tudo.

— Não, ele não é presente — explicou Lexi, tranquila. — Luca está com a irmã da Ana.

— Entendi — disse Bella, a sobrancelha arqueada de maneira estranha.

Será que Robyn tinha deixado alguma coisa passar? Durante a infância, era raro os pais brigarem, então aprendera a ler a tensão em manifestações mais sutis: o cerrar de uma mandíbula, a rigidez de uma coluna, uma xícara colocada na mesa para pontuar uma frase. Isso a deixava atenta, sempre em busca do primeiro sinal de desconforto. Não, Robyn teria preferido uma discussão, acabar logo com aquilo e esclarecer as coisas.

— Como foi o resto da noite de vocês? — perguntou a Lexi. — Desculpa ter ido embora mais cedo. Eu estava acabada. Sol demais.

— Passamos em alguns bares de Old Town. Vocês chegaram bem em casa? Como você está se sentindo agora?

— Bem. Só precisava de uma boa noite de sono.

— Foi direto para a cama, então? — perguntou Bella.

Robyn ergueu os olhos. Bella a encarava por trás dos óculos de sol.

— Primeiro, bebemos uma cerveja, e depois, sim, demos a noite por encerrada.

— Uma segunda rodada — falou Bella.

— Acho que sim.

Bella pegou um pedaço de fruta da travessa e jogou para dentro da boca. Eleanor a encarou do outro lado da mesa.

O que está acontecendo com todo mundo?

— Como Ed estava quando vocês conversaram ontem à noite? — perguntou Robyn a Lexi, animada. — Aposto que estão com saudade um do outro.

A expressão no rosto de Lexi parecia distante, os pensamentos em outro lugar. Enquanto o sol atingia a lateral do rosto dela, Robyn notou que, apesar da viagem, a pele parecia amarelada, sombras arroxeadas abaixo dos olhos.

— Lex?

Ela olhou para Robyn. Piscou.

— Com saudade? Sim.

Robyn se lembrou de uma conversa anterior, quando Lexi confidenciara que não estava dormindo direito, sentindo-se ansiosa. Será que pela gravidez ou pelo casamento? Não conseguia lembrar se a amiga tinha dito algo. Faria questão de achar um momento oportuno e verificar.

— Ainda estão no clima para uma fogueira na praia hoje à noite? — indagou Robyn às outras, entusiasmada, tentando mandar o clima estranho para longe. — Andei pensando, e poderíamos levar lamparinas e cobertores para a enseada, além de termos uma caixa térmica enorme na despensa que poderíamos encher de bebida.

— Parece ótimo — disse Fen. — Tem muita madeira lá para queimarmos. A fogueira vai ficar acesa a noite toda.

O olhar de Bella foi parar na enseada abaixo, olhos brilhando.

— Vamos fazer com que seja um fim inesquecível para a despedida de solteira.

53

LEXI

Depois do café da manhã, Lexi encontrou Eleanor no quintal estreito ao fundo da villa, pendurando panos de prato no varal. Seus movimentos eram cautelosos e precisos, mãos fortes alisando cada toalha, endireitando as bordas. Perguntou-se se era uma agonia para ela estar ali, sendo forçada a celebrar o casamento vindouro de outra pessoa.

— Oi — chamou Lexi, avançando.

Eleanor se assustou. Ela endireitou o chapéu, mantendo a luz longe dos olhos.

— Estava pensando em pegar o barco a remo agora pela manhã — disse Lexi. — Explorar a baía aqui do lado. Quer vir junto?

Notou a hesitação de Eleanor, o modo como seus olhos escorregaram para o lado, como se em busca de uma desculpa para rejeitar o convite.

— Eu ia preparar o almoço...

— Acabamos de tomar café. E, de qualquer modo, sou eu quem vou cuidar do almoço. Você tem trabalhado demais nesta viagem. Se fizer mais alguma coisa na cozinha, vou ter que começar a te pagar. Por favor, vem comigo. Não tem vento hoje, então vai ser maravilhoso e tranquilo.

Uma abelha zumbia na buganvília que percorria a parede, um aroma perfumado se levantando com o calor.

— Certo. Tudo bem.

Satisfeita, Lexi tirou da pilha um pano de prato molhado e o pendurou no varal. Seria bom ela e Eleanor passarem algum tempo juntas — a possibilidade de ter negligenciado a cunhada durante a viagem a preocupava. E mais, isso daria a Lexi uma oportunidade para falar de Ed. Não sabia ao certo o que queria de Eleanor. Ser reconfortada? Ouvir que Ed estava fascinado por ela? Sabia apenas que precisava de *algo*.

Eleanor se virou, observando sobre o ombro. Lexi acompanhou a direção do olhar e viu Ana voltando da caminhada. Ela as olhava, incerta, os olhos indo de Lexi a Eleanor.

— Gostou do passeio? — perguntou Lexi.

— Subi pela trilha do penhasco para pegar sinal e ligar para o Luca.

— Você deve estar com saudade dele.

— Não posso dizer que é mútuo — disse Ana ao alcançá-las, posicionando-se na sombra. — Estava desesperado para que eu desligasse e ele pudesse voltar para a pista de skate.

— Eu e Lexi vamos pegar o barco — contou Eleanor, cruzando os braços. — Vai ser uma ótima oportunidade para conversarmos.

Os olhos de Ana percorreram todo o rosto de Eleanor. Havia um brilho leve de suor em sua testa.

— Que ótimo — respondeu, o sorriso forçado.

Era estranho ser a futura noiva em uma viagem de despedida de solteira, pensou Lexi. Sempre que chegava em algum lugar, sentia como se todo mundo estivesse polindo o sorriso, prontos para dizer a ela como aquele fim de semana estava maravilhoso.

— Está tudo bem?

Uma mosca zumbiu no ar parado, o cheiro das pedras cada vez mais quentes radiando das paredes da villa. Uma lagartixa as observava da sombra, olhos como miçangas pretas de vidro.

Ana olhou para Eleanor.

— Não poderia estar melhor.

~

Quando chegamos à villa e avistamos o barco a remo azul atracado na praia, ele pareceu maravilhosamente pitoresco, como se sugerisse a viagem grega perfeita que antecipávamos ter.

É estranho como o mesmo barco, agora, evoca lembranças diferentes. O barulho de respingos frenéticos e o arranhar desesperado de unhas contra o casco. A ardência quente de lágrimas, os remos presos em punhos. O raspar de madeira contra seixos enquanto dois pares de mãos o arrastavam até a praia na escuridão.

54

ELEANOR

O barco a remo azul esperava perto da costa, os remos envernizados e guardados nas laterais.

— Pronta? — perguntou Lexi, segurando o barco, um chapéu de palha mantendo o sol longe dos olhos. Uma brisa ergueu a bainha do vestido dela.

Assim que terminaram de contar até três, ergueram o barco e o levaram em direção à costa, o casco se arrastando pelos seixos.

— Acho que carregar barcos grávida não está na lista de recomendações — comentou Eleanor.

— Provavelmente, não mesmo — disse Lexi, sem fôlego. — Ali! — Ela secou a testa com as costas da mão.

Eleanor vestia um short longo, o algodão escurecendo conforme ela entrava na parte rasa, e uma camiseta branca simples e um chapéu também de algodão. Devia estar parecendo que tinha se vestido para um acampamento de verão. Manteve o barco firme enquanto Lexi subia, segurando a barra do vestido com uma das mãos e passando a perna por cima da lateral.

Depois, foi a vez de Eleanor, batendo o joelho em um dos remos e tropeçando para dentro, o que fez o barco sacudir caoticamente.

— Desculpa, não tem nenhum colete salva-vidas — comentou Lexi, pegando os remos. Pela segurança de Eleanor, tinha procurado os equipamentos pela villa. — Tudo bem por você?

— Tudo. Não pretendo cair.

Eleanor não queria era que saíssem em um barco a remo. E não era porque tinha medo por não saber nadar. Era por causa do espaço: muito pequeno. Não dava para sair. Era intenso demais ficar sentada de frente para alguém sem ter para onde ir. Teria preferido ser a pessoa responsável por remar, porque, pelo menos, isso lhe daria algo para fazer com as mãos. Nunca sabia o que fazer com as mãos enquanto falava. Como era que as outras pessoas não pensavam nelas? As dela eram como duas bêbadas idiotas que vacilavam com movimentos superexagerados. Estava sempre pensando: *Minhas mãos! Olhe o que estão fazendo agora!* E, então, acabava perdendo o fio da meada.

Enfiou-as debaixo das coxas. Pronto, resolvido.

— A última vez que remei foi quando eu era adolescente — contou Lexi, mergulhando os remos na água, propelindo-as para a frente. — Bella, Robyn e eu alugávamos uns barquinhos de madeira com motor e íamos rio abaixo, maços de cigarro escondidos nas mochilas. Desligávamos o motor e flutuávamos até os juncos. Ficávamos deitadas lá, fumando, bebendo e olhando as nuvens.

Eleanor sentiu o barco deslizar pela superfície, imaginando as três quando adolescentes. Invejava Lexi por ter uma conexão daquelas. Amigas que a acompanhavam por todos os estágios da vida.

— Uma vez, não estávamos conseguindo ligar o motor — continuou Lexi —, então tivemos que remar de volta. Levamos duas horas para subir o rio. O dono gritou com a gente por termos ido longe demais e esvaziado o tanque de gasolina. Bella bateu o pé, insistindo que era o motor que estava com defeito, e exigiu nosso dinheiro de volta. Quando o dono se negou, ela disse exatamente o que ele podia fazer com o barco... e esse foi o fim dos nossos verões no rio!

Eleanor sabia que deveria ter respondido com uma risada ou um sorriso, mas não sentia nenhuma alegria com relação a Bella.

Lexi a observou por sob a aba do chapéu.

— Sei que a Bella pode passar uma imagem um tanto... agressiva, mas ela tem um outro lado. Ela é uma das pessoas mais atenciosas que conheço. Generosa, também. Ela faria qualquer coisa pelas amigas.

Amigas, sim, pensou Eleanor. *Mas e quanto ao restante de nós?*

— Por que você me convidou para essa despedida de solteira?

Lexi pestanejou, como se surpresa pelo *non sequitur*.

— Porque eu queria que você viesse.

As mãos de Eleanor estavam livres novamente, e os dedos começaram a coçar o antebraço.

— Ou porque sentiu pena de mim?

Lexi parou de remar.

— Eu sinto muito por você por ter perdido Sam. E eu me sentiria assim por qualquer pessoa que perdesse o cônjuge. Mas não, não foi por isso que eu te queria aqui. Eu te convidei porque vamos ser cunhadas. Porque queria que nos conhecêssemos melhor. Porque vamos ser uma família.

Era uma boa resposta, o que agradou Eleanor.

— Por que você está me perguntando isso?

— Bella disse que você tinha me convidado por pena.

Lexi arregalou os olhos.

— O quê? Eu *nunca* falei isso para a Bella. Ela não tinha o direito de falar um absurdo desses.

Eleanor deu de ombros. Observou os remos pairando sobre o mar.

— Não estamos indo muito longe. Quer que eu reme agora?

...

O barco deslizou suavemente pela superfície, um longo rastro se estendendo atrás delas. A visibilidade era tão boa que Eleanor ainda conseguia ver os seixos brancos e redondos no leito do mar.

Remou, levando-as na direção da borda do penhasco, pedras submersas se movendo sob a superfície, cravejadas com ouriços-do-mar. Sentiu-se grata pela brisa leve que refrescou o suor marcado nas costas.

— Eleanor — começou Lexi —, não quero que pense que eu estava querendo guardar segredo do Ed quanto ao bebê. Eu quero falar com ele antes que qualquer outra pessoa descubra.

Ela deu de ombros.

— Eu sei.

Lexi pressionou a base das mãos no assento de madeira.

— Você acha que ele vai ficar feliz?

Um franzir diminuto apareceu entre as sobrancelhas de Lexi enquanto esperava pela resposta de Eleanor.

— Tenho certeza de que vai. Ele te adora. — Pronto. Ali estava algo que era verdade.

Deus, aquele barco era minúsculo. Moveu os remos com mais força para manter a cabeça focada.

— Vocês eram próximos quando mais novos? Sempre invejei pessoas com irmãos.

— Invejou, é? Bom... Tem uma diferença de três anos entre a gente — falou, como se aquilo fosse uma resposta.

Lexi esperou, evidentemente querendo mais. Quando Eleanor não ofereceu mais nada a ela, Lexi perguntou:

— Então, como o Ed era?

Será que ela está plantando verde para colher maduro? Talvez fosse por isso que Lexi a tinha convidado para o passeio. Eleanor precisava escolher as palavras com cuidado. Filtrá-las.

— Ele era atlético. Estava em todos os times... de futebol, de críquete, de rúgbi. Se esforçava. Gostava de se sair bem. — Talvez pudesse simplesmente imprimir o currículo dele.

— Ele se dava bem com Sam?

Tensão percorreu todo o pescoço de Eleanor. Ela pensou nos dois juntos, no mesmo cômodo, e em como ele deixava a pele dela parecendo quente demais, as roupas apertadas demais, como se ela não conseguisse respirar direito. Afundou os remos na água.

— Ed e Sam eram bem diferentes.

— Sei que o Ed se preocupa ao achar que não pode te ajudar, que não está fazendo o bastante.

— Não é um problema que dá para ser resolvido com um cartão de crédito.

Lexi hesitou.

O filtro de Eleanor, claramente, precisava melhorar. Ainda assim, ela não tinha paciência para lidar com a sensibilidade das outras pessoas, não quando ainda podia se lembrar de ser levada a uma sala privada no hospital, de ser orientada a esperar pela médica. Andara de um lado para o outro, olhos na porta, observando qualquer pessoa que se aproximasse. Por fim, uma mulher de jaleco entrou, o cabelo preso em um coque baixo e bem-feito. Usava óculos sem armação, e Eleanor se perguntou se eles deslizavam nariz abaixo enquanto a médica operava, se lentes de contato não seriam mais adequadas. A outra mulher uniu as mãos ao falar, e Eleanor notou quão seca era a pele nos nós dos dedos, decidindo então que devia ser por conta de toda a limpeza das mãos. Ainda olhava para a pele ressecada nos cantos do polegar, imaginando se alguma vez aquela mulher tinha tentado usar Neutrogena, porque, no inverno, Eleanor sofria com a pele ressecada sempre que o estúdio gelava, e tentara todos os tipos de cremes de mão, e o único que funcionara...

— Senhorita Tollock? — dizia a médica. — Você entende?

Eleanor erguera o olhar, encontrando o dela.

— Sam morreu.

— Sim. Eu sinto muito.

Mais tarde, disseram que ela poderia ver o corpo dele se desejasse, e ela quis, sim. Precisou vê-lo, porque aquela coisa importante e horrível estava acontecendo, e Eleanor tinha que contar para ele, segurar a mão dele, porque era o que fazia quando tudo parecia ser demais: segurava a mão dele. Mas, obviamente, a mão de Sam pareceu toda errada para ela... fria, firme, sem o aperto de urso dele, apenas uma mão flácida e vazia. Eleanor a beijou nas costas, mas o aroma pareceu errado — antisséptico, estéril —, os lábios roçando a pequena marca onde a sonda intravenosa estivera. Então, fechara a boca ao redor de alguns fios de cabelo. Moeu tudo entre os dentes, depois engoliu. Não sabia por que fizera aquilo. Sabia que tinha sido estranho, mas não dera a mínima. Teria engolido o noivo inteiro se pudesse, porque sabia que aquela seria a última vez que o veria, ou o tocaria, ou estaria com ele.

Agora, Eleanor ergueu os olhos e encontrou Lexi a encarando, cheia de ansiedade. Será que tinha deixado alguma pergunta passar despercebida?

Não poderia contar nada a respeito do que estava pensando. Não se contava para as pessoas detalhes sobre a morte, do mesmo jeito que mulheres não contavam para outras mulheres todos os horrores do parto, porque... por que fariam isso? Pessoas ainda vão morrer. Crianças ainda assim vão nascer. Digamos, apenas, que é complicado, e então focaremos em todo o resto que acontece no meio disso.

— O Ed se esforça — disse Lexi. — Acho que é difícil para ele compreender de verdade, porque nunca passou por uma situação semelhante.

Eleanor encarou Lexi bem no fundo dos olhos.

— Na verdade, é bem simples: seria como se você... neste exato momento... morresse. E as pessoas esperassem que Ed seguisse em frente. É assim que seria.

55

BELLA

Bella pressionou os dedos contra a raíz do cabelo, remexendo tudo para ganhar mais volume. Passou a língua pelos lábios, depois entrou tranquila no quarto.

Fen lia na cama delas, um dos braços fazendo papel de travesseiro sob a cabeça, a cavidade pálida da axila exposta. As persianas estavam abertas, enchendo o quarto de luz e dando as boas-vindas a uma brisa fraca do mar.

— Oi — disse Bella, aproximando-se de Fen e se empoleirando na beira da cama. — Quer ir boiar no colchão inflável comigo?

— Obrigada — agradeceu Fen, sem rodeios, e largou o livro —, mas vou ficar longe do sol por um tempinho.

Bella deu uma olhada na capa do romance.

— *A Theatre for Dreamers*. É bom?

— Sim. Fala de um grupo de artistas e escritores boêmios que viviam em uma ilha grega nos anos sessenta. Uma das personagens parece um pouco com a minha tia.

— Talvez eu possa pegar emprestado depois? Quero começar a ler mais.

Fen pareceu surpresa.

— Chega de passar horas no celular. Vou virar uma daquelas pessoas que tira um livro da manga a cada segundo livre… na sala de espera do médico, em uma viagem de trem, na fila. — Bella fez um movimento no estilo das artes marciais, demonstrando a parte em que tirava o livro da manga.

Fen sorriu.

— Então, o que quer fazer pelo resto do dia? Piscina? Praia? Cidade? Montanha?

Fen se sentou.

— Ficaria feliz em continuar quietinha aqui na villa. Poupar nossa energia para a fogueira na praia hoje à noite.

— Claro. — Bella alcançou a mão de Fen, revirando o anel de prata do polegar dela entre os próprios dedos. Era a primeira joia que tinha comprado na boutique, sabendo que ficaria linda pra caramba na namorada. — Nosso último dia.

Fen puxou a mão de volta para si, escorregando-a pelo cabelo.

Bella sentiu o gelo, o vazio do afastamento. As duas sabiam que algo havia mudado com a discussão no aeroporto. Bella prometera a si mesma que não tocaria no assunto durante a viagem. Sua estratégia era ser tão divertida, uma companhia tão magnética, que Fen não poderia fazer outra coisa senão amá-la. O plano era esse... mas, ainda assim, naquele momento, pegou-se perguntando:

— O que está rolando? Está tudo bem? — A voz de Bella pareceu murchar.

— Na noite passada, você... você simplesmente me abandonou na taverna.

Fen se encolheu.

— Eu sei. Desculpa. Não foi justo. — O olhar foi parar na janela. — Tenho algumas lembranças complicadas daqui. E... eu vi alguém na taverna que tive que enfrentar.

— O quê? Quem? — perguntou Bella, endireitando a postura, uma chama instantânea de proteção queimando no peito.

— Um garçom chamado Nico. Não é importante. Ele não é importante...

— O que ele fez?

— Olhe, eu...

— Eu sabia que tinha alguma coisa errada! Você não tem agido como você mesma. Ah, querida, eu sinto muito, eu deveria ter percebido que tinha alguma coisa acontecendo! — Uma onda de alívio inundou seu corpo. O problema não era o relacionamento delas! Era aquele tal garçom! Um maldito garçom! — Me conte, o que esse babaca fez?

— Desculpa, mas prefiro não falar disso. Já foi. Eu só queria que você soubesse que foi por isso que vim embora mais cedo.

— Com a Robyn. — O nome escapou dela como um caroço amargo.

— É. Com a Robyn.

— Por que você não falou comigo? Deveria ter sido eu a te trazer de volta para a villa. — *Porra, cadê a Bella divertida e magnética?*

— É a despedida de solteira da Lexi. Não quis estragar a noite. Você é a dama de honra… Você precisava continuar com a noiva.

Do lado de fora, soou o barulho de um impacto na água quando alguém mergulhou na piscina. Bella queria estar lá embaixo, divertindo-se, nadando com Fen.

— Você se arrepende de ter vindo?

Por um momento, Fen refletiu, então balançou a cabeça.

— Não.

Bella pegou as mãos de Fen de novo, entrelaçando os dedos das duas. A namorada deixou, mas não correspondeu à intimidade.

Olhando para as mãos unidas, Bella se pegou dizendo:

— Tem alguma outra coisa além do garçom, não tem? Tem a gente.

Fen se levantou, as mãos se separando das de Bella. Colocou o livro na mesinha de cabeceira, depois enfiou as mãos nos bolsos do short.

— Deveríamos aproveitar o último dia…

— Você está se afastando. Você mal conseguiu olhar para mim nesta viagem.

— Isso não é verdade.

Mas era.

— Quando voltarmos, não vai mais ter relacionamento algum, vai? Você vai terminar comigo.

Fen manteve os olhos baixos.

— Vamos conversar sobre isso quando estivermos em casa.

Bella enxergou tudo bem ali, na expressão dolorida de Fen. Seu estômago revirou. As mãos começaram a tremer.

— Por favor. Fale de uma vez. Vinte e quatro horas não vão fazer diferença. É pior, estar aqui com você, mas já sentir a distância. Vá direto ao ponto, Fen, do contrário estaremos sendo falsas. Estou fingindo estar bem… e você, que ainda se importa comigo.

Por fim, Fen ergueu o olhar, encarando-a de frente. Aqueles olhos verdes, belos e reluzentes fixos em Bella.

Bella endireitou os ombros. Engoliu em seco.

— Então… você está terminando comigo?

O rosto de Fen se enrugou todo com a emoção, olhos nadando em lágrimas enquanto assentia.

— Eu sinto muito... É só que... eu acho que somos tão diferentes... e...
Bella balançou a cabeça com força.

— Nossas diferenças... É isso o que faz a gente dar certo! — Calor se
alastrou pelas bochechas dela. — Diga para mim no que você realmente
está pensando! Isso não tem nada a ver com o quanto somos diferentes. É
porque... — A garganta ficou apertada, e a voz soou sufocada. — É por causa
da conversa no aeroporto, é por causa do que eu fiz?

O quarto ficou em silêncio. Bella sentiu a pressão crescendo nas têmporas,
no rosto todo.

Do lado de fora, o som distante de risos veio da piscina.

— Não é o que você fez — respondeu Fen. — É que você mentiu para
mim. Isso me fez perceber que não te conheço de verdade, Bella. Você esconde
tantas partes de si...

Sangue rugiu nos ouvidos dela.

— Desculpa. Eu... eu estava com medo de que, se eu te contasse, você
não me amaria mais... — A voz falhou. — Mas podemos conversar a respeito
disso, não podemos? Resolver...

Fen a olhou com tristeza.

— Eu sinto muito, mas acho que faz tempo que as coisas não estão mais
certas. Eu só... não estava enxergando direito antes.

Bella levou ambas as mãos ao peito.

— Então... é isso. Você está terminando comigo?

— Eu sinto muito mesmo — disse Fen, balançando a cabeça, a ponta
dos dedos se tocando como se em oração. — Não era para isso ter acontecido
aqui. Mas, sim. Estou.

No mesmo instante, os olhos de Bella se encheram de lágrimas raivosas.

— Uau. É isso, então.

— Quero que saiba que eu me importo, sim, com...

— Não! — Bella ergueu as duas mãos. Dava para sentir o soluçar tortu-
rante se movimentando pelo peito, subindo pela garganta em um turbilhão.
Não conseguiria fazer aquilo. Precisava sair dali.

Descendo os óculos sobre os olhos, cambaleou até a porta, o corpo todo
tremendo.

Bella irrompeu de dentro do quarto, o rosto caindo aos pedaços, consciente
de que arruinara a única coisa brilhante e encantadora que ainda lhe restava.

56

ROBYN

Robyn começou a dar passos mais largos, gostando da sensação dos calcanhares atingindo com força a trilha poeirenta e dura. O calor era avassalador, rachando a terra seca e fazendo o aroma de alecrim e tomilho selvagem subir no ar.

Experimentou flexionar os braços, arquear um pouco o queixo. Uma camada satisfatória de suor se acumulava na cintura do short. Queria dar uma última caminhada, ter espaço para refletir, respirar. Fazia silêncio ali, sozinha, apenas o breve sopro de uma brisa pelos ciprestes finos e o balir ocasional e distante de uma cabra-montesa.

Assustou-se com o som do celular tocando. Tirando-o do bolso, viu que era o número dos pais.

— Alô?

De início, houve apenas silêncio. Então, ouviu a mãe sussurrando ao fundo, de maneira encorajadora.

— Vamos, Jack!

— Mamãe? Oi! Mamãe!

O coração de Robyn se contraiu.

— Ah, meu amor. Jack! Que saudade! Está se divertindo com a vovó e o vovô?

Mais sussurros:

— Conte para a mamãe sobre o mapa do tesouro. Aquele você achou na praia.

— Tesoura! Tesoura!

Robyn sorriu.

— Você encontrou um tesouro, meu amor?

Não houve resposta, apenas um bater de pés.

— Ele foi buscar o tesouro — explicou a mãe. — Ali, Jack! Perto do cesto! Sim, isso mesmo!

Robyn se acomodou em uma rocha aquecida pelo sol na lateral da trilha. Fechando os olhos, imaginou todos eles: os pais sentados no sofá com os jornais de sábado espalhados na mesinha de centro, o cachorro encolhido no chão sob uma poça de sol... e Jack, talvez ajoelhado ao lado da garagem de brinquedo, os carrinhos estacionados de maneira organizada. O pai de Robyn nunca se cansava de subir e descer o elevador de carros, já que Jack ainda não tinha a destreza necessária para a manivela. Deus, as mãozinhas rechonchudas de Jack. Queria esmagá-las contra os lábios naquele instante, puxá-lo para o colo e beijá-lo na nuca.

Muitas vezes, refletia sobre como o amor de uma mãe mudava e se adaptava o tempo todo: naquele momento, tudo o que queria era segurar Jack, carregá-lo, beijá-lo, acariciá-lo. Mas, à medida que crescesse, quando se tornasse adolescente, será que toda aquela necessidade desapareceria de modo natural, ou será que seria sempre uma batalha para Robyn tentar se segurar para não tocá-lo? Será que os próprios pais sentiam isso a respeito dela, mesmo agora?

— Ele está te mostrando o tesouro — disse a mãe. — Lindas moedas de ouro, não são, Jack?

— Tesoura de chocolate!

— Você achou chocolate... — começou Robyn.

— Para mim? Chocolate para mim?

A mãe de Robyn suspirou, carinhosa.

— Tudo bem, então. Só algumas. Peça para o vovô abri-las para você.

A mãe deve ter tirado o celular do viva-voz, já que agora soava perto do celular, e Robyn ouviu os passos dela no piso da cozinha.

— Desculpa, querida. Acho que isso foi tudo.

— Nossa, estou com muita saudade dele — disse Robyn, percebendo que estava pronta para ir para casa.

— Como estão as coisas na Grécia?

Robyn olhou para a enormidade daquela vista de tirar o fôlego, o mar reluzindo à distância.

— É tão lindo aqui... A villa é maravilhosa... tem uma praia privativa, e nenhuma outra propriedade a quilômetros de distância. Agora mesmo, estou em uma trilha na montanha e, mãe, não tem uma alma viva à vista. É incrível.

— Seu pai e eu amaríamos descansar em um lugar assim.

— Noite passada, dormi dez horas seguidas. Não consigo nem lembrar quando foi a última vez que isso aconteceu.

— Sortuda. Jack apareceu na nossa cama às cinco e meia.

— Ah, eu sinto muito — disse, desculpando-se por instinto. A mãe sempre fazia aquilo: deixar Robyn se sentindo culpada enquanto estava se divertindo. Seria bom se, pelo menos uma vez, ela pudesse celebrar a felicidade da filha. — Vir para cá me fez muito bem.

— Aproveite enquanto ainda pode, porque vai ficar bem ocupada quando voltar. — Uma pausa. — Você recebeu algumas cartas.

— Ah, é?

— Dos advogados. Acho que são os papéis do divórcio.

O estômago de Robyn revirou. Não queria pensar no divórcio enquanto estivesse ali. Queria era sentir a liberdade próspera do ar montanhesco, da vastidão do horizonte. Queria se sentir como a velha Robyn. Lembrar-se dela era inebriante — vislumbrada como uma partícula de algo perdido, brilhando na areia. Precisaria apenas cavar, ir um pouco mais fundo, para puxá-la de volta à luz e se lembrar.

— Vou cuidar disso quando estiver de volta em casa. — *Não posso simplesmente aproveitar a viagem?*

— Eu e seu pai andamos conversando...

O intuito da ligação nunca tinha sido compartilhar o tesouro de Jack, percebeu Robyn, inclinando a cabeça para trás.

— ... e achamos que você precisa parar e pensar bem se isso é mesmo a coisa certa a se fazer pelo Jack.

O queixo de Robyn caiu.

— Pelo Jack? O que isso quer dizer?

— Você quer que ele seja criado por uma só pessoa? — perguntou a mãe, baixando a voz, como se houvesse algo vergonhoso naquela mera ideia.

— Eu quero que o Jack cresça com uma mãe feliz. Ou você já se esqueceu de que o Bill me *traiu*?

— Robyn, ele não é o primeiro homem a cometer um erro.

— Não foi um erro! Ele já dormia com outras mulheres antes mesmo de nos casarmos, pelo amor de Deus.

— Não use esse tom comigo. — A voz da mãe soou calma quando ela prosseguiu: — Sei que ele te magoou, mas ele se desculpou e gostaria de tentar de novo.

Sim, ele tinha se desculpado e, sim, havia pedido para voltarem... mas só porque o relacionamento atual dele estava desmoronando.

— Quero que você tenha certeza de que não está metendo os pés pelas mãos — continuou a mãe. — Bill não é perfeito, mas é um bom homem.

— Eu não o amo.

Eu nunca o amei, percebeu ela, em um lampejo surpreendente de perfeita lucidez.

Eu. Nunca. O. Amei.

A informação ficou ali, ecoando na câmara silenciosa que era a mente dela. Nunca tinha amado o marido. Quando descobrira que ele a tinha traído, Robyn se sentiu furiosa e enganada, mas não foi uma perda de dilacerar a alma. Sentira-se indignada por ele ter quebrado uma promessa. Sentira-se humilhada. Mas nunca de coração partido.

Eu nunca o amei.

Sentiu um desejo avassalador de dizer aquelas palavras em voz alta, de ver como soariam juntas.

— Eu nunca o amei, mãe — sussurrou.

— O que foi que você disse?

Ela respirou fundo.

— Eu nunca amei o Bill.

— Não seja boba! Você se casou com ele.

Boba.

Robyn era sempre *boba* se sentia qualquer coisa que não fosse o que a mãe esperava. Isso reduzia as emoções dela, fazia com que as guardasse com cuidado em caixinhas e, depois, as armazenasse.

— Eu nunca o amei — repetiu, mais alto, com firmeza.

Então por que me casei com ele?, perguntou-se. Será que porque estavam namorando havia três anos e Robyn estava chegando perto da idade em que as mulheres começavam a casar? Ou será porque ele preenchia todos os requisitos que ela pensou serem necessários: bonito, gentil, boas perspectivas de carreira? Ou talvez porque ele a tinha pedido em casamento? Ou porque ela não queria encarar o que faria, quem seria, caso dissesse não?

— Seu pai e eu queríamos apenas confirmar se você tinha certeza de que o divórcio era a coisa certa. Você está nos dizendo que tem, então acreditamos.

A mãe não suportava confrontos. Podia até ser a primeira a dar a facada, mas então a arrancaria com tamanha velocidade que só mais tarde a pessoa se daria conta de que estava sangrando. Naquele instante, Robyn conseguia sentir o escorrer quente do sangue, a raiva borbulhando até a superfície.

— Por que você me ligou para contar da papelada do divórcio? Isso poderia ter esperado até eu estar em casa — disse ela, dando um peteleco na formiga que andava na canela.

— Vi o envelope aqui do lado e me veio à cabeça. Desculpa, eu não sabia que te deixaria tão sensível.

Robyn cerrou os dentes. Odiava quando a mãe mascarava um insulto ao começar a frase com um pedido de desculpa. Não deixaria que a fizessem se sentir culpada.

— Não me deixou sensível. Estou de férias. Queria aproveitar alguns dias com as minhas amigas. Você não podia ter me deixado ter isso?

— É claro que queremos que você aproveite a viagem.

Então por que está fazendo com que eu me sinta tão culpada? Ou talvez nem sequer fossem eles. Talvez Robyn simplesmente fosse expert em culpa. Sentia-se culpada por ter pedido o divórcio. Por ter voltado a morar com os pais. Por ir trabalhar. Por sair de férias. Por...

Ela silenciou o pensamento seguinte.

A voz da mãe soou uma oitava mais alta quando disse:

— Teria sido bom se você tivesse perguntado como *a gente* se sente. É cansativo, sabia? Na nossa idade, cuidar do Jack...

— Vocês disseram que queriam cuidar dele. A gente conversou a respeito disso! Ele poderia ter ficado com o Bill, mas você falou...

— Tudo o que estou dizendo — interrompeu a mãe, usando sua voz de "estou sendo incrivelmente paciente" — é que um "muito obrigada" não faria mal.

Robyn pôde sentir os tendões no pescoço fervendo com o estresse. Deveria apenas agradecer e desligar a chamada. A discussão já teria sido esquecida quando chegasse em casa. Eles eram sempre muitíssimo educados. Terrivelmente educados. Ninguém na casa dela xingava, gritava ou tinha acessos de raiva. Eles simples e cuidadosamente passavam o recado.

— Muito obrigada — conseguiu dizer Robyn.

— Não há de quê — respondeu a mãe. — Você sabe que o amamos. Que te amamos.

Robyn engoliu fosse lá o que fervia dentro dela.

— Eu sei. — E sabia mesmo. A mãe e o pai sempre diziam a ela o quanto estavam orgulhosos, o quanto a amavam. Então qual era o problema de Robyn? — Desculpa — acrescentou, desta vez com sinceridade. — Não quis ser tão rabugenta.

— Não se preocupe — disse a mãe, um sorriso voltando à voz. — Isso me fez lembrar da Robyn adolescente. Você sempre fica um pouco assim quando está com Lexi e Bella.

— Assim como?

— Briguenta.

— Fico?

A mãe provavelmente comentara aquilo como crítica, mas Robyn o enxergou como outro vislumbre de brilho na areia.

— Gosto de como me comporto quando estou com as minhas amigas. Isso me faz lembrar de quem sou de verdade. Talvez faça muito tempo que não sou tão briguenta quanto deveria ser.

— Você é mãe agora, Robyn.

— Sou, e amo ser a mãe do Jack. Mas isso não é tudo o que sou.

— É claro que não. Você tem uma carreira e amigos. E tudo bem.

— Mas isto — disse ela, levantando-se —, estar longe... eu precisava disso, mãe. Voltei a caminhar. A rir. Mergulhei em uma piscina natural.

— Que bom. Você está de férias. Mas a vida não é assim quando você está em casa.

— Por quê? — questionou, movendo-se em direção à beira do penhasco para observar a água lá embaixo.

— Você tem responsabilidades. Nós adoraríamos estar nos divertindo sob o sol...

— Então por que não estão? Vocês estão aposentados. Têm dinheiro. O que os está impedindo? Poderiam alugar uma villa e visitar lugares como este. Você pode fazer o que quiser, mãe.

— Seu pai não...

— O que *você* quiser.

— *Nós* queremos as mesmas coisas.

Houve uma pausa longa, pesada.

Então, a voz da mãe se tornou um sussurro baixo, bem próximo ao celular:

— Você bateu a cabeça?

Robyn congelou.

Aquelas palavras. Sabia exatamente o significado delas, ao que a mãe estava se referindo. Seus pensamentos voltaram espiralando, anos e anos, até quando tinha dezoito anos, acordando no quarto, o corpo encolhido na curva de outro. Notara a fresta aberta na porta, sendo que tinha certeza de tê-la fechado. *Ela sabia.*

Saíra da cama em direção ao andar de baixo. A mãe estava parada diante da pia, a expressão impassível refletida na janela da cozinha. Robyn começou a contar sobre o acidente da noite anterior, das horas no pronto-socorro. Ela dividira o cabelo ao meio, mostrando a parte costurada do couro cabeludo.

— Uma batida dessas pode te levar a fazer... coisas esquisitas. — A mãe a encarara bem no fundo dos olhos. — Fico feliz que esteja se sentindo mais como você mesma hoje pela manhã.

Então, agora, Robyn sentiu a voz ficando muito fria.

— Eu não bati a porra da cabeça. Estou pensando direitinho. Melhor do que tenho pensado há muito tempo.

— Não usa esse linguajar.

— Sou uma mulher crescida, e posso falar o que eu bem quiser, caralho.

Com isso, desligou a chamada.

57

LEXI

Enquanto Lexi e Eleanor remavam de volta para a costa, Robyn ficou sentada na praia, braços cruzados sobre os joelhos, ombros caídos.

Lexi ergueu os óculos de sol. *Robyn estava chorando?*

Assim que chegaram na praia, Lexi foi até a amiga.

— Robyn? — Agachou-se nos seixos quentes. — O que aconteceu?

Eleanor olhou de uma amiga para a outra e disse algo sobre precisar de sombra antes de subir para a villa.

— Acabei de falar pra minha mãe que sou uma mulher crescida e que posso falar o caralho que eu quiser.

— Robyn Davies… estava na hora! — Lexi riu.

— Nunca xinguei a minha mãe. — Robyn parecia querer enfiar a cabeça na areia… mas também um pouco exultante. — Ela me repreende por dizer coisas como "tô *morta*".

— Você sabe que amo os seus pais, mas eles andam muito na linha.

Robyn assentiu.

— Talvez não machuque mostrar que nem todos os caminhos seguem na mesma direção que o deles.

— Exatamente! — Lexi a abraçou.

— Nossa, como eu estava com saudade de você — disse Robyn, o rosto pressionado contra o de Lexi. — Quero te ter mais na minha vida.

— Digo o mesmo.

Quando se soltaram, Lexi se sentou ao lado dela, as duas observando a água tranquila.

— Sabe o que mais eu quero? — perguntou Robyn. — Quero ser capaz... de me desapegar mais, de me lembrar do meu antigo eu. Quero ter tempo para caminhar, sair de casa, estar com as minhas amigas. — Ela pausou. — Será que quero coisas demais? Será esse o problema? Que a nossa geração de mulheres, elas querem tudo? O emprego, o bebê, a aventura, o amor...

— Querer não é problema. É a busca pela permissão. — Lexi pegou um punhado de seixos, rolando a quentura lisa deles na palma. — Estamos sempre fazendo as coisas que achamos que deveríamos fazer, ou porque é a coisa certa.

— Você, não. Você nunca foi assim. Sempre foi corajosa. Indomável.

Lexi deixou os seixos caírem por entre as aberturas dos dedos.

— Eu não era indomável do jeito que você quer dizer, de *liberdade*. Eu só chutava o pau da barraca. Isso não era ser indomável, era eu me escondendo.

Robyn franziu a testa.

— Tudo o que fiz nos meus vinte e poucos anos... a bebedeira, as drogas, o sexo, as festas... foi para preencher o tempo, para anestesiar tudo o que eu não queria enxergar.

— Você era infeliz?

— Fui. Por um bom tempo.

Robyn piscou.

— Eu sinto muito. Não sabia. Eu...

— Não sinta. Eu escondia muito bem. Sou boa nisso. — Lexi sorriu, mostrando a Robyn que estava tudo bem. Ela *quisera* que todos pensassem que era feliz, que estava vivendo seu melhor momento, porque precisava acreditar naquilo também. — Eu gostava de dançar, mas o estilo de vida que vinha junto não foi bom para mim. E não enxerguei isso por um bom tempo. Se eu não tivesse fraturado a tíbia, talvez ainda estivesse nessa vida.

Lexi sempre deixava a vida levá-la em uma direção e, depois, em outra, sem nunca ter planejado o próprio caminho.

Robyn perguntou:

— Não é estranho como, às vezes, as piores coisas que acontecem com a gente acabam sendo as melhores?

— Você tem razão. — Tinha caído em um buraco escuro e sem fundo depois do ferimento, perdera todo o seu senso de propósito. — Foi você quem sugeriu que eu desse uma chance para a ioga.

— Só para que você continuasse flexível enquanto se recuperava. Eu não sabia que você se requalificaria e viraria instrutora!

— Eu me lembro de ter ido para a primeira aula achando que ia odiar. Devagar demais, mantras demais, como a Bella diria.

— Mas você amou.

— O professor disse algo que, de fato, fez sentido. Ele falou: *Ioga não é uma performance. É apenas para você.* Dançar era sempre uma performance. Minha carreira toda girava em torno de imaginar como a plateia me veria. Mas a ioga é o oposto. É apenas para mim. Levei um tempo para entender isso. Você sabe como eu sou... queria ser a melhor, me dobrar toda, manter a postura pelo máximo de tempo possível.

Robyn riu.

— Então, comecei a fazer aulas pela manhã, e a maioria das pessoas eram aposentadas. Acho que isso me ajudou a perder as inibições a respeito de como me viam, ou se estava fazendo aquilo certo ou não. Éramos apenas eu e o tapete de ioga.

— Nunca te ouvi dizer algo assim.

— Sabe aquela pose mais para o fim, a savasana, quando ficamos deitados, imóveis? Essa é a postura mais desafiadora para mim. Nos primeiros meses, eu ficava deitada, pensando em como estava com fome, ou em como minha pele coçava, ou que eu queria soltar um pum, ou ao que assistiria quando chegasse em casa.

Robyn voltou a rir.

— Mas então, com o tempo, acho que meus pensamentos começaram a se aquietar um pouco, pelo menos por tempo o bastante para que eu começasse a acompanhar minha respiração, a ficar parada. É libertador, Robyn. Fazer algo por si. Não pelas outras pessoas. Não por uma plateia... não importa se por uma plateia paga em uma apresentação de dança, ou pela sua família, amigos, a sociedade, ou por quem quer que você decida fazer algo. — Ela pausou. Olhou Robyn com atenção. — Talvez todas precisemos parar de tentar atender às expectativas dos outros... e só atender às nossas.

— Obrigada — disse Robyn, emocionada. — Era exatamente isso o que eu precisava ouvir. E, ei, Lex? Só para constar, eu estou muito contente por você estar feliz agora. Por você ter encontrado a ioga.

Lexi sorriu.

— E por ter encontrado o Ed.

Ela continuou sorrindo. Certificou-se de manter o sorriso no rosto.

...

O sol reluzia nos degraus caiados enquanto elas subiam na direção da villa. Uma onda de cansaço tomou conta de Lexi, cuja cabeça pareceu agitada, inquieta; queria se retirar para o quarto, sozinha. Refletir.

— Aí estão vocês duas! — disse Bella, erguendo a cabeça da espreguiçadeira, óculos de sol maiores do que o rosto equilibrados no nariz. — Venham! Sentem-se aqui comigo! Fiquei sozinha a manhã toda. Fiz drinques! — Ela estendeu a mão para mostrar a jarra cheia de algo alcoólico.

Lexi se sentiu gemer baixinho. Tudo o que queria naquele momento era um pouco de tempo sozinha, mas sabia que Bella se sentiria negligenciada se não se sentasse com ela.

— É claro. — Ela sorriu, depois abriu o guarda-sol na espreguiçadeira ao lado da de Bella.

Robyn desapareceu para dentro da casa, dizendo que buscaria bebidas para elas.

Bella encheu o próprio copo, rindo quando o líquido começou a escorrer pela borda. Estava bêbada, percebeu Lexi. É claro que estava. O sorriso dela ficou um pouco maior, mais cheio de vida, e os movimentos pareciam mais soltos, um tanto mais expansivos.

E todas aquelas noites em que tinham se arrumado juntas em um dos quartos delas, música tocando, maquiagem caída pelo tapete, aplicando camadas grossas de delineador líquido, o cheiro de cabelo queimado pelas chapinhas misturado com o de laquê. Quase dava para sentir o gosto de uma passada de batom barato e de vodca. Havia momentos, muitos deles, que tinham sido fiados com ouro. Não se arrependia daquela época — mas, ainda assim, não conseguia deixar de se perguntar por que, em todas aquelas noites de farra, nunca se virara para Bella e dissera: *Quer saber de uma coisa? Não quero nada disso para a minha vida. Estou triste o tempo todo. Alguma coisa parece estar errada dentro de mim.*

E por que não o fizera? Porque presumira que a amiga diria:

— Eu tenho a solução perfeita. — E então faria brotar uma garrafa de algo alcoólico ou uma embalagem de comprimidos como mágica.

No entanto, olhando para Bella naquele instante, pensou: *Talvez você não esteja feliz. Talvez não saiba como me contar.*

Lexi apertou a mão da amiga e disse:

— Querida, está tudo bem?

— Está tudo fantástico pra cacete! Fen e eu acabamos de terminar!

Robyn, voltando com as bebidas, parou.

— Ah, Bella!

Bella riu.

— Está tudo bem! Relaxe! Nós duas estamos tranquilas com isso.

— Eu sinto muito... — disse Lexi.

— Não. Não vamos ficar com pena de ninguém. Nem vamos fazer uma sessão de terapia. É o último dia da viagem da despedida de solteira. Eu só quero me divertir! — Ela ergueu o copo. — Entendido?

Robyn e Lexi trocaram olhares.

— Sim.

Bebericaram os drinques em silêncio.

— Eleanor! — gritou Bella, momentos depois, quando a viu surgir no terraço para buscar os copos. — O que temos no menu para mais tarde?

— Bella! — sibilou Lexi. — Eleanor, quer beber com a gente?

— Não, obrigada — respondeu ela, seu olhar por um segundo encontrando Bella com frieza, antes de voltar para dentro da villa.

Lexi se lembrou do que a cunhada dissera quando estavam no barco.

— Você falou para a Eleanor que eu a tinha convidado para a despedida por pena.

Bella deu de ombros.

— Bem, foi por isso, não foi?

— Eu queria conhecê-la melhor. Vamos ser cunhadas. Você deveria se esforçar mais com ela. Eleanor passou por maus bocados.

— É, eu sei, você comentou. O namorado dela morreu. — Seu hálito cheirava a álcool quando sussurrou, o ar teatral: — Você investigou se não foi ela quem matou ele?

— Bella! — repreendeu Robyn.

— O quê? Tem alguma coisa bizarra nela, vocês têm que admitir.

Lexi se levantou. Sabia que a amiga estava sofrendo com o término, mas isso não dava a ela o direito de ser cruel.

COMO AS OUTRAS GAROTAS • 249

— É brincadeira — disse Bella, levantando-se e indo até a piscina.

Então, desceu pelos degraus, arrepiando-se toda quando a água gelada encontrou sua pele.

— Não foi o namorado dela que morreu — falou Lexi, caminhando pela lateral da piscina. — Foi o noivo dela… E era para estarem comemorando o primeiro aniversário de casamento daqui a algumas semanas, então tente ser educada.

Mas Bella já tinha mergulhado, o corpo uma visão resplandecente sob a superfície.

~

Queríamos que a última noite da viagem fosse inesquecível.

Imaginamos que festejaríamos na orla do oceano sob um cobertor de estrelas, fumaça de madeira no nosso cabelo e álcool quente na garganta. Em retrospecto (mesmo sabendo o que aconteceu), aquela noite teve alguns momentos bonitos, felizes. Nós seis, juntas.

O problema é que eles acabam esquecidos, enterrados sob as lembranças sombrias: o estalo de uma mão em uma bochecha, rápido e violento; um pedaço de tecido vermelho-sangue esvoaçando pela noite; o guincho urgente das sirenes ecoando da encosta sombria da montanha. E, enquanto isso, o fogo que ardia na enseada.

58

FEN

Naquela noite, Fen se ajoelhou na praia, pedras pressionando os joelhos expostos. Ela acendeu o isqueiro, segurando-o perto do jornal amassado aninhado debaixo de uma pirâmide de troncos de madeira trazidos pela água. Depois de alguns segundos, o papel pegou fogo, chamas lambendo os gravetos menores. Inclinando-se para mais perto, ela assoprou o fogo, alimentando o calor com oxigênio, e observou as chamas se alongarem e crescerem.

— Incendiária — disse Eleanor, sentando-se ali perto, uma garrafa de cerveja entre os joelhos.

Fen pegou a cerveja que tinha consigo, tirou a tampa e a ergueu para brindar com a de Eleanor.

— Saúde.

A noite se aproximava, o ar cheirando a sal e lenha queimando.

Tinham juntado uma boa pilha de madeira seca para a fogueira na praia, o suficiente para mantê-la abastecida noite adentro. Eleanor distribuíra lamparinas pela praia, assim como cobertores e almofadas no entorno da chama, enquanto Fen arrastara lá para baixo uma caixa térmica com bebidas, uma caixinha de som empoleirada bem em cima. Agora, uma *playlist* descontraída ressoava pela enseada.

Fen tinha gostado de organizar tudo aquilo com Eleanor. E mais, isso tinha dado a ela algo para fazer: estivera tentando não chamar atenção a tarde toda, mantendo-se fora do caminho de Bella. Tinha feito uma longa caminhada sozinha pelas montanhas e ficado contente por se sentar sob a sombra, observando um lagarto relaxar em um pedaço iluminado pelo sol, enquanto os pássaros enfiavam os bicos na terra seca à procura de insetos.

Quando enfim voltara para a villa, encontrou Bella sentada ao lado de uma jarra de coquetel vazia, mas forrada com hortelã escurecida, e de uma garrafa de Prosecco vazia boiando em um balde de gelo derretido. A vontade tinha sido de ir até ela, verificar se estava bem, mas Bella colocara os óculos de sol e virara a cabeça com tudo para o lado oposto.

Fen entendeu o recado. Bella mal estava mantendo a compostura. Precisava sobreviver ao fim de semana da despedida. Conversar, colocar os pingos nos *is*... tudo isso ficaria para depois. Um fragmento de gentileza, por menor que fosse, poderia incitá-la a colocar para fora tudo o que estava desesperada para manter dentro de si.

— A última noite da despedida de solteira — comentou Eleanor, pegando um seixo e o revirando nos dedos. — Está feliz por ir para casa?

Fen pensou na resposta. Voltar a Aegos tinha sido bem mais difícil do que havia esperado — e, somado ao término, sentia-se esgotada emocionalmente.

— Sim. Talvez o que vou dizer soe estranho, mas estou ansiosa para voltar a trabalhar. — Estava com saudade do pequeno estúdio com a família de plantas internas. Tratava-se de um espaço que ela havia criado, nutrido, amado. O aluguel era mais caro do que com o que realmente podia arcar, mas gostava de poder caminhar até a praia no intervalo para o almoço, ou de beber café sob a luz do sol em uma das mesas na calçada oposta ao estúdio. — E você? Vai ficar feliz por estar de volta ao lar?

A voz de Eleanor saiu monótona ao responder:

— Que lar? — Ela arremessou o seixo no mar. — Às vezes, gosto de imaginar o que estaria fazendo em um universo paralelo, caso tudo tivesse sido diferente.

Fen assentiu.

— Conte-me. Eu quero ouvir. O que você estaria fazendo hoje, sábado, se o Sam estivesse vivo?

Eleanor se virou para encará-la.

— Obrigada... por se lembrar do nome dele. Por dizê-lo. *Sam*. As pessoas nunca dizem o nome dele. — Ela sorriu. — Sábado sempre era dia do Sam jogar tênis de mesa.

— Tênis de mesa?

— Pense em como as pessoas são apaixonadas, digamos, por futebol. Sam se sentia assim com o tênis de mesa. Era como se ele fosse alguém diferente quando jogava. Em casa, ele até podia ser sedentário... mas quando jogava tênis de mesa, ele era leve e rápido nos movimentos. *O Ninja do Ping-Pong*, era disso que eu o chamava.

Fen sorriu.

— Amei.

— Sam costumava dar aulas de tênis de mesa em um asilo, no fim da nossa rua. Todo sábado. Nunca cobrou. Fazia tudo voluntariamente. Em alguns fins de semana, eu ia com ele... e, nossa, aqueles senhores e senhoras, eles o *adoravam*. Ele se lembrava de tudo a respeito deles, perguntava como a filha de alguém na Espanha estava se saindo com as reformas da casa, ou se algum neto tinha ido bem nos simulados, ou ainda se Marley, o gato, tinha recebido alta do veterinário. Sam nunca esquecia nada, porque pessoas eram importantes para ele.

— Ele parece ter sido maravilhoso — comentou Fen, feliz com o brilho que havia retornado aos olhos de Eleanor ao falar de Sam. — Você ainda visita o asilo?

Ela balançou a cabeça.

— Eu sei que poderia. Eu poderia me sentar com eles, conversar, jogar tênis de mesa, mas... é difícil demais. Não seria a mesma coisa sem ele. — Ela observou a fogueira. — É assim que me sinto desde então: como se nada nunca mais fosse ser o mesmo sem ele.

Lá no alto, na villa, um guincho de risadas cortou a noite: Bella. O som pareceu abrasivo, ecoando ao descer pelos ombros sólidos do penhasco.

Eleanor estremeceu.

— Sinto muito — ofereceu Fen, incerta se por terem sido interrompidas pela risada ou se pela perda de Eleanor, ou ainda se por não poder tornar a situação melhor.

— Quando eu era mais nova, nunca pensei que fosse me casar — disse Eleanor, a voz mais baixa. — Não conseguia nem imaginar. Não me via vestida de branco, andando por um corredor em meio a uma multidão de pessoas. Mas então conheci o Sam... e, tola que fui, deixei-me acreditar que tudo aquilo aconteceria. O casamento. Um lar. Talvez até filhos. — Ela balançou a cabeça. — Mas eu nunca andei por aquele corredor. No final das contas, não houve um conto de fadas.

Fen estava ciente do movimento enquanto as outras começavam a descer pelos degraus do terraço, lamparinas em punho, vozes carregadas e animadas. Mais um minuto, e estariam ali com as duas.

Eleanor tinha voltado o olhar na direção da villa, também. Em silêncio, observava a procissão das outras, lideradas por Lexi, que vestia uma coroa de flores.

— Mas vai ser diferente para Ed e Lexi — continuou Eleanor, sua expressão indecifrável. — Os dois terão o conto de fadas deles.

59

ANA

Lexi foi na frente, uma lamparina pendurada na mão ao descer os degraus de pedra, descalça. Bella e Robyn a seguiam, o volume das vozes crescendo e diminuindo, pontuadas por explosões de risadas. Traços dos perfumes que usavam infundiam-se na noite salgada.

A enseada estava iluminada pelo brilho da fogueira na praia, fagulhas laranja tremulando. Os penhascos ao redor se amontoavam, assustadores nas sombras desbotadas pela claridade.

Os pés de Ana encontraram a quentura emanada dos seixos. A intensidade do calor do dia não tinha diminuído, e o ar parecia pesado por causa disso. Ela foi na direção da fogueira, onde as mulheres se reuniam, bebidas sendo tiradas da caixa térmica e passadas ao redor, garrafas brindando. Fen entregou a ela uma cerveja, e Ana tirou a tampa, dando uma golada, bolhas geladas efervescendo na garganta.

— Vamos, gente! — berrou Bella, assumindo o comando da *playlist* e aumentando o volume.

Fen a observava em silêncio.

Ana sentia a batida retumbando no peito.

Robyn desarrolhou a garrafa de Prosecco, uma corrente de bolhas escorreu prateada sob o luar. As chamas ganhavam altura conforme a noite se desenrolava, os humores se soltando.

Debaixo das explosões de risadas e da música alta, ela sentiu a iminência das comemorações desequilibradas, faíscas de tensão crepitando na escuridão iluminada pela lua. Eleanor estava parada bem na orla da enseada, o olhar perdido no mar. Bella rodopiava sozinha ao ritmo da música, o cabelo balançando nas costas. Lexi a observava, a ponta do dedo massageando a clavícula. Robyn e Fen estavam ali perto, cinzas espiralando na direção delas.

Alguém apontou a câmera do celular para Ana. Ela ergueu a mão para tapar o rosto, mas não antes de um flash branco e brilhante a cegar. Imagens brancas e distorcidas ficaram impressas por trás das pálpebras. Quando a visão por fim voltou ao normal, encontrou Bella a encarando, olhos semicerrados, antes de a mulher sair girando, abrindo caminho na direção de Lexi.

Fumaça tomou conta da sua garganta, e Ana deu um passo receoso para longe das chamas. Queria estar em qualquer outro lugar, menos ali. Queria estar no apartamento em Londres. A familiaridade da rua do lado de fora. Luca. Tinha sido tola em se permitir mergulhar na viagem, baixar a guarda e sentir a felicidade de fazer parte de um grupo que nunca foi dela.

Deu meia-volta, encarando a casa vazia. Estava quieta na escuridão da beira do penhasco, de vigia. Não voltaria sozinha para esperar no silêncio avassalador. Em vez disso, moveu-se até a claridade da fogueira, acomodando-se em um cobertor grosso. Só mais uma noite e, então, acabaria.

Lexi se juntou a ela, sentando-se de pernas cruzadas, a coroa de flores brancas, tecida por Robyn, brilhando de maneira etérea. As chamas ardiam, lançando sombras em constante mudança sobre seu rosto. Ao estudar o perfil de Lexi, um inseto de carapaça escura surgiu de trás de uma das pétalas. Perninhas pretas rastejavam devagar até a linha do cabelo de Lexi. Por instinto, Ana esticou a mão e deu um peteleco no besouro. A unha prendeu em uma das flores na cabeça da noiva, rasgando-a.

Lexi se assustou quando pétalas soltas flutuaram como cinzas ao chão.

— Tinha um bichinho — explicou Ana, afastando-se.

A noiva tocou, com uma das mãos, a coroa que escorregava.

— Já saiu.

Lexi pareceu incerta, o olhar vasculhando o chão entre as duas, mas não havia sinal do inseto.

O fogo sibilou.

— Nossa última noite — anunciou Lexi, por fim.

Sim, pensou Ana. *É mesmo.*

Porque tudo estava prestes a mudar.

60

ROBYN

Robyn se inclinou, vacilante, na direção da caixinha de som e aumentou o volume.

Do outro lado da fogueira, Bella comemorou.

A bainha do vestido fresco de Robyn roçava as coxas enquanto ela remexia os quadris no ritmo da batida. Caramba, como era bom dançar, remexer o corpo, sentir. Jogou a cabeça para trás, olhando para o céu noturno.

É, definitivamente, ela estava bêbada. Robyn deu uma risadinha. Aquilo... era exatamente o que deveria estar fazendo. Estava em uma despedida de solteira. Sem o filho. Jack não a acordaria às seis da manhã, estacionando um carrinho na testa dela. Levou a cerveja aos lábios e, depois, riu, porque a garrafa já estava vazia. Sentiu vontade de arremessá-la ao mar só porque podia. Mas não o fez.

Claramente, não estava bêbada o bastante.

Robyn foi até a caixa térmica, pequenos seixos grudando na sola dos pés. Fisgou outra cerveja, tirou a tampa e entornou um gole. Estava gelada e deliciosamente fermentada, o que a fez pensar no ex-marido e em como, quando se conheceram, ele a admirava quando tomava cerveja direto da garrafa. Mas, então, enquanto casados, ele sempre a lembrava, todo educado, de usar um copo.

Deixou a garrafa bater nos dentes enquanto engolia.

A música mudou. "Rehab"! Amava aquela. Anos antes, Robyn estivera no Glastonbury, quando Amy Winehouse tocou no Palco Pirâmide. Robyn dançou no meio da multidão, movendo-se e gingando como se todos fossem parte de alguma fera enorme que se contorcia. Era assim que a música podia nos fazer sentir, não era? Vivos, elementais. Precisava de mais música na própria vida.

As outras estavam sentadas ao redor do brilho quente da fogueira, Fen alimentando as chamas com mais lenha. Lexi tinha uma caxemira vermelha caída por cima dos ombros, pernas longas esticadas na direção do fogo. Bella dançava indo até ela, serpenteando, o cabelo escorrendo costas abaixo. Ela remexeu os quadris, estendendo a mão para Lexi, que sorriu e murmurou algo como *Depois*, e seguiu conversando com Ana. Bella fez beicinho ao continuar dançando, girando as mãos no ar.

Robyn deu as costas para elas, desejando apenas a música e o calor da noite contra a pele. O céu estava todo respingado de estrelas. Fumaça espiralava no ar noturno.

Ela ouviu um *uhul!*, então virou-se e viu Bella andando em direção à parte rasa do mar, tirando o vestido e o jogando na orla. *É claro* que seria ela a dar início ao movimento de nadarem peladas! Ela abriu o sutiã e o rodopiou no dedo, então arremessou-o na direção da praia. Os seios eram volumosos e empinados, pálidos sob o luar por conta das marquinhas de bronzeado. Pareceu um milagre ver seios tão reais, tão sem marcas de gravidez e amamentação.

Sentiu a pontada da nostalgia pelos anos da adolescência, por todas as noites malucas com Lexi e Bella, Robyn sempre com a sensação de que precisava se controlar — de que alguém precisava fazê-lo, do contrário as coisas poderiam ir longe demais.

— Robyn — chamou Bella, por cima da música. — Venha nadar!

— Vou observar — gritou em resposta.

— É claro que vai.

O comentário afiado a pegou desprevenida. Virou-se para ver se mais alguém tinha notado, mas as outras ainda conversavam ao redor da fogueira.

Bella se livrou da calcinha, depois saiu desfilando para dentro do mar, dando gritinhos por conta do frio. Mergulhou brevemente sob a superfície, então subiu mais uma vez, o cabelo preto grudado no couro cabeludo. Uivou de felicidade e jogou-se de costas, braços abertos.

Bella Rossi. Elas costumavam ser muito, muito próximas.

Lexi perguntara o que havia criado o afastamento entre elas. Robyn poderia ter citado diversas coisas: como se sentiu magoada quando Bella não a convidou para Ibiza; as lágrimas que derrubou soluçando quando Bella fingiu que não a conhecia no Clube Circle; ela não ter mandado um cartão quando Jack nasceu, nem tê-lo visitado antes dos seis primeiros meses. Foram muitos momentos breves, feridas e machucados na amizade, mas a raiz do problema começava muito mais fundo.

Ela se lembrava daquela noite. Jamais esqueceria.

Estavam celebrando o fim do terceiro ano do ensino médio, e o amigo delas, Andy Chrisler, dera uma festa na casa dele. Ele era o único garoto na escola cujos pais tinham uma piscina. Tudo pareceu californiano pra caramba: a noite de verão, a piscina chique, os pais passando a noite fora. Garotos de short de tactel nadavam na piscina, enquanto meninas apenas de biquíni se reuniam nas bordas, encolhendo o estômago e empinando os peitos. Não demorou muito para que todos estivessem na água — uma penca de adolescentes com seus dezessete e dezoito anos, que sabiam que seus dias na escola tinham acabado e que nada menos do que um mundo imenso os aguardava.

Robyn sentia-se diferente. Para ela, o longo verão se prolongava como um vazio, uma extensão de tempo sem marcos preenchida apenas com a tristeza silenciosa que não largava sua casa. Na época, o irmão tinha morrido havia quatro meses. Ela ficava surpresa por não marcarem mais o tempo em dias ou mesmo semanas, mas meses. Ele não estava mais presente na vida da família havia *meses*. Não parecia possível. Robyn ainda se apressava no banho, ou ouviria a batida dos nós dos dedos dele à porta do banheiro, dizendo que andasse logo, ou ainda ficava atenta ao som dos passos largos do irmão enquanto ele subia a escada dois degraus por vez. Sentia saudade de como ele ficava parado à porta do quarto dela sempre que recebia as amigas, olhos se demorando por um segundo a mais do que o necessário em Lexi. De como azucrinava os pais com tamanha facilidade durante o jantar, as piadas rápidas dele animando o humor de todos.

Então, Robyn ficara na borda da piscina, observando enquanto os outros garotos, os que ainda estavam vivos, cujo coração ainda batia no peito sem pelos, convenciam as garotas a subirem nos ombros deles.

Thomas, um rapaz bonito da turma de Literatura Inglesa, gritara para Lexi:

— Suba aqui!

Ele mergulhara, passando a cabeça por sob as pernas de Lexi e logo emergindo com ela nos ombros, como se fosse um troféu. O corpo dela pingava água, a pele dourada, pernas e braços longos. Thomas a segurava pelas panturrilhas macias, e Robyn observara os dois, querendo que pudesse ter sido o irmão. Que ele pudesse ter tido aquele momento na piscina.

— Robyn! Venha! — gritara Bella da água. — Podemos derrubar a Lexi!

— Você não me aguenta — protestara Robyn.

— Posso até ser pequena, mas sou porreta, lembra? Suba aqui!

Robyn tinha ido para mais perto da borda, subindo com cuidado nos ombros molhados de Bella. Ficara feliz por não estar enrolando as pernas ao redor de um dos garotos quando sentiu arrepios, fazendo com que os pelinhos das pernas parecessem limalhas de ferro.

Bella firmou as mãos nas panturrilhas de Robyn enquanto se posicionavam para enfrentar Lexi e Thomas. Olho no olho, Lexi e Robyn sorriram ao lutar sem entusiasmo, as duas deixando a desejar no espírito competitivo para derrubar a outra.

Bella pensava diferente. Soltando Robyn, usou as duas mãos para empurrar Thomas bem no peito. Ele vacilou para trás, mas foi Robyn quem perdeu o equilíbrio. Sentiu as coxas, escorregadias com a mistura de água e protetor solar, deslizarem. Não havia nada em que se segurar, e se pegou gritando ao cair para trás. Viu a borda de concreto da piscina vindo até ela, irrefreável. Então, sentiu o estalo do crânio quando a encontrou, seguido por escuridão.

Agora, Robyn fitava o mar, o olhar procurando Bella.

Vasculhou a água, olhos indo de um lado ao outro da baía.

A luz do luar dançava prateada, mas nenhum sinal de movimento irrompeu na superfície.

61

BELLA

Bella pensou que sentiria algo libertador boiando de costas, nua no mar. Envolvente e catártico, talvez? O que realmente sentiu, no entanto, foi frio e medo de que algo pequeno, como um peixe, acabasse nadando para dentro da vagina dela.

Girou o corpo para ficar de barriga para baixo, decidindo que nadar seria melhor. Algo muito mais fácil de se fazer com algumas bebidas dentro dela. Então, estava deslizando. Da praia, dava para ouvir a onda distante de vozes e a música à deriva. Imaginou as outras falando dela, dissecando seu término com Fen.

Bem, que falassem!

Durante o fim de semana todo sentira que algo estava desequilibrado, como se houvesse uma tensão ondeando abaixo da superfície do grupo. Mas, nadando pela escuridão, a água silenciosa, a pele enrugada e com arrepios, começou a perceber que não era a festa que estava esquisita: era ela.

Um soco de desespero a atingiu bem no meio do corpo enquanto pensava em perder Fen. Quis se encolher em uma bola, afundar ao leito do oceano.

Sem Fen, não tinha nada para o qual voltar. Fen era tudo o que havia de bom em sua vida.

Bella sempre soubera que a namorada era boa demais para ela e que, um dia, Fen perceberia.

Bella enfiou a cabeça por sob a superfície escura do mar, a água tomando conta dos ouvidos e do nariz. Gritou. O som saiu do fundo da garganta, assustador. A dor se distorceu em algo ainda mais infeliz e desesperado.

Ela ergueu a cabeça com tudo, ofegando, em pânico. Água salgada revestia sua boca. Porra, o que estava fazendo? Não queria estar ali, nua, sozinha. De repente, ficou com medo. Frio. Cansada.

Bella baixou os pés e desapareceu sob a superfície, a água soturna selando a passagem acima da cabeça dela.

Nada de leito do mar! Nada de ar nos pulmões!

Remexeu as pernas sem parar... e rompeu a superfície, arquejando. Os batimentos rugiam nos ouvidos. Bella girou na água, as mãos batendo no mar.

Seu olhar pousou na fogueira à distância, na praia. Muito, muito longe.

62

ROBYN

Robyn encarou a baía escura, procurando Bella.

Tão escuro quanto tinta preta, imóvel, o mar não entregava nenhum de seus segredos.

Aquilo lembrou Robyn de como se sentia quando adolescente, era sempre ela quem precisava se responsabilizar por Bella — recusando a bebida extra para que uma delas ficasse sóbria o bastante a ponto de conseguir levá-las para casa em segurança, ou economizando dinheiro o suficiente para pagar o táxi, assim Bella não caminharia para casa às três da manhã, sozinha, em um vestido brilhante.

Mas, hoje à noite, não. Estava cansada de ficar de olho em Bella Rossi.

Ao fundo, a música tocava, as vozes das outras ganhando e perdendo volume. Alguém jogou outro galho na fogueira, e faíscas fresquinhas rodopiaram pela noite.

Mais uma cerveja, decidiu Robyn. Era o que faria. Beber, dançar, aproveitar. Caminhou descalça pela orla, pés afundando no leito de pequenos seixos. Uma explosão de risada irrompeu perto do fogo.

À frente, algo escuro estava empoçado na costa. Robyn se agachou e tocou o tecido: o vestido de Bella.

O olhar de Robyn se voltou ao mar. Não havia brisa alguma, a água parecia parada, imperturbável. Não deveria estar ouvindo o barulho dos respingos, o leve ondular de Bella nadando?

Algo não parecia certo. Com o coração acelerando, avançou até os pés estarem na parte rasa. Bella bebera a tarde toda. A amiga não era uma nadadora habilidosa. Não, Robyn não estava gostando nada daquilo. Precisava avisar às outras que Bella tinha sumido. Ela se virou...

— Buu!

Robyn gritou.

Bella estava na frente dela, nua e sorrindo.

— Jesus! — exclamou Robyn, a mão pressionada contra o peito. — Pensei que você ainda estava na água!

— Nenhuma daquelas outras babacas notou. Só Deus sabe o que fiz para conseguir voltar. — O cabelo molhado pendia nas costas, o corpo lindo sob o luar.

— Você não devia ter ido tão longe!

Bella escorregou o braço ao redor da cintura de Robyn.

— Minha pequena Robyn, toda cheia de complicações. Ainda está cuidando de mim, não está?

— Você está molhada — comentou, afastando-a, irritada. — Aqui — disse, pressionando o vestido de Bella contra a amiga.

A outra o vestiu, obediente como uma criança.

— Faz um tempo que não andamos muito próximas, não faz?

Robyn não queria ter aquela conversa. Não naquela noite.

— Nunca tocamos naquele assunto — insistiu Bella.

— Em que assuntou?

— O que aconteceu naquela noite. — Bella estendeu a mão, tocando os dedos úmidos na base do crânio de Robyn, onde uma cicatriz atravessava a linha do seu cabelo. — Você lembra.

Ela lembrava.

O estalo da cabeça contra a borda da piscina. Escuridão.

Seguida por Bella parada acima dela, chamando seu nome, o rosto tomado pelo medo, sem cor.

Tinha sido Bella quem a levara ao pronto-socorro, desculpando-se o tempo todo enquanto dirigia, um filtro dos sonhos balançando pendurado no espelho retrovisor.

Esperaram duas horas para serem atendidas, Robyn tremendo enrolada em uma toalha encharcada, a pele com um leve cheiro de cloro. A médica que enfim a examinou costurou o corte na cabeça e lhe entregou um panfleto sobre concussões.

— Você tem alguém para te fazer companhia?

— Eu — dissera Bella. — Eu vou ficar com ela.

Então, voltaram para a casa de Robyn, onde os pais já dormiam. Comeram torrada com pasta Marmite na cozinha e bebericaram copos de suco de polpa. Robyn sentira como se fosse tanto uma criança quanto um adulto no mesmo corpo.

Mais tarde, subiram para o quarto de Robyn sem fazer barulho. Geralmente, preparava o futom para as amigas, mas não tinha nenhuma roupa de cama sobrando, e ela não quis acordar os pais.

— Tudo bem se dividirmos? — perguntara, apontando para a cama de solteiro.

— Sem problema.

Bella emprestara uma das camisetas de Robyn, sentando-se na beira da cama, tirando a maquiagem com um lencinho umedecido para o rosto e revelando olhos revigorados e brilhantes.

— Desculpa por você estar perdendo a festa — disse Robyn, enquanto subiam na cama, o colchão se movendo.

Bella deu de ombros.

— A gente acabou de sair do ensino médio. A próxima década vai ser toda dedicada a beber demais e farrear. — Ela sorriu, o sorriso cheirando a pasta de dente.

Robyn se esticou na cama e desligou a luz. O cômodo ficou escuro, quieto. Com cautela, deitou-se de costas, sentindo um latejar quente no crânio.

— Como está a cabeça? — sussurrou Bella.

Robyn ajustou o travesseiro, rolando de lado.

— Fica melhor se eu me deitar assim.

Estava de frente para Bella. Abriu os olhos e pôde ver a silhueta da amiga a centímetros do próprio rosto. Os olhos dela também estavam abertos.

A voz de Bella saiu mais baixa quando ela voltou a falar:

— Desculpa mesmo. Eu deveria ter te segurado. — Ela esticou a mão, encontrando a de Robyn, os dedos se entrelaçando debaixo do edredom.

Robyn pôde sentir o calor da mão de Bella, a pressão da pele delas se tocando. O ar ficou carregado. Não soube dizer se apenas ela sentira aquilo ou se Bella também notara. Estava ciente do calor que pulsava, surpreendendo-a na altura da virilha. Estava zonza, quase sem ar.

Com o polegar, Bella gentilmente acariciou as costas da mão de Robyn. De alguma maneira, o rosto delas pareceu estar ainda mais próximo. Sentiu o hálito mentolado de Bella contra a bochecha. Então, o roçar dos lábios dela — hesitante, exploratório no começo —, depois, o toque completo, derretendo-se na boca de Robyn.

Os lábios de Bella eram incrivelmente macios e volumosos. Robyn havia beijado diversos garotos. E não era daquele jeito que um beijo deveria ser. Eram mais rígidos, urgentes. A boca de Bella era tenra e doce; Robyn quis se afundar nela.

Debaixo do edredom, Robyn sentiu a mão ser levada pela extensão do corpo de Bella, acompanhando a pele macia da barriga, sendo guiada a ir ainda mais para baixo.

Pestanejou, tentando se libertar da memória, mas as faíscas queimavam, tão vermelhas quanto fogo.

— Nós duas lembramos — respondeu Bella.

63

BELLA

Cada detalhe ainda estava vívido na mente de Bella: os dedos se entrelaçando enquanto se beijavam; o aconchego quente das coxas de Robyn deslizando contra as dela; o cheiro leve de cloro que perdurava no pescoço da amiga; o pressionar dos seus joelhos na parte de trás dos de Robyn enquanto caíam no sono, de conchinha.

Do que também se lembrava era de acordar pela manhã, sozinha. Tinha puxado o edredom para perto do queixo, esperando Robyn voltar com uma xícara de chá e pacotes de bolacha — o empurrãozinho de sempre delas pós-festa do pijama —, no entanto, a porta do quarto nunca se abriu.

Por fim, Bella acabou descendo, descalça, ainda com o vestido da noite anterior, o tecido dourado parecendo de baixa qualidade, brilhante sob a claridade imperdoável da manhã. Robyn estava sentada à mesa da cozinha, rodeada pelos pais. O rosto estava limpo; o cabelo, penteado e liso; os olhos, escuros.

— Oi — dissera Robyn, sem encontrar o olhar de Bella.

— Bom dia, Bella — o pai de Robyn a cumprimentara. — Ficamos sabendo que você levou a Robyn para o pronto-socorro ontem. Muito obrigado.

— Sem problemas — dissera Bella, tentando ajeitar o decote do vestido.

Cerrara as mãos em punhos, o esmalte vermelho parecendo berrar naquela casa silenciosa, tomada pelo luto. Tivera a sensação desconcertante de que chegara a um velório usando um vestido pomposo. Ela olhara para Robyn em busca de conforto, mas o olhar da amiga estava baixo, focado na mesa da cozinha.

— Uma pancada e tanto que Robyn levou na cabeça — comentara a mãe, algo cortante em sua entonação.

— Foi mesmo — concordara Bella. — Como você está se sentindo agora pela manhã? — Então, atravessou a cozinha, prestes a se sentar à mesa... mas Robyn se levantou.

— Exausta. Dormir mais um pouco seria uma boa. Você consegue voltar para casa?

— Ah. É claro. Preciso ir embora mesmo. Estou de carro, então...

Bella não tinha nenhum pertence consigo, portanto apenas pegou o calçado e a chave do carro antes de ir para a entrada.

Robyn abriu a porta da frente, os olhos ainda baixos.

Descalça no degrau da frente, saltos de couro sintético pendendo da mão, Bella perguntou:

— Você está bem?

Robyn levara uma mão à cabeça.

— No final das contas, parece que álcool e uma concussão não são uma boa combinação. Mal consigo me lembrar de nada.

O rosto de Bella flamejou.

— Entendi.

Um silêncio demorado e constrangedor se seguiu.

— Acho que é melhor eu ir embora, então — disse Bella.

— Sim. Até mais — respondera Robyn, o olhar indo parar no chão diante dos pés.

A humilhação fizera as bochechas de Bella arderem enquanto corria pela rua sem saída naquele vestido brilhoso. Jogara o calçado no banco do passageiro, enfiara a chave na ignição e, então, tentara ligar o carro duas vezes. Por fim, acabou conseguindo arrancar com uma mudança de marcha estridente e acelerada demais. Com o volume do rádio no máximo, o berro da música abafou o estalo da palma da mão quando a batera contra o volante.

Agora, parada na praia, encarava Robyn.

— Eu me lembro de tudo daquela noite... e sei que você também.

Na escuridão, Robyn sustentou o olhar de Bella.

O que ela queria: um pedido de desculpa? Uma confissão? Ou simplesmente um reconhecimento de que aquilo realmente havia acontecido?

— Desculpa — disse Robyn, por fim, antes de abaixar a cabeça, passar por Bella e, então, desaparecer nas sombras.

64

ELEANOR

Risadas e fumaça de madeira queimada espiralavam noite adentro enquanto Eleanor se afastava, discretamente, da fogueira.

Elas haviam tentado, as outras. Fen a escutara falando de Sam. Robyn sempre verificava se ela tinha bebida e pedia a opinião de Eleanor a respeito da *playlist*. Lexi abrira espaço para ela perto da fogueira na praia, querendo conversar. Mas Eleanor não poderia continuar fingindo. Estava exausta de tudo: dos sorrisos, das conversas, de dizer uma coisa enquanto pensava em outra completamente diferente.

Embrulhou a garrafa de vodca com um cobertor, colocando-o ao pé do barco a remo. Protegida pela escuridão, puxou o barco até a orla, mantendo distância do fogo. Esperava que ninguém notasse, que ninguém perguntasse por que sairia remando sozinha à noite. O que responderia? Que não aguentaria mais ficar na própria pele por nem um momento sequer? Que tinha sobrevivido a três noites de uma despedida de solteira, observando uma mulher brilhar em meio a elas, e que não aguentava mais aquilo?

Ela nem mesmo tinha certeza do que significava sair remando noite afora com uma garrafa de vodca. Ou talvez soubesse. Afinal, meses antes acordara no chão do banheiro, bochecha pressionada no linóleo, visão borrada. Lembrava-se daquele estado. E a verdade assustadora era que ela sempre estivera a um entornar do frasco de comprimidos de distância daquilo; a um passo da beira de um penhasco; a um mergulho das profundezas.

Adentrou a parte rasa, a água respingando — a festa estava tão barulhenta que acabou por acobertar a fuga de Eleanor —, depois, ela se impulsionou por cima da lateral do barco. Lutando contra os remos, começou a remar. No começo movendo-se bruscamente com remadas desiguais, mas, logo, um ritmo agradável acalmou os seus braços, água pingando prateada dos remos. Eleanor observou o brilho da fogueira na praia e o contorno das outras mulheres desaparecendo em seu rastro.

Remou por um tempo, a lua iluminando um caminho que a afastava da enseada. Quando os braços começaram a cansar, pousou os remos. É isso. Boiaria, deixaria a correnteza decidir.

Levou a garrafa aos lábios e deu uma golada, o álcool queimando sua garganta. Depois, abriu o cobertor dentro do barco e se acomodou por cima, usando os braços como travesseiro.

As estrelas. Todas as estrelas.

Em casa, quando acordava no meio da noite e não conseguia mais dormir, ia para a sacada do apartamento e inclinava a cabeça na direção do céu, em busca das poucas estrelas que as luzes da cidade não tinham ofuscado. Aquilo fazia os problemas dela parecerem pequenos. A vida, o universo, e tudo tão grande e iminente, enquanto ela, com aquela pedra escura de tristeza alojada no peito, era tão pequena.

Exaustão a assolou. Era tão cansativo fingir. Às vezes, quando estava no supermercado ou esperando no congestionamento, olhava ao redor e pensava: *Agora, quantos de vocês estão fingindo que são felizes, que se sentem normais? Ou sou só eu?* Eleanor levava a vida andando, e conversando, e cozinhando, e comendo, e mostrando para as pessoas — de milhares de jeitos diferentes — que estava bem. Mas não estava.

Ed dissera que ela estava deprimida. A solução dele foi que se matriculasse na academia — como se a tristeza pudesse ser fisicamente arrancada dela com exercícios. Então, depois do incidente com o remédio para dormir, o irmão insistira que ela procurasse um médico. Eleanor fez tudo no automático, indo com a receita de antidepressivos até a farmácia e tendo plena consciência de que aqueles comprimidos jamais tocariam seus lábios.

Um remédio não poderia fazê-la feliz.

Só Sam.

Ali, no barco, estava livre para pensar nele. Gostava de poupar as lembranças ao longo do dia, estocando-as, como fazia com chocolate na infância, para que pudesse se esbaldar no sabor cremoso e adocicado sozinha.

COMO AS OUTRAS GAROTAS • 271

Então, deixou a mente vagar até ele. Pensou no carinho de Sam quando parava na rua para falar com os cachorros das pessoas, agachando-se enquanto os acariciava atrás das orelhas, dizendo:

— Tudo bem, amigão? Está gostando?

Pensou em como ele gostava de usar meias para dormir, mesmo no verão. *Meus pés gostam de conforto.* Pensou no amor dele por jogos de tabuleiro. Não apenas Monopoly ou Scrabble, mas jogos antigos, dos quais ela se lembrava vagamente de ter jogado na infância, como Mouse Trap e Operando.

Estava sorrindo ao se lembrar de como Sam organizava os jogos na mesinha de centro deles, uma segunda banqueta trazida para perto, onde deixava os petiscos retrôs: espetinhos de queijo e abacaxi, salgadinhos de bacon e uma mistura de temperos. Ele não era um homem que gostava de azeitonas ou homus. Mas ainda assim Eleanor, apesar de toda a felicidade que uma boa comida proporcionava a ela, esbaldava-se no sabor sintético do salgadinho de bacon, no modo como ele acabava derretendo e grudando na língua. Outros casais gostavam de sair para jantar, preparar a janta na cozinha, assistir a peças de teatro, mas eles gostavam de jogos e petiscos. E era precisamente disso que sentia saudade a respeito de Sam: de como ele fazia o comum parecer extraordinário.

Ficou deitada no barco, sentindo-o balançar sob o corpo, sabendo que havia uma garrafa de vodca a ser bebida, milhares de memórias nas quais se perder. O brilho quente da fogueira tinha desaparecido completamente de vista, e agora era apenas ela e o mar.

65

BELLA

Bella enfiou o braço na caixa térmica, o vestido molhado se agarrando à pele lambida de sal. Pegou a primeira coisa que encontrou: uma garrafa de ouzo. Desrosqueou a tampa e levou o líquido à boca. O toque quente e mentolado do anis desceu pela garganta. Sim, bem melhor agora.

Colocou a garrafa debaixo do braço e foi até a fogueira, onde Lexi estava sentada com Ana. Sempre Ana. Aquela mulher era como a maldita sombra de Lexi. Usava um vestido vermelho belíssimo, tranças soltas por cima dos ombros. Que coragem a dela de estar ali quando Bella sabia seu segredinho torpe.

Bella se jogou do outro lado da noiva, socando a base da garrafa nos pequenos seixos. O cabelo pendia molhado nas costas, encharcando o vestido. Ela tremeu.

— Você está congelando — disse Lexi, soltando o xale vermelho dos ombros e o enrolando em Bella.

— Obrigada — falou, puxando o tecido macio para mais perto da pele, inspirando o aroma do perfume de Lexi. Observou a praia, iluminada pelas chamas e pela lua. — Cadê a Fen?

— Não sei. Talvez tenha voltado para a villa — sugeriu Lexi.

Bella ergueu o olhar para a linha irregular do penhasco, a casa agachada na escuridão, bem no topo. Algumas lamparinas tremeluziam no terraço, mas não havia qualquer luz dentro daquelas paredes frias de pedra. Será que Fen já tinha ido para a cama? Será que ainda dividiriam a mesma cama de casal naquela noite, encolhidas em cantos diferentes? Um sentimento pesado de tristeza se espalhou pelo âmago dela.

— O que foi que aconteceu entre você e Robyn agora há pouco? — perguntou Lexi, dando uma olhada por cima do ombro na direção em que Robyn partira.

Bella deu de ombros.

— Foi só ela sendo certinha e fresca como sempre.

— Não fale isso.

Ah. Sóbria, lembrou-se. Normalmente, Lexi teria rido, não teria?

— Mas ela é assim.

Lexi suspirou como se Bella fosse uma criança exaustiva à qual ela não tinha energia para repreender.

— Não me diga que está brava comigo também.

— Não estou brava com ninguém. Só quero que a energia continue tranquila.

— Em vez do quê? Da minha *energia* não tranquila? — Quando foi que Lexi tinha começado a usar a palavra *energia*, pelo amor de Deus?

Ana pegou uma lenha e a usou para alimentar o fogo clamoroso. Bella a encarou. Que insolente, sentando-se ao lado de Lexi, fingindo ser amiga dela, quando Bella sabia a verdade. Balançou a cabeça, enojada. Pegou o ouzo.

— Talvez você devesse ir mais devagar.

Bella arqueou uma das sobrancelhas.

— A Lexi que eu conhecia estaria indo buscar mais bebida para nós duas.

Ela suspirou.

— Estou cansada de ouvir sobre essa Lexi que você conhecia. Você sempre me cobra por isso. É como se você só pudesse aceitar uma única versão minha.

— Eu gostava mais da versão antiga. — Bella não fazia ideia do motivo de estar se comportando daquele jeito. Sabia que Ana parecia estudar as chamas com atenção.

— Bem, desculpa, mas eu amadureci — disse Lexi, abraçando os joelhos contra o peito. — Quem eu era aos vinte e poucos anos não é quem eu sou agora. E quem eu sou agora provavelmente não é quem eu serei ano que vem, ou até mês que vem. Não preciso ser só uma coisa o tempo todo. Agora, sou uma pessoa que está noiva, grávida, sóbria... e eu gosto de todas essas partes de mim. — Encarou Bella. — Quero que você fique feliz por mim.

— E eu estou! Sou sua melhor amiga, é claro que estou feliz por você! Eu me importo com você, mais do que qualquer outra pessoa.

Em frente a ela, do outro lado da fogueira, Ana revirou os olhos.

O gesto incendiou Bella. Ela se inclinou para a frente.

— O que foi que você acabou de fazer, porra? — Seu corpo inteiro vibrava com a tensão, a mente trêmula. Sentiu o coração disparado, precisava que aquela energia e raiva fossem para algum lugar.

A voz de Ana soou calma quando ela disse:

— Outras pessoas também se importam com a Lexi.

— Você? — Bella riu, o som tão cortante quanto uma faca. — Que piada! Lexi virou a cabeça como um chicote.

— Bella! — Então, respirou fundo, como se estivesse conscientemente tentando manter a calma diante da infantilidade da amiga. — Sei que você está magoada por causa da Fen, mas, por favor, não desconte em todo mundo.

— Você nem sequer conhece a Ana!

— Neste momento, parece que é *você* quem eu não conheço.

Ela sentiu a pancada bem na barriga. O olhar se voltou como um martelo de metal na direção de Ana. Ela estava sentada lá, tão calma, tão régia, fingindo ser uma influência fundamental na vida de Lexi... quando tudo a respeito dela era uma mentira!

— Ana não é quem você pensa que ela é! — disse Bella para Lexi, seu tom letal.

A amiga não respondeu. Apenas pareceu exasperada.

O olhar de Bella foi parar em Ana, que tinha enrijecido.

— Lexi não tem a menor ideia de quem você é, tem?

Ana arregalou os olhos — mas apenas um pouco. Então, meneou a cabeça uma vez em um apelo silencioso. *Não!*

— Pelo que parece, Ed queria ser o primeiro a te contar, Lexi — disse Bella, em um rosnado baixo.

O semblante de Lexi ficou desconfiado.

— A me contar o quê?

Uma brasa saiu voando do fogo, pousando no espaço entre elas. O olhar de Bella a acompanhou, observando enquanto esfriava até virar cinza.

Ela ergueu os olhos, encontrando os de Lexi.

— Ed e Ana já se conhecem.

66

LEXI

Apesar do calor das chamas, Lexi sentiu a pele esfriar. Olhou para Ana.

— Você não conhece o Ed. — Devagar, a testa começou a se franzir. — Conhece?

Ana juntou as mãos como se em súplica.

— Desculpa.

Pelo quê?, pensou Lexi, atenta aos batimentos acelerados.

Um galho em chamas desmoronou, faíscas dançando na noite.

Ana posicionou as mãos uma de cada lado do corpo, como se tentando se equilibrar.

— Nós nos conhecemos há muito tempo. Na faculdade.

— O quê? — questionou Lexi, com um balançar de cabeça. — Por que você não me contou?

— Eu te contei que larguei a faculdade porque tive o Luca. — Ana respirou fundo. Olhou direto para Lexi. — Ed é o pai dele.

Lexi quis cair no riso, porque aquilo era absurdo! *Não! Mentira!* Esperou Bella rejeitar a loucura da afirmação, mas só houve silêncio. A declaração de Ana chamuscando no calor do fogo.

Ela se voltou para Bella, precisando que a amiga traduzisse.

— É verdade? O meu Ed?

O rosto dela estava sério, sombrio.

— Sim.

Lexi se levantou, cambaleando.

— Ah, meu Deus!

— Desculpa — dizia Ana, também se levantando. — Eu não queria que você soubesse assim. Queria conversar com você direito. Sei que é um choque horrível.

— O Ed sabe do Luca? — perguntou Lexi, a voz baixa. — Não tem como ele saber, tem?

— Eu contei para ele assim que descobri que estava grávida. Ele não quis se envolver. Ele... paga pensão, mas Luca e ele nunca se conheceram.

O Ed sabe do Luca? Os seixos sob os pés descalços pareceram se mover, deslizando para longe. A cabeça dela girou, os pensamentos rodopiando. Nada fazia sentido.

— Mas eu falei de você para o Ed. Ele sabe seu nome. Sabe que você viria para a despedida de solteira. Ele deveria ter dito algo! Me contado!

— Você me chama de Ana... mas o Ed só me conhece pelo nome completo, Juliana. Ele não teria ligado os pontos.

— Mas *você* ligou — acusou Bella, o queixo se projetando para a frente, o xale vermelho cobrindo os ombros. Com o dedo apontado para Ana, continuou: — Você sabia muito bem quem a Lexi era. Foi atrás da amizade dela. Fez questão de se posicionar bem do ladinho dela. Você sabia quem ela era, e com quem estava se casando, quando concordou em vir para essa viagem!

Um tremor avassalador dominara o corpo de Lexi. Ela estava parada na praia escura encarando Ana, uma mulher que admirara e respeitara, em quem confiara.

Ana tentou apelar para Lexi.

— Você é minha amiga. Essa parte é verdade.

A voz de Lexi soou embargada pela confusão quando perguntou:

— Quando você apareceu na minha aula de ioga, você sabia quem eu era?

Ana não desviou o olhar.

— Sim.

Lexi soltou um suspiro marcante, como se tivesse levado um soco. Fechou os braços com força ao redor de si. Uma nuvem de fumaça serpenteou entre elas, queimando seus olhos.

Ao lado, Bella disse, entre dentes:

— Eu nunca confiei em você.

— Isso não tem nada a ver com você — ralhou Ana.

— Tem tudo a ver comigo. Lexi é a minha melhor amiga. — Bella deu um passo para mais perto dela. — É melhor você ir fazer as malas e dar o fora daqui, porra.

— Lexi, por favor! — disse Ana, apelando para ela. — Vamos voltar para a villa. Conversar.

Lexi sentiu-se estranhamente desconectada do corpo, como se estivesse observando a si mesma, fitando as três ali na praia, iluminadas pela fogueira. Os pensamentos eram uma torrente, impossíveis de serem compreendidos. Precisava de espaço, de distância, de silêncio. Olhou para Ana. Balançou a cabeça.

— Não.

— Por favor, se você me der a chance de...

— Você escutou! — intrometeu-se Bella.

Ana se virou. A expressão tinha mudado, o semblante rígido, olhos estreitados.

— Fique fora disso! Você não é guarda-costas da Lexi!

— Eu estou protegendo ela! — Os olhos de Bella brilharam, as palavras saindo arrastadas.

Lexi sentiu as mãos irem parar na cabeça, apertando as laterais do crânio. O som alto. Havia barulho demais. Havia demais de tudo.

— Você acha que *isso* é protegê-la? — rebateu Ana. — Ter cuspido a notícia bem aqui e agora?

— Você está me dando um sermão sobre amizade? — berrou Bella, incrédula.

A voz de Lexi saiu baixa, trêmula, quando disse:

— Eu não consigo.

— Viu? — falou Bella para Ana, triunfante.

Apressou-se para o lado da amiga, cambaleando quando enganchou o braço com força demais na cintura da outra. Lexi sentiu o cheiro forte de álcool no hálito dela. Afastou-se.

— Deixe-me te ajudar, querida.

Lexi a encarou, olhos brilhando com lágrimas.

— Você já fez o suficiente.

67

ROBYN

Robyn seguiu pela trilha estreita do penhasco. Não tinha nenhuma tocha consigo, mas a lua estava alta, luminosa, banhando a montanha com um toque prateado. Sentiu a areia e as pedras sob a pressão dos pés descalços.

Estava começando a ficar sóbria, pôde sentir o leve retroceder do álcool no organismo, o corpo o absorvendo, diluindo-o. Perguntou a si mesma se conseguiria fazer aquilo com os pensamentos... todo o barulho na cabeça, apenas empurrar tudo para longe, engolir o que fosse possível, deixar que o corpo absorvesse.

Ou talvez aquilo fosse exatamente o que ela estivera fazendo havia anos.

Como naquela noite com Bella.

Engoliu em seco. Como poderia ter feito aquilo com Bella? Fingido que não se lembrava de nada. Fechado a porta da frente e voltado para dentro, para os pais. Precisando ser uma boa filha porque eles não conseguiriam lidar com mais nada. Ficando no caminho direito e regrado. Estudando duro. Indo para a faculdade. Conseguindo um estágio. Trabalhando em uma firma de advocacia consolidada. Conhecendo um bom homem. Casando-se com ele. Tendo um filho.

Fazendo tudo o que esperavam dela.

Mas aquele era o exato problema: estava se colocando em uma caixa. Estava guardando os sentimentos e sonhos em pequenas fôrmas quadradas feitas por outra pessoa.

Então, perguntou-se: *O que aconteceria se eu abrisse a tampa?*

...

— Robyn?

Estava sentada em uma pedra pouco afastada da beira do penhasco, e não escutara Fen se aproximando.

A lua banhava Fen com um brilho natural, então a pele dela parecia porcelana.

— O que você está fazendo aqui em cima? — perguntou Robyn.

— Vi você saindo da enseada. Parecia chateada. Está tudo bem?

— Eu e a Bella trocamos algumas farpas. Não foi uma briga, exatamente. Só… algo que eu precisava ouvir.

Fen ficou em silêncio por um momento.

— Bella está tendo um dia difícil.

— Eu sei. Ela me contou que vocês terminaram. Eu sinto muito.

— Não era a minha intenção que terminássemos aqui. Não na despedida de solteira da Lexi. Virou um caos.

— Às vezes, não existe um lugar certo — comentou Robyn.

Fen se aproximou da rocha em que Robyn estava sentada e se abaixou.

— Posso te perguntar uma coisa? — disse, virando-se para olhar a outra mulher. — Por que você e seu marido se separaram?

A pergunta surpreendeu Robyn.

— Ele me traía. — Tratava-se de uma resposta fácil, polida. Ela a tinha dito uma centena de vezes: *Meu marido me traía*. E as pessoas lhe davam um aperto no braço por empatia, ou o chamavam de babaca, porque compreendiam a dor, a raiva e a traição.

O que não teriam entendido tão facilmente era que, quando Robyn descobrira os casos, sentira-se aliviada. Aquilo deu a ela uma saída. Foi claro, óbvio e compreensível. Era assim que ela sempre gostara que suas emoções fossem.

Organizadas. Organizadas. Organizadas.

Pegou-se admitindo para Fen:

— Eu fiquei *feliz* que ele me traía. Aliviada. — Respirou fundo. — Eu não estava apaixonada por ele. Acho que nunca estive.

— Não — disse Fen, baixinho. Aquela única palavra diminuta continha uma verdade que, de algum modo, Robyn sentiu que Fen já sabia.

— Se ele não tivesse me traído, acho que ainda estaríamos casados. Mesmo que eu não o amasse. Deus, é péssimo admitir isso. Sou tão fraca — disse, balançando a cabeça. — Eu continuaria casada com alguém que nunca amei de verdade porque não sou corajosa o suficiente para fazer outra escolha.

Em todo o redor, cigarras cantavam. Fen sentou-se sem fazer barulho ao lado de Robyn, esperando. Dando abertura a ela. E, então, Robyn se viu aceitando-a. Contou sobre perder o irmão quando era adolescente. Sobre como acabou vendo os pais se estilhaçarem, como se o coração deles fosse apenas feito de vidro.

— Tudo o que eu quero é que a vida seja cômoda, que seja boa e gentil com eles, porque meus pais não suportariam mais nada. E, hoje à noite... hoje eu xinguei a minha mãe, e ela está em casa, cuidando do meu filho, e eu deveria me sentir grata, mas em vez disso fui grossa e maldosa, e sei que ela não dorme direito e que vai ficar preocupada com isso, e...

Fen apoiou a mão na de Robyn.

— Respire.

Uma palavra.

Ela encheu os pulmões com oxigênio, permitindo que o diafragma se expandisse. Depois, expirou devagar, os ombros relaxando.

Inspirou o ar mais uma vez por precaução.

Estava plenamente consciente do calor da mão de Fen na dela. Algo mudou no ar, ficou imóvel. O coração acelerou no peito.

Nenhuma das duas falou.

Robyn não quis se mover, por menor que fosse o movimento, ou falar, ou ainda fazer qualquer coisa para alterar a sensação que iluminava todo seu corpo por dentro.

Fen manteve a mão na de Robyn ao perguntar:

— Você disse alguma coisa para sua mãe que não era verdade?

Ela pensou por um momento. Balançou a cabeça.

— Então será que não era preciso acontecer o que aconteceu? — ela fez a pergunta de modo tão direto que Robyn se viu pensando se não teria razão.

Depois de um silêncio demorado, Fen perguntou:

— O que você quer?

Era uma pergunta tão simples. Todos os dias alguém a perguntava — em uma cafeteria, ou a mãe, ou até no trabalho —, mas, naquele instante, com os olhos de Fen concentrados nos dela, a pergunta pareceu ser a coisa mais difícil e importante a que algum dia precisou responder.

Pensamento e lógica, que eram sua linguagem, pareceram ter se dissolvido, e tudo o que conseguia sentir era algo mais profundo dentro de si, um calor que queimava no âmago.

Sentiu o sussurro de uma resposta. Mas tratava-se de um absurdo. Não poderia dizer aquilo. Nem sequer deveria pensar naquilo. Era ridículo.

Só que, quando tinha visto Fen pela primeira vez naquele penhasco, sentira algo se abrir no peito, uma expansão, uma necessidade, um desejo. E tinha certeza de que Fen também sentira, de que estava sentindo aquilo naquele instante.

A mão de Robyn ainda estava sob a de Fen. Quis olhar para baixo e memorizar os lugares em que a pele delas se tocava. Mas não quis desviar os olhos dos de Fen. Os olhares pareciam presos um ao outro.

Ela virou a mão dentro da de Fen, palma contra palma. Sentiu o deslizar dos dedos, como raízes à procura, conectando-se, envolvendo. Apertou-a. A resposta estava clara e brilhante.

Você. Eu quero você.

Robyn não sabia se era hétero, ou lésbica, ou alguma coisa fora de uma caixinha em que deveria se encaixar. Só sabia que, como um bramido profundo e oceânico dentro de si, era isso o que queria.

Inclinou-se para perto de Fen, olhos abertos, sem a perder de vista.

Os lábios se encontraram. Sentiu o ceder suave da boca de Fen, que tinha gosto de anoitecer, de estrelas, de pinho. Lábios e línguas e bocas se moveram, juntos, em uma dança lenta, o corpo de Robyn aceso com o desejo. Esse beijo foi o prazer mais caloroso e profundo que Robyn já conhecera.

Os dedos foram parar na nuca de Fen, sentindo o roçar do cabelo raspado, e então, um pouco mais baixo, a maciez escorregadia da pele.

O mundo inteiro efervesceu. Beijar Fen era como afundar sob a superfície do mar, mas, em vez de não ter ar nem claridade, havia uma fosforescência tão luminosa que Robyn sabia que nunca mais enxergaria o mundo do mesmo jeito.

68

ELEANOR

Eleanor estava deitada no fundo do barco, a garrafa de vodca pela metade, ouvindo o bater da água contra o casco.

Lembranças de Sam nadavam ali por perto, depois afastavam-se, como o arrastar das ondas: cobrindo-a, e então expondo-a. Queria apenas as memórias aconchegantes, mas uma corrente de outras imagens a puxava em direção a um lugar mais sombrio: o telefonema do hospital; as mãos agarrando as laterais da cadeira de plástico enquanto esperava; uma cirurgiã tirando os óculos, apertando a ponte do nariz.

Duas palavras ressurgiam sempre em meio aos pensamentos. *Erro humano.* Alguém cometera um erro.

Todo cometemos erros! Ah, bem! Não tem problema!

Mas ele estava morto. Um erro humano... e Sam estava morto.

A vida dele acabara. A vida dela acabara.

Eleanor lera cada detalhe da audiência disciplinar. Lera que Sam tinha recebido o medicamento errado, um que continha penicilina, algo a que ele era alérgico. Amoxicilina com clavulanato em vez de cotrimoxazol. Diferença de apenas algumas letras. Uma mistura diferente de substâncias químicas. Isso foi tudo o que foi preciso para que os vasos sanguíneos dele vazassem, a garganta se fechasse e o corpo entrasse em anafilaxia.

Eleanor sabia tudo a respeito daquilo. Lia o prontuário com tanta frequência que o grampo no canto se afrouxara. Sabia que tinha sido um acidente. Memorizara o nome da enfermeira responsável pelo erro. Em uma tarde de terça-feira, depois de não ter conseguido dormir pela terceira noite seguida, dirigira ao Hospital Real de Bournemouth, mãos tremendo no volante, visão oscilando. Queria encarar a enfermeira bem nos olhos e perguntar: *Você tem noção do que fez?*

Mas a mulher não trabalhava mais lá. *Conseguiu outro emprego*, contara a recepcionista, toda feliz. Eleanor enfiara os punhos bem fundo nos bolsos. Não perguntou onde nem fazendo o quê. Tinha sido ali que abandonara o assunto, naquela ala de hospital. Não queria encontrá-la. De que adiantaria? Sam estava morto.

Então, todos aqueles meses mais tarde, estivera sentada em seu apartamento, comendo uma torta de cordeiro que servia apenas uma pessoa e tentando, com muito empenho, não remoer, seguir em frente... quando o nome daquela enfermeira surgiu bem na caixa de entrada dela.

Um convite para uma viagem de despedida de solteira.

Quatro noites na Grécia.

Apenas seis convidadas.

Assinado:

Beijos,
Com amor, da Dama de Honra,
Bella Rossi

69

BELLA

A garrafa de ouzo balançava na mão de Bella enquanto ela tropegava, o chão poeirento e duro sob os pés descalços. Percorria a trilha do penhasco com a lanterna do celular, pedras e arbustos espreitando das sombras.

Cambaleava, andando perigosamente perto da borda. O feixe da lanterna deslizou pelo penhasco, brilhando noite afora, descendo e descendo ainda mais para baixo, em direção à boca sombria do mar.

— Cuidado — disse ela, enunciando todas as sílabas, como se demonstrando para si mesma que estava perfeitamente sóbria.

Endireitou os ombros. Ergueu o queixo. Prendeu a respiração. Sim, estava bem. Completa e totalmente competente.

Seguiu em frente, vestido esvoaçando ao redor das coxas, cabelo secando em emaranhados salgados. O xale vermelho de Lexi caía dos ombros, uma das pontas varrendo a terra.

Tinha certeza de que havia feito a coisa certa contando a respeito de Ana para a amiga. Tinha quase certeza. Alguém precisava contar para ela. Ana não poderia se safar daquilo. Então, lembrou-se de como o rosto de Lexi tinha se amarrotado, como se ela não pudesse fisicamente aguentar o peso do choque.

Talvez não devesse ter dito daquela maneira. Sempre tivera sido impulsiva. Talvez o certo fosse fazer uma pausa. Pensar no impacto das palavras que diria. A grande revelação que fizera não tinha a ver com Lexi, percebeu Bella, parando de andar. Tinha a ver com provar algo a Ana.

Havia algo de errado em Bella. Algo quebrado. Continuava ferindo as pessoas que amava.

Desrosqueou a tampa do ouzo. Levou a boca da garrafa aos lábios. O vidro tilintou contra os dentes de Bella quando ela tomou um gole, baba escorreu pela bochecha. Ela limpou a boca com as costas da mão, fazendo uma careta.

O rosto dele surgiu, de repente, em seus pensamentos. Os olhos enormes tomados de medo, os lábios sarapintados, lutando para respirar. Brincara com ele naquele mesmo turno, mais cedo, quando soube do acidente na despedida de solteiro que o fizera ir parar no hospital.

Sam Maine.

Gostara dele. Provocara-o.

E, então...

Ela o matara.

...

Bella apertou o xale um pouco mais ao redor dos ombros, a lanterna do celular balançando descontrolada enquanto seguia caminho aos tropeços.

Não havia contado para nenhuma das amigas a verdade a respeito do motivo de ter abandonado a enfermagem. Em vez disso, repaginara tudo como uma mudança de estilo de vida: "Trocando penicos por diamantes", dizia, entregando o bordão com um sorriso iluminado. Que mentira! Bella *amava* ser enfermeira. Era mais do que um emprego — era parte dela, de como se sentia a respeito de si mesma.

À frente, ouviu a cadência longínqua de uma voz. Deu uma olhada na trilha adiante, conforme subia em direção ao ponto mais alto do penhasco. Bella seguiu pela trilha, uma pedra afiada pressionando a base do seu calcanhar.

Assim que chegou ao topo, pôde ver Robyn sentada em uma rocha perto da beira.

A pequena Robyn.

Mesmo agora, seu coração fez algo complicado quando a viu — em parte vibrou, em parte se abateu.

Robyn olhava para longe e, quando se moveu, Bella viu que estava sentada com outra pessoa. Fen.

Na escuridão, nenhuma das duas a notara se aproximando. Bella desligou a lanterna do celular. Observou.

Estavam sentadas, uma perto da outra, as cabeças baixas como se em uma conversa privada, urgente.

Perguntou-se se não estariam falando dela. Bella odiava a sensação de entrar em um cômodo e as pessoas abaixarem o tom de voz, um olhar lançado em sua direção. Iria se juntar a elas, pensou, desculpar-se. Se Bella era boa em uma coisa, era em se desculpar. Ateava o fogo, mas apagava as chamas, isso era o que sempre a salvava. Sabia o valor de um bom pedido de desculpa. Começaria naquele instante, com Fen — tentaria, ao menos, conservar um fiozinho de amizade.

Foi até elas, começando a se sentir um pouco mais otimista, quando notou algo no jeito em que estavam sentadas. As mãos dadas.

Por que estariam de mãos dadas?

O olhar dela se ergueu até o rosto de Robyn. O queixo inclinado, o olhar fixo no de Fen.

Uma pontada de pavor a atingiu entre as omoplatas.

Não...

Estava congelada no lugar, vendo tudo. Esperando.

Uma se inclinou na direção da outra — e se beijaram.

70

ROBYN

Robyn estava tão perdida em seu corpo que sentiu como se fosse apenas pele, tendões, sangue, calor e movimento.

Nenhum pensamento.

Apenas sentimento.

Existência.

Um expirar baixinho de prazer lhe escapou dos lábios. Ela se afastou por um instante, apenas o bastante para observar Fen.

Fen sorria, o luar refletido em seus olhos.

— Nossa.

Robyn sorriu, o coração leve.

O momento se estendeu e se ampliou, as duas abraçadas pela noite, algo vasto se abrindo em seu peito.

Não conseguia parar de sorrir.

Em algum lugar atrás do ombro, houve um deslizar de terra sob o pé de alguém. Estava tão presa ao momento com Fen que não notou. Não se atentou ao contorno de uma terceira pessoa no topo do penhasco, observando-as.

...

— Como você *pôde*...?

A cabeça de Robyn se virou com tudo, o sorriso arrancado de seu rosto.

Bella estava parada ali, descalça, um xale vermelho como sangue envolvendo os ombros. O rosto não tinha cor, os lábios escuros e escancarados. Terra e sujeira manchavam as canelas.

Robyn se colocou de pé no mesmo instante que Fen.

— Bella! — disseram as duas, com uma sincronicidade dolorosa.

Então, silêncio.

O mar lambia friamente o sopé dos penhascos. Estrelas prateadas cortavam o céu.

Três mulheres paradas no topo de uma montanha no calar da noite.

— Como você pôde? — A descrença pacata na pergunta de Bella fez um arrepio percorrer o corpo de Robyn.

O olhar arregalado e chocado de Bella escorregou para Fen.

— Hoje de manhã... Nós terminamos hoje de manhã!

— Eu sei. Merda. Desculpa — disse Fen.

— Eu te amo. Como você pôde fazer isso?

— Bella... eu sinto muito mesmo. Eu te magoei.

A mulher parecia trôpega, como se as pernas ameaçassem ceder. *A beira*, pensou Robyn. *Ela está perto demais.*

— Bella... — começou.

A atenção dela se voltou para Robyn.

— Você! — Seus lábios se repuxaram para trás em desprezo, a postura toda do corpo mudando, preparando-se. — Sua vaca desgraçada!

Robyn merecia. Sabia que merecia. Não deveria ter beijado Fen... mas, ainda assim, cada célula em seu corpo a levara adiante. Abriu a boca para dizer algo, desculpar-se, tentar se explicar, mas Bella continuou falando:

— A Robyn heterazinha. Era isso o que você sempre quis que as pessoas pensassem, não era? Mas eu sabia! Eu sabia, caralho!

— Eu não... — tentou dizer Robyn.

Mas Bella havia terminado com ela, voltando-se para Fen.

— A pequena Robyn está fingindo nunca ter beijado uma mulher antes? Você acha que ela *se apaixonou por você*? Porque hoje não foi a primeira vez... foi, Robyn?

Calor queimava nas suas bochechas. Pôde sentir a atenção de Fen se voltando para ela.

— Eu e a Robyn temos um passado. Ela te contou? — exigiu saber. — Contou?

Depois de um tempo em silêncio, Fen respondeu:

— Não.

Bella cravou o olhar em Robyn quando disse:

— Robyn é a primeira mulher com quem dormi.

Os olhos de Robyn se arregalaram ao máximo. *Primeira? Não, aquilo não podia ser verdade.* Bella sempre tinha sido tão aberta, tão ousada com a sexualidade. Robyn achava que houvera inúmeras outras antes dela.

— Eu... eu não fazia ideia... — sussurrou, a voz vacilando.

Bella a encarou, a voz falhando ao dizer:

— Eu era apaixonada por você, Robyn.

Robyn estava completamente imóvel.

— Você disse que estava bêbada, com uma concussão. Que não se lembrava.

A culpa a chamuscou por dentro. Robyn não soubera como lidar com o que acontecera. Não compreendera o que havia acontecido nem como se sentia, então bloqueara tudo.

— Quando você me falou aquilo, você fez com que eu me sentisse... como se tivesse me aproveitado de você. Aquela coisa maravilhosa que tinha acontecido... acabou virando algo quebrado, encardido.

Para o horror de Robyn, ela viu lágrimas escorrendo pelas bochechas de Bella. Não fazia ideia de que era assim que a outra havia se sentido. Quando a viu, dias depois, Bella tinha agido como sua versão de sempre: sorridente, brincalhona, avoada, a vida e a alma do lugar.

Eu era apaixonada por você.

— Bella — começou ela, dando um passo para mais perto da outra. — Eu sinto muito, muito mesmo...

— Não — avisou Bella, vacilando perigosamente perto da beira do penhasco.

— Cuidado — alertou Fen.

Bella girou, o xale vermelho esvoaçando na noite.

Robyn pressentiu perigo, como algo metálico preenchendo o ar. Manteve a voz baixa, tomando cuidado para não assustar Bella ao dizer:

— Você está perto demais.

De costas para elas, Bella disse:

— Por que vocês se importam? — Houve uma mudança na entonação, uma tristeza bruta no tom.

— Por favor, Bella, afaste-se daí — implorou Robyn.

— Ninguém se importa com o que acontece comigo.

Robyn sabia que atenção era o oxigênio de Bella, mas aquilo... parecia diferente. Havia algo nela, nos ombros caídos em derrota, no tom cansado da voz.

— Isso não é verdade — disse Robyn, baixinho. — *Eu* me importo com você.

— Mentira! — Bella soltou um rosnado, um som animalesco de dor e frustração, enquanto arremessava a garrafa de ouzo pela borda do penhasco.

Robyn assistiu ao luar refletir na boca da garrafa que rodopiou pela noite, líquido brilhando feito mercúrio.

Talvez Bella a estivesse observando também, desconcentrada, porque, quando deu um passo para trás, o movimento desequilibrou alguma coisa.

Robyn viu acontecer em câmera lenta: a pedra solta sob o calcanhar de Bella, a instabilidade do pé da mulher por causa da picada de escorpião, o corpo dela se inclinando em direção à beira do penhasco, o tremular do xale vermelho.

Robyn se lançou para a frente, esticou os braços, tentou puxá-la de volta. Mas tudo o que a mão encontrou foi ar.

~

Nenhuma de nós achou que acabaria do jeito que acabou. O mar… em um momento, tão fascinante em sua glória reluzente, e, no seguinte, sombrio, sem fundo e mortal. Era como se estivesse estado à espreita, esperando o momento certo. Observando tudo, indiferente aos nossos gritos.

71

FEN

Fen avançou até a borda do penhasco, caindo de joelhos. Enterrou a ponta dos dedos na terra enquanto olhava pela extremidade.

Uma faixa escura de noite ininterrupta.

Olhou para o espaço vazio, que despencava no lábio sombrio do mar.

Não havia nada lá, só água, ar.

Sangue urrava em seus ouvidos. O arrastar da própria respiração.

Ao lado, Robyn estava mortalmente imóvel. As pernas brilhando brancas sob o luar. O rosto não exibia nenhuma expressão que Fen pudesse reconhecer. Sem ar com o choque, Robyn encarava Fen, olhos tomados pelo terror.

Então, ela começou a gritar.

. . .

— Bella! — berrou Robyn, a voz feroz e carregada, como se pudesse içar Bella para a superfície com uma corda feita de som.

O nome ecoou a partir do penhasco, solitário e desolado, sem resposta.

— Bella! Bella! — gritou Robyn, os sons se encontrando, atados e separados. — Não consigo vê-la! Porra, não consigo vê-la! Bella!

Robyn mexia as mãos, gestos rápidos que cortavam a noite, pés se movendo sem sair do lugar, pensamentos sendo disparados em forma de palavras.

— Temos que chegar até ela! A que altura estamos? Uns vinte e cinco metros? Mais? É muito fundo? Deus. Ah, meu Deus. Precisamos de ajuda. Precisamos buscar ajuda! A polícia! A guarda costeira! Meu celular... está na villa.

Fen não conseguia processar o fluxo de palavras. Ainda encarava a água escura lá embaixo, desesperada para ver algo. Ouvir algo. Forçou-se a respirar fundo.

— Corra até a villa. Ligue para a polícia. Depois, pegue o barco a remo. Tem uma lanterna no armário do saguão.

Robyn assentiu rapidamente.

— Vou tentar descer até a Bella.

— Como?

— Pela trilha que dá na enseada escondida... fica a alguns minutos de distância daqui. Vou descer, nadar por lá.

— É perigoso demais! Mesmo durante o dia, a gente...

— Vá, Robyn! Agora! — gritou Fen, antes de dar meia-volta e sair correndo pela borda do penhasco, terra se soltando sob os pés dela.

72

ELEANOR

O mar ia de encontro ao casco do barco a remo. O som era soporífero, a brisa quente roçando a pele de Eleanor, enquanto ela continuava à deriva...

Bem longe dali, ouviu uma voz.

Que a água levasse também, pensou, concentrando-se no balançar lento do barco, a sensação era de estar sendo ninada para dormir.

Mas a voz era insistente. Gritava.

No fundo da consciência, reconheceu o formato da palavra.

— Bella!

Abriu os olhos, encarando o céu preto e salpicado de prata pelas estrelas. Um sonho?

— Bella! — O nome foi gritado de novo.

Daquela vez, ela se sentou, a cabeça virando. No topo do penhasco, viu o contorno distante de uma pessoa. Espere, duas pessoas. Esfregou os olhos, sal queimando as bordas. Então, as pessoas começaram a se separar, a se mover, correndo em direções opostas.

Zonza pela estranheza da noite, olhou ao redor, incerta. O luar banhava o mar de prata, mas o barco a remo boiava à sombra do penhasco, escuro e invisível.

Escutou o som distante de algo caindo no mar.

Correu o olhar pela água. Será que tinha alguém ali?

Pegou os remos, movendo-os com força, a cabeça virada sobre o ombro, procurando.

Mais água respingando, como se algo estivesse se debatendo na superfície do mar. Então, uma voz. Com certeza, uma voz.

— Socorro!

Ali! Viu algo mais alto do que a água. Uma mão! Uma pulseira prateada refletiu a luz da lua.

— Estou indo! — gritou, remando com força.

Alguém batia as mãos na água. Cabelo preto escorria do couro cabeludo, a cabeça pouca coisa acima da linha-d'água, olhos desesperados.

— Bella Rossi.

— Socorro!

Por um momento, hesitou: realidade ou sonho? Seria aquilo apenas um cenário imaginado, como os que ela se divertia ao criar nas noites insones, planejando todas as formas pelas quais poderia fazer Bella sofrer?

Eleanor cerrou ainda mais as mãos nos remos de madeira, enquanto, por todos os lados, o mar e a noite oscilavam, distorcidos.

Então, a voz de Bella soou de novo, pouco mais do que um gorgolejo, implorando por ajuda.

Será que Sam implorou pela vida dele?, perguntou-se ela.

Será que ele ficou sem ar?

Hum.

Sentou-se muitíssimo imóvel enquanto assistia à enfermeira Rossi escorregar para baixo da superfície.

Eleanor fechou os olhos. Enquanto o barco balançava devagar, os pensamentos pareceram abafados pelo álcool.

Curiosamente, ouviu a voz de Sam. Tão calorosa e familiar, como se ele estivesse ali no barco, conversando com ela. Eleanor se manteve parada, querendo escutar cada palavra. Esperou ouvir o tom casual dele — como se a vida não passasse de um passeio, uma piada agradável da qual ele mesmo fazia parte, e, se Eleanor ficasse com ele, então ela também faria parte.

— Socorro — disse ele.

Eleanor pensou: *Sim, vou te ajudar. Vou fazer tudo o que você quiser...*

— Socorro!

Seus olhos se abriram com tudo, porque não era Sam, mas Bella.

Os dedos da mulher arranhavam o mar enquanto ela escorregava para baixo, desaparecendo.

Igual a como Sam desaparecera.

Não, aquilo era errado. Muito errado!

296 • LUCY CLARKE

Eleanor arrancou um dos remos da forqueta e o arremessou na direção dela.

— Segure!

Bella se lançou na direção dele, ofegante, debatendo-se. Os dedos o alcançaram... e Eleanor se preparou para aguentar o peso da outra enquanto a puxava para o barco.

Quando chegou perto o bastante, esticou o braço, agarrando Bella pelos ombros, puxando-a para cima. O barco balançava sem parar, a respiração de Bella quente contra seu rosto, dedos molhados segurando as roupas de Eleanor. Sentiu-se perdendo o equilíbrio, inclinando-se para perto demais da água. Não poderia cair! Não sabia nadar!

Eleanor afastou as mãos de Bella com tudo, caindo no outro canto do barco, ouvindo o respingar de água quando Bella afundou de novo no mar. Ela gritou, a voz desesperada, os dedos arranhando o casco.

Eleanor sabia que deveria ajudá-la.

Realmente deveria.

Tinha passado um longo tempo odiando aquela mulher. Quisera que ela sofresse, assim como Sam tinha sofrido, mas agora — naquele momento, quando tinha a opção de decidir se Bella viveria ou morreria — sabia que não deixaria Bella Rossi morrer.

Cruzou o barco, mantendo os joelhos flexionados e o corpo se equilibrando contra o balançar. Então, esticou a mão para baixo, pegando Bella com firmeza pelos ombros. Com um esforço feroz, puxou a outra por cima da lateral.

As duas colapsaram no barco, um emaranhado de braços e pernas, Bella encharcada e ofegante, um xale vermelho completamente molhado atado no pescoço.

Eleanor o soltou, depois tirou a coberta seca do chão do barco e a enrolou nos ombros de Bella.

A mulher tremia com força, soluçando, incapaz de controlar a respiração. O rosto parecia deplorável sob o luar, cabelo grudado na testa, lábios escancarados, respiração ofegante.

— Eu poderia ter me afogado.

Eleanor a observou.

— Sim — disse ela. — Você quase se afogou.

73

BELLA

Bella apertou a coberta ao redor de si. O corpo todo tremia. Não parava de relembrar o momento em que tinha caído da borda do penhasco: a boca ressecada, a queda vertiginosa, depois o baque do corpo acertando o mar — este algo sólido, não líquido. Devia ter perdido a consciência por alguns momentos, pois tudo de que se lembrava, depois, era de estar boiando na superfície, sem ar, sozinha, certa de que morreria...

Mas Eleanor a salvou. Respirou fundo. Ar, o ar belíssimo nos pulmões! Pressionou os pés contra a madeira sólida do barco. Inspirou mais uma vez. O mar as balançava de maneira constante, como o toque de uma mãe no berço.

— Obrigada — disse Bella, depois de um tempo, olhando para Eleanor. — Você salvou a minha vida.

— E você — falou Eleanor, a voz baixa, pensativa — acabou com outra.

Bella pestanejou, não entendendo.

— Sam Maine — esclareceu Eleanor.

Apenas duas palavras. Um nome que ecoava no recanto mais sombrio da mente de Bella. Ela esperou, incerta se aquilo era real... Se Eleanor tinha mesmo dito aquele nome... Se não era o choque da queda... Bella balançou a cabeça. Tentou falar, mas nenhuma palavra saiu.

— Sam Maine era meu noivo — continuou Eleanor. — Você é a enfermeira que o matou.

Os olhos de Bella se arregalaram.

— Você... você era a noiva dele?

Eleanor assentiu.

— Meu Deus... eu... eu não fazia ideia... — Ela levou a mão até a garganta. — Há quanto tempo você sabe quem eu sou?

— Desde o e-mail que você enviou sobre a viagem de despedida de solteira. Eu reconheci o seu nome. Estava no relatório disciplinar.

A cabeça dela girou.

— Foi por isso que você veio para a despedida?

— Sim. Eu precisava te ver. Olhar você no olho. Saber quem você era.

Bella sentiu o cabelo molhado encharcando o cobertor.

— Eleanor... eu... eu não sei o que dizer...

As mãos de Eleanor agarraram as bordas do banco de madeira.

— Quero que você me conte o que aconteceu.

Bella passou a mão na boca. Tentou se concentrar. Ainda tremia bastante, e fechou ainda mais o cobertor ao seu redor.

— Eu fazia os turnos da noite no hospital — começou, a voz rouca. Engoliu em seco. Tentou de novo. — Na noite anterior, eu tinha saído com a Lexi. Eu deveria ter ido para a cama e dormido quando voltei, mas estava sol, e passei a tarde em uma chopada. Não bebi — adicionou, sem tirar os olhos de Eleanor. — Eu nunca, jamais, bebi antes de um turno.

Bella se lembrava de ter ido trabalhar com o toque do sol ainda nos ombros, a agitação e o barulho do bar na pele.

Contou a Eleanor:

— Conheci o Sam assim que o meu turno começou. Gostei dele logo de cara. Ele me fez rir. Contou que estava em Bournemouth para a despedida de solteiro. Disse que a noiva tinha acabado de passar... e deixado um marshmallow coberto com chocolate e nozes, e uma revistinha da Marvel. Eu falei para ele: "O ano de 1985 está te ligando. Ele quer o estilo de vida dele de volta". Sam riu da piada e disse: "Isto aqui não é nada. Você deveria ver a nossa coleção de VHS".

Houve o mais leve suavizar nas feições de Eleanor.

— Era cerca de duas da manhã quando comecei a fraquejar. — Parecia um enjoo, era como se o sangue dela estivesse quente demais para o corpo, os olhos secos e ardendo. — Eu estava na sala de tratamento, preparando a próxima dose dele de antibióticos. Lembro de ter ajeitado a bandeja e de pegar a ampola de cotrimoxazol. Foi o que pensei ter pegado. Foi o que eu podia jurar ter pegado. Eu sabia que o Sam era alérgico a penicilina... constava no prontuário e na pulseira vermelha que ele tinha no punho. Eu sabia. Mas, bem ao lado, estava a amoxicilina com clavulanato... e foi o que acabei pegando. — Lágrimas queimavam os olhos dela. — Peguei o frasco errado. Não olhei duas vezes.

Na mão dela, estivera o medicamento que o mataria, agindo feito veneno no corpo dele, causando erupções nos vasos sanguíneos, fazendo a pressão arterial despencar e colocando o corpo dele em estado de choque.

— Mesmo quando fui para o lado da cama, perguntei o nome dele, a data de nascimento, se tinha quaisquer alergias... Não percebi que estava prestes a medicá-lo com o antibiótico errado. Então, coloquei no soro dele. Assinei o prontuário. Disse que era para ele se comportar e continuei a ronda.

Eleanor estava imóvel, as juntas dos dedos brancas onde agarravam o banco.

— Continue.

— Dez minutos depois, o alarme da ala disparou. — Lembrava-se do guincho dos tênis avançando pelo corredor, do som metálico do carrinho de emergência sendo empurrado para perto do leito dele. — A equipe de emergência chegou em segundos... pegando o desfibrilador, administrando adrenalina, colocando um acesso maior. Uma médica perguntou quais medicamentos tinham sido dados, e eu respondi "Cotrimoxazol". Assim que falei... soube que devia tê-lo medicado errado.

"Corri para a sala de tratamento. A bandeja ainda estava lá, a ampola exposta. Vi meu erro. E, porra, puta merda... — A voz dela quebrou. Lágrimas escorreram pelo rosto. — Tudo girou... as paredes, as prateleiras. Eu não conseguia respirar. Corri de volta até o Sam, gritando para os médicos que eu tinha administrado o medicamento errado. Que tinha penicilina nele! Quis fazer alguma coisa, ajudar, mas ele já estava sendo levado para a UTI."

Bella ficara parada, no cômodo vazio, o corpo anestesiado, a mente estranhamente vazia.

— Falei para a enfermeira-chefe que era culpa minha, e ela disse que teria que anotar aquilo. Informar à família. Depois, me mandou para casa. E foi o que eu fiz. Eu fui embora.

As ruas estavam vazias; a noite, quente. Algumas poucas pessoas voltavam para casa depois de alguma festa. Os pensamentos de Bella estavam confusos, impiedosos: o branco dos olhos de Sam, as pernas nuas sob o lençol, um som terrível de chiado escapando-lhe da garganta.

Vinte e quatro horas mais tarde, a equipe na UTI tomou a decisão, junto da família, de desligar os aparelhos. E foi isso. Sam Maine, que adorava histórias em quadrinhos e comia marshmallows com cobertura de chocolate e nozes, que era dono de fitas VHS, estava morto. E a culpa era dela.

— Fui suspensa do trabalho — contou Bella a Eleanor. — Teve uma audiência disciplinar mais tarde. Você deve ter lido o relatório. Não tentei justificar nada. O Conselho de Enfermagem e Obstetrícia decidiu que eu poderia voltar ao trabalho, mas em uma posição inferior. E eu nunca mais poderia voltar a ser enfermeira. Como poderia? Bastou um lapso momentâneo na concentração, e alguém… o seu Sam… morreu.

Bella escorregou uma das mãos pelo rosto molhado.

— Não contei para ninguém fora do trabalho o que havia acontecido. Não consegui. Nem mesmo para a Lexi. Nem para a minha família. Arranjei um emprego em uma joalheria, e rotulei isso como uma mudança de estilo de vida. Tinha dias em que parecia quase possível eu conseguir viver com o que tinha feito, que era uma escolha. Mas está sempre lá, em mim. O que eu fiz. Ter matado o Sam. — Ela ergueu os olhos para Eleanor. — E, agora, você está aqui.

O mar lambeu o barco.

Com o coração disparando, Bella se esforçou para controlar a voz:

— Eu penso em você: a noiva de Sam Maine. Penso em você todos os dias. Tento imaginar quem você é. Como sua vida mudou. Penso no dia do casamento que você nunca teve a oportunidade de viver. Penso no seu vestido de noiva… e me pergunto se você já o tinha escolhido, se o guarda, se alguma vez o tira do guarda-roupa e o prova.

— Fica no quarto de visitas. Eu o guardei. Vou guardá-lo para sempre. Mas nunca o provei.

Bella assentiu devagar.

— Sabe o que o Sam me falou quando eu o estava provocando por causa do quadrinho que você tinha levado? Ele falou: "Sou o cara mais sortudo do mundo". Foi isso o que ele disse.

Eleanor inclinou a cabeça para trás. Observou as estrelas, como se pudesse enxergar algo que Bella não podia.

Bella se abraçou com força, cravando as unhas na pele, esperando. Fosse lá o que estivesse por vir, sabia que mereceria. De todas as palavras com as quais Eleanor poderia ter respondido, escolheu apenas uma:

— Obrigada.

74

LEXI

Lexi disparou pelos degraus de pedra até a villa. A respiração soando alta no peito. Os pensamentos parecendo quentes, dispersos. Não queria que aquilo fosse verdade: Ed era pai de Luca.

Ele estivera mentindo para ela.

Ana estivera mentindo.

Bella sabia.

Atrás dela, perdido na altura dos penhascos distantes, pensou ter escutado um grito. Parou, ouvindo.

Além do coral de cigarras, não ouviu nada, exceto os batimentos acelerados.

Correu na direção da villa escura. Não havia brisa alguma longe do mar, e Lexi sentiu o suor escorrer pela pele. Uma onda de náusea subiu do estômago. Respirou fundo, concentrando-se em colocar um pé firme na frente do outro, e, pouco a pouco, a sensação amenizou.

Quando chegou ao terraço, hesitou. As luzes da casa estavam apagadas para evitar que uma enxurrada de mosquitos entrasse, e agora a construção parecia sombria — tão ancestral e antiga quanto o penhasco no qual havia sido talhada.

Ao longe, as luzes de um veículo trilhavam as montanhas como um farol de busca. Ela foi até a frente da villa, pensando em como era estranho ver faróis atravessarem a noite sendo que a estrada terminava ali, na casa.

Ouviu enquanto o rugido de um motor ficava mais alto. Então, de repente, um carro surgiu no topo da colina, o clarão a assustando conforme avançava na estrada. Por instinto, Lexi ergueu as mãos, protegendo os olhos da luz cegante.

Um táxi.

A porta do passageiro foi aberta, e uma figura saiu.

Atordoada, semicerrou os olhos diante da claridade.

Um homem atravessou a entrada, vindo na direção dela.

Lexi deu um passo para trás.

A silhueta, a largura dos ombros, a amplitude dos passos... eram familiares a ela.

— Ed?

Então, o noivo estava parado diante dela. Bem ali, na Grécia, dizendo seu nome.

Atordoada, ela o encarou. Ali, fora de contexto, ele pareceu irreconhecível a Lexi. Um estranho.

O táxi foi embora espalhando cascalhos, os faróis traseiros lançando um brilho vermelho e inquietante em Ed. A poeira que subia da estrada o fez parecer desbotado, desconhecido, o sorriso vacilando.

Ele engoliu em seco.

— Oi, Lexi.

...

Na escuridão, ela e Ed se encararam. O cheiro de gasolina e poeira ainda pairava no ar.

— O que você está fazendo aqui? — perguntou Lexi, sua voz soando diferente, reduzida.

Ed não se aproximou. Ele vestia uma camisa branca, desabotoada no pescoço, parecendo fantasmagórico sob o luar.

— Precisamos conversar.

Ela o encarou: seu noivo; o pai de Luca; amante de Ana, um dia.

— Podemos entrar?

Ela olhou para a villa, as paredes grossas como uma caverna. Por algum motivo, não o quis lá dentro, como se aquele espaço fosse para outras coisas, não para ele.

— Vamos para o terraço.

Ela se virou; ele a seguiu.

Nenhum dos dois notou o contorno parado à sombra do limoeiro, costas pressionadas no tronco, observando.

75

ROBYN

Robyn respirava com dificuldade, panturrilhas queimando enquanto corria. Pequenos seixos apunhalavam seus pés descalços ao percorrer a trilha até a costa, de onde o barco a remo se aproximava. Tinha ficado à vista havia apenas alguns minutos, e agora ela semicerrava os olhos na escuridão, distinguindo o contorno de uma... duas pessoas a bordo.

Adentrou a parte rasa e, conforme o barco vinha em sua direção, conseguiu ver Eleanor movendo os remos.

Ao fundo, Bella estava encolhida sob um cobertor, o cabelo molhado e grudado no couro cabeludo.

— Bella! Meu Deus, Bella! — gritou Robyn, água atingindo suas pernas ao agarrar a ponta do barco. — Você está viva! Meu Deus! Você está bem!

Encurvada dentro da coberta, Bella ergueu os olhos, o rosto pálido na luz da lua.

— Você se machucou?

— Não — afirmou Bella, embora Robyn tenha notado como ela se encolhera quando se mexeu no barco.

— Quando você caiu do penhasco... eu... pensei que tínhamos te perdido. — A voz de Robyn estava carregada de emoção. — Eu sinto muito... Foi tudo culpa minha... Eu sinto muito mesmo, Bella! Por tudo!

Eleanor a interrompeu, dizendo:

— Vamos voltar para terra firme. Aquecê-la, pode ser?

Robyn assentiu sem demora.

— Desculpa. Sim. Aqui.

Ela guiou o barco até a praia, o casco se arrastando pelos seixos no leito da praia.

Robyn carregou a maior parte do peso de Bella, ajudando-a a descer do barco. Ela tremia violentamente ao mancar pela parte rasa. Quando chegou na costa, caiu de joelhos, enfiando os dedos na praia de seixos. A cabeça pendeu, a curva da espinha proeminente no tecido molhado do vestido.

Depois de um tempo, Bella respirou fundo e, então, levantou-se, largando as pedrinhas. Virou-se. Encarou Eleanor.

As duas mulheres se observaram por um longo momento, algo se passando entre elas.

— Não vou me esquecer — afirmou Bella, uma intensidade na voz que fez arrepios surgirem na nuca de Robyn.

Eleanor assentiu uma vez. No instante seguinte, voltou-se para Robyn, instruindo:

— Me ajude com o barco.

Juntas, elas o tiraram da água, arrastando-o para a costa. Eleanor recuperou o xale vermelho e encharcado que Bella estivera usando. Torceu a água do tecido, depois o colocou sobre o braço, enganchando o outro no de Bella.

— Venha — disse. — Vamos te aquecer.

O olhar de Robyn voltou para a linha do penhasco. Fen ainda estava lá, procurando. Não deviam ter se separado. Fen não devia estar sozinha na escuridão. Decidiu que ajudaria Bella a voltar para a villa, pegaria uma lanterna e então iria atrás dela.

Uma nuvem de fumaça serpenteava ao sair da fogueira enquanto as três cruzavam a praia em silêncio. O passo de Eleanor vacilou. Robyn olhou para ela e viu que seu olhar estava voltado para a casa no topo.

— O que foi?

As três ficaram em silêncio, escutando.

— Vozes — disse Eleanor.

Robyn também as ouviu. Primeiro, a de uma mulher — afiada e alta —, que, então, foi cortada pelo baque forte de um grito masculino.

76

LEXI

No terraço, algumas lamparinas ainda estavam acesas. O cheiro de cloro subia da piscina, químico e incisivo.

Lexi parou sob o pergolado, colocando a ponta dos dedos na mesa, onde taças vazias e uma garrafa de vinho esperavam para serem levados. A estátua de bronze estava ao centro, e ela se viu pegando-a, sentindo algo aterrador no peso gelado do bronze, o toque do metal contra a pele.

Ed acompanhou o olhar dela.

— É você?

Ela fez que sim, girando o corpo de bronze na direção da luz da vela, a chama capturando as curvas, a expressão de êxtase.

Uma dançarina, era o que ela tinha sido.

Mas e agora? Quem ela era agora?

Com cuidado, pousou a escultura, de repente sentindo-se cansada demais. Não tinha energia para lidar com aquilo. Queria se esquecer de tudo o que ouvira a respeito de Ana, de Luca.

Queria que Ed ainda fosse o homem que ela pensava que ele era, e não aquela versão nova, envolta em sombra.

Ed puxou uma cadeira para ela, e Lexi se sentou.

Uma pétala, solta da coroa de flores, flutuou para o colo dela. Mirou-a por um momento, depois a levantou com leveza entre a ponta dos dedos. Devagar, pressionou a unha naquela delicada textura aveludada, até que a sentiu se romper. Então, enfiou a mão no cabelo e arrancou as flores restantes, deixando-as se espalharem no chão.

— Lex — disse ele, sentando-se perto dela, cotovelos nos joelhos. As mangas da camisa estavam enroladas para cima, expondo os antebraços fortes e bronzeados. — Eu precisava te ver. Esperava ser a primeira pessoa a te contar. Mas você já sabe, não sabe?

Ela continuou encarando-o.

— Você tem um filho.

Ed abaixou a cabeça.

— Tenho.

Lexi sentiu o golpe da confissão.

— Eu sinto muito, muito mesmo — falou Ed, e Lexi conseguiu ouvir a emoção engrossando a voz dele. Quando o noivo ergueu os olhos, ela ficou surpresa ao vê-los brilhando com lágrimas. — Deveria ter sido eu a te contar. Estou arrasado por você ter descoberto assim… aqui. Lex, eu devia ter te contado meses atrás, eu sei disso.

— E por que não me contou?

Ele engoliu em seco.

— Fiquei com vergonha. Não de ter um filho… mas de não ter contato com ele. Sei como você fala do seu pai. Você não consegue perdoá-lo por ter abandonado a outra filha. Por causa disso, você mal fala com ele.

Aquilo era verdade.

— Eu queria ser sincero… te contar sobre o Luca… Realmente queria, mas pareceu impossível. Não quis correr o risco de te perder. Eu te amo, Lexi Lowe.

Dava para sentir o cheiro da loção pós-barba quente na pele dele. Ela se sentiu amolecer. Aquele era o Ed. O Ed dela. Que levava café da manhã para ela na cama; que amava lavar o cabelo dela no banho; que ligava para ela durante o almoço porque sentia saudade. Quando estava com ele, ela se sentia valorizada. Estimada. Queria se recostar nele, sentir os braços de Ed ao seu redor.

— Estou grávida. — As palavras lhe escaparam de maneira tão inesperada, tão baixa, que a surpresa dela quase se equiparou à dele.

— O quê? — Os olhos dele se arregalaram.

— Descobri logo antes da despedida de solteira. Você estava na Irlanda. Queria te contar pessoalmente. Onze semanas.

Ed passou a mão pelo queixo.

— Jesus Cristo. Grávida. Você está grávida. — Seu olhar viajou pelo rosto dela, deslizando até a barriga. — Um bebê — disse, a voz baixa. — Como você está se sentindo?

Se ela pensasse apenas no bebê — a maçaroca de células que se multiplicavam dentro dela, construindo um lar no âmago de seu corpo, compartilhando oxigênio, sangue, nutrientes, energia —, sentia-se completa, feliz.

— Eu quero ter o bebê. E estou feliz com a gravidez.

A boca dele se alargou em um sorriso enorme e espontâneo.

— Isso é... Isso é maravilhoso!

— Tínhamos dito que não queríamos ter filhos.

— Eu falei isso porque achei que fosse o que *você* queria. — Ele se levantou, segurando os dedos dela, levantando-a e envolvendo-a com os braços. O corpo dele era quente, firme. Pressionou os lábios no topo da cabeça dela. — Meu Deus, eu te amo. E vou amar nosso bebê.

Foi a coisa certa a se dizer. A coisa certa a se fazer. Lexi esperou sentir uma sensação de conforto, de desejo, de felicidade... mas nada disso emergiu. Ed a abraçava com força demais, prendendo o corpo dela no dele. A barriga lhe pareceu comprimida, cerceada. Sentiu o leve esmagar das pétalas debaixo dos pés descalços.

Lexi se soltou.

Ed a olhou, a cabeça inclinada.

— O que foi?

— Luca. — Bastou dizer o nome dele em voz alta para fazer o sussurrar no peito de Lexi ficar mais alto. — Seu filho, Luca. Por que você não o vê?

— Jesus, eu era novo demais. A Juliana... Ana e eu nem chegamos a ter um relacionamento. Foi, bem, você pode imaginar... uma vez só.

— Um lance de uma noite só. — Pareceu importante a Lexi que ele explicasse aquilo, que fosse claro.

Ele assentiu.

— Semanas depois, ela apareceu me contando que estava grávida. Fui sincero desde o início. Disse que eu não queria ser pai. Era novo demais. Ainda um garoto. Não fazia muito tempo desde que tinha me formado. Eu tinha um plano enorme de como a minha vida se desenrolaria... E, então, surgiu essa garota, que eu tinha visto uma vez na vida, dizendo que teria um filho meu. Fiquei apavorado.

— E ela?

Ed pestanejou.

— Como assim?

— Ana. Como você acha que ela se sentiu? Não acha que ela também ficou apavorada?

O tom dele mudou, ficou mais intenso, quando disse:

— Ela não precisava continuar com a gravidez. Pelo menos, ela tinha uma escolha.

Uma mariposa voou na direção da vela no terraço, dançando errática acima da chama, antes de a asa pegar fogo. Lexi sentiu o cheiro de queimado enquanto o inseto despencava em espiral, caindo na mesa. O corpo se fechou em uma bolinha lastimável. Ed pegou a escultura, esmagando a mariposa com a base de bronze.

Uma gentileza, Lexi sabia. Mas, ainda assim, pegou-se encarando-o no olho, procurando uma sugestão de algo mais. Algo insinuado na maneira com que Eleanor falara do irmão. Algo que explicasse o pé atrás de Bella com relação a Ed. Algo para justificar a ansiedade que Lexi sentiu crescendo durante toda a semana. Tentou interpretar a expressão dele, sentir a verdade de quem ele era.

Tinha sido tão fácil para Ed virar as costas para Luca. Assim como o pai dela fizera com Sadie. Ambos os homens tinham a habilidade assustadora de se desapegar, compartimentalizar.

Na baía abaixo, dava para ver o brilho fraco da fogueira na praia. Pressionou a ponta dos dedos contra a linha do cabelo.

— Por que Ana não falou com você todos esses anos? Por que fez amizade comigo?

— Obviamente, ela tem problemas… me investigando, fingindo ser sua amiga, vindo na sua despedida de solteira, pelo amor de Deus! Sinto muito por você ter vindo parar no meio disso. Odeio que ela tenha enganado a nós todos.

Será que era isso mesmo? Os pensamentos de Lexi pareciam enlameados, como se não conseguisse registrar as duas versões de Ana: a amiga de quem tinha se aproximado nos últimos meses, admirando sua força e espírito… e, então, a Ana recém-vislumbrada que estivera escondendo segredos, mentindo.

— Meu plano é buscar aconselhamento jurídico. Talvez precisemos considerar uma ordem de restrição.

— Você acha mesmo?

— Pelo que sabemos, ela pode ser perigosa.

Houve movimento do outro lado do terraço, passos tão leves e suaves que Lexi não ouviu ninguém caminhando na direção deles, até que a pessoa tocou o ombro de Ed.

— Perigosa — repetiu Ana, parando no lugar. Seu rosto estava coberto por sombras, mas Lexi identificou a dureza no olhar dela, olhos fixos em Ed. O vestido vermelho a cobria como um aviso. — Que palavra interessante.

77

ANA

Ali estava ele. Parado na frente dela. Edward Tollock. Com sua camisa branca, mangas casualmente enroladas.

O pai de Luca.

Havia quase dezesseis anos que não ficava tão perto assim dele, mas o corpo lembrava: um arrepio desceu pelas costas; uma tensão na nuca, como pelos invisíveis se eriçando; uma retração na pele macia da barriga, puxando-se para dentro, para longe.

— O que você está fazendo aqui? É melhor ir embora — orientou ele, a voz baixa com a intenção de passar uma imagem de autoridade.

— Eu não vou a lugar nenhum — disse ela, sangue rugindo nos ouvidos. — Tem algumas coisas que a Lexi precisa ouvir.

— Nenhum de nós está interessado em nada do que você tenha a dizer — falou Ed, sem emoção.

Passos soaram atrás deles, o que fez Ana se virar. Eleanor e Robyn conduziam uma Bella que tremia ao terraço. O vestido estava ensopado e a maquiagem escorria pelo rosto.

— Meu Deus, o que aconteceu? — perguntou Lexi.

— Está tudo bem, eu estou bem — falou Bella, a voz abalada. Olhou para Ed. — O que ele está fazendo aqui?

Eleanor também encarava o irmão, o semblante dela franzido em confusão.

— Vim conversar com a Lexi.

Ana notou como a coluna de Lexi enrijeceu quando o homem colocou a mão na parte inferior das costas dela.

Lexi deu as costas para Ed, virando de frente para Ana.

— O que é que eu preciso ouvir?

Será que aguento isso? Bem aqui, na frente de todo mundo? Olhou para Ed, uma expressão impaciente marcando seu rosto. O coração batia forte no peito, mas ela se recompôs, enchendo bem os pulmões de ar.

— Um ano atrás, Luca pediu para conhecer o pai — contou para Lexi. — Não devia ter me surpreendido... Eu sabia que, um dia, ele me pediria isso. Expliquei que precisaria esperar até ter dezesseis anos. Se ainda quisesse conhecer o pai, eu o ajudaria.

— Deixei claro que eu não queria me envolver — pontuou Ed, a voz atentamente controlada.

— Luca é um garoto teimoso, inteligente. Mesmo se eu tivesse dito que não o ajudaria, ele mesmo teria ido te procurar. E, se te achasse, eu precisava saber quem ele encontraria. Então te procurei. Descobri onde trabalhava. Fui ao escritório. Esperei do lado de fora para conversar com você. Mas, quando te vi... eu... simplesmente não consegui... — Havia começado a tremer, o corpo inteiro tomado por um medo gélido. A garganta se fechou, a respiração cada vez mais superficial até mal conseguir inspirar.

— Por que não conseguiu conversar com o Ed? — perguntou Lexi, as mãos cerradas em punhos ao lado do corpo.

O olhar de Ana estava fixo em Ed, que permanecia parado com os pés plantados e bem espaçados no chão, uma postura associada ao controle, à autoridade. Mas ela também notou o nó de tensão na mandíbula dele, os olhos semicerrados, o mover de uma mão indo parar rapidamente na nuca.

— Quer contar para a Lexi sobre a noite em que engravidei?

Ele hesitou.

— Você quer que eu conte para a minha esposa sobre uma rapidinha, dezesseis anos atrás, da qual eu mal me lembro?

— Eu me lembro — disse Ana, reunindo coragem do fundo da alma. — Você tinha acabado de se formar, então deu uma festa na sua casa para comemorar. Minha colega de quarto conhecia um dos seus amigos, então fomos. Era meu aniversário.

Ana não costumava beber muito — não tinha dinheiro para isso —, mas era seu aniversário de dezenove anos, e as amigas a tinham levado para beber coquetéis em um *happy hour*. Chegara à festa sentindo-se zonza, bêbada, tomada pelo florescer de uma falsa confiança. Lembrava-se de dançar no saguão, gostando de como aquele cara lindo e graduado estava parado à porta, observando-a.

— Você chegou em mim, perguntou se eu gostaria de beber alguma coisa em algum outro lugar menos barulhento. Você estava segurando uma garrafa de vodca. Eu te segui até o andar de cima. — Lembrava-se de ter se sentido lisonjeada porque aquele cara com sapatos elegantes de couro tinha se encantado com ela. — Quando entramos no seu quarto, você trancou a porta. — Engoliu em seco, lembrando-se do primeiro suspiro de desconforto. — Você tirou a tampa da vodca e passou a garrafa para mim. Não me ofereceu um copo. — Ana notara algo na expressão dele, uma pitada de divertimento, como se a estivesse testando. Ela bebeu direto da boca, o álcool queimando a garganta. — Aí, você abaixou a calça e disse: *Coloque a boca aqui.*

— Pelo amor de Deus! — explodiu Ed. — Não vou ouvir isso!

O coração de Ana batia com ferocidade. Vergonha queimava suas boche-chas, subindo até o couro cabeludo. Ela queria correr, ir embora, afastar-se de Ed. Queria estar em casa com Luca, vendo um filme e comendo pipoca. Cerrou os dentes. Forçou-se a continuar:

— Tudo pareceu errado. A porta trancada. O jeito que você falava comigo, como se não houvesse equidade. Falei: "Não, obrigada". Você riu. Imitou minha voz. *Não, obrigada*, como se a recusa fosse uma piada para você. Então, você sorriu para mim. Disse: "Nós dois sabemos o que vai acontecer neste quarto". Você me jogou na cama. Subiu em cima de mim. Enfiou as mãos debaixo das minhas roupas — Ela declarou cada fato, sem se apressar, a voz o mais equilibrada possível, como se lendo um documento em voz alta.

Pôde sentir o olhar coletivo de Lexi e das outras. Ouvindo.

Escutando o que ela dizia.

— Você transou comigo. Eu não disse "não", porque estava com medo. Estava apavorada com o que poderia acontecer se eu dissesse aquela palavra. O que significaria se você não me desse ouvidos. — Porque, quando a tivesse verbalizado, quando a tivesse dito alto e bom som, como fora ensinada a fazer por todas as mulheres antes dela, ele teria a escolha de respeitá-la... ou não. — Por isso, fiquei deitada imóvel na sua cama, e você fez o que fez.

Sentiu o calor das emoções que ferviam. Sempre as controlava, sempre as continha, empurrando-as para baixo, mantendo a calma... mas agora elas borbulhavam perigosamente perto da superfície.

— Você se lembra? — continuou, a voz se elevando. — Do que me disse enquanto me fodia?

No arregalar breve dos olhos de Ed, ela viu que ele se lembrava. Que sabia exatamente o que tinha dito, a boca pressionada na orelha dela, o sussurro quente abrindo um corte profundo.

— Você me chamou de *vadia asquerosa. Uma puta nojenta.*

Ouviu o inspirar de ar das outras.

As têmporas de Ana latejaram; os músculos do pescoço espasmaram. Aquelas palavras foram piores do que o que ele estava fazendo com o corpo dela. Elas deixaram cicatrizes. Elas a faziam ver aquilo quando se olhava no espelho.

— Quando você terminou, você saiu de cima de mim. Subiu a calça e, então, deixou o quarto. Não disse uma única palavra. Simplesmente voltou para a festa como se eu não fosse nada. — Ana prendeu a respiração. — Eu nunca disse *não*. Nunca te mandei *parar*. Estava morrendo de medo... então, fiquei deitada, em silêncio. Eu era uma garota negra em uma festinha de garotos brancos. Mas você sabia que eu não queria. Sabia que o que estava fazendo era errado, mas fez mesmo assim.

Houve silêncio.

Ed, maxilar cerrado, disse:

— Tivemos um caso de uma noite. Não vou te deixar insinuar que foi algo mais perverso do que isso. Quando você apareceu, alguns meses depois, grávida, convenientemente não mencionou nada disso. Pareceu feliz o bastante aceitando meus cheques todos os meses.

— Feliz? — Dedos quentes com a tensão tocaram a testa dela. — Você nem faz ideia, faz? Eu era uma estudante de dezenove anos de Brixton. Famílias como a minha... elas não têm filhos na faculdade. Eu ter conseguido uma vaga significava *tudo* para mim. Eu não queria largar os estudos. Não queria ver o coração partido dos meus pais por eu ter jogado tudo para o alto. Por eu ser mais uma estatística. Mas eu também sabia que não poderia fazer um aborto... não importava o incentivo financeiro que você e seu pai oferecessem. — Ela balançou a cabeça, enojada. — Você chegou até a insistir em um exame de DNA para confirmar que o Luca era seu!

— Como eu poderia saber com quem você andou dormindo?

— Você. — A voz dela saiu mortalmente baixa. — Você foi a única pessoa.

A declaração dela pairou ali no terraço escuro, pesada e tensa.

— Meu Deus — sussurrou Lexi, os dedos na frente da boca.

— Você me comprou. Me fez assinar um contrato de pensão mais alta, desde que eu nunca deixasse meu filho descobrir quem você era. E eu concordei.

Ela aceitara tudo. Não tinha dinheiro, havia um aluguel a pagar, pais que não conseguiam olhá-la nos olhos, e um bebê crescendo na barriga.

Quando a primeira quantia caiu na sua conta bancária, tudo o que pensara foi: *Ele tinha razão. Agora, sou uma puta.*

78

LEXI

Lexi sabia que Ana era uma mentirosa bem-sucedida. Afinal de contas, vinha mentindo para Lexi desde que dera as caras na primeira aula de ioga dela. Então como poderia confiar no que a mulher dizia agora?

Seu olhar foi parar no de Ed. Um nó de tensão pulsava na mandíbula dele enquanto cerrava os dentes. Mas o noivo também estivera mentindo para ela, omitindo Luca de sua história.

Eleanor, Bella e Robyn estavam agrupadas, um júri reunindo informações, esperando para proferir a sentença.

No silêncio, Ed começou a rir.

— Isso é ridículo! — Virou-se para Lexi. — Transamos uma vez, e agora ela está tentando me pintar como um monstro, destruir meu relacionamento com você! É claro, eu devia mesmo ser um panaca de vinte e um anos experimentando falar obscenidades… Eu não me lembro direito, tudo aconteceu faz muito tempo… mas o que sei é que foi consensual.

Lexi pensou em como Ed era quando estavam sozinhos: carinhoso, atencioso, amoroso. Ele a olhava com adoração, dizia que ela era linda, inteligente, gentil. Será que ele poderia ser a mesma pessoa que, uma vez, sussurrara: *Vadia asquerosa* e *Puta nojenta*?

— Lexi — disse ele, chegando mais perto. — Você me conhece. Você sabe que nada disso faz sentido, não sabe? Se a Ana é uma amiga tão boa assim, como ela diz ser… e se isso, se a história dela é verdade, de que sou um monstro… então por que ela não te avisou a meu respeito? Por que ela veio até a Grécia para celebrar a sua despedida de solteira e não disse nada?

Era uma boa pergunta. Uma pergunta importante.

Lexi olhou para Ana.

— É, por quê?

79

ANA

Ana tinha decepcionado Lexi, ela sabia disso.

— Eu não sabia como lidar com o que aconteceu comigo. Foi mais fácil me iludir de que tinha sido um caso de uma noite só. Foi melhor eu acreditar nisso... pelo bem do bebê.

Toda vez que Ana sentia uma emoção surgindo que pudesse sugerir o contrário — o aperto no peito quando se encontrava sozinha com algum homem, o lampejo de medo quando uma porta era trancada atrás dela, o cheiro de vodca no hálito de um outro alguém —, dizia a si mesma para ser mais forte.

— Quando revi o Ed todos aqueles anos depois, como uma mulher crescida, senti no meu corpo. Eu soube. Eu entendi que o que havia acontecido entre nós não tinha sido certo. Que eu não estava equivocada quanto a nenhuma lembrança. Eu tinha bloqueado tudo. — Ela manteve seu olhar em Lexi. — A força daquela recordação, daquele sentimento, foi aterradora. Eu estava parada do lado de fora do escritório dele, tremendo. E aí... aí, você foi na direção dele. Parecia tão adorável, tão feliz, tão contente por vê-lo. Você sorriu, toda animada, para o Ed. Beijou-o. — Ana balançou a cabeça. — Eu fiquei muito confusa. Pensei: o Ed não pode ser essa pessoa, não o Ed de que me lembro, se está com alguém como você.

Lexi ouvia com atenção.

— Você estava com uma bolsa de ioga com o nome de um estúdio. Era perto de onde eu morava, então, no dia seguinte, fui lá. Eu não tinha orquestrado nenhum plano. Eu... só queria ver quem você era. Entender por que estava com o Ed. Descobrir quem ele era, o que tinha acontecido comigo. Eu não esperava que fossemos nos tornar amigas.

Ana nunca tivera um grupo de amigas próximas. Tivera colegas, a irmã, conhecia as mães da escola, mas nunca alguém como Lexi... e aquela amizade lhe pareceu um presente.

— Eu devia ter me afastado. Sei disso. Mas gostei da sua companhia. Sabe qual era a minha esperança? Que você terminasse com o Ed e que, quando isso acontecesse, você e eu pudéssemos continuar sendo amigas.

— Tenho certeza de que você teria adorado isso — comentou Ed, a voz fina.

— Eu não devia ter aceitado vir na viagem de despedida de solteira. Tenho plena consciência disso. Mas você estava tão empolgada com isso, insistiu tanto para que eu viesse... e eu quis vir. Uma parte minha ainda esperava que eu estivesse errada a respeito do Ed. Como ele poderia ser a mesma pessoa que fez o que fez comigo... e, ainda assim, ser alguém completamente diferente com você? Mas então, aqui, comecei a ouvir coisas. Ouvi sinais no jeito como Eleanor se referia ao Ed, sem falar que entreouvi uma conversa entre Bella e Robyn sobre uma dançarina erótica que conhecia o Ed... e eu soube que não era tudo coisa da minha cabeça. O Ed que é muito bom em esconder esse lado dele.

— Essas alegações estão ficando absurdas — declarou Ed, com uma nota cautelosa de dó na voz. Virou-se para a irmã. — Você me conhece melhor do que qualquer um. Sabe que eu jamais teria feito essa coisa horrível que a Ana está alegando.

O olhar de Eleanor percorreu o rosto do irmão.

Agora, Ana enxergava as similaridades na estrutura do nariz deles, na forma quadrada da mandíbula dos dois, na largura dos ombros.

Todos os encaravam, ansiosos.

Ed chacoalhou a cabeça na direção da irmã, gesticulando para que ela falasse.

O silêncio se estendeu, envolvendo-os, todos esperando a resposta de Eleanor.

80

ELEANOR

A noite vibrava com o calor e o zumbido baixo dos insetos. Dava para Eleanor sentir uma pitada de sal escorrendo pelas pernas nuas, a quentura desvanecendo do terraço de pedra sob os pés.

Encarou o irmão. Era esquisito, Ed, bem ali, naquela ambientação. Não parecia se encaixar, como se estivesse no lugar errado com seus sapatos de couro lustrosos e camisa bem passada, e todas elas estavam descalças, ombros bronzeados. Era a primeira vez que Eleanor sentira: *Eu faço parte de algo. É você quem não faz.*

— Conte para elas, Eleanor. Você me conhece.

Você me conhece.

Ah, sim, ela conhecia Ed.

Conheceu-o no primeiro dia dela no ensino médio, quando acenou para Ed no corredor e ele fingiu não a conhecer.

— Quem era ela? — perguntara um garoto ruivo.

Ed dera de ombros e respondera:

— Uma idiota qualquer.

Conheceu-o aos quinze anos, quando Ed tinha ficado chateado por conta de uma discussão com os pais deles, e ela, então, preparara um chocolate quente para o irmão — do jeitinho de que ele gostava, com chantili batido na hora e lascas de chocolate por cima. Tinha levado a bebida ao quarto dele, e Ed jogara uma almofada nela, derrubando leite escaldante em seu peito.

— Eu não sou criança! Um chocolate quente não vai resolver merda nenhuma!

No entanto, ela também o conheceu quando sua primeira série de esculturas tinha sido aceita em uma galeria, e ele foi o único a parabenizá-la, aparecendo à porta com uma garrafa de champanhe.

— Estou orgulhoso de você, maninha.

Ela sabia que, quando perdera Sam, o irmão limpara a agenda e não saíra do lado dela por quarenta e oito horas.

Sabia que, quatro meses depois, Ed olhara para ela, ainda sentada de pijama ao meio-dia, e os lábios dele se repuxaram quando disse:

— É sério, agora você já está sendo indulgente.

Sabia que Ed era capaz de ser encantador, amoroso e generoso... mas também era capaz de ser cruel, esquentado, invejoso.

Ele tinha muitos defeitos.

Mas era irmão dela.

Ele a encarou, olhos brilhando.

— Vamos lá, Eleanor.

Tratava-se de um julgamento, e ela tinha sido apresentada como uma testemunha de caráter. A noite os rodeava. Dava para Eleanor sentir o tecido ensopado do xale vermelho de Lexi ainda pendurado no antebraço. Dava para sentir as outras perto dela, observando, esperando.

Ed disse:

— Eu nunca teria feito aquilo com a Ana.

Eleanor queria, mais do que tudo, que a alegação do irmão fosse verdade.

81

BELLA

Bella observou o olhar de Eleanor pousar no chão, o mais leve dos curvares de ombros. *Acovardada*. Era essa a palavra. Diante do irmão, Eleanor Tollock, que falava tudo na cara e era irritadiça, parecia acovardada.

Os lábios de Ana estavam pressionados um no outro, a expressão ainda neutra como uma máscara. Aquele relato dela — a festa na casa de Ed, a porta trancada, a descrição do comportamento frio e violento dele — tinha um certo eco. Sabia onde tinha escutado um sussurro daquele antes: Cynthia, que o reconhecera da boate com dança sensual.

Ed vestia uma expressão controlada, mas tinha um toque de presunção no curvar para cima dos lábios. Ele pensava que se safaria daquilo. Bella deu um passo à frente.

— Ana está falando a verdade.

Ed a olhou de cima a baixo.

— Seria conveniente para você acreditar no pior, não seria?

— O conveniente para mim seria ver as minhas amigas felizes. Mas olhe para a Lexi... ela não parece muito feliz agora, parece? E a Ana... ela está tremendo mais que uma vara verde. Eleanor? Eu chuto que ela tem medo de você.

Ele riu.

— Você conhece mesmo a minha irmã? Ela não tem medo de ninguém. — Ed avançou na direção de Bella, a voz baixa para que as outras não o ouvissem: — Vai te fazer bem cuidar da sua própria vida, enfermeira Rossi.

— Não tem motivo para sussurrar — disse ela. — Eleanor sabe que eu sou a enfermeira que deu o medicamento errado para o Sam. Eu cometi um erro.

Um erro com consequências muito, muito terríveis. Tenho que descobrir um jeito de viver com esse erro sem deixar que isso me corroa por dentro. E ainda não descobri. Mas você não tem o direito de me ameaçar com isso. Não mais.

Houve silêncio no terraço.

Bella sentia cada par de olhos mirado nela. O peito arfava com o peso sufocante da culpa e do luto. Mas, por baixo disso, havia outra sensação, apenas o mais leve traço de alívio por, enfim, estar sendo honesta.

— Espere... — disse Eleanor, as sobrancelhas se unindo. Olhou para Ed. Sua voz soou como um sussurro quando disse: — Você sabia que Bella era a enfermeira?

O semblante dele vacilou.

— Bom, fui eu que cuidei de toda a papelada, que lidei com o hospital por você. Então, sim, eu reconheci o nome dela.

— Você me incentivou a vir nesta viagem, me disse que me faria bem, sendo que, nesse tempo todo, você sabia que eu estaria aqui com ela?

— Achei que você precisasse de um descanso. — A entonação dele parecia calma e controlada, como a entonação de um irmão mais velho que sabia o que era melhor para ela. — Você precisava de férias depois de ter perdido o Sam. Eu estava tentando cuidar de você. Você sabe o quanto me importo com você.

Bella arqueou a sobrancelha.

— Se não tivesse sido por você e a porra das suas palhaçadas na despedida de solteiro... o Sam nem sequer teria ido para o hospital.

Eleanor ficou completamente imóvel.

— O quê?

— Se o Sam não tivesse machucado o ombro naquela despedida de solteiro, ele não teria sido internado — explicou Bella.

Eleanor encarava Bella, inexpressiva.

— Sam machucou o ombro *depois* da despedida. Ele caiu na escada do hotel na manhã seguinte.

Ela realmente não sabia?

Bella olhou para Ed. Viu a expressão dele, um semicerrar dos olhos. Um comprimir dos lábios.

Ele não tinha contado para a irmã.

82

LEXI

Lexi estava em pé, envolvendo a barriga com os braços. Fora de vista, na escuridão, um coral de cigarras trinava. Milhares delas cantando em uníssono, um som esmagador que não deixava espaço nenhum em sua mente.

Queria ir embora. Sair pelo lado esquerdo do palco como se aquilo não passasse de uma performance, e ela então poderia voltar para o camarim e tudo estaria acabado. Sem que nada importasse.

Só que, naquele momento, tudo importava.

Eleanor olhou para o irmão.

— Sam me contou que, depois da despedida, tinha feito o *check-out* e estava de saída do hotel. Por causa da ressaca, ele tropeçou na mala. Caiu nos degraus de concreto da entrada, bem em cima do ombro. Foi isso o que aconteceu, não foi?

Ed pegou a escultura de bronze, a mão sem força, como se a qualquer momento o objeto pudesse escorregar de seus dedos, espatifar-se no chão do terraço. Lexi acompanhou o movimento rápido de seus olhos, pensando: Ele está enrolando, decidindo o que vai falar.

A voz de Lexi interrompeu o silêncio dele:

— Responda à sua irmã.

Ed arregalou os olhos ao ouvir o tom dela.

— Olhe, o Sam tropeçou — explicou ele. — Mas foi algumas horas antes do que você sabia, tudo bem? Só isso. Estávamos voltando da boate. Não conhecíamos Bournemouth direito. Mal conseguíamos nos lembrar de onde ficava o hotel. Sam estava trançando as pernas de tão bêbado. Ele tropeçou e caiu. Foi um acidente. Ele decidiu te falar que havia acontecido *depois* da despedida, imagino que estava constrangido por ter se deixado chegar naquele estado, então o que eu poderia ter feito? Fiz a vontade dele.

O jeito como falou aquilo, pensou Lexi, soou quase magnânimo.

Quase.

Os lábios de Eleanor mal se moveram quando ela perguntou:

— Como ele caiu?

Ed enfiou a mão livre no bolso, depois tirou-a de lá outra vez, abrindo a palma.

— Foi o que sempre acontece com rapazes em uma despedida de solteiro... Todos bebemos demais, entende? Os outros amigos dele tinham ido embora mais cedo, então voltamos andando. Tinha uma passagem subterrânea, e achamos que ela nos levaria de volta ao hotel. Sam desceu errado. Tropeçou. Eu me sinto mal porque deveria ter chamado um táxi para nós. Garantido que ele voltasse em segurança. — Ele levantou as mãos, rendido, a escultura de Lexi erguida na noite. — Eu assumo toda a responsabilidade.

— Você colocou uma venda nos olhos dele — anunciou Bella, a voz dela implacavelmente fria. — Você o fez voltar para casa vendado... e era para ele confiar que você o guiaria pelo caminho certo.

Eleanor pestanejou.

— Você chamou isso de teste de Confiança do Cego, mas, em vez de cuidar dele, você o levou até a passagem subterrânea, não foi? Não avisou que estavam se aproximando de uma escadaria de concreto. Você o levou para lá... e esperou que o Sam caísse.

Uma onda fria de horror quebrou contra Lexi.

— Não! — disse Ed.

— Sam me contou logo que o meu plantão começou. Ele me contou como o cunhado tinha enchido ele de bebida. Que os outros amigos foram embora mais cedo por conta da atitude dominadora. Que havia uma tendência perigosa no cunhado da qual ele não gostava. Eu me lembro de ter perguntado: "Tem certeza de que quer entrar para uma família assim?". E o Sam sorriu e disse: "Ah, mas a irmã dele... Ela vale a pena".

Eleanor encarava o irmão, dedos fechados ao lado do corpo, o rosto sem cor.

— Foi um acidente — disse Ed, aproximando-se dela. — Sim, o Sam estava vendado... e eu devia ter sido mais cuidadoso quanto aonde o levava...

mas eu estava prestes a falar que havia degraus chegando quando ele caiu. Não quis que o Sam se machucasse! Ele era meu cunhado. Eu gostava dele. Éramos amigos.

Devagar, Eleanor balançou a cabeça.

— Não, vocês não eram *amigos*. — A voz ficou mais alta quando continuou: — Sam nunca abria a boca para falar nada de ruim a respeito de ninguém. Mas de você... Ah, ele não gostava de você. Nunca contei para ele como foi quando eu era mais nova... como você costumava jogar coisas em mim lá do fundo do ônibus escolar, encorajando os seus amigos a fazerem a mesma coisa. Nem de como você ficava atrás de mim na cantina da escola, sussurrando: *Aberração. Ande logo. Você está me tirando o apetite*! Mas o Sam percebeu que você era um valentão.

Lexi sentiu o sangue desaparecer do rosto ao se lembrar de um comentário passageiro que Eleanor fizera quanto a ter sofrido bullying na escola. Presumira que estivesse falando dos colegas de turma... mas tinha sido Ed. Por instinto, deu um passo na direção de Eleanor.

— O Sam falava que você me menosprezava. Fazia pouco caso de mim. E ele tinha razão. Ele te enxergava. Eu que fui cega, confiando em você. — Eleanor olhou com tristeza para a escultura ainda na mão de Ed. — Todas cometemos um erro ao confiar em você. Lexi é boa demais para você. Todas somos.

Lexi assistiu tudo acontecer: a mudança no rosto de Ed — um condensar das feições, o modo como os olhos se semicerraram, o ódio puro que brilhava ali. Foi como o retirar de uma máscara, revelando um Ed completamente novo.

— Você! — cuspiu ele contra Eleanor, a palavra breve e condenatória. Ela o diminuíra, o humilhara na frente de Lexi e das amigas. Ed apontou a estátua para a cara dela. — Como você ousa, porra? — O tom calmo e controlado não estava mais lá, substituído por uma explosão cheia de raiva.

Lexi observou quando algo instintivo e temeroso surgia na expressão de Eleanor. Ela se encolheu na direção da mureta de pedra.

— Não... — sussurrou Lexi, consciente da queda mortal atrás da cunhada.

Os nós dos dedos de Ed ficaram brancos onde ele agarrava a estátua erguida, Eleanor se acovardando diante dele. Naquele instante, Lexi conseguiu imaginar as dinâmicas da infância dos irmãos: o charme de Ed mascarando seus tons mais sombrios diante dos pais, professores e amigos, levando Eleanor a suportar a crueldade em silêncio.

Ed levou o braço para trás.

Eleanor ergueu as mãos para proteger o rosto.

Lexi quis dizer alguma coisa — *Pare! Não! Por favor!* —, mas o braço de Ed já se movia para a frente.

Era tarde demais.

83

FEN

A baía já estava deserta quando Fen retornou. As brasas que esmaeciam na fogueira da praia brilhavam sem força, uma nuvem leve de fumaça se demorando no ar imóvel. Uma batida baixa da caixinha de som soava assustadora na noite vazia.

Apoiou as mãos na cintura, recuperando o fôlego ao dar meia-volta. O barco tinha sido abandonado na costa, remos pendendo como cotovelos nas laterais. *Elas conseguiram voltar*, pensou, aliviada.

Depois da terrível queda de Bella no mar, Fen correra pelo penhasco, arfando, adrenalina percorrendo as veias. Depois, descera sem jeito pelo caminho íngreme até a enseada escondida, onde ela e Robyn tinham nadado uma vez. Perto da beira, arrancara as roupas, entrando na água preta como tinta e chamando o nome de Bella.

Ao nadar, mantendo-se perto do contorno da falésia, avistou a sombra de um barco a remo. Em meio à escuridão, distinguiu a figura de Eleanor se inclinando para baixo, tirando Bella da água. Coberta por alívio, Fen gritara por elas… mas estivera longe demais para ser ouvida.

Cadê todo mundo?, pensou Fen, então. Ergueu os olhos em direção à villa, que mais parecia um castelo na beira do penhasco. Sob o luar, procurou por Bella entre as silhuetas em movimento. Enquanto observava, duas pessoas se aproximaram da borda do terraço. Perto demais.

Semicerrou os olhos, tentando discernir quem eram.

Conhecia aquele terraço; conhecia o perigo da queda abrupta direto em um leito fatal de pedras e a estrutura baixa da mureta.

— Cuidado... — sussurrou.

Houve um movimento repentino, um braço erguido com força. O cabelo na nuca se eriçou.

Em um piscar de olhos, o braço foi disparado à frente, arremessando algo do terraço.

Ela observou enquanto o objeto girava noite adentro.

Mas o que...?

Algo pesado se espatifou contra as pedras.

Fen começou a correr.

84

ELEANOR

A escultura arremessada não acertou a cabeça de Eleanor por centímetros. Ela se virou, observando a peça girar magnificamente, o luar iluminando a curva de bronze.

Pensou nas horas e horas que havia dedicado à criação da escultura, traçando a silhueta de Lexi, querendo que ficasse perfeita.

A estátua caiu com um baque distante, semelhante ao barulho denso de osso contra pedra.

— Não acredito que você fez isso! — disse Robyn, a voz alta e indignada.

Eleanor acreditava.

Sabia como Ed, tomado pela raiva, era perigoso. Tinha as cicatrizes para provar: pontos debaixo do queixo quando o irmão a empurrou contra a parede depois de ela o ter derrotado em uma corrida; uma cicatriz sob o joelho quando foi jogada da casa da árvore; outra no ombro depois que ele a derrubara da banqueta da cozinha, Eleanor caindo em cima de um prato quebrado.

O que a deixava triste era que tinha se permitido criar esperanças de que ter conhecido Lexi o havia mudado. No entanto, agora, dava-se conta de que o irmão passava sua melhor imagem possível porque enxergava Lexi como sua igual; a beleza e o sucesso dela estavam no patamar dos dele. Ed escondera os tons mais sombrios de sua personalidade com tamanha convicção que enganara todo mundo.

Aos poucos, Eleanor abaixou as mãos, que estavam protegendo o rosto. Ficou consciente das outras se aproximando dela. Conhecia a dor de Ana quando descrevera o que Ed fizera por trás de uma porta trancada. Compartilhava do nojo de Bella por Ed ter vendado Sam, e da descrença de Robyn por ele ter destruído a escultura. Compreendia o choque de Lexi ao enxergar o verdadeiro Ed.

As mulheres estavam paradas por perto, quase em um círculo. Eleanor tirou forças da proximidade, endireitando os ombros e erguendo o queixo. Apesar do rugir de sangue no ouvido, não sentiria mais medo.

— A escultura não era sua para você destruir.

Ed a fitava, olhos acesos de raiva.

— Lexi nem ia querer aquilo! É esquisito, Eleanor. Uma escultura dela! Essas pessoas não são suas amigas. Você nunca teve amigos. Você é uma piada!

Aquelas palavras não deveriam tê-la machucado — afinal, ouvira muitas variações delas no decorrer dos anos —, mas, ainda assim, parte dela estremeceu. Uma parte que não conseguia deixar de pensar: *Talvez ele tenha razão.*

As mulheres se aproximaram. Uma matilha.

Mas talvez ele não tenha, pensou.

— Você e Sam combinavam — continuou Ed. Ele sempre odiava quando falhava em crescer para cima das pessoas. Precisou criar mais pressão. Um irmão mais velho que sabia qual lugar sensível beliscar. — Vocês combinavam, porque ele também era uma chacota!

Sam. Meu Sam. A pessoa mais gloriosa que ela já conhecera. O homem que ela amara com todo seu ser. Que era gentil, e tranquilo, e nunca julgava os outros. Que Ed vendara e levara ao topo de uma escadaria de concreto.

— Que duplinha mais patética vocês eram!

Ana deu um passo à frente, olhos ferozes, o vestido vermelho esvoaçando uma vez e, então, repousando ao redor dos joelhos.

— Cuidado com o que você fala, caralho!

Aconteceu tão rápido que Eleanor nem teve tempo para avisá-la. Ed levantou a mão esquerda e dominante, acertando a palma na bochecha de Ana, veloz e violento.

A cabeça dela se inclinou para trás.

Lexi abriu a boca em um O perfeito, tomada pelo choque.

Bella arfou.

Todas estavam ali. Todas observando. Todas viram como Ana vacilou para trás na direção da mureta.

Caiu.

85

FEN

Fen subiu voando os degraus de pedra, cotovelos indo e vindo. Uma voz masculina, alta e zombeteira, cortou as outras. Então, ouviu Ana gritando:

— Cuidado com o que você fala, caralho!

Fen parou de repente, a cabeça esticada na direção da villa.

Tudo aconteceu rápido demais. Todas estavam perigosamente perto da borda do terraço. Aquela mureta muito, muito baixa. Ela conhecia o medo de ter sido prensada ali por Nico, o horror de compreender que não havia nada, exceto a noite, atrás dela.

Do ângulo em que estava, não conseguia ver quem era, não com clareza. Viu apenas uma figura tropeçando, como se prestes a se apoiar na mureta. Mas, em vez de se sentar, a pessoa se inclinou — e muito — para trás, braços se abrindo em asas, pernas saindo do chão, alçando voo.

Em um terror silencioso, observou a figura tombar pela borda da mureta, caindo pela noite.

Os braços girando.

Um grito gutural, bruto.

Despencando feito pedra.

Tecido vermelho espiralando.

Caindo.

Caindo.

Caindo.

Então, o baque forte e surdo de um corpo contra pedra.

Silêncio.

Nada mais.

O mar parou.

O céu brilhava com estrelas.

Fen estava enraizada no lugar, sangue quente na garganta.

Então, do terraço, ouviu alguém gritar.

86

LEXI

O grito foi ensurdecedor e selvagem, cortando o alto da noite. Ecoou para além da villa de pedra e do penhasco solitário e íngreme.

Lexi enfiou as unhas na garganta, forçando o grito a se silenciar.

Não... não... não...

Robyn correu para a frente, agarrando a mureta ao olhar para baixo em direção às pedras.

— Ah, meu Deus — arfou, ombros começando a tremer.

Ninguém se moveu. Ninguém fez nada.

— Chamem uma ambulância — sussurrou Lexi, a voz diferente, rouca.

Mas ela sabia.

Todos sabiam.

Era uma queda brusca, de mais de trinta metros direto em pedras pontiagudas.

Ninguém sobrevivia a uma queda daquelas.

87

ANA

Ana continuou sem se mover. Sentia como se o sangue tivesse sido drenado do seu corpo, um sentimento gélido, oco, invadindo-a.

Piscou.

Encarou o espaço vazio na frente da mureta.

Em um segundo, estivera parada no terraço, ouvindo Ed dizer aquelas coisas horrorosas a respeito de Sam. Não suportava testemunhar aquilo, apenas observar enquanto as palavras de Ed destruíam outra pessoa. Então, dera um passo para a frente e dissera: *Cuidado com o que você fala, caralho!*

Sem aviso, a mão dele cortara o ar, encontrando a bochecha dela. O tapa tinha sido tão forte que Ana o sentira nos ossos, e ela acertara a parede, caindo no chão. A bochecha ardera em questão de instantes, uma dor aguda. Ela havia tocado a pele com a ponta do dedo, espantada ao descobrir que não havia sangue.

Quando arrastara o olhar para Ed, ele não mais a fitava. Ele encarava Eleanor, queixo erguido, olhos semicerrados. Ana se deu conta de que não era a primeira vez que Ed batia em uma mulher. Estava tudo bem ali, pulsando no espaço entre irmão e irmã.

Sob o luar, a pele de Eleanor pareceu branca, o olhar fulminante. Seu corpo todo tremia, queimando de raiva.

— Você! — berrara ela.

Uma palavra. Cheia de fogo, espinhos e ódio.

E foi então que aconteceu. Quando os lábios de Eleanor foram repuxados para trás, deixando os dentes à mostra, e ela atacara.

88

ELEANOR

Ele não devia ter dito aquilo, aquele comentário sobre Sam.

Que ele era digno de chacota.

Eleanor, uma vez, acreditara ser a única pessoa que Ed tratava com uma crueldade despreocupada — e que, por algum motivo, ela merecia aquilo por ser estranha, por não se comportar como as outras pessoas, por sempre envergonhá-lo perante os outros. Havia internalizado aquela crença, porque era mais fácil se imaginar como estranha do que admitir que o irmão mais velho, que deveria amá-la e protegê-la, era cruel.

Cuidado com o que você fala, caralho!, avisara Ana.

Ed mal tinha olhado para ela quando descera a palma rígida contra sua bochecha, como se ela não fosse nada.

— Você! — Eleanor se ouviu rosnar, um formigar elétrico escorrendo até a ponta dos dedos, um pulsar de sangue quente nos ouvidos.

Ed arqueou uma sobrancelha em desdém. Foi o pouco caso do gesto. Que nada daquilo — nada do que fizera com ela, com Sam, com Ana — importava, porque ele se via como alguém superior. Um som de estática tomou a cabeça dela, e algo que, por tempo demais, vinha queimando lentamente dentro de Eleanor enfim incendiou-se.

Ela sentiu o corpo se mover, disparando à frente, cabeça baixa, avançando. Foi um movimento alimentado por instinto, e raiva, e uma vida toda de crueldades e feridas. Amor voando perto demais do ódio.

Ouviu o grunhido de ar sendo arrancado dos pulmões de Ed quando o ombro dela encontrou o peito do irmão. Ed vacilou na direção da mureta baixa, mas, em vez de contê-lo, de impedir a queda como acontecera com Ana, a barreira o fez tirar os pés do chão.

Eleanor notou o corpo do irmão se inclinando para longe do dela, do terraço, da segurança. A expressão dele foi de surpresa a medo quando estendeu os braços, tentando agarrá-la.

Tudo desacelerou: sentiu a pressão úmida do xale vermelho, ainda pendurado no braço, sob o aperto do irmão; sentiu os pés descalços deslizando pelo chão, desesperada para firmá-los; sentiu o corpo se desestabilizando, indo para a frente junto ao dele.

Então, de repente, outras mãos apareceram — mãos pequenas, quentes, fortes —, segurando-a, puxando-a, mantendo-a no terraço, com elas.

Os dedos de Ed escorregaram enquanto o xale vermelho se afrouxava e soltava.

Eleanor assistiu aos braços do irmão começarem a girar, o xale rodopiando acima dele como uma fita vermelho-sangue em um quadro de medalhas.

O irmão não estava voando... mas caindo.

Viu o branco dos olhos dele enquanto o olhar se movia, assimilando todas elas — o círculo de mulheres que seguravam sua irmã com firmeza — e implorando para que o ajudassem.

Mas nada puderam fazer.

Se Eleanor pudesse ter estendido a mão segurado o irmão, ela o teria feito.

Alguma delas o teria feito.

Não teria?

89

LEXI

Lexi tapou a boca com as mãos. Dava para sentir o calor do hálito contra as palmas. Os pensamentos pareciam fragmentados, como estilhaços irregulares de vidro quebrado que refletiam imagens distorcidas.

Ana ainda estava caída no chão, a ponta dos dedos pressionando a bochecha inchada. Ali perto, Eleanor balançava o corpo para a frente e para trás, braços enrolados com força ao redor de si.

Fen chegou correndo ao terraço.

— Era o Ed?

Robyn assentiu, desesperada, os pés dando pequenos passos frenéticos enquanto olhava por cima da beirada.

Lexi passou os dedos pela raiz do cabelo, unhas mergulhando no couro cabeludo. Apenas segundos antes, Ed estivera parado bem ali.

Ela estivera falando com ele.

Ed estivera ali.

E agora...

Não estava.

Notou os próprios pés se movendo, levando-a pelo terraço, parando diante da mureta de pedra. O cheiro de orégano subiu de um vaso de argila ali perto, estranho e terroso. Colocou a ponta dos dedos na superfície esbranquiçada da mureta e se inclinou para a frente. Sangue subiu-lhe até a cabeça, o que a fez cambalear.

Uma mão surgiu em seu ombro, equilibrando-a.

Alguém disse o nome dela.

Ela olhou.

— Não consigo ver ele. — Era ela falando? Ou outra pessoa?

Piscou. O rugido oceânico do sangue nos ouvidos.

Inclinou a cabeça. Uma onda vertiginosa de náusea a agarrou, joelhos cedendo, saliva escorregando pela garganta.

— Respire — disse alguém, a pressão no ombro crescendo.

Ela puxou ar para dentro dos pulmões.

Continuou a olhar cada vez mais para baixo.

Ali. A sombra pálida da camisa branca dele. Um ponto escuro nas pedras. Luar reluzindo em algo prateado. Um relógio?

Ed.

Inerte.

Ela sabia. Sentiu no próprio corpo.

Morto.

90

BELLA

Bella segurou Lexi com firmeza pelos ombros. Parecia um fantasma, como se estivesse prestes a flutuar para além do penhasco, dissolver-se na noite.

— Venha para cá — instruiu Bella.

Lexi se permitiu ser guiada pelo terraço, o corpo parecendo não ter ossos, rendido enquanto ela era levada até uma cadeira. Colapsou no assento, a coluna se curvando. Sua expressão estava vazia, inacessível.

Bella se agachou aos pés de Lexi, o vestido molhado se agarrando às costas. Colocou as mãos na pele gelada dos joelhos da amiga.

— Estou aqui.

Os olhos de Lexi estavam arregalados, desfocados.

— Está tudo bem, Lex — falou. — Estou aqui. Conte comigo.

— Isso é real?

— Ed caiu pela mureta do terraço. Ninguém sobreviveria a uma queda dessas. Ele morreu, Lexi. Eu sinto muito, mas ele morreu.

A cabeça de Lexi balançava de um lado ao outro, negando a informação. Piscou rapidamente, a respiração veloz e superficial.

Bella agarrou as mãos dela, que tremiam. Então, apertou-as, pressionando-as contra os lábios. Sentiu as bordas frias do diamante da aliança de noivado. Não havia nada que Bella pudesse fazer para melhorar a situação, além de abraçar Lexi.

Atrás delas, Robyn disse, seu tom apressado e gasto:

— Precisamos ligar para a polícia! Para a ambulância!

Agora, Ana estava ao lado de Eleanor, a mão gentil nas costas dela, acariciando-a em movimentos circulares, suaves e lentos, como uma mãe acalmando a filha. Falava com a voz calma, sussurrando palavras para que ela reagisse. Eleanor, no entanto, apenas emitia um choro baixo e lamurioso.

Mais cedo, no barco a remo, quando Eleanor escolhera salvar Bella, arrancando-a do mar escuro, testemunhara a capacidade da outra de amar, perdoar.

Não vou me esquecer, prometera Bella.

— Precisamos ligar para a polícia! — repetiu Robyn, o tom ficando estridente, as mãos se erguendo ao lado do rosto.

— Isso — concordou Bella. A voz firme quando continuou: — Eles precisam saber que aconteceu um terrível *acidente*.

91

ROBYN

Robyn olhou para Bella.

Não, ela não poderia estar dizendo o que aquela frase implicava.

Poderia?

Bella estava agachada ao lado de Lexi, o vestido molhado e amassado. Sua expressão estava calma, focada enquanto correspondia ao olhar questionador de Robyn.

— Ele está morto — falou Bella, devagar. — Como ele caiu não muda nada.

Silêncio.

Até mesmo as cigarras tinham parado sua sinfonia. Tudo o que Robyn ouvia era o trovoar do próprio coração batendo.

— Concordo — anunciou Ana, encontrando o olhar de Bella. — Vamos dizer para a polícia que foi um acidente. Se dissermos que Eleanor o atacou... se acharem que foi de propósito... — Ela não precisou terminar a frase.

Todas entenderam: Eleanor seria presa.

Robyn balançava a cabeça.

— Temos que contar a verdade! Contar para a polícia o que aconteceu! — Ela sempre dizia a verdade. Era assim que tinha sido criada. Olhou para Fen, que observava por cima da mureta, a expressão ilegível na escuridão. Mas Robyn também tinha sido criada para acreditar em muitas coisas questionáveis. Sua cabeça girava. — A polícia vai investigar. Nos interrogar!

— Sim — disse Bella.

— Como você pode estar tão calma? Caralho, o Ed está morto! Agora! Lá embaixo! Ele está morto, Bella! E todas vimos o que aconteceu.

Eleanor o tinha atacado, derrubando-o na direção da mureta. Eleanor teria ido junto se não a tivessem segurado.

Robyn não poderia mentir.

Isso é loucura.

— Vou pegar o celular — anunciou Robyn, libertando-se do olhar de Bella e correndo para dentro da villa.

Foi um alívio afastar-se das outras. Acendeu a luz e parou no meio da cozinha, coração acelerado, piscando com a claridade.

Achou o celular na bancada, e a tela ganhou vida com um toque.

Olhando na direção do terraço, viu as amigas ainda emolduradas pela luz tremeluzente da lamparina. Eleanor tinha sido levada para a parte com almofadas e, agora, estava sentada e curvada para a frente, os punhos segurando a blusa, como se precisasse de algo ao qual se agarrar.

Quando atacara Ed, teria sido a intenção dela empurrá-lo por cima da mureta?

Robyn achava que não, mas como poderia ter certeza?

Tudo o que sabia era que Ed estava caído ao sopé do penhasco, morto.

Aqueles eram os fatos.

Precisava se ater a eles.

Dizer a verdade.

Com os dedos tremendo, discou.

92

LEXI

Lexi tentou engolir a saliva, mas a boca estava seca demais. Havia uma pressão latejante e intensa nas têmporas. Soltou as mãos das de Bella e as pressionou contra as laterais da cabeça.

Ed. Ele estava morto. O noivo dela estava morto.

Seguiu repetindo os fatos — mas, ainda assim, sentia-se distante deles, como se não pudesse *senti-los*.

Ergueu o olhar e viu Robyn saindo da villa, telefone em mãos.

— Vou ligar para a polícia. Preciso fazer isso do penhasco.

Ninguém falou.

Ninguém disse para Robyn: *Não*.

Ninguém disse para Robyn: *Ligue*.

O olhar de Robyn encontrou o de Lexi. Será que houve um segundo de hesitação, um questionar na sobrancelha erguida? Estaria ela perguntando, em silêncio: *O que você quer?*

Logo, o terraço, a villa, as pedras lá embaixo, tudo estaria tomado por feixes de lanternas, luzes azuis piscando, policiais uniformizados. Por ora, por mais alguns minutos, seriam apenas elas.

O que eu quero?

Ela se levantou, passando por Robyn, atravessando o terraço em direção à mureta de pedra. Com o coração batendo forte, plantou as palmas ali e olhou para baixo.

O que ela queria era que Ed se levantasse! Queria que ele tirasse a poeira do corpo, subisse os degraus até a villa, olhasse-a nos olhos e começasse a falar!

Queria que ele a abraçasse, dissesse que a amava, que amava o bebê deles... e que todo o resto que Lexi ouvira tinha sido um engano!

Agarrou a mureta, pensando em como Ed, uma vez, segurara as mãos dela, dizendo: *Um dia, muito em breve, vou te pedir em casamento.* Sentira que havia uma luz brilhando no centro do peito. Tinham sido felizes. Ela se sentira feliz, não se sentira?

No entanto, bem ali, tinha visto a frieza na expressão dele quando dera um tapa em Ana. Ele mudara diante dos olhos dela, como se, o tempo todo, tivesse existido outra versão dele, escondendo-se por trás da personalidade charmosa. Talvez ela a tivesse vislumbrado antes. Apenas centelhas, como uma energia estática que, de repente, fugaz, acendia-se.

Lexi foi tomada por um tremor violento, como se estivesse fria por dentro.

Devagar, virou-se. Bella a observava, olhos enormes e preocupados. Robyn estava parada ao lado de Fen, telefone em mãos, o número de emergência discado. Atrás delas, Ana se ajoelhava ao lado de Eleanor, que estava sentada com os joelhos abraçados contra o peito.

Pensou em Eleanor crescendo e tendo Ed como irmão mais velho. O bullying contínuo e inescapável que a acompanhara da casa à escola e vice--versa. Então, Eleanor conhecera Sam, uma pessoa gentil e genuína, a quem ela amara de corpo e alma, com quem se casaria e passaria uma vida toda junto. Mas Ed vendara Sam. Tinha-o instruído: *Confie em mim.*

Lexi imaginou a cunhada em um tribunal, sentada diante de um júri sem rosto que não a conhecia. Que não estivera naquele terraço, assistindo a como anos de bullying insidioso tinham levado a um lampejo abrasador de fúria.

Mas Lexi assistira.

Todas assistiram.

Olhou mais uma vez para Eleanor, cujo rosto estava branco de choque. Ia para a frente e para trás, apoiada nos quadris, quieta, lágrimas escorrendo pelas bochechas.

— Eis o que vai acontecer — disse Lexi, autoritária, sabendo o que queria.

Todas as amigas olharam diretamente para ela. A noite parecia imóvel, um calor sombrio pressionando a pele. Para além delas, avistou o fio de fumaça subindo das brasas da fogueira.

— Vou ligar para a polícia. Vou dizer que... — Seu olhar passou deliberadamente por cada uma das mulheres: Fen, depois Ana, então Bella, aí Eleanor... e, por fim, pousou em Robyn.

As duas se encararam por um longo momento, anos de história, de amizade e de entendimento pesaram naquele olhar firme.

— *Todas* vamos dizer que houve um acidente. Ninguém encostou no Ed. Ele caiu.

~

A viagem de despedida de solteira não era para ter terminado daquele jeito: o corpo de Ed destroçado nas pedras. Nós, andando de um lado para o outro no terraço, abaladas, esperando a polícia chegar. Cada uma revivendo em silêncio o momento em que escolhemos segurar Eleanor, não Ed.

Todas tínhamos um papel a cumprir.

Uma de nós perguntou:

— Mas o que vamos dizer? Como vamos explicar?

— Vamos dizer que Ed veio fazer uma surpresa para Lexi.

— Todas ficamos surpresas. Ficamos felizes em vê-lo.

— Com certeza, felizes.

— Ele estava sentado na mureta do terraço, conversando com a gente.

— Certo. Estávamos só conversando.

— Aqueles presentes… os que a gente deu na primeira noite… estávamos falando deles. Mostrando-os para Ed.

— Sim! A escultura. Ele estava admirando a escultura da irmã.

— Ele pousou a estátua na mureta, continuou falando, mas então, sem querer, ele a atingiu com o cotovelo.

— Se virou para pegá-la…

— Tentou alcançá-la…

— Mas… mas o movimento o desequilibrou.

— Ele tentou se ajeitar.

— Mas não conseguiu.

— Tudo aconteceu rápido demais.

— *Sim. Rápido demais.*

— *Ele caiu.*

— *Exatamente.*

— *Ed caiu.*

— *Foi o que eu vi.*

— *Eu também.*

— *Eu também.*

— *Eu também.*

— *Eu também.*

— *Eu também.*

Quando erguemos o olhar, luzes azuis piscavam, já se deslocando pela encosta escura da montanha. A polícia estava quase chegando. Observamos em silêncio enquanto se aproximavam e nos cercavam.

Ninguém repetiu. Não foi preciso, porque todas nos lembrávamos. Estávamos todas paradas bem ali, naquele terraço, quando concordamos. A terceira regra. A regra final. A promessa que tínhamos feito uma para as outras no comecinho.

"O que acontece na despedida de solteira fica na despedida de solteira."

O CASAMENTO

(Dezesseis meses depois)

93

LEXI

Lexi estava sentada ao lado da nave, tornozelos cruzados. O sol do fim de setembro lançava uma luz dourada pelo campo, a grama oscilante brilhando âmbar. Por baixo do cheiro de trigo, sentiu o aroma salgado do mar. Nos campos, gado pastava sob nuvens brancas em movimento. Mais tarde, precisaria do casaco pendurado no encosto da cadeira, mas, por ora, estava bem.

Era um lugar belíssimo no qual se casar: uma encosta ondulada em West Dorset que se inclinava preguiçosamente em direção ao mar, trinta cadeiras de madeira posicionadas de cada lado do corredor de grama aparada. Um arco de flores, em vez de um altar. Não havia nenhuma igreja nem padre de batina; não havia nenhum livro de cânticos empoeirado.

Se Lexi tivesse planejado seu casamento dos sonhos, teria sido assim, decidiu. Pequeno, íntimo, entre amigos próximos e parentes. Nada como aquele que ela e Ed tinham organizado.

Se a vida tivesse se desenrolado de outro jeito — se a viagem de despedida de solteira tivesse acabado um dia antes —, a esta altura estaria casada; Ed sentado ao lado dela, uma aliança na mão bronzeada com a qual, um dia, envolvera a dela com carinho enquanto dizia que a amava. A mesma mão que cortara a noite perfumada por ervas, estapeando Ana. A mesma mão que empurrara Eleanor da banqueta da cozinha. A mesma mão que conduzira Sam a um lance de degraus de concreto, vendado.

Imaginava quando teria notado as rachaduras, porque as teria notado. Tinha sentido uma sensação fraca, pulsante dentro de si que dizia: *Espere! Não tenho certeza*, mas, em vez de ouvir àquele instinto crescente, pensara que o problema fosse *ela*. Estranho como as mulheres faziam isto com tanta frequência: procuravam a culpa dentro de si.

Os meses depois da morte de Ed acabaram arrastando Lexi a um lugar sombrio e sem ar. O terreno sempre movediço do luto estava emaranhado com tamanha culpa e medo que, por um tempo, não houve luz alguma, apenas dúvida: *Será que eu poderia ter segurado o Ed? Será que isso teria feito alguma diferença? Deveríamos ter contado a verdade?*

Enfrentando dificuldades para sobreviver sozinha na capital, Lexi voltara a Bournemouth para ficar mais perto de Bella, de Robyn… e, para sua surpresa, da mãe. Nos dias mais difíceis, a praia a consolava, quando tudo o que se sentia capaz de fazer era caminhar por aquelas costas invernais. Mas, pouco a pouco, um passo de cada vez, conforme a barriga crescia, as primeiras centelhas de luz retornaram.

Embora não tivesse certeza se estava de luto por Ed ou por uma versão dele que nunca existira, Lexi por fim permitiu a si mesma também se lembrar dos momentos felizes. Ed continuava sendo o homem com quem ela dançara ao som de Prince, os dois de pijama; continuava sendo o homem que levara café da manhã para ela na cama; o homem que dera a ela o presente mais perfeito e surpreendente de sua vida…

Olhou para o bebê deles, Wren. Agora com dez meses. Os punhos pequenos agarrando o decote da blusa de Lexi enquanto ela se puxava para ficar de pé, os pezinhos pressionando as coxas da mãe. Lexi abaixou a cabeça, dando um beijo na pontinha do nariz rosado da filha. Wren soltou uma risadinha, encantada.

Lexi procurou, como muitas vezes fazia, por traços de Ed no rosto da filha, encontrando-os nos olhos amendoados, nas sobrancelhas marcantes. Wren segurou o colar de Lexi, levando-o para a boca cheia de baba.

Observando Wren, Lexi soube que tinha uma escolha: poderia ficar de luto pelo passado, por tudo que poderia ter sido diferente, pelos erros de julgamento a respeito de Ed… ou, então, poderia optar por viver o momento.

E aquele momento, com a filha segura e florescendo, bastava.

94

ANA

Ana lançou um olhar ao filho, sem ser notada. Dezessete anos, e cinco centímetros mais alto do que ela. Estava bonito demais com aquela camisa aberta na altura do pescoço, olhos escuros e curiosos voltados ao céu, onde um falcão circulava.

Agora que ele tinha entrado na faculdade, os grupos com que Luca costumava se misturar tinham começado a se distanciar. E tinha uma garota na história. Zelda. Ana ainda não havia sido agraciada com o privilégio de conhecê-la, mas, pela forma como Luca andava rindo com mais frequência e facilidade, a presença dela era bem-vinda.

O último ano tinha sido difícil para eles. A mãe decidira contar a Luca a respeito do pai, fornecendo as linhas mais gerais e vagas possíveis acerca da morte dele. Não houve menção alguma à viagem de despedida de solteira. Nenhuma menção a uma porta de quarto trancada anos antes.

Luca acabou ficando furioso porque nunca mais teria a oportunidade de conhecer Ed. E culpou Ana. A raiva, a dor e o ressentimento dele eram um oceano vasto, e tudo o que a mãe pôde fazer foi esperar a tempestade passar, mantendo-se firme como uma rocha, enquanto as ondas de emoção se quebravam nela. Mas, como com qualquer tempestade, as coisas acabaram por melhorar, e Ana ficou grata por Luca poder guardar consigo uma impressão de Ed que não seria quebrada ao conhecê-lo. Era importante para ela que o filho crescesse com aquilo.

Na fileira da frente, Lexi segurava Wren, murmurando baixinho enquanto a filha começava a se agitar.

Luca se inclinou para a frente, pousando a mão no encosto da cadeira de Lexi.

— Vou levá-la para dar uma voltinha.

Lexi se virou, as maçãs do rosto brilhando.

— É sério? Tem certeza?

— Vai ser melhor do que assistir a um casamento. — Ele sorriu.

A maternidade era uma série de questionamentos e dúvidas, decidiu Ana. Debatia consigo mesma se tinha dado amor o bastante para Luca... ou se tinha sido indulgente com o filho. Se deveria estar trabalhando mais... ou passando mais tempo em casa. Se deveria tê-lo apresentado a Ed quando tivera a oportunidade... ou se fizera a coisa certa ao evitar o encontro. As preocupações e as dúvidas eram infinitas, mas, ao ver Luca pegando Wren com todo o cuidado no colo, luz caindo suavemente pela nuca dele enquanto falava baixinho com a bebê, as perninhas de Wren se remexendo enquanto o recompensava com um sorriso de boca aberta, Ana pensou: *Eu até que me saí bem.*

Voltando a olhar para a frente, viu que Lexi também os observava.

A amizade de Ana com Lexi era algo hesitante, frágil, uma vez que tinha sido construída com base em uma mentira. Teria sido mais fácil uma ter largado a mão da outra, mas havia Luca e Wren. Meio-irmãos. A relação adorável que tinha visto crescer nos últimos meses era algo que as duas desejavam cultivar.

Lexi encontrou o olhar de Ana. As duas se encararam. De mãe para mãe. De amiga para amiga. De mulher para mulher.

Sorriram.

95

ELEANOR

Eleanor não gostava de casamentos. Sentada ereta na cadeira de madeira, as mãos unidas, pensou: *Muita coisa pode dar errado.*

Olhe para ela e Sam.

Olhe para Lexi e Ed.

Ainda assim, este seria diferente.

A manhã tinha corrido bem, até então. Agendara a escova de sempre para o cabelo, mas, quando chegara no salão, Reece a levou ao espelho. Posicionou-se ao lado dela, levando o cabelo para longe do rosto, e dissera:

— Eu queria tentar algo diferente. E se deixássemos um pouco mais curto? Assim. Emoldurar seu rosto aqui e aqui? Destacar as maçãs do rosto?

Ela se encarara no espelho. Olho no olho.

— Sim. Pode ser.

Duas horas depois, estava de volta ao apartamento, abaixando-se ao atravessar a sala.

— Não olhe! — sussurrara para as cinzas de Sam antes de fechar a porta do quarto.

Tirara do cabide o vestido que Ana a tinha ajudado a escolher — longo, de um azul da meia-noite, que Ana afirmara destacar os olhos de Eleanor — e então passara-o por cima da lingerie modeladora.

Inspecionou-se no espelho do quarto (não dava para saber se tinha gostado de verdade do novo corte de cabelo até que tivesse se olhado no espelho de casa). *Agora sim*, pensou. *Pronta.*

De volta à sala, ombros endireitados, rodopiou devagar em frente da urna.

— E aí, o que achou?

Pôde sentir o sorriso de Sam a aquecendo por dentro. Ouviu seu assobiar baixinho. *Um pedaço de mau caminho!*

Eleanor sorriu.

Teria dado qualquer coisa para Sam estar sentado ao seu lado naquele casamento. Para sentir o calor da mão dele ao redor da dela. Para que ele a levasse para casa à meia-noite, e comessem marshmallow coberto com chocolate e nozes na cozinha, conversando sobre o dia que haviam compartilhado.

Mas Eleanor sabia que se concentrar em tudo o que não tinha era um caminho para o sofrimento. Era algo que as sessões semanais com o terapeuta a ensinaram. Então, em vez disso, pensou em tudo pelo que era grata. Olhou ao redor e viu Luca na beira do campo com Wren nos braços. Sua sobrinha e seu sobrinho. Florescendo.

Ela tinha aquilo.

Então, tocou a parte de trás da cabeça. *E um cabelo maravilhoso, é claro.*

Depois da viagem de despedida de solteira, Eleanor e Lexi não se falaram por meses. Eleanor havia tentado — ligara, mandara mensagens, escrevera longos e-mails —, mas os esforços foram respondidos com silêncio. Ela entendia: Lexi estava dilacerada pelo luto e pela raiva, e não tinha a capacidade de amenizar a culpa e a tristeza de Eleanor.

Quando Wren nasceu, Eleanor mandara um cartão, junto de uma caixinha de música que, um dia, havia sido de Ed. Quando a tampa era aberta, um passarinho girava e girava no poleiro, cantando sua melodia alegre. Lexi, depois de sete meses de silêncio, ligou para ela na manhã em que recebera o presente, perguntando:

— Quer conhecer a sua sobrinha?

Eleanor, com voz solene, mãos tremendo enquanto segurava o celular, disse:

— Sim. Sim, eu adoraria.

Eleanor não sabia o que fazer com bebês, mas sabia preparar comida, e, aparentemente, nos primeiros meses, aquele era o maior presente que se poderia dar a uma mãe de primeira viagem: porções de refeições caseiras deliciosas, com um simples recado: *Aqueça por vinte minutos e aproveite. Fica melhor se acompanhado de VINHO.*

Foi o que fez por Lexi. Dirigia de Londres a Bournemouth duas vezes por mês para visitar a sobrinha e levar comida. Foi seu jeito de dizer todas as coisas de que elas não conseguiam falar. Lexi tinha seu luto... e Eleanor, o dela. Não precisavam tocar no assunto. Então, em vez disso, concentravam-se em outras coisas, como na maneira que Wren, agora, conseguia construir uma torre de bloquinhos coloridos, ou em como ela gostava de saltitar quando tinha música tocando.

Eleanor se certificara de que Lexi e a bebê tivessem apoio financeiro pelo patrimônio de Ed, dividindo igualmente entre Wren e Luca tudo o que o irmão tinha. Foi o mínimo que pôde fazer: aquelas duas crianças jamais conheceriam o pai por causa dela.

Se ela se arrependia de ter atacado Ed?

Com certeza.

Ele era seu irmão e, apesar de tudo, Eleanor o amava.

Se a mureta fosse mais alta, ele ainda estaria ali. Se Eleanor não tivesse sido tomada pela raiva, ele ainda estaria ali. Se as outras tivessem optado por segurar o irmão, em vez dela, ele ainda estaria ali. Do mesmo jeito que, se Bella tivesse pegado uma ampola diferente, Sam ainda estaria ali. A vida era frágil, passageira, e, principalmente, fugia ao nosso controle, e tudo o que se podia fazer era cercar-se de boas pessoas, dar o seu melhor.

A música começou a tocar. Os convidados se levantaram. Eleanor se virou para ver a noiva.

96

ROBYN

Robyn esperava no começo da nave, palmas suando.

O coração estava acelerado com a empolgação, com o nervosismo, com a euforia de que aquilo… *aquilo* estava acontecendo.

O sol tinha nascido, uma explosão calorosa, um lembrete de que o fim do verão se aproximava. Ela pensou, como geralmente fazia, na pequena ilha de Aegos, onde tudo começara. Para sempre, aquele seria um lugar dividido em dois. Uma ilha onde houvera morte, falsidade e o suor frio com as mentiras em um interrogatório policial… mas, por outro lado, a beleza de um beijo no alto de um penhasco em uma mulher pela qual se apaixonara.

Aquela linda e pequena semente que havia sido plantada na viagem de despedida de solteira acabou sendo frágil demais para sobreviver ao atropelamento em forma de inquéritos policiais e da morte de Ed. Robyn e Fen concordaram em não se verem mais depois que partiram da Grécia.

Em vez disso, escreveram. Caneta e papel, verdades traçadas com tinta dentro de envelopes selados com a língua. Com a mão, Robyn encontrou a própria voz. Compartilhou a notícia de como, enfim, havia se mudado da casa dos pais e estava alugando uma casinha de dois quartos em New Forest. Descreveu como, aos sábados, os pais cuidavam de Jack e ela saía para caminhar. Fazia essas jornadas sozinha, marchando pelo topo das colinas da península de Purbeck, varridas pelo vento, o frio cortante de janeiro se instaurando em seus ossos.

Depois de seis meses trocando cartas, elas se encontraram.

Foi diferente de tudo o que já experienciara. Como ímãs encontrando sua força oposta. Foi amor em todas as formas que ela nunca conhecera.

Havia tudo para aprenderem uma a respeito da outra.

Tudo para desaprender a respeito de si mesma.

Agora, assimilava o grupinho de convidados reunidos sob a luz do sol, em busca dos pais. Estavam sentados na primeira fileira, talvez um pouco rígidos, mas, quando a mãe se virou para conversar com o pai dela, Robyn viu que ela sorria.

Mais cedo naquela manhã, enquanto a mãe colocava a orquídea no cabelo de Robyn, apertara o ombro da filha, dizendo:

— Só queremos que você seja feliz.

Robyn, finalmente, pôde responder:

— Eu sou.

De volta ao momento, ao seu lado, sentiu uma leve cutucada na cintura.

— Mamãe — sussurrou Jack, seu rosto sério. — Está na hora de andar.

Ela estendeu a mão, e ele entrelaçou os dedinhos macios nos dela. Logo, começaram a andar pela nave, até onde Fen esperava sob um arco de flores.

97

FEN

Fen ouviu a música começar a tocar.

Alisou a camisa branca. O algodão estava impecável, recém-passado, abotoado até o topo. A calça de alfaiataria terminava em um par de Converse de couro sobre o qual pensara muito, decidindo que a informalidade deles balanceava o terno.

Na visão periférica, viu a tia sentada na primeira fileira. Vestia um cafetã azul-cobalto, a ausência de joias realçando os traços limpos da peça. No jantar na noite anterior, a tia contara a Fen e Robyn que, enfim, a venda da villa grega tinha se concretizado depois de meses de atraso. Enquanto empacotava seus pertences, encontrara a foto que Fen tinha escondido no fundo do armário.

— Fiquei na dúvida se você queria isto — dissera, tirando a foto da bolsa.

Fen segurara a foto de sua versão mais nova, observando o brilho do sorriso, a transparência da expressão. Havia escondido a imagem porque, quando olhava para ela, era a voz de Nico que ouvia: *Ninguém vai te querer*. No entanto, analisando a fotografia de novo na noite anterior, na véspera do casamento, com Robyn sentada ao seu lado, ouviu sua própria voz com clareza. E ela lhe dizia que Fen era uma mulher tanto forte quanto vulnerável, que era corajosa e, às vezes, assustada, que era amada e que amava.

— Obrigada — dissera à tia. — Eu amaria guardar essa foto.

Agora, atrás dela, Fen entreouviu os sussurros maravilhados dos convidados conforme se levantavam. Não conseguia esperar nem mais um segundo.

Virou-se.

Robyn se movia com tranquilidade pelo caminho de grama, de mãos dadas com Jack, os dois sorrindo de orelha a orelha. Usava um vestido creme simples, calçado sem salto, cabelo puxado para trás em um coque baixo, uma orquídea presa nele. Ela estava radiante.

Ali está ela, pensou Fen, olhos se enchendo de lágrimas.

Robyn se colocou ao lado de Fen. Jack soltou a mão da mãe, erguendo o braço para cumprimentar Fen com um tapinha. Quando as palmas se encontraram, ela riu, depois viu o garoto saltitar até os avós, jogando-se no assento entre eles, pernas balançando.

Então, era apenas ela e Robyn, mãos dadas, uma fitando o fundo dos olhos da outra.

Ela beijou a noiva.

98

BELLA

Elas tinham mesmo que ter se beijado por tanto tempo assim?, pensou Bella.

Para ser justa, pareceu mesmo ser um beijo sensacional. E, sendo a única pessoa na plateia que tinha beijado as duas, ela saberia dizer! Viu? Estava fazendo piadas! Sorrindo! Quase sentira uma onda genuína de felicidade por Robyn e Fen.

Havia muitas coisas que estavam levando tempo e requerendo adaptação. Depois da viagem, tinha entregado o aviso-prévio na joalheria, o que lhe parecera ter sido um passo bom. Ainda assombrada pela morte de Sam, sabia que nunca voltaria para a enfermagem, mas acabou encontrando uma nova função ao trabalhar em um lar residencial para idosos. Pessoas de idade a amavam... e ela as amava. Eleanor aparecia duas vezes por mês, depois de passar na casa de Wren, para gerir o clube de tênis de mesa, e Bella se ausentava do serviço por alguns minutinhos para jogarem. Era raro marcar um ponto contra Eleanor, que tinha um *backhand* particularmente mortal, mas isso não impedia Bella de provocá-la.

Estranho como ela e Eleanor meio que se tornaram amigas. A vida. Que grande mistério, porra! Outras pessoas, mais inteligentes do que ela, talvez tentassem encontrar algum sentido naquilo.

Lexi, ao lado dela, deslizou a mão na de Bella. Apertou-a.

Bella a apertou de volta.

Adorava aquela mulher com todo o seu ser. Sempre a amaria. A jornada de Lexi até ser mãe não tinha sido fácil. Um parto difícil seguido de complicações por causa de uma cesárea de emergência, acompanhada de dois episódios de mastite, ou seja, aqueles primeiros meses foram particularmente difíceis. Bella tentava dormir na casa da amiga algumas noites toda semana, levando comidas que comprava prontas, folhas de repolho e roupinhas lindas para Wren, afinal de contas... que garota queria vestir bodies orgânicos com tons neutros de segunda a domingo?

A maior surpresa na vida de Bella foi como tinha ido parar na palma da mão daquele gorfinho de leite em forma de bebê. Era irônico pensar no quanto se esforçara para manter a Lexi festeira viva, sendo que foi a maternidade o que acabou aprofundando a amizade delas de novas maneiras.

Quando Wren tinha três dias de vida, Bella a carregara com ar de reverência para fora da ala de maternidade, instalando a cadeirinha dela no banco de trás do carro recém-lavado e checando o Isofix pela segunda vez. Depois, ajudara Lexi a se acomodar na frente, passando por cima da amiga para prender seu cinto, tudo enquanto tomava cuidado com os pontos da cesárea. Lexi segurara o braço de Bella.

— Quero que você seja madrinha da Wren.

Bella tinha se virado para observar Wren, um ser minúsculo e perfeito, engolido pelo assento, olhos fechados, lábios comprimidos. Tão inocente e pura.

Bella negara com a cabeça.

— Desculpa. Não posso. Não sou um bom exemplo.

Lexi a encarara direto nos olhos. Sua pele estava pálida e abatida, sombras lilás ao redor dos olhos, mas, quando abriu a boca, a voz saiu forte:

— Você pode até ter cometido erros, Bella, mas você se reergueu. Isso faz de você um exemplo excelente para a minha filha.

Lágrimas caíram nas bochechas de Bella.

— E — continuara Lexi — quem mais poderia ensiná-la a andar com saltos de dez centímetros?

Portanto, tornara-se a madrinha.

Robyn sempre visitava Lexi e, às vezes, essas visitas coincidiam com as de Bella. No começo, os encontros reabriam as feridas, mas com o tempo, pouco a pouco, passaram a se acostumar com a nova dinâmica. Não era fácil, e muitas vezes discussões exaltadas aconteciam — em geral, quando tinha vinho envolvido —, mas havia uma honestidade renovada entre as duas, e isso valia de algo.

Houvera uma noite, alguns meses antes, quando Robyn parecera tensa, incapaz de ficar sentada e parada. Levantava-se para pegar mais vinho, abrir saquinhos de batata, olhar o celular.

— Quer fazer o favor de nos contar o que está acontecendo? — pedira Bella, impaciente.

Robyn então pigarreara, pressionando as mãos ao lado do corpo como se prestes a fazer uma apresentação na escola.

— Eu e a Fen estamos noivas.

Bella esperara um segundo, empregando a técnica que o conselheiro recomendara a ela: simplesmente respirar uma ou duas vezes antes de falar. Por fim, sorrira.

— Estou muito feliz por vocês — dissera aquelas palavras e, ao fazê-lo, deu-se conta de que dizia a verdade. Ela *estava* feliz.

Enquanto erguiam as taças para brindar ao casamento vindouro, Bella teve que falar, não teve?

— Devo organizar a festa de despedida de solteira?

NOTA DA AUTORA

Nos últimos anos, tive a sorte de visitar várias ilhas gregas, que deram forma a este romance, influenciando-o. No entanto, decidi ambientar *Como as outras garotas* na ilha ficcional de Aegos, porque queria que as personagens tivessem licença artística total para explorar um cenário surgido da imaginação.

AGRADECIMENTOS

Primeiramente, obrigada a Charlotte Brabbin e Kim Young, que são tudo o que eu poderia desejar de editoras. Sou muito grata pela criatividade e pelo cuidado de vocês, pela visão apaixonada das duas pelos meus livros e pelos conselhos editoriais sagazes. Sou muitíssimo afortunada por trabalhar com uma equipe de pessoas talentosas na HarperCollins, incluindo Jaime Frost e Alice Hill na publicidade; Hannah O'Brien, Maddy Marshall, Katy Blott e Jeannelle Brew no marketing; Sarah Munro e Izzy Coburn no setor de vendas do Reino Unido; Alice Gomer no setor de vendas internacionais; e Claire Ward no design de capa. Sou muito agradecida por tudo o que fazem por mim e por meus livros.

Obrigada à minha amada agente, Judith Murray, na Greene & Heaton, que ouviu minha ideia para *Como as outras garotas* quando ela não passava de uma frase, e disse: "Sim! Isso! Me arrepiei toda!". Seus instintos são tão apurados quanto o cuidado maravilhoso que você toma com cada um dos seus autores. Obrigada também à brilhante Kate Rizzo, por lidar com os direitos internacionais, e a Sally Oliver, pelo apoio contínuo.

Obrigada à minha agente nos Estados Unidos, Grainne Fox, da Fletcher & Co., que encontrou para mim meu lar editorial dos sonhos nos EUA, a Putnam Books. Danielle Dietrich e Sally Kim, sua visão para *Como as outras garotas* me surpreendeu, e estou muito animada para ver onde essa jornada vai parar.

Obrigada a Hannah Turner pela chamada de vídeo cheia de risadas a respeito do seu trabalho como intérprete de língua de sinais. Obrigada a Alex Hixson por me salvar na parte da dançarina profissional. Obrigada a Sandra

Gamper pela discussão sobre conhecimento médico enquanto estávamos sentadas a dois metros de distância em uma manhã ensolarada de primavera.

Obrigada a todas as pessoas que leram os primeiros rascunhos deste romance, incluindo Faye Buchan, Laura Crossley, Becki Hunter, Heidi Perks, Emma Stonex e, claro, minha primeira leitora: minha mãe!

Obrigada a todos os livreiros, bibliotecários, blogueiros e leitores que promovem meus livros, torcem por mim nas redes sociais e depositam meus livros nas mãos das pessoas com a esperança de que também vão gostar. Isso significa muito para mim, e é uma das principais razões de eu continuar escrevendo.

Obrigada a Mimi Hall. Este livro é dedicado a você, porque viveu cada passo deste romance ao meu lado. Seus comentários por voz diários (limos!) trazem muita alegria e riqueza para minha vida de escritora. Eu amo viajar pelas páginas com você.

Obrigada aos meus pais, irmão, sogros e amigos, pelo apoio recorrente de todas as formas possíveis, seja lendo meus manuscritos, ajudando com as crianças, reorganizando as estantes em cada livraria que visitam (!) ou me acompanhando nos altos e baixos.

Obrigada, por fim, a James, Tommy e Darcy, por tornarem esta vida radiante, bonita e louca.

Primeira edição (abril/2025)
Papel miolo Ivory slim 65g
Tipografia Caslon e Mostra Nuova
Gráfica LIS